U0613483

本书列入

2017年国家社会科学基金重大委托项目

“十三五”国家重点图书出版规划项目

中华传统文化

百部经典

中华传统文化百部经典

王维集（节选）

王维 著
陈铁民 解读

国家图书馆出版社

图书在版编目（CIP）数据

王维集：节选 /（唐）王维著；陈铁民解读．— 北京：国家图书馆出版社，2022.6（2025.9 重印）
（中华传统文化百部经典 / 袁行霈主编）
ISBN 978-7-5013-7504-2

Ⅰ.①王… Ⅱ.①王… ②陈… Ⅲ.①唐诗－诗集 Ⅳ.① I222.742

中国版本图书馆 CIP 数据核字（2022）第 009870 号

国家图书馆出版社官方微信

书　　名　王维集（节选）
著　　者　（唐）王　维 著　陈铁民 解读
责任编辑　于春媚　闫　悦
特约编辑　吴麒麟
责任校对　刘鑫伟
封面设计　敬人设计工作室

出版发行　国家图书馆出版社（北京市西城区文津街 7 号　100034）
　　　　　010-66114536　63802249　nlcpress@nlc.cn（邮购）
网　　址　http://www.nlcpress.com
印　　装　北京科信印刷有限公司
版次印次　2022 年 6 月第 1 版　2025 年 9 月第 2 次印刷

开　　本　710×1000　1/16
印　　张　24.75
字　　数　317 千字
书　　号　ISBN 978-7-5013-7504-2
定　　价　50.00 元（平装）

版权所有　侵权必究
本书如有印装质量问题，请与读者服务部（010-66126156）联系调换。

中华传统文化百部经典

顾　问

饶宗颐　冯其庸　叶嘉莹　章开沅　张岂之
刘家和　乌丙安　程毅中　陈先达　汝　信
李学勤　钱　逊　王　蒙　楼宇烈　陈鼓应
董光璧　王　宁　李致忠　杜维明

编委会

主任委员

袁行霈

副主任委员

饶　权　韩永进　熊远明

编　委

瞿林东　许逸民　陈祖武　郭齐勇　田　青
陈　来　洪修平　王能宪　万俊人　廖可斌
张志清　梁　涛　李四龙

本册审订

陈允吉　　陶文鹏

中华传统文化百部经典

编纂办公室

张　洁　　梁葆莉　　张毕晓　　马　超　　华鑫文

编纂缘起

文化是民族的血脉，是人民的精神家园。党的十八大以来，围绕传承发展中华优秀传统文化，习近平总书记发表了一系列重要讲话，深刻揭示出中华优秀传统文化的地位和作用，梳理概括了中华优秀传统文化的历史源流、思想精神和鲜明特质，集中阐明了我们党对待传统文化的立场态度，这是中华民族继往开来、实现伟大复兴的重要文化方略。2017 年初，中共中央办公厅、国务院办公厅印发《关于实施中华优秀传统文化传承发展工程的意见》，从国家战略层面对中华优秀传统文化传承发展工作作出部署。

我国古代留下浩如烟海的典籍，其中的精华是培育民族精神和时代精神的文化基础。激活经典，熔古铸今，是增强文化自觉和文化自信的重要途径。多年来，学术界潜心研究，钩沉发覆、辨伪存真、提炼精华，做了许多有益工作。编纂《中华传统文化百部经典》（简称《百部经典》），就是在汲取已有成果基础上，力求编出一套兼具思想性、学术性和大众性的读本，使之成为广泛认同、传之久远的范本。《百部经典》所选图书上起先秦，下至辛亥革命，包括哲学、文学、历史、艺术、科技等领域的重要典籍。萃取其精华，加以解读，旨在搭建传统典籍与大众之间的桥梁，激活中华优秀传统文化，用优秀传统文化滋养当代中国人的精神世界，提振当代中国人的文化自信。

这套书采取导读、原典、注释、点评相结合的编纂体例，寻求优秀传统文化与社会主义核心价值观之间的深度契合点；以当代眼光审视和解读古代典籍，启发读者从中汲取古人的智慧和历史的经验，借以育人、资政，更好地为今人所取、为今人所用；力求深入浅出、明白晓畅地介绍古代经典，让优秀传统文化贴近现实生活，融入课堂教育，走进人们心中，最大限度地发挥以文化人的作用。

《百部经典》的编纂是一项重大文化工程。在中宣部等部门的指导和大力支持下，国家图书馆做了大量组织工作，得到学术界的积极响应和参与。由专家组成的编纂委员会，职责是作出总体规划，选定书目，制订体例，掌握进度；并延请德高望重的大家耆宿担当顾问，聘请对各书有深入研究的学者承担注释和解读，邀请相关领域的知名专家负责审订。先后约有500位专家参与工作。在此，向他们表示由衷的谢意。

书中疏漏不当之处，诚请读者批评指正。

2017年9月21日

凡 例

一、《中华传统文化百部经典》的选书范围，上起先秦，下迄辛亥革命。选择在哲学、文学、历史、艺术、科技等各个领域具有重大思想价值、社会价值、历史价值和学术价值的一百部经典著作。

二、对于入选典籍，视具体情况确定节选或全录，并慎重选择底本。

三、对每部典籍，均设“导读”“注释”“点评”三个栏目加以诠释。导读居一书之首，主要介绍作者生平、成书过程、主要内容、历史地位、时代价值等，行文力求准确平实。注释部分解释字词、注明难字读音，串讲句子大意，务求简明扼要。点评包括篇末评和旁批两种形式。篇末评撮述原典要旨，标以“点评”，旁批萃取思想精华，印于书页一侧，力求要言不烦，雅俗共赏。

四、原文中的古今字、假借字一般不做改动，唯对异体字根据现行标准做适当转换。

五、每书附入相关善本书影，以期展现典籍的历史形态。

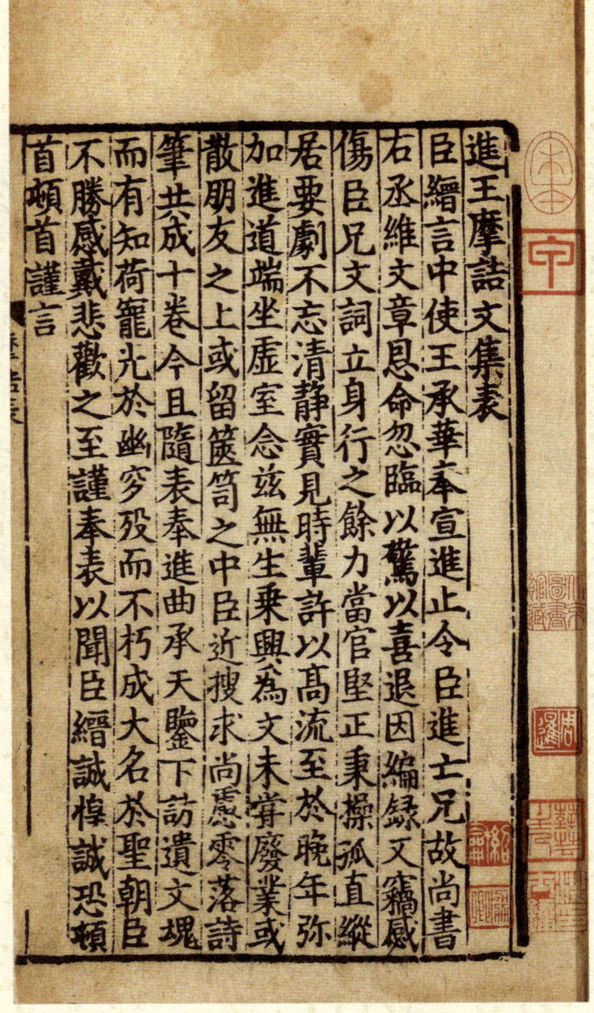

進王摩詰文集表

臣縉言中使王承華奉宣進止令臣進士兄故尚書右丞維文章恩命忽臨以驚以喜退因編録又竊感傷臣兄文詞立身行之餘力當官坚正秉操孤直縱居要劇不忘清静實見時輩許以高流至於晚年弥加進道端坐虚室念玆無生乘興爲文未嘗廢業或散朋友之上或留篋笥之中臣近搜求尚慮零落詩筆共成十卷今且隨表奉進曲承天鑒下訪遺文魂而有知荷寵光於幽穸歿而不朽成大名於聖朝臣不勝感戴悲欷之至謹奉表以聞臣縉誠惶誠恐頓首頓首謹言

王摩诘文集十卷　（唐）王维撰
宋刻本　国家图书馆藏

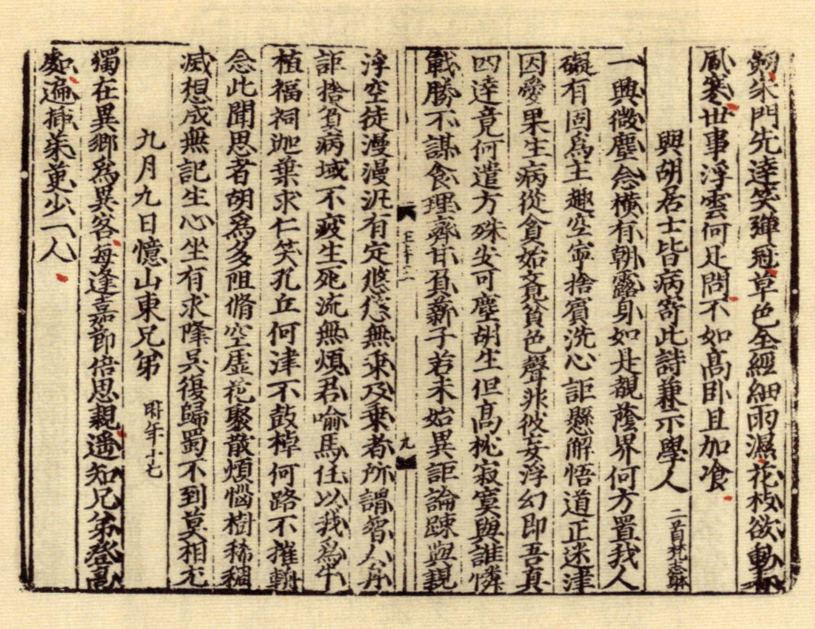

须溪先生校本唐王右丞集六卷　（唐）王维撰　（宋）刘辰翁评点
元刻本　国家图书馆藏

目　录

导　读

王右丞文集

卷第一

卷第二

卷第三

卷第四

卷第五

卷第六

集外诗

卷第七

卷第八

导 读

王维是唐代成就最高的几位诗人之一，也是开元、天宝时代名望最高的一位诗人，当时李白、杜甫的诗名都不如他。唐代宗称王维为“天下文（“文”指诗赋等用韵之文，与“笔”相对）宗”，“诗名冠代”；唐窦臮《述书赋》窦蒙（臮之兄）注也说王维的名望“首冠一时，时议论诗，则曰王维、崔颢”，而未提及与王维同龄的李白；殷璠于天宝末年编成《河岳英灵集》，其《序》说：“粤若王维、昌龄、储光羲等二十四人，皆河岳英灵也，此集便以‘河岳英灵’为号。”列王维为盛唐诗人之首而不提李白，其评语中对王维的评价也明显高于李白。直到贞元、元和时，李白、杜甫在唐人心目中的地位才高于王维。尽管如此，王维在唐代诗坛的地位仍然是很高的，他的诗很值得我们认真阅读和作细致深入的分析。下面就王维的生平、思想、诗文创作、在诗史和画史上的地位与影响以及本书的凡例等，作若干必要的说明，希望能对读者理解王维的诗文有所帮助。

一、王维的生平

王维，字摩诘，名与字都取自深通大乘佛法的居士维摩诘之名。他约生于武后长安元年（701）。关于王维的生年，学界尚有其他说法（详见拙作《王维论稿·王维生年新探》）。王维祖籍太原祁县，其十七代祖王卓晋时为河东太守，卒后葬河东猗氏县，其子孙遂徙居河东，形成河东王氏一派。后来河东王氏“四县离居”，形成四房，王维属猗氏房，所以他应该是蒲州猗氏县（今山西临猗县）人（说详拙作《王维为蒲州猗氏人考》，载《文学遗产》2018年第2期）。王维出身仕宦之家，但自高祖父以下，官位都不高。祖父胄，官协律郎；父亲处廉，终汾州司马。大约王维少时，其父即卒。母亲博陵崔氏，在王维九岁以前就已师事佛教禅宗北宗神秀禅师的大弟子普寂（寂也是蒲州人），前后历三十余年。崔氏的虔诚奉佛，无疑对王维颇有影响。

王维早慧，“九岁知属辞”（《新唐书》本传）。开元三年（715），十五岁的王维离家赴长安谋求进取，在途经骊山时写了《过始皇墓》诗。开元四至六年，在长安，间至洛阳，作了《九月九日忆山东兄弟》《洛阳女儿行》等名诗。《旧唐书》本传说：“与弟缙俱有俊才，博学多艺亦齐名。……昆仲宦游两都，凡诸王驸马豪右贵势之门，无不拂席迎之。”《洛阳女儿行》题下注曰：“时年十八。”诗疑即十八岁时作于洛阳。

开元七年（719）七月，赴京兆府试，中第（《赋得清如玉壶冰》题下注：“京兆府试，时年十九。”）。唐薛用弱《集异记》称王维将应举，为与张九皋（张九龄之弟）争京兆府解头，求助于岐王，岐王命其扮作乐师，携之同至九公主（玉真公主）之第，奏《郁轮袍》，得到公主的赏识和举荐，遂作京兆府解头而一举登第。按，《集异记》为小说家书，此说实际上是薛用弱（元和、长庆时人）假托王维、岐王、玉真公主之名虚构故事，以反映当时的社会现实（争京兆府解头的现象与请托之风），因为开元前期，京兆府解送尚未置等第（以前十名为等第，第一名为解头），根本不存在争等第、争解头之事，争等第、争解头的风尚，直到贞元、元和年间才真正盛行（说详拙作《考证古代作家生平事迹易陷入的两个误区》，载《文学遗产》2017 年第 4 期）。王维既然于开元七年得到京兆府的解送，自应在开元八年正月就试吏部，但唐姚合《极玄集》卷上、《旧唐书》本传都说他开元九年登进士第，故知他开元八年应试后当落第。在登第前的两年左右时间，王维每游历于诸王等豪贵之门。《旧唐书》本传说：王维游于诸王等之门，“宁王、薛王待之如师友”。他的《息夫人》《从岐王夜宴卫家山池应教》《从岐王过杨氏别业应教》等诗，就是从诸王游宴时所作。诸王之所以爱重王维，主要是因为他工诗善画，精通音乐书法，具有多方面的杰出才能；王维之所以竭力交结诸王，则主要出于应试的需要。唐时科举考试的试卷不糊名，主考官不仅评阅试卷，还参考举子们平日的诗文和声誉来决定弃取。所以结交、干谒显贵、名人，争取获得他们的推荐和奖誉，对于一个准备应试的士人来说，就是十分重要的了。王维交结诸王，正是世风使然，不足为怪。

王维于开元九年（721）春擢进士第，释褐为太乐丞。唐太常寺有太乐署，是一个掌管国家祭祀宴享所用乐舞的官署，它的长官叫太乐令，太乐丞就是太乐令的助手。王维得任此职，与他精通音乐不无关系，而他精通音乐，又有着家学的渊源（其祖父当过协律郎）。王维任太乐丞没有多长时间，就在同年秋被贬为济州（今山东聊城茌平区西南）司仓参军。关于他遭贬的原因，《太平广记》引《集异记》说：“及为太乐丞，为伶人舞黄师子，坐出官。黄师子者，非一人不舞也。”太乐署中的伶人舞黄师子，负有主要责任的应当是太乐令，《旧唐书·刘子玄传》：“（开元）九年，长子贶为太乐令，犯事配流。”看来刘贶的犯事与王维的遭贬，实属一案。但是，既然王维不是这个事件的主要责任者，那么他是否当贬，也就在两可之间。他的《被出济州》说：“微官易得罪，谪去济州阴。

执政方持法，明君无此心。”对自己的获罪不以为然。所以，他的遭贬，看来还有别的说不出来的深层次原因。我们知道，唐玄宗以非嫡长而即帝位，对诸兄弟严加防范，生怕群臣拥戴他们与己争夺帝位，所以明令禁止群臣与诸王交结，屡次贬逐同诸王有往来的官员。王维登第前是诸王的座上宾，这对于他自扬声誉、顺利地通过科举考试步入仕途，不无帮助；但对于他登第后的仕进，却有一些不利的影响，他的这一次遭贬，应该就与他和诸王关系密切有关。尽管王维登第授官后不会甘冒犯禁的风险继续与诸王往来，但人们旧有的王维被诸王视若师友的印象却不是一下子就可以改变的。

谪官济州，对王维是一个沉重的打击，他怀着愤怨的心情到济州赴任。在济州生活了四年多，他结交了不少失志的下层知识分子，对社会的黑暗面也有了进一步的认识。诗人发现，像崔录事、郑霍二山人这样一些有品德和才能的贤者，多被统治者遗弃，而他在长安时经常遇到的那些贵胄子弟，却一个个“童年且未学，肉食骛华轩”（《济上四贤咏三首·郑霍二山人》），诗人为此感到愤慨。在济州这样一个僻远之地当一名司仓参军（掌公廨、仓库等事），也使诗人感到有志难骋，因而萌发了退隐的思想。开元十四年（726）暮春，王维离济州司仓参军任，到了长安或洛阳（史载本年玄宗居于洛阳），同年冬天，参加吏部铨选，十五年春，获得新职。令诗人感到失望的是，他并没有被留在中央朝廷任职，而是再一次外放，被分配到淇（今河南北部淇河）上去做“禄薄”的微官。不久，他便弃官在淇上隐居。集中《偶然作六首》《淇上即事田园》等诗，就描写了他在淇上先官后隐的生活。大约在开元十七年（729），王维回到长安闲居，并从荐福寺道光禅师学佛。开元十九年（731），其妻子病故而不再娶，从此一直孤居。在长安闲居的几年中，王维曾经游蜀，有《自大散已往深林密竹蹬道盘曲四五十里至黄牛岭见黄花川》《晓行巴峡》等山水行旅诗。王维从登第后直到开元二十二年（734），在仕进的道路上始终不得意，这恐怕还是受到了曾与诸王交结一事的不利影响。而这一点，则是年轻的王维始料未及的。

开元二十一年（733）十二月，历史上有名的开元贤相张九龄拜相，次年五月又加中书令，王维感到自己施展抱负的机会来到，没过多久即献《上张令公》诗请求九龄汲引。当时唐玄宗与张九龄都居于东都洛阳，王维献诗后，就到洛阳东南的嵩山隐居，以等待被举荐、拔擢的机会。开元二十三年春，张九龄果然提拔王维为右拾遗。右拾遗“掌供奉讽谏”，从八品上，虽品阶不高，却是常参官（除节假日外，皆每日参见天子），不用再参加吏部的铨选即可得到新的任命，任职期满后也不用守选（由于官吏多而员缺少，唐代制度规定，自开元十八年开始，六品以下文官秩满后，皆须在家等候一定年限，才许再次参加吏部铨选以获取新职，谓之守选），这标志着王维的境遇已有了明显的改善。诗人仕进道路上的这一进展，固然得力于张九龄的汲引，但同以下事实也不无关系：此时玄宗的四个兄弟中，岐王、薛王、申王皆卒，只有一个“未曾干议时政及与人交结”（《旧唐书·睿宗诸子传》）的宁王尚在。也就是说，与诸王交结，在这个时候已经不能成为拒绝进用某人的口实了，所以王维被提拔，也就没有了障碍。

王维被擢为右拾遗后，离开嵩山到东都任职，后来又随玄宗回到长安。这时候他精神振奋，富有积极用世的热情。然而好景不长，在老奸巨猾的李林甫的诬陷、打击下，张九龄于开元二十四年（736）十一月罢相，二十五年四月左授荆州长史，这使王维感到很沮丧。他这时写的《寄荆州张丞相》说：“所思竟何在？怅望深荆门。举世无相识，终身思旧恩。方将与农圃，艺植老丘园。”诉说对张九龄的思念和知遇之感，流露了孤独无援、黯然思退的情绪。接着，王维奉命以监察御史的身份出使河西，并被留在那里兼任节度判官约一年时间，塞上的战斗生活和奇异风光，引发他创作出了若干首著名的边塞诗。开元二十六年（738），王维回到长安，仍任监察御史。二十八年，迁任殿中侍御史；同年秋末或冬初，赴岭南道桂州“知南选”，一路上写了《汉江临泛》《哭孟浩然》等诗。二十九年春北归，自桂州历湖湘抵大江，而后沿江东下，写下了《登辨觉寺》诗，又过润州江宁县，到瓦官寺拜谒璇禅师。然后循邗沟、汴水、黄河北归秦中。王维回长安后不久，即隐于终南山，写了《终南别业》《答张五弟》等诗。这次隐居很可能不是严格意义上的辞官归隐，而是在秩满离任后等候朝廷给予新的任命期间的暂时隐居。

天宝元年（742）春，王维出任左补阙。四年，迁侍御史。后累迁库部员外郎、库部郎中。天宝末，官至文部郎中、给事中。天宝时期，王维一直在朝廷任常参官，职位也依常规，由从七品上逐渐升到了正五品上。但是，这一时期的王维，并不热衷于仕进。这同张九龄的被贬和李林甫的上台执政有密切关系。王维与张九龄有共同的政治主张，在张九龄执政时，王维感到抱负得以施展，而张九龄遭贬后，李林甫专权，朝政日趋黑暗腐败，诗人不免有理想破灭之感，于是进取之心和用世之志日渐消减。天宝五六载，苑咸作诗嘲笑王维久未迁除，王维答云：“仙郎有意怜同舍，丞相无私断扫门。扬子解嘲徒自遣，冯唐已老复何论！”（《重酬苑郎中》）苑咸是李林甫的亲信（《新唐书·李林甫传》称李“善苑咸、郭慎微，使主书记”），他既有意相怜，王维自可借之自进，然而他却说：丞相（李林甫）无私，禁绝请托。表面上称赞丞相，实际上表明自己无意于走苑咸的门路。可见王维还是不愿谄媚自进、投靠李林甫的。然而他也没有下决心弃官归隐，这或许是由于家贫（《偶然作六首》其三云：“家贫禄既薄，储蓄非有素。”），有老母需要奉养，也可能是因为对天宝年间的社会还没有丧失希望的缘故。

天宝初年，王维因母亲崔氏奉佛，“乐住山林，志求寂静”，于是在蓝田县南营置了一处“山居”（《请施庄为寺表》）。这个山居，就是王维诗中经常提到的“辋川别业”。天宝时期，王维身在朝廷，心存山野，经常在休假期间归蓝田辋川，沉溺于那里的山水风景之中，过着一种亦官亦隐的生活。当然，他天宝九至十一载丁母忧时曾长住辋川，在那里过了两年的田园生活。

王维在《赠从弟司库员外絿》一诗中说："少年识事浅，强学干名利。……即事岂徒言，累官非不试。既寡遂性欢，恐招负时累。"这首诗作于天宝十一载（752）之后、安史之乱爆发以前，正是李林甫、杨国忠相继专权、朝政日非的时候。诗中说自己累次做了官，既感到少有依顺自己情性的欢乐，又恐怕有违于当世招致政治上的牵累，这透露出诗人在险恶的政治环境下为官，内心的矛盾与隐忧。诗人对权奸专权的黑暗政治有清醒的认识，不甘于同流合污，但是又不能毅然弃官归隐，而企图以流连山水、亦官亦隐来逃避现实。然而，由于他仍然做着官，也就既不能随心所欲地啸傲林泉，又不得不与腐朽的统治集团敷衍往来，这使诗人内心感到矛盾和痛苦，因而更加倾心于佛教，企图用佛理来消除内心的矛盾、痛苦。

天宝十四载（755）十一月，安史之乱爆发。次年六月，长安沦陷，玄宗仓皇奔蜀，王维扈从不及，为安史叛军所获。他"服药取痢，伪称瘖疾"，企图寻机逃离，但被叛军发觉，严加看守，并将他缚送洛阳，拘于龙门菩提寺。在寺中，诗人曾赋《凝碧诗》："万户伤心生野烟，百僚何日更朝天？秋槐叶落空宫里，凝碧池头奏管弦。"抒发了对两京陷落的哀痛和对李唐王朝的思念之情。不久，安禄山强迫他当了伪官。至德二载（757）十月，唐军收复东都洛阳后，做过伪官的人都依六等定罪，王维由于《凝碧诗》早已传到行在，受到肃宗的嘉许，加上当时弟弟王缙官位已高，请求削职为兄赎罪，因此得到肃宗的特别宽恕。乾元元年（758）春复官，授太子中允。后迁中书舍人、给事中。上元元年（760），升任尚书右丞。这一时期，王维一方面因曾任伪官而甚感愧疚，对佛教的崇信愈益加深，《叹白发》说："一生几许伤心事，不向空门何处销！"

《旧唐书》本传说："退朝之后，焚香独坐，以禅诵为事。"另一方面，他又对天子的宽宥和擢拔十分感激，打消了原先准备退隐的念头。

上元二年（761）七月，天才的诗人王维离开了人世，享年六十一岁。死后，他被安葬在清源寺（即辋川庄，《辋川图》中称辋口庄）西。

二、王维的思想

唐王朝并用"三教"，当时"三教"调和的思想和融合的趋势日益加强。这种现象对唐代知识分子的思想，产生了深刻的影响。唐耿沣《题清源寺》（诗题下原注："即王右丞故宅。"）说："儒墨兼宗道，云泉隐旧庐。……内学销多累，西林易故居。"即指出了王维兼受儒、释、道三家的影响。

王维出身于仕宦之家，走的是一条由科举入仕的道路，从小就接受正统儒家思想的教育。他在被张九龄提拔为右拾遗时写的《献始兴公》诗说："侧闻大君子，安问党与仇？所不卖公器，动为苍生谋。贱子跪自陈，可为帐下不？感激有公议，曲私非所求！"始兴公即张九龄，诗中说张九龄用人公正无私，不问是同党还是仇人，唯贤是举；又说他视官爵为公有之物，不随意假人，选拔官吏，能为苍生着想。最后表示，任用自己，如出于"公议"，将使自己感动奋发；如有所偏私，则不是自己所希望的。诗中所谈张九龄施政的宗旨，基本符合史实，而非阿谀；由诗人对张九龄的由衷赞美，可以悟出两人政治主张的一致性。而这两人一致的政治主张，则同儒家的"举贤才""尊贤使能"思想有着明显的继承关系。王维还用儒家的用贤思想来审视现实，在诗中对与这一思想相违背的社会不合理现象，给予揭露和抨击。

儒家讲修身、齐家、治国、平天下，对于社会、人生取积极的态度。王维早期虽在仕进的道路上屡遭挫折，滋生了隐遁思想，但自张九龄执政，他献诗求九龄汲引，和得到九龄的擢拔后，他精神振奋，热切希望能够实现自己的政治抱负的表现来看，儒家的积极用世精神，在他早期的思想之中是一直起着重要作用的。《不遇咏》说："今人作人多自私，我心不说君应知。济人然后拂衣去，肯作徒尔一男儿！"当诗人在仕途上遭遇挫折、弃官而隐的时候，仍无意于放弃自己的济世抱负！

儒家讲仁政、德治，反对过分剥削；既主张要对百姓进行教化，又认为不能单靠教化，而应德刑并用，宽猛相济。对于这些主张，王维是完全接受的。如《裴仆射济州遗爱碑》说："夫为政以德，必世而后仁；齐人以刑，苟免而无耻。则刑禁者难久，百年安可胜残？德化者效迟，三载如何考绩？刑以佐德，猛以济宽，期月政成，成而不朽者，惟公能之。"当然，王维所说的"猛"，不仅指镇压人民的反抗，也包含打击"犯命干纪"的豪强恶少等内容。

名教纲常思想，是汉以后儒家全部学说的核心。对于这一套东西，王维一向是努力尊奉、不敢须臾违背的。如他恪守"君臣大义"，多有歌颂天子、表达忠心之作。他因陷贼被赦罪复官后，内心甚觉愧疚，《谢除太子中允表》说："臣闻食君之禄，死君之难。当逆胡干纪，上皇出宫，臣进不得从行，退不能自杀，情虽可察，罪不容诛。……跼天内省，无地自容。"在这种愧疚的心情之中，潜藏着忠君的自我要求。他对于儒家讲求的孝道，也身体力行。《旧唐书》本传说："事母崔氏以孝闻。……居母丧，柴毁骨立，殆不胜丧。"还写过一些文章宣扬孝道。

综观王维的一生，大抵可以说，他在开元时期，较多地接受了儒家的"举贤才"、积极用世、仁政等思想的影响；而到了天宝以后，他则越来越深地信仰佛教。至于儒家的忠孝思想，则不论是在开元时期还是天宝以后，诗人都是一直尊奉的。

王维生活的时代，佛教繁兴，士大夫学佛、佞佛的风气很盛。在这种社会风气和家庭浓厚的佛教气氛的影响下，王维很早就开始学佛。但他的学佛，与僧侣的学佛是不同的。当时僧侣学佛，都有一定的师承，并恪守一定的教门；王维则广泛结交各宗派僧侣，向其问道，并没有什么门户之见。他还广泛地阅读各种佛教经论，从王维今存的诗文看，他对佛教各宗派的典籍都相当熟悉。因此，王维所接受的佛教思想，就呈现出不为某一宗派所囿的面貌。

王维学佛虽然很早，但真正信仰佛教，大约始于开元十五年（727）左右。《偶然作六首》其三云："爱染日已薄，禅寂日已固。"意谓自己对佛教的信仰已日益牢固，世俗的贪欲、爱欲已日渐淡薄。这是今存王维可编年的诗文中，最早的一首谈及自己佛教信仰的诗，约作于开元十五年在淇上为官之时。由这首诗可以看出，诗人对佛教信仰的加深，与仕途的失志有着密切的关系。开元十七年，王维由淇上回长安，开始从荐福寺道光禅师学佛，前后长达十年时间。道光是一位华严宗僧人（说见拙作《王维论稿·王维与僧人的交往》）。开元二十二年秋至二十三年春，王维隐于嵩山，同温古上人、乘如禅师等往还。温古原是禅宗北宗僧人，后兼习密宗；乘如可能本是律宗僧侣，后亦兼习密宗（参见《王维与僧人的交往》）。开元二十五年张九龄遭贬之后，诗人黯然思退，更同佛教结下了不解之缘。他在河西任职时，写了《赞佛文》《西方变画赞》二文，从文中不难看出，诗人当时对佛理的悟解更深了。王维于开元二十九年（741）谒见禅宗北宗僧人璇禅师，作《谒璇上人》说："誓从断荤血，不复婴世网。"表示自己决心跟从佛徒，摆脱尘世的束缚。天宝四载（745），王维在南阳郡临湍驿遇见禅宗南宗创始人慧能的弟子神会禅师，向其问道。他接触南宗顿门，大抵始于此时。从王维的《辋川诗》中我们还可得知，他在辋川隐居的时候，常常奉佛持斋，习静修禅，将隐居与学佛结合起来。乾元元年（758）以后，诗人对佛教的崇信更深，并且搞起了许多佛教的修功德活动（如施寺饭僧、焚香诵经等），以报答天子的宥罪之恩（所谓"奉佛报恩"）。

那么，王维到底从佛教的义理中接受了一些什么内容呢？佛教哲学的核心思想是讲诸法皆空，即认为世上的一切事物都是虚幻不实的。但大乘佛教在盛谈“空”理时，也反对把“空”绝对化，即认为“空”非“虚无”，“空”不能离开“有（存在）”。“有”是虚假的，佛教又谓之“假有”，但“假有”也是“有”，它能为人们的感觉器官所接触和认识。若否认“假有”，即属“邪见”，必“非空非有”，始为真谛。佛教各宗派讲“空”，虽然各有花样，不尽一致，但在宣扬现实世界的虚幻不实这一点上，又没有区别。我们看王维集中有关佛教的诗文，如《与胡居士皆病寄此诗兼示学人二首》《西方变画赞》《荐福寺光师房花药诗序》《谒璇上人》等，都大谈上述佛教的这种“空”理。应该说，这种“空”理对王维的世界观和人生态度都产生了深远的影响。首先，佛教称依照此理认识到世上的一切都虚幻不实，则各种世俗的欲求也就可以断除。王维天宝年间虽居官却无心仕进，不愿走巴结权贵的路；生活上“食不荤，衣不文彩”，“丧妻不娶”（《新唐书》本传），确乎去除了不少世俗的欲求，所以苑咸在《酬王维》诗中说他观察、悟解了诸法虚幻不实之理，同罗汉一样“无名欲”；这种断除世俗欲求，忘怀功利得失，正可使诗人获得从事创作的最好心境。其次，佛教的“空”理，又使他看破一切，随缘任运，与世无竞，追求过一种离世出俗的隐逸生活；还使他从想象中获得某种精神安慰，从而得以摆脱各种矛盾和痛苦，保持心境的宁静；又使他追求佛禅的空、寂、闲、静，在寂静中观察自然，获得妙悟，探寻到并表现出大自然的美与生活的乐趣。除“空”理外，王维还接受了佛教的“真如缘起”思想和到处有净土的思想。前一种思想主张真如（佛教所幻想的最高和永恒的精神实体）无所不在，是万有的本体、本原。这种思想是除三论宗、唯识宗之外，其他各个中国佛教宗派所共有的，《赞佛文》说：“窃以真如妙宰，具十方而无成。”反映的正是这种思想。所谓到处有净土，是说只要心净，所居之地即是净土，禅宗南宗很强调这一点。这两种思想的实质，都是引导人们肯定现实，回到现实。王维学佛而不出家，“隐居”而不辞官，也许与受到上述两种思想的影响有关。另外，佛教的思维方式，例如禅宗南宗的追求言外之旨，对王维的诗歌创作也有一定的影响。

唐代最高统治者大力扶植道教，当时社会上弥漫着一股浓厚的崇道之风。王维生当其时，也受到了道教和道家思想的影响。如唐玄宗一再制造玄元皇帝（道教教主老子）托梦、显灵的神话，掀起崇道狂热，王维即撰《贺玄元皇帝见真容表》《贺神兵助取石堡城表》等，加以宣扬、鼓吹。他在《赠东岳焦炼师》诗中，把当时著名的女道士焦炼师写成一个身怀异术的仙人，流露出自己的崇仰之情。他自己还曾有过一段学道求仙的经历，《过太乙观贾生房》一诗记叙，他在嵩山隐居的时候，曾和贾生一起在山里的太乙观学道求仙，采药炼丹。然而，神仙之事毕竟虚妄，王维很快就认识到这一点，《秋夜独坐》说：“白发终难变，黄金（指烧炼丹药化为金银之术）不可成。欲知除老病，唯有学无生。”虽然求仙不可成，但道教与道家的思想、理论，仍然对王维有影响，《春日上方即事》说：“好读高僧传，时看辟谷方。”《黎拾遗昕裴秀才迪见过秋夜对雨之作》：“白法调狂象，玄言问老龙。何人顾蓬径？空愧求羊踪。”可见诗人是佛、道并修的。佛讲“空”，道说“无”，两教之间本具有一些可以互相调和的基本思想。王维所接受的道教和道家的思想、理论，往往具有与佛教的思想、理论接近或可以相通的特点；在他的一些诗文中，常常表现出一种融合佛、道的思想倾向。《赠房卢氏琯》：“将从海岳居，守静解天刑。”下句所言即道教的守静去欲理论与修炼方法，而道教的守静与佛教的修习禅定，其精神是可以相通的。又《戏赠张五弟諲三首》其三：“吾生好清静，蔬食去情尘。”“去情尘”为佛家语，指去除世俗的欲求，这与道教的去欲思想颇为一致。《戏赠张五弟諲三首》其三：“我家南山下，动息自遗身。”《山中示弟》：“山林吾丧我，冠带尔成人。……缘合妄相有，性空无所亲。安知广成子，不是老夫身？”“自遗身”“吾丧我”即自忘之意，这就是庄子所说的“无已”“坐忘”；道教思想家司马承祯等即继承庄子之说，提出了“安心坐忘”的道教理论和修炼方法，司马承祯《坐忘论·信敬》说：“夫坐忘者，何所不忘哉？内不觉其一身，外不知乎宇宙，与道冥一，万虑皆遗。”道教的“坐忘”，与佛教的“空”理显然相通，它们都是要人们忘掉现实生活中的各种痛苦、烦恼，在幻想中找到精神安慰。又，《山中示弟》中的“缘合”二句为佛家语，佛教认为因缘和合即生诸法，诸法各有其相状，所以说“缘合”“相”就存在；然佛教又认为，诸法本无实性，皆是虚妄，故又有“妄相”之语。接下“性空”句是说诸法之体性虚幻不实，对它们不能有所亲近。这首诗鲜明地表现了融合佛、道的思想倾向。用“忘”的办法来对待现实社会的一切，必然导致采取一种知止守分、随俗浮沉的处世态度，此即庄子所谓“不谴是非，以与世俗处”（《庄子·天下》）。《座上走笔赠薛璩慕容损》：“君徒视人文，吾固和天倪。”“和天倪”语出《庄子·齐物论》，意谓安于自然之分，以之和合一切。这一思想同王维从佛教那里接受的随缘任运思想，也是可以相通的。

前面说过，王维在天宝以后，对佛教的信仰越来越深；他接受道教思想和融合佛、道，也主要发生在这一期间。融合佛、道，使诗人力求摆脱世俗的纷扰，回归内心的空明虚静；奔向远离尘嚣的山林，在静寂中体察自然，与之对话交流，从而在自己的创作中达到与天地万物的契合，主体与客体的交融。

三、王维的诗文创作

王维今存诗 374 首，文 70 篇。他的诗内容丰富，形式多样，按其题材划分，主要有以下四类：一为歌咏从军、边塞和侠士的诗篇；二为抨击社会的不合理现象、抒发内心的不平以及言志述怀之作；三为表现友情、亲情、闺思、宫怨、爱情等的诗歌；四为山水诗（包括山水行旅诗与山水田园诗）。这四类诗都有千古传诵的佳作，取得了高度的艺术成就。

王维的第一类诗大都作于开元年间。那时候社会经济繁荣，政治比较清明，在这样一种社会环境的熏染下，士人们大多具有蓬勃向上的精神，虽然这个时期王维在仕进的道路上多遇挫折，但他仍然受到这种精神的强烈感染。他年轻时作的《少年行四首》其一说："新丰美酒斗十千，咸阳游侠多少年。相逢意气为君饮，系马高楼垂柳边。"其二说："出身仕汉羽林郎，初随骠骑战渔阳。孰知不向边庭苦，纵死犹闻侠骨香！"写出了盛唐游侠少年爽朗豪迈的精神风貌和为国杀敌、不怕牺牲的英雄气概，格调颇为高昂。他在开元九年（721）二十一岁时作的《燕支行》，是一首歌颂武将出征获胜的诗，诗里刻画了一个理想的将军形象：他既有英雄气概，又有爱国壮志；既有先国后家的品德，又有克敌制胜的谋略；既勇猛威武，又刚毅沉着。全诗豪情四溢，具有盛唐边塞诗的昂扬格调和浪漫精神。开元二十五年至二十六年在河西幕府任职期间，王维更是创作了不少出色的边塞诗。《使至塞上》借边塞风光的描绘，抒发诗人的出塞豪情。从这首诗颈联"大漠孤烟直，长河落日圆"的边地壮丽画面中，读者分明可以感受到诗人的豪迈情怀、阔大胸襟。《出塞作》通过敌我双方的对比描写，鲜明地表现出了唐军将士不畏强敌的英雄气概和昂扬斗志。《从军行》用极省净的语言，绘出一幅有声有色的战斗图画，展现了战士们争先赴敌的英姿。《陇西行》反映边关军情的紧急和征戍的艰苦。《凉州郊外游望》《凉州赛神》表现边地乡村和军中的风俗人情。《老将行》《陇头吟》写老将身经百战，功勋卓著，不仅得不到应有的封赏，甚至还遭弃置，这从一个侧面反映了军队中的腐败现象和社会的不公正。尤其写老将遭弃置之后，仍然关心边事，当强敌犯我边境时，便热切希望重上前线，为国立功，这种炽热的爱国情感和“烈士暮年，壮心不已”的英雄本色非常感人，更能激起读者对他所受到的不公平对待的愤慨。王维的边塞诗写的往往是经过典型化了的当时人们对边塞战争的感受，而不是某一次具体的边塞战争。他的边塞诗富有生活实感，大多是英雄主义精神的赞歌，即便是《老将行》《陇头吟》这样揭露朝廷对立功边将冷酷无情的诗歌，也还是将老将的爱国热情突出地表现了出来。

王维的上述这类诗歌，多着眼于写人，很善于运用各种不同的表现手法，恰到好处地把人物的精神世界展现出来。《观猎》：“风劲角弓鸣，将军猎渭城。草枯鹰眼疾，雪尽马蹄轻。忽过新丰市，还归细柳营。回看射雕处，千里暮云平。”这首诗通过对日常狩猎活动的细节描写，活画出将军意气风发的精神面貌。《少年行四首》其一只抓住游侠少年相逢即意气相投而共饮的典型活动，就使他们的豪爽性格跃然纸上。《从军行》也主要通过描写人物的行动来展示他们的精神面貌。《夷门歌》是一首歌颂战国时代侠士侯嬴的诗，善于运用平实精炼的叙事手法来表现侯嬴的侠义精神；其叙事不仅具有高度的艺术概括力，而且笔下饱含感情。《老将行》叙事波澜起伏，层层深入地刻画了老将的内心世界。《陇头吟》所用的手法则与《老将行》有别，这首诗构思巧妙，空际振奇，选取陇关一边防要塞作背景，将“长安少年”与“关西老将”联系到一起，用“长安少年”来反衬老将，揭示出老将的精神世界。《燕支行》多用烘托手法，以表现将军的“才且雄”。《出塞作》先渲染敌方的气焰之盛，再表现我军的威武，二者互相映衬，更突显了唐军将士英勇无畏的精神风貌。上述这类诗歌，大多写得气势充沛，笔力劲健，豪迈雄壮，鲜明地反映了蓬勃向上的盛唐时代精神。比起初唐边塞诗来，无论是在题材内容上，还是在艺术表现上，都作了多方面的开拓创新。

第二类诗歌也多作于开元年间。开元时代虽然政治比较清明，士族门阀把持各级政权的局面已被打破，但是由于权贵当道和封建荫袭制度的存在，许多出身庶族地主家庭的才智之士，仍然仕进无门。由于王维有用贤的政治理想，又出身于中下层官僚地主家庭，加上个人贬谪生涯的体验，所以对这种现象有比较深切的认识。如他在《济上四贤咏三首》中赞扬了“四贤”的品德和才能，为他们的被埋没而鸣不平，感情颇为愤激。在这类揭露社会不合理现象的诗歌中，有的直抒胸臆，如《寓言二首》其一：“朱绂谁家子，无乃金张孙。骊驹从白马，出入铜龙门。问尔何功德，多承明主恩？……奈何轩冕贵，不与布衣言！”直截了当地抨击了那些无“功德”却占据显位的贵族子弟，向他们提出义正词严的责问，一吐自己胸中的块垒不平。有的成功地运用对比手法，来控诉社会的不公正：“赵女弹箜篌，复能邯郸舞。夫婿轻薄儿，斗鸡事齐主。黄金买歌笑，用钱不复数。……客舍有儒生，昂藏出邹鲁。读书三十年，腰间无尺组。被服圣人教，一生自穷苦。”（《偶然作六首》其五）只把“斗鸡”的“轻薄儿”与饱学的儒生的不同境遇作鲜明对比，诗人的愤懑不平之情便自然涌出。《济上四贤咏三首·郑霍二山人》也将不学无术、骄贵奢侈的纨绔子弟同德才兼备却埋没山林的有志之士作对比，尖锐有力地针砭了不公正的社会现实。还有的采用比兴寄托的方式，来表达同一思想感情。如《西施咏》写西施由一个贫贱的浣纱女而骤贵，作者在诗里实际是说，西施的“殊众”与否，关键不在于她有无“艳色”，而在于她的“贵”或“贱”，以及“君宠”“君怜”与否。隐喻士人的遇与不遇，主要也不取决于他有无才德。所以，在这首诗中，寄寓着怀才不遇的下层士人的不平与感慨。在艺术上，由于此诗采用比兴寄托的表现方式，因而形成了深婉含蓄的特点。《洛阳女儿行》铺排洛阳女儿的娇贵和她丈夫的豪奢，最后以“谁怜越女颜如玉，贫贱江头自浣纱”作结，也“托意深远”，抒发了贫士胸中的愤激不平。

王维有一些言志述怀、抒发内心苦闷之作，如《献始兴公》、《赠从弟司库员外絿》、《冬夜书怀》、《冬日游览》、《偶然作六首》其三、《不遇咏》、《被出济州》、《寄荆州张丞相》、《晚春严少尹与诸公见过》、《早秋山中作》等等。它们或直抒心声，或借景寓情，都是我们研究王维思想与创作不可忽视的作品。

第三类诗作于王维生活的各个时期。王维是一个重友情的人，在他的集子里，表现友情的诗歌数量甚多，与其山水诗不相上下，内容多写朋友间相思别离之情及相互关怀体贴、敦励慰勉之意。如《淇上送赵仙舟》写与友人才逢又别、倍感黯然的惜别情谊，和友人走后诗人"望君犹伫立"的无限怅惘。《送杨少府贬郴州》写出了友人远谪郴州的愁苦不堪之情和诗人对他的理解、关心与同情，最后两句："长沙不久留才子，贾谊何须吊屈平！"话语亲切，是对友人的极大宽慰。《送丘为落第归江东》："怜君不得意，况复柳条春。……五湖三亩宅，万里一归人。知祢不能荐，羞为献纳臣。"道出了友人的潦倒失意和自己的深切同情，末二句自责，更见出两人的交情之笃。除送别诗外，王维的赠答、哀挽之作，也每有以表现友情为主题的，例如《赠祖三咏》《哭殷遥》等诗。这类表现友情的诗歌，有一个共同之处，就是写得感情充沛，真挚动人。这类诗歌所表现的真挚友情，应该说是人类最普遍的美好感情的一部分，所以这类作品直到今天仍然可以引起我们的共鸣。

这类作品，有的采用借景寓情、以景衬情的表达方式。如《临高台送黎拾遗》，写离情却无一语言情而只摹景物。《奉寄韦太守陟》："荒城自萧索，万里山河空。天高秋日迥，嘹唳闻归鸿。寒塘映衰草，高馆落疏桐。……故人不可见，寂寞平林东。"以萧索的秋景衬托思念故人的惆怅之情。《送杨长史赴果州》："鸟道一千里，猿啼十二时。"道上的荒凉之景与行者的凄楚之情融合为一。这些诗歌的共同特色是：含蓄不露，绰有余味。有的则采用直抒心声、主要以情语成文的表达方式。而且这些作品中的情语，往往颇自然、含蓄，有“词不迫切而味甚长”之妙。如《送元二使安西》：“渭城朝雨裛轻尘，客舍青青柳色新。劝君更尽一杯酒，西出阳关无故人。”末二句情语，悠长不露，含蕴无穷，从中不仅可以感受到朋友惜别的依依深情，还能体味出诗人对远行友人的关怀体贴之意。然而这种绵绵情意，诗中又未说破，所以十分耐人寻味。尤其难能可贵的是，这两句诗又极其平易、自然，“自是口语而千载如新”（明胡应麟《诗薮》内编卷六），所以至今犹脍炙人口。《山中送别》：“山中相送罢，日暮掩柴扉。春草明年绿，王孙归不归？”此诗写得明白如话而余味不尽。诗人刚送走友人，即掩门独思：明年春草又绿的时候，友人会不会回来？此二句未写离别情态，却可使人想见送者离别时的依依不舍与离别后的无尽思念。从王维的主要以情语成文的诗歌中不难看出，诗人是很善于写情的。这得力于他的艺术修养，也得力于他重友情的品德和对自己所要表达的感情有着真切深刻的体验。

王维集中少量表现亲情的诗歌，同样具有充满感情、自然含蓄的优点。如《九月九日忆山东兄弟》：“独在异乡为异客，每逢嘉节倍思亲。遥知兄弟登高处，遍插茱萸少一人。”“每逢”一句，以极朴素自然的语言，高度概括了人们共同的感情体验，成为历代广为传诵和引用的名句。王维写闺思、宫怨、爱情等类诗歌，共有十余首。在这些诗里，作者对封建时代妇女的不幸遭遇，都抱一种同情的态度，如《息夫人》《羽林骑闺人》《班婕好三首》等，都是如此。王维的这些诗歌，大都写得很蕴藉、委婉。如《息夫人》：“莫以今时宠，能忘旧日恩。看花满眼泪，不共楚王言。”这首诗借春秋时息侯夫人的故事，来咏叹被当时的贵戚宁王李宪霸占的饼师之妻对饼师的忠贞不渝；末联只描摹饼师之妻的情态，“更不著判断一语”（《渔洋诗话》卷下），即表现出一个无法抗拒强暴势力凌辱的弱女子内心的无限哀怨，并流露出诗人对她的同情。《班婕好三首》其二：“宫殿生秋草，君王恩幸疏。那堪闻凤吹，门外度金舆。”末二句只说受不了天子的车舆从门外经过时传来的奏乐声，而宫中同列的承恩与宫人自己失宠后的寂寞、痛苦，已可自言外得之了。这些诗歌的妙处不仅在于写得很蕴藉、委婉，还在于其语言又极平易、通俗，因而具有语浅情深之长。如《相思》:“红豆生南国，秋来发几枝。劝君多采撷，此物最相思。”巧妙地借助红豆的象征义，用极浅显的语言，委婉、含蓄地表现出深长的相思之情。《杂诗三首》其二:“君自故乡来，应知故乡事。来日绮窗前，寒梅着花未?”这首写远在异乡的丈夫，向刚从故乡来的人打听来的时候故乡的梅花是否已开放。梅花开放是春天到来的标志，春天更易引起对亲人的思念，如果故乡的春天已到来，而丈夫却迟迟未归，妻子会倍觉惆怅，所以末二句之问，正流露出丈夫对妻子的思念和关心。此诗写得明白如话而深婉有致，看似信手拈来，实则经过精心的艺术提炼。

第四类诗为王维最擅长，它们主要作于天宝年间。在中国诗歌史上，王维是以擅长山水诗著称的。这类诗大致又可分为两类，一类与行旅、游览有关，可称为山水行旅诗；一类与隐逸有关，可称为山水田园诗。王维的山水行旅诗主要作于赴济州途中，游蜀途中，知南选往返途中，时间多在开元时，如《登河北城楼作》《早入荥阳界》《青溪》《晓行巴峡》《登辨觉寺》《送邢桂州》等，都是佳作。其中有的作品，如《汉江临泛》《终南山行》等，能以劲健的手笔，绘出大自然的壮美图画，表现诗人的开阔胸襟，是历来传诵不绝的名篇。可以说，王维的山水行旅诗虽然不多，但写得同他擅长的山水田园诗一样出色。

王维的山水田园诗，有的作于开元年间隐居淇上、嵩山和终南山时，多数作于天宝年间居辋川时。他的那些与隐逸有关的山水诗和田园诗，很难截然分开，大致说来，他的田园诗，多写农村风光的宁静幽美和乡居生活的安闲自得。如《淇上即事田园》:“屏居淇水上，东野旷无山。日隐桑柘外，河明闾井间。牧童望村去，猎犬随人还。静者亦何事，荆扉乘昼关。”这是王维最早的一首田园诗，它描写了恬静而富有生趣的田园景象。《新晴野望》：“新晴原野旷，极目无氛垢。郭门临渡头，村树连溪口。白水明田外，碧峰出山后。农月无闲人，倾家事南亩。”写雨后新晴，诗人纵目远望所看到的乡村风光：在辽阔的原野上，绿树掩映、溪流环绕着的村庄清晰可见；村庄外是绿色的田野，田野里白水在新阳下闪着亮光；远处群山连绵，群山之后，碧翠奇峭的峰峦在晴空中现出了自己的姿影，这一切是多么美丽，多么富有生机！《山居秋暝》：“空山新雨后，天气晚来秋。明月松间照，清泉石上流。竹喧归浣女，莲动下渔舟。随意春芳歇，王孙自可留。”写秋日傍晚雨后山村的景色，就像世外桃源那样恬静优美！同时，诗中还表现了诗人自己领受这一美景的欢快心情。王维的田园诗，大多流露出诗人摆脱官场纷扰、回到乡间隐居的愉悦。如《辋川别业》和《积雨辋川庄作》，不仅写出了他的隐居地辋川那令人陶醉的佳景，还表现了在这种环境里过隐居生活的安闲自得和自在畅快。这一切曲折地反映了诗人对长安官场生活的厌恶。王维田园诗中的农民与农村生活，往往富有隐士气息和闲逸情调。如《田园乐七首》其三：“采菱渡头风急，策杖村西日斜。杏树坛边渔父，桃花源里人家。”其四：“萋萋芳草春绿，落落长松夏寒。牛羊自归村巷，童稚不识衣冠。”这与其说是在写农民和农村生活，不如说是在写隐士和他们的隐逸生活。由于生活和阶级地位的限制，王维不大可能真正了解农民和农村生活。但是，他也有个别的田园诗，如《田家》《赠刘蓝田》，反映了农民的一些疾苦；还有的作品，如《渭川田家》，写田家生活的“闲逸”和农民淳朴的人情美，多少含有否定官场倾轧之意。

王维的那些与隐逸有关的山水诗，大多描写隐者所居的山林、田园景色，尤其喜欢刻画一种寂静幽美的境界，流露出诗人追赏自然风光的雅兴和悠闲情致。如《鸟鸣涧》：“人闲桂花落，夜静春山空。月出惊山鸟，时鸣春涧中。”以动写静，渲染出春天月夜溪山一角的幽境。《白石滩》：“清浅白石滩，绿蒲向堪把。家住水东西，浣纱明月下。”明月、溪流、绿蒲、白石与浣纱的少女相映成趣，组成了一幅色彩明丽、境界幽美、洋溢着生意的图画。晋宋之际的陶渊明，是第一个大量写作田园诗的诗人，他的田园诗，多抒写隐居生活的情趣与感受，写景的成分不多；而王维的田园诗，则多描写乡村、田园景色。所以在王维这里，田园诗与山水诗已经在很大程度上汇合到一起了。

王维笃志奉佛，他的不少山水田园诗往往在对自然美生动画面的描绘中，寄寓着某种禅意，这就是清人沈德潜所说的“王右丞诗不用禅语，时得禅理”（《说诗晬语》卷下）。这样的诗没有僧气，显示出王维的高超。探求这些诗的禅意，要从整个意境出发，而不能从某种佛教理念出发。明邢昉《唐风定》卷十九评《辋川集·辛夷坞》说：“此诗每为禅宗所引，反令减价，只就本色观，自是绝顶。”这话未必全对，却启发我们要从整个意境出发来探求诗的禅意。这些诗与王维的那些用禅语阐述禅理、类似偈颂的诗歌（如《与胡居士皆病寄此诗兼示学人二首》等），是不可同日而语的。如《竹里馆》：“独坐幽篁里，弹琴复长啸。深林人不知，明月来相照。”竹林幽深，主人独坐，没有人知道他的存在，唯有明月为伴。这个境界，可谓寂静幽清之至，从中我们可以感受到一种离尘绝世、超然物外的思想情绪。但是，诗人又是快乐的，他弹琴长啸，怡然自得。置身于远离尘嚣的寂静境界，诗人感到身上没有俗事拘牵，心中没有尘念萦绕，从而获得了寂静之乐。可以说，王维不少山水田园诗中的禅意，比较集中地表现为追求寂静的境界。在诗人的心目中，这种寂静的境界正是“静虑”的好地方，居此自可心逐境寂，安禅入定，忘掉现实的一切，制服世俗的妄念。这就是他之所以追求寂静境界的主要原因。王维的山水田园诗虽然有的寄寓着某种禅意，但它们所流露出来的感情，主要还是安恬、闲静，而非冷寂、凄清。而且，这类诗歌所刻画的幽静之境，也是大自然之美的一种反映，对人们始终具有吸引力，越是在社会安定的时代，这种吸引力就越大。另外，还应指出一点，王维山水田园诗中透露出来的安恬、闲静与和谐的气息，同诗人所处的时代有着密切的关系，应该说，它是盛唐时代和平安定社会环境的一种反映。

王维诗极善于描写自然风景，不仅他的山水诗在写景上具有高度成就，在他的许多其他题材的诗歌中，也常常安插动人的写景佳句，使全篇为之增色。他的写景诗句，勾画出了大自然缤纷多姿的面貌，既有许多静美的画面，又有一些雄伟壮丽的景象，还有的境界奇异神妙，如《送梓州李使君》："万壑树参天，千山响杜鹃。山中一半雨，树杪百重泉。"同是描写幽静的景色，有的色彩鲜丽，如"雨中草色绿堪染，水上桃花红欲然"（《辋川别业》）、"漠漠水田飞白鹭，阴阴夏木啭黄鹂"（《积雨辋川庄作》）等；有的清淡素净，如《辋川集》中的不少篇章。这些诗歌，呈现出多种风格，显露出作者描画山水风景的多方面才能。研究和总结王维诗歌写景的艺术成就与经验，对于今天的创作仍具有一定的借鉴意义。

苏轼《书摩诘蓝田烟雨图》（见《东坡题跋》卷五）说："味摩诘之诗，诗中有画；观摩诘之画，画中有诗。"所谓"诗中有画"，是说王维的诗歌，能"状难写之景如在目前"，用无形的语言描绘出具体、鲜明、生动、逼真的自然景物形象，使读者感到犹如在眼前展现出一幅幅富有实体感的风景画一般。诗中有画并非王维所独具，但他在这方面确乎有独到之处，堪称高人一筹。其主要表现是，他的诗中画都不是风景写生式的，而是能以鲜明的景物形象达情，将心境化为物境，做到景、情融合为一，并且还善于融合绘画艺术的表现形式入诗。王维是一个著名的山水画家，他善于用画家的目光观察、透视、选择和安排景物，从而使他的诗中画富于空间的层次感，具有很强的构图美与色彩美。如"白水明田外，碧峰出山后"，近景和远景形成像绘画一样分明的层次，而峰碧水白，光线和色彩的对比也很和谐。《登辨觉寺》:“窗中三楚尽，林上九江平。”上句写自长江边上的山寺远眺，三楚尽收眼底；下句写由山寺下望，近处是一片树林，林上有水阔波平的九江。句中用一个“上”字，表现出了景物的远近层次，具有立体感，是用画家的眼睛观察景物所得的印象（中国画即把远处的九江画在近处的树林上）。“大漠孤烟直，长河落日圆”，写大漠辽阔无涯，长河纵贯其中，远方长河尽头的地平线有圆而红的落日，近处沙漠中长河边有直而白的孤烟，四种景物安排得多么巧妙、得当，具有纷歧统一、均衡协调之美。在《积雨辋川庄作》中，白鹭与黄鹂形成色彩对照，漠漠水田与阴阴夏木构成色彩和明暗的相互映衬。《山中》:“荆溪白石出，天寒红叶稀。”《春园即事》:“开畦分白水，间柳发红桃。”也都像绘画一样，注意色彩相互映衬之美。

以上例子，都说明王维善于融画法入诗。但是，诗、画并非同一门艺术，所以王维在形成他的诗中画方面，还是更多地使用了诗法。诗人能紧紧抓住诗歌的特点，最大限度地发挥文学语言的启示功能，以唤起读者的联想和想象，使读者在自己的头脑中形成一幅幅有形的图画。在这个方面，王维作了多方面的努力，有以下几点很值得我们注意。首先，他的诗歌多采用白描手法，对景物作真实、具体、细致、精确的描绘，造成强烈的可感性，使读者读后，自然地在脑海中浮现出鲜明的形象。如《山居即事》:“嫩竹含新粉，红莲落故衣。渡头灯火起，处处采菱归。”对秋日山村景象，观察入微，刻绘工细，形象真切生动，景物明丽如画。不过，诗人有时也辅以想象、夸张、渲染之笔，以描画出难以摹状的景物。如《文杏馆》:“文杏裁为梁，香茅结为宇。不知栋里云，去作人间雨。”后二句以栋里云彩飞到人间化而为雨的优美想象，摹写出文杏馆的高远、幽静，犹如仙境一般，这两句纯用虚笔，却能动人遐思。其次，诗人不是对景物作全面的穷形尽相的描绘，而是从纷繁变幻的自然景物中，择取最动人的一段，或抓住景物的主要特征，加以刻画，做到笔墨简净，以少总多，给读者留下了充分的联想和想象的余地。如《木兰柴》：“秋山敛余照，飞鸟逐前侣。彩翠时分明，夕岚无处所。”不对木兰柴作全景式写生，而只摄取山寨秋日夕照的短暂动人景象，加以突出表现；诗人笔下的秋山夕照是那么绚烂明丽，可唤起人们对秋山美色的丰富联想。《汉江临泛》：“江流天地外，山色有无中。”上句极言汉江的浩淼，下句写在江边眺望远山，山色淡到极点，若有若无，似隐似现；诗人以极简洁之笔，把那由于距离极远而迷离朦胧、变幻不定的山色，逼真、传神地表现出来，为读者留下了发挥想象的广阔空间。《终南别业》：“行到水穷处，坐看云起时。”写所见到的终南山景色，只用了“云起时”三字，其余则调动读者自己去想象补充，可谓引而不发，一以当十。第三，王维极善于捕捉和表现自然景物的动态形象，从而使自己的诗歌更活跃生动，视觉意象更为鲜明。如《终南山行》：“白云回望合，青霭入看无。”写登山途中所见到的山间云霭的运动变化，非常生动、逼真，每一个有登山经验的人读后都会有身临其境之感。在勾勒景物的动态形象时，诗人十分注意表动态字的提炼。如《辋川闲居赠裴秀才迪》：“渡头余落日，墟里上孤烟。”用一个“余”字，即把黄昏日落已经开始、尚未完成的渐进过程准确地刻画出来；一个“上”字，又使“孤烟”产生了持续升腾的动态。第四，王维特别喜爱和擅长描摹自然音响，把这当作构成其诗中画的一个重要艺术手段。如《送梓州李使君》诗的“万壑”四句，其佳处不止在于画面鲜明，具有立体感，还在于画中有声。那响彻千山的杜鹃啼鸣，声震层峦的崖巅飞瀑，不但有助于凸显蜀地山川的雄奇，也使全诗的景物形象更活跃动人。王维偏好静美境界，尤善于用音响描写来刻画静境。如《鸟鸣涧》：“月出惊山鸟，时鸣春涧中。”以空谷鸟鸣反衬出春山的幽静。《秋夜独坐》：“雨中山果落，灯下草虫鸣。”连雨中山果落地的响声也能听到，足见秋夜的静寂之至。由这首诗还可看出，诗人对大自然音响的辨识力是十分敏锐、准确和精细的。

王维的诗中画都不是风景写生式的。清王夫之《唐诗评选》卷三说："右丞工于用意，尤工于达意。景亦意，事亦意。前无古人，后无嗣者。"指出王维诗中的景都是服务于表达情意的。诗人往往结合自身的感受和印象来刻画山水，如"江流天地外"，写汉江的浩淼，全从个人的印象和感觉着笔，这样写更能唤起读者的想象，传达出山水的神韵。又如《过香积寺》："泉声咽危石，日色冷青松。"青松是幽冷的，照在青松上的日色仿佛也带着寒意，此句化视觉里的事物为触觉中的事物，这种"通感"的表现手法，有助于更好地表现诗人对自然景物的独特心理感受。诗人还善于在写景中表达自己的思想感情，如《归嵩山作》："荒城临古渡，落日满秋山。迢递嵩高下，归来且闭关。"前二句刻画古渡荒城、秋山落日的景象，造成一种萧索、苍凉的气氛，烘托出了诗人归隐后落寞、悲凉的心情；此景正因此情而现，此情又由此景而生，二者融为一体。王维还有些诗，纯乎写景，无一语言情，却又充满感情，如《山居秋暝》前六句皆写景，却传达出诗人陶醉于自然美景之中的恬适心情。又如从《新晴野望》所描绘的那一幅幽美和洋溢着生意的农村风景画中，我们完全可以感受到诗人热爱自然、眷恋乡村的情怀。如果说能在自己的诗中刻画出大自然的各种生动具体的形象已属不易，那么能同时使这些形象很好地起到表达感情的作用就更难了，但王维却能做到这一点。由于诗人是围绕达情来写景的，不论刻画何种景物，采用何种表现手法，皆统一于情，所以其诗歌就达到了景、情合一和形成和谐、完整、统一的意境；又由于诗人笔下的景，不是与"我"无关的客体，而是为"我"之心所融会的物，所以读者便感到他诗中的景物形象，达到了形似与神似的统一。这一切表明，王维在以景达情，创造情景交融、耐人寻味的意境方面，取得了极高的成就。

王维在刻画山水风景时，颇注意表现自己面对自然时的心情意态，所以读者感到他的诗中往往活动着一个诗人的自我形象。如《辋川闲居赠裴秀才迪》："寒山转苍翠，秋水日潺湲。倚杖柴门外，临风听暮蝉。渡头余落日，墟里上孤烟。复值接舆醉，狂歌五柳前。"写雨后新晴，诗人倚着手杖站在柴门外闲看秋色，愉快地倾听着晚风送来阵阵悦耳的蝉鸣。远处，渡头人散，只剩下落日的余照，村落里有几户人家做晚饭，炊烟袅袅而上。诗歌为我们展现了一幅秋日山村雨后的风景图画，那闲居田园、悠游自在的"高人王右丞"的自我形象，也叠印在这画中了。《田园乐七首》其六："桃红复含宿雨，柳绿更带春烟。花落家童未扫，莺啼山客犹眠。"这首诗不仅刻画了令人陶醉的春日山庄美景，诗人的自我形象也很鲜明。宋胡仔说："每哦此句，令人坐想辋川春日之胜，此老傲睨闲适于其间也。"（《苕溪渔隐丛话》后集卷九）另外，王维往往按照主观的审美爱好与标准去观照自然，发觉与主观相契合的自然美而加以描绘；王维的许多山水田园诗，都刻画出了一种没有人世喧扰的幽美静谧境界，从他对这种境界的偏好不难看出诗人的审美爱好与追求。为了刻画这种具有个性特色的静美境界，诗人在景物形象的选择、组合和描写等方面，都进行了相应的创造。比如他很善于捕捉同自己的审美追求相契合的景物形象，在诗中，多通过夕阳、明月、远村、空山、深林、清泉、白云、孤烟等景物渲染出静美之境。这样，王维在景物形象的选择和创造方面，便形成了自己的个性特点。

综上所述，可以说"诗中有画"是王维写景诗歌艺术的一个重要特点和成就，但如果仅以它来概括王维写景诗歌艺术的主要特点与成就，则是不全面的。笔者以为，王维写景诗歌艺术的一个更为重要的特点与成就，是景中有"我"。所谓景中有"我"，是说景中有作者对景物的感受，以及作者的思想感情、自我形象和审美追求等。清洪亮吉《北江诗话》卷二说："写景易，写情难；写情犹易，写性最难。"应该说，王维的写景之作，不仅能够刻画出如画般的景物形象，而且善于借助这些形象来表达自己的思想感情；非但能很好地表达思想感情，而且能刻画出诗人的自我形象、个性，在艺术上具有突出的特点，取得了很高的成就。

王维诗歌的语言，清新明丽，简洁洗练，精警自然。或写景，或言情，如“洒空深巷静，积素广庭闲”“渡头余落日，墟里上孤烟”“独在异乡为异客，每逢嘉节倍思亲”“唯有相思似春色，江南江北送君归”等，都对语言作苦心锤炼，而无炉火之迹，语语天成，自然而工。

王维今存的70篇文章中，有赋、表、状、露布、书、记、序、赞、碑铭、墓志、哀辞、祭文、连珠、判等多种体裁。洪亮吉称王维“能为诗而不能为文，即有文亦不及其诗”（《北江诗话》卷二），说王维“有文亦不及其诗”，很正确；但称他“不能为文”，则欠公允。当然，他今存的文章，应用文较多，有些作品，思想、艺术价值不高，但其中也并非没有佳作。

王维的有些文章，颂扬了贤臣良吏的德行，表现了自己进步的政治理想。如《裴仆射济州遗爱碑》，歌颂了裴耀卿在济州的德政，主要说他心怀苍生，视民如子，在济州黄河决口的紧急关头，不顾个人安危，亲率吏民搏击狂涛，堵截决口，从文中对裴耀卿这一壮举的褒扬，不难看出王维心目中的理想良臣是什么样子。在《京兆尹张公德政碑》中，王维还对张公（去奢）在京兆大饥之后行“慈惠之政”，使“人（民）得以赡”的事迹加以赞颂，从中可以看出作者对于“仁政”的向往。王维还有些文章，反映了当时的现实，揭露了社会政治的弊端。如《请回前任一司职田粟施贫人粥状》，揭示了安史之乱后，作者在长安一带亲见的“道路之上，冻馁之人，朝尚呻吟，暮填沟壑”的悲惨景象。又如《裴仆射济州遗爱碑》，指出当时随从天子东封泰山的“天朝中贵”，利用执政掌权之便，假借天子的名义，强行索求各种财物，“厚为之礼，则生我羽毛；小不如意，则成是贝锦”，这段描写，揭露和抨击了政治的弊端和官场的黑暗。

王维的有些碑志、序文，能够注意刻画人物，突出其主要个性、品格，并融入作者自己的爱憎情感。如在《大唐故临汝郡太守赠秘书监京兆韦公神道碑》中，作者叙写了自己被安史叛军押解到洛阳后，受到已被迫在洛阳任伪官的碑主韦斌的关怀、照顾，接着写韦斌“吞药自裁”之前与自己诀别的情景：“毕今日欢，泣数行下，示予佩玦，斫手长吁，座客更衣，附耳而语。指其心曰：‘积愤攻中，流痛成疾，恨不见戮专车之骨，枭枕鼓之头，焚骸四衢，然脐三日。见子而死，知予此心。’”这段话生动传神地表现了韦斌的悲愤情感和刚烈性格，读来颇为感人。又如《送高判官从军赴河西序》首段，勾画了河西节度使哥舒翰的鲜明形象，文中多用文学的形容与夸张，生动描绘了他作为一个胡人将领的外貌特征与勇武气概，给读者留下了深刻的印象。

王维的一些文章，尤其是序、书体文，表现出擅长写景和景情融合的特点。如《山中与裴秀才迪书》，以清丽淡雅的文字，刻画了辋川寒冬与仲春、月夜与白天的种种不同景色，生动鲜明，天然入妙，动静有致，富于诗情画意。文中两处写景，是作者最为用力的地方；而抒发对挚友之情，则贯穿全篇，这两者水乳交融。从艺术表现方法、意境、风格和情调来看，此书与《辋川集》绝句实有异曲同工之妙。可以说，它是书札的诗，或诗的书札。又如《送郑五赴任新都序》：“骑登栈道，馆于板屋。剑门中断，蜀国满于二川；铜梁下临，巴江入于万井。黄鹂欲语，夏木成阴，悲哉此时，相送千里。”描写友人入蜀途中所见景色，并在景中寄寓伤别之情。再如，《送秘书朝监还日本国诗序》，后面想象晁衡归国途中在海上航行情状，并抒别后相思之情，也颇出色。近人高步瀛评道：“兴会飙举，情景交融。”（《唐宋文举要》）

王维为文，仍沿袭六朝以来之习，采用骈体，但也有少数文章，骈中见散，甚至可称为散文，显示了由骈文向散文过渡的迹象。

四、王维在诗史和画史上的地位与影响

下面谈王维在中国诗歌史与绘画史上的地位、贡献与影响。

前面谈到，王维被当时人视为“天下文宗”，是开元、天宝年间名望最高的一个诗人，这一情况的出现，与他长期居于长安这个诗坛中心，诗作得以在全国广泛流传，有着一定的关系（参见拙作《试论唐代的诗坛中心及其作用》，载《国学研究》第八卷）。但更为主要的原因，还在于王维的诗作本身取得了很高的成就。首先，王维是盛唐边塞诗的先驱，而边塞诗是盛唐诗歌高峰最鲜明的一个标志。王维创作边塞诗的时间较早，如他的《李陵咏》作于开元七年（719），《燕支行》作于开元九年，《少年行四首》也作于早年，其他的边塞诗，包括《使至塞上》《出塞作》等名篇，大多作于开元二十五、六年；而以擅长边塞诗著称的盛唐诗人高适，最早的边塞诗作于开元二十年前后，其名篇《燕歌行》作于开元二十六年，还有一些边塞诗作于天宝末年；另一以擅长边塞诗著称的盛唐诗人岑参，边塞诗都作于天宝后期。王维的边塞诗，直接启发了盛唐边塞诗人的创作。王维今存的边塞诗虽然只有二十多首，但其在盛唐边塞诗发展中的地位和贡献却是很突出的，这与他曾入边幕，有着丰富的充实的边塞生活体验不无关系。

其次，王维是我国古代山水诗的艺术大师，盛唐山水田园诗派的代表人物。我们知道，唐代的山水田园诗创作在盛唐时达到高峰。其初，开元三至五年（715—717），张说任岳州刺史，写作了不少吟咏湖湘山水的诗歌；接着，孟浩然在开元十五年冬入京以前，写了许多山水田园诗，开元十七至十九年南游吴越期间，又创作了不少山水行旅诗；与孟浩然作山水诗的时间大致相同，张九龄于开元十四至十九年奉使南方和在南方为官时，作了不少描写南方风光的纪行诗。紧接孟、张之后，王维在开元中、后期，已写过一些山水田园诗，又在开元末至天宝时期，

创作了大量这类诗歌。如前所述，这时王维创作的山水田园诗，臻于完美的境界，达到炉火纯青的地步。可以说，是王维将盛唐山水田园诗的艺术推上了巅峰。明胡应麟《诗薮》内编卷二说：张九龄“首创清澹之派。盛唐继起，孟浩然、王维、储光羲、常建、韦应物，本曲江之清澹，而益以风神者也”。所谓“清澹之派”，也就是山水田园诗派，因为这一派诗人的山水诗，大都具有清澹之风。张九龄写作山水诗的时间并不早于孟浩然，所以如果要说首创者，应该把孟浩然也算在内。这派诗人除张、孟、王外，还有储光羲、卢象、裴迪、祖咏、綦毋潜、常建、丘为等人，他们之间大都有很深的交谊，特别是王维，由于他诗名早著，又长期居于长安，更成为这些诗人交往的一个中心，加上王维在山水田园诗的创作上成就卓绝，超越所有人，所以很自然地成为这一诗派的代表人物。

清牟愿相《小獬草堂杂论诗》说：“唐人诸体诗都臻工妙者，惟王摩诘一人。”确实，王维不论五古、七古、五律、七律、五排、五绝、七绝，还是四言诗、六言绝句、骚体诗，都有佳制。尤其擅长五律、五绝、七律、七绝。他的五律达103首，在诸体诗中数量最多，名篇也最多，如《辋川闲居赠裴秀才迪》《冬晚对雪忆胡居士家》《酬张少府》《送梓州李使君》《送邢桂州》《过香积寺》《山居秋暝》《终南别业》《归嵩山作》《山居即事》《终南山行》《观猎》《汉江临泛》《使至塞上》等，皆臻于化境。清管世铭《读雪山房唐诗序例·五律凡例》说：“‘蓝田日暖，良玉生烟’，此最五言胜境也。王摩诘殆篇篇不愧此意。”王维的五绝有50首，其中名篇亦多，如《辋川集》二十绝句、《皇甫岳云溪杂题五首》《息夫人》《山中送别》《杂诗三首》《相思》《书事》《山中》等，皆天然入妙。明胡应麟《诗薮》内编卷六云：“摩诘五言绝，穷幽极玄。”“唐五言绝，太白、右丞为最。”王维的七律有20首，在盛唐诗人中，数量之多仅次于杜甫。当时七律创作还处于尝试阶段，被誉为七律圣手的杜甫有七律160首，其中绝大多数作于乾元元年（758）之后，作于至德二载（757）以前的只有 7 首，而同一时期王维写的七律则有 19 首，这说明他在七律发展的历史进程中起了承上启下的重要作用。王维的七律风格多样，名篇如《奉和圣制从蓬莱宫向兴庆阁道中留春雨中春望之作应制》《和贾舍人早朝大明宫之作》《出塞作》《送方尊师归嵩山》《辋川别业》《积雨辋川庄作》等，皆挥洒自如，独步当时。《读雪山房唐诗序例·七律凡例》说："王右丞精深华妙，独出冠时；终唐之世，与少陵分席而坐者，一人而已矣。"王维的七绝有 23 首，管世铭认为他的七绝与李白、王昌龄"三家鼎足而立，美不胜收"（同上《七绝凡例》）。其名篇如《九月九日忆山东兄弟》《送元二使安西》《送沈子归江东》《少年行四首》等，皆语浅情深，魅力无穷。王维的这些诗歌，是近体诗艺术成熟的标志，可以说他的创作，对唐诗的发展，特别是近体诗的演进，有很大贡献。

一个大诗人不会只具有一副笔墨，王维诗歌的风格也是多样的。不过，诗人最具自家面目、最独树一帜的风格，是清澹、简远、自然。这种诗风，使他能够在百花争艳的盛唐诗坛卓然特立。但是，王维的其他许多作品，或雄健，或浑厚，或奇峭，或壮丽，或婉曲，或平实，或俊爽，或秀雅，也都有其不可磨灭的价值，应当给予足够的重视。

唐殷璠《河岳英灵集序》说："开元十五年后，声律风骨始备矣。"唐杜确《岑嘉州诗集序》："开元之际，王纲复举，浅薄之风，兹焉渐革。其时作者凡十数辈，颇能以雅参丽，以古杂今，彬彬然，粲粲然，近建安之遗范矣。"都认为开元时代的诗歌，能够上继建安风骨的优良传统，已经完全摆脱了齐梁以来绮艳柔靡诗风的影响。所谓"声律风骨"兼备的新诗风，盖指诗歌既风清骨峻、刚健明朗，又有声律、词采为之附丽，臻于"文质彬彬，尽善尽美"的境地。我们看王维开元时期的诗歌，确有许多兼具风骨与词采的佳制，这些作品对于开元诗坛革除齐梁遗风与建立新诗风之历史任务的完成，无疑具有促进作用。特别是王维开元时在诗坛已有盛名，又较长时间居于长安这个诗坛中心，他对于当时诗坛的影响力肯定不会小，所以，虽说上述历史任务的完成，是盛唐许多优秀诗人共同努力的结果，但王维在这方面的贡献却是不能低估的。

清冯班《钝吟杂录》卷五："按大历之时，李杜诗格未行。"对大历（766—779）至兴元（784）时期诗歌影响最大的，无疑是王维的山水田园之作。如著名诗人刘长卿，"其命意造句，似欲揽少陵、摩诘二家之长而兼有之，而各有不相及不相似处"（清贺贻孙《诗筏》）。韦应物也以擅长山水田园诗著名，他的山水田园诗与王维一脉相承，唐司空图《与王驾评诗书》说："右丞、苏州，趣味澄琼，若清风之出岫。"对于大历诗坛声名籍甚的人物如钱起、郎士元、皇甫冉等，唐高仲武《中兴间气集》评曰："员外（钱起）诗，……文宗右丞，许以高格。右丞没后，员外为雄。"（卷上）"员外（郎士元）河岳英奇，……右丞以往，与钱（起）更长。"（卷下）唐独孤及《皇甫公集序》说："沈、宋既殁，而崔司勋颢、王右丞维复崛起于开元、天宝之间，得其门而入者，当代不过数人，补阙（皇甫冉）其人也。"都认为他们的诗继承了王维的传统。王维的山水田园诗，对柳宗元及其后历代的山水田园诗，都产生了深远的影响。

中国自然山水诗的发生比西方约早一千三百年，以自然景物来构造诗的意境，是中国诗最重要的民族特色和艺术传统之一，而王维就是这一民族特色和艺术传统的重要开创者。我们知道，情与景的交融即产生诗的意境。前面谈过，王维在以景达情，创造情景交融的意境方面，取得了极高的成就。其山水田园诗中的情景交融意境，往往蕴藉含蓄，能引发人们的丰富想象，具有司空图所提倡的"味外之旨"与"象外之象"。如《终南别业》："中岁颇好道，晚家南山陲。兴来每独往，胜事空自知。行到水穷处，坐看云起时。偶然值林叟，谈笑无还期。"元方回说"右丞此诗有一唱三叹不可穷之妙"（《瀛奎律髓》卷二三），清查慎行称它"有无穷景味"（《瀛奎律髓汇评》卷二三），沈德潜赞扬它"一片化机"（同上），就道出了此诗既富有味外味与象外象而又自然天成的优点。王维的送别等其他题材的诗歌，也有许多情景交融的佳句，它们也往往蕴含着丰富的味外味与象外象。如《送沈子归江东》：“杨柳渡头行客稀，罟师荡桨向临圻。唯有相思似春色，江南江北送君归。”后二句抒发送别者的深情而情中含景，余蕴无穷，它不禁使读者联想到沈子南归途中所见到的种种春色，无不染上友人的相思之情，似乎那“相思”已化为无处不到的“春色”，“春色”变成了绵长无尽的“相思”。在我国诗歌史上，谢灵运首次使自然山水成为诗歌独立的表现对象，而王维则进一步使之成为达情的媒介。在他那里，人和大自然、情和景的契合交融达到了化境。这不仅为中国山水诗开创了新的风气，树立了新的艺术典范，还为中国诗歌艺术传统和民族特色的形成，作出了重要贡献。王夫之说：“不能作景语，又何能作情语邪？古人绝唱句多景语，如‘高台多悲风’，‘蝴蝶飞南园’，‘池塘生春草’，‘亭皋木叶下’，‘芙蓉露下落’，皆是也，而情寓其中矣。以写景之心理言情，则身心中独喻之微，轻安拈出。”（《夕堂永日绪论内编》第二十四条）谓古人绝唱句多含情之景语，正揭示了中国诗歌多以景达情、用自然景物来构造意境的艺术传统和民族特色。所以，王维在诗史上的价值、贡献和影响，绝非仅在山水田园诗领域。

下面，谈谈王维的画，以及他在画史上的地位与影响。王维《题辋川图》云：“宿世谬词客，前身应画师。不能舍余习，偶被世人知。”可见王维知道并承认自己在诗坛与画坛的声名，这些话在自谦的语言背后，流露了对自己诗画成就的高度自信。唐人对王维画的评价也颇高，如封演《封氏闻见记》卷五云：“玄宗时，王维特妙山水，幽深之致，近古未有。”窦臮《述书赋》：“诗兴入神，画笔雄精，李将军世称高绝，渊微已过。”臮兄蒙注曰：“右丞王维，……山水之妙，胜于李思训。”李肇《唐国史补》卷上云：“王维画品妙绝，于山水平远尤工。”朱景玄《唐朝名画录》按神、妙、能、逸四品分录唐画家，而列王维为妙品上，云：“王维，写真、山水、松石、树木。”又云：“其画山水松石，踪似吴生（道子），而风致标格特出。”张彦远《历代名画记》卷一〇云：“工画山水，体涉今古。……清源寺壁上画辋川，笔力雄壮。……余曾见破墨山水，笔迹劲爽。”其卷一《论画山水树石》又有“若王右丞之重深”语。根据上述评语，可以知道，唐人对于王维的画还是很欣赏的，称其兼擅山水、人物，尤工山水；广泛探索，体涉古今。可惜王维画的真迹已佚，今存只有少量摹本，从中已难窥知王维画的全貌。

张彦远所称王维之“破墨山水”，应引起我们的注意。“破墨”是中国山水画中一种渲染水墨的技法，即以水破浓墨而成淡墨，浓淡相间，以显示物象的界限轮廓、阴阳向背、远近位置等。与王维同时的吴道子画山水，“只以墨踪为之”（《唐朝名画录》），已开创水墨写意山水画之始，朱景玄说王维“踪似吴生”，大概就是从这个角度说的。但是王维并未止步于吴，而是在其成就的基础上发明了“破墨”渲染法，或称水墨渲淡法。他们二人的不同在于，吴重线条，王重“墨”，所以五代荆浩说“吴道子有笔无墨”（宋郭若虚《图画见闻志》卷五）。王维的水墨渲淡法，经过中晚唐、五代至宋的发展，成为真正具有中国性格的水墨山水画法。

水墨山水画出现后，在中晚唐、五代至宋获得了飞速发展，与此相应，王维在画坛的地位也日益提高。如张彦远、朱景玄都认为山水画的变化始于李思训、吴道子，都认为二人是唐代山水画的代表，《唐朝名画录》还将两人的画都列为神品，其地位皆在王维之上。而到了荆浩的《笔法记》中，则将王维置于李、吴之上。北宋苏轼更对王维画推崇备至。其《凤翔八观·王维吴道子画》云：“吴生虽妙绝，犹以画工论。摩诘得之于象外，有如仙翮谢笼樊。吾观二子皆神俊，又于维也敛衽无间言。”上文说过，苏轼有一个王维“画中有诗”的著名论断，这个论断同《王维吴道子画》中的说法，意思是一样的。所谓“画中有诗”，是指画中有意境，能引人联想，也即具有象外之象，画外之趣，善于用画来抒情达意。画具有诗一般的意境，含蕴深永，正是后世所称文人画的特征以及文人画不同于画工画的地方。从这一点上说，王维或许是中国画史上的第一人。

清王原祁《麓台题画稿·仿黄子久设色》云："画自家右丞以气韵生动为主，遂开南宗法派。"气韵生动可以说是王维画的基本成就之一，如张祜《题王右丞山水障子二首》其二云："咫尺江湖尽，寻常鸥鸟飞。山光全在掌，云气欲生衣。""山光"二句，写出了王维山水画的生动气象。又今传王维《雪溪图》摹本，画江边之雪景，远处江中有两个船夫正刺篙前行，其形态逼真，臻于妙境。再如，今传《伏生授经图》摹本，画想象中的伏生形象，其凭几伸卷授经的动作、神态，生动而具体，堪称形神兼备。

综上所述，可以说，王维是真正具有中国性格的水墨山水画的创始者，文人画的开山之祖，其在中国画史上的地位崇高，影响也很深远。

最后，谈一下本书的凡例。

一、王维集最初由其弟王缙编成，凡十卷。今传王维集，大抵可分为三类。一为宋元刊不分体全集本与诗集本，有国家图书馆藏北宋蜀刻本《王摩诘文集》十卷（诗六卷，文四卷，简称宋蜀本），日本静嘉堂文库藏南宋麻沙刊本《王右丞文集》十卷（简称麻沙本），元刊本《须溪先生校本唐王右丞集》六卷（有诗无文，简称元本），明顾可久注《唐王右丞诗集注说》六卷（此本实同元本，故不列为校本）。二为明人重编分体全集本与诗集本，有明正德、嘉靖间刊本《王摩诘集》十卷（简称明本）等。三为综合性校本，有明嘉靖三十五年刊顾起经编《类笺唐王右丞集》（含诗集十卷、文集四卷及附录等，简称顾本），明凌濛初刊《王摩诘诗集》七卷（有诗无文，简称凌本），清赵殿成笺注《王右丞集笺注》二十八卷（简称赵本），《全唐诗》，《全唐文》等。今诗集以宋蜀本为底本，参校麻沙本、元本、明本、顾本、凌本、赵本、《全唐诗》及《唐人选唐诗》《文苑英华》《唐诗纪事》等唐宋以来群书。文集以宋蜀本为底本，校以麻沙本、明本、赵本、《全唐文》等。凡对底本文字有所改动，一般均在校记中说明校改的依据（据某本改），明显的笔误则径改，不出校；对各本具有参考价值的异文，择要在校记中加以反映。作校记时，遇有数本文字相同的情况，仅列举其中的几本作为代表，而不一一详列各本。入选诗歌不见于底本者，据他本及有关资料收录（目录中列为“集外诗”，凡五首），并在注释中作说明。

二、本书选录王维诗 132 题 160 首，文 3 篇，原依“编年诗”“未编年诗”“文”的顺序编排。书稿按原拟计划撰成并交给编委会后，编委会经研究认为，有读者要求在书稿中保留原典面貌，所以提出王维集即按宋蜀本的结构编排（取消编年）；然而宋蜀本虽是最古的本子，却诗文混编，四卷文插入六卷诗中（如卷一诗，卷二、三文，卷四、五、六诗，等等），宋陈振孙因称此本“编次尤无伦”，所以本集的文字以宋蜀本为底本，各卷的编排顺序则改依麻沙本。麻沙本是以宋蜀本为底本改编的，它按照先诗后文的原则调整了宋蜀本各卷的序次（改成前六卷诗、后四卷文），而各卷中的篇目、序次，则皆同于宋蜀本。本书依编委会的要求改为这样的编排，虽保留了宋蜀本与麻沙本的某些面貌，但编年的好处却也丧失了，所谓鱼与熊掌“二者不可得兼”也。赵殿成在《王右丞集笺注例略》中说：“叙诗之法，编年为上，别体次之，分类又其次也。”鲁迅《且介亭杂文·序言》说：“分类有益于揣摩文章，编年有利于明白时势，倘要知人论世，是非看编年的文集不可的。”为诗文集作编年，才能弄明白作品与当时社会生活的关系，真正做到知人论世。又，为古代诗歌编年，还有助于我们掌握诗人思想的发展变化，以及诗歌的内容与艺术风格的发展变化，所以长期以来，为唐诗编年，已成为唐诗研究的一项重要内容。今天我们编辑整理唐人诗文集，只要条件许可，就应当采用编年的方式编排，这是我个人的看法，说出来供读者参考。本集虽取消了编年，但入选作品的写作时间，还是尽最大努力加以考证，并在各诗文的第一条注释（篇题注释）中作扼要说明（限于篇幅，无法一一详述考证的依据，读者如果对这个问题感兴趣，可自参阅拙作《王维集校注》修订本和其中的附录《王维年谱》）。

卷第一

夷门歌[1]

七雄雄雌犹未分[2]，攻城杀将何纷纷。
秦兵益围邯郸急[3]，魏王不救平原君。
公子为嬴停驷马[4]，执辔愈恭意愈下。
亥为屠肆鼓刀人[5]，嬴乃夷门抱关者[6]。
非但慷慨献奇谋[7]，意气兼将身命酬。
向风刎颈送公子[8]，七十老翁何所求！

[注释]

[1] 夷门：战国魏都大梁城的东门，故址在今河南开封城内东北隅。《史记·魏公子列传》太史公曰："吾过大梁之墟，求问其所谓夷门。夷门者，城之东门也。"按，魏公子（信陵君）之门客侯嬴，为"大梁夷门监者"（《史记·魏公子列传》），即看守城

袁宏道曰："此为当时贵人无真好士者，故借夷门以发之。言秦难如此，其亟。然信陵一礼贤者，而屠肆抱关之人，咸为踊跃，不但献奇谋以解纷，且捐身命以立节。彼刎颈之老翁，岂有求于公子耶？特以意气相期耳。今贵人有如信陵之下士，士孰不能为侯嬴哉！"（《新刻李袁二先生精选唐诗训解》卷二）

顾可久曰："太史公本传宛转千余言，而此叙事数语，极简要明尽。又，嘉公子无忌之重客，亥、嬴之任侠，溢于言外。结尤斩绝有力量，妙甚！"（《唐王右丞诗集注说》卷一）

门的役吏，此诗即咏其事，故名曰“夷门歌”。　[2] 七雄：战国七雄，即秦、楚、齐、韩、赵、魏、燕七国。雄雌：喻胜负。东方朔《答客难》：“并为十二国，未有雌雄。”前一“雄”字，《唐诗品汇》卷三〇作“国”。　[3]“秦兵益围邯郸急”二句：谓秦军增兵包围赵都邯郸，情况紧急，魏王却不出兵援救赵国的平原君。二句事本《史记·魏公子列传》：“魏安釐王二十年（前 257），秦昭王已破赵长平军，又进兵围邯郸（赵都，今河北邯郸西南）。公子（信陵君）姊为赵惠文王弟平原君夫人，数遗魏王及公子书，请救于魏。魏王使将军晋鄙将十万众救赵。……留军壁邺（扎营于邺），名为救赵，实持两端以观望。”平原君不断遣使者至魏求救，魏王畏秦，终不出兵。　[4]“公子为嬴停驷马”二句：言魏公子为侯嬴停下了套着四匹马的高车，亲自手执缰绳为侯嬴驾车，态度越来越谦恭。事本《史记·魏公子列传》：“魏有隐士曰侯嬴，年七十，家贫，为大梁夷门监者。公子闻之，往请，欲厚遗之。不肯受。……公子于是乃置酒，大会宾客。坐定，公子从车骑（带着随从的车骑），虚左（空出车左边的尊位），自迎夷门侯生。侯生摄（整理）敝衣冠，直上载公子上坐，不让，欲以观公子。公子执辔（缰绳）愈恭。侯生又谓公子曰：‘臣有客在市屠中，愿枉车骑过之。’公子引车入市，侯生下见其客朱亥，俾倪（睥睨，顾盼自得），故久立与其客语，微察公子。公子颜色愈和。当是时，……市人皆观公子执辔，从骑皆窃骂侯生。侯生视公子色终不变，乃谢客就车。”驷马，四匹马驾的车。下，谦逊。　[5] 亥为屠肆鼓刀人：谓朱亥是屠宰场的屠夫。《史记·魏公子列传》：“朱亥笑曰：‘臣乃市井鼓刀屠者，而公子亲数存（慰问）之。’”鼓刀，谓屠宰牲畜。鼓即敲击，屠牲必敲击其刀，故云。　[6] 嬴乃夷门抱关者：谓侯嬴是看守夷门的小吏。《史记·魏公子列传》：侯生曰：“嬴乃夷门抱关者也，而公子亲枉车骑……”抱关者，抱门闩者，即负责启闭城门的人。 [7]“非但慷慨献奇谋”二句：意谓不但豪爽地向公子进献奇谋，情谊之深兼以生命相报答。《史记·魏公子列传》载：公子欲救赵，侯生为之划策曰：“嬴闻晋鄙之兵符常在（魏）王卧内，而如姬最幸，出入王卧内，力能窃之。……公子诚一开口请如姬，如姬必许诺，则得虎符夺晋鄙军，北救赵而西却秦……”公子从其计，如姬果盗得晋鄙兵符与公子。侯生又谓公子曰：“臣客屠者朱亥可与俱，此人力士。晋鄙听，大善；不听，可使击之。”行前，“公子过谢侯生。侯生曰：‘臣宜从，老不能。请数公子行日，以至晋鄙军之日，北乡（向）自刭以送公子。’”“公子与侯生决，至军，侯生果北乡自刭。”意气，情谊，恩义。酬，指报答公子。“奇”，《唐诗正音》卷四、《全唐诗》作“良”。 [8]“向风刎颈送公子”二句：谓侯嬴迎风自刎送别公子，七十岁的老翁还追求什么呢！七十老翁，《晋书·段灼传》载：武帝即位，灼上书为邓艾申辩说：“艾功名已成，亦当书之竹帛，传祚万世。七十老公，复何所求哉！”《三国志·魏书·邓艾传》亦载此事，作“七十老公，反欲何求”。此处借用其语。“颈”，《唐诗正音》《唐诗品汇》作“头”。

[点评]

这首诗歌咏了历史上一个激动人心的故事。诗人咏史是为了抒怀。他称颂魏公子（信陵君）扶危济困的义举和礼贤下士的风度，一方面表现出对能任用贤才的当世政治家的肯定，另一方面也是借以慨叹当代的贵官少有真正喜好贤士的人。诗人讴歌侠士侯嬴及朱亥救人急难、慷慨捐躯的行为，也透露出对当时那些出身下层、富有任侠精神的才智之士的赞颂。诗中叙侯嬴、魏公子之事，仅寥寥数句，即悉尽曲折，表现出高度的艺术概括能力。又，此诗不但通过叙事表现了侯嬴的侠义精神，而且叙述的语言多饱含感情，特别是末四句，写来尤见精彩，清方东树说：“‘非但慷慨’以下，转出波澜议论。”（《昭昧詹言》卷一二）明田艺蘅评“向风刎颈”二句说：“以后人之言而用之前人之事，浑化无迹，使人不知其妙，真点铁成金手也。”（《留青日札》卷六）这两句诗不仅用事浑化无迹，而且指出侯嬴的义举，并非出于私利，也无所求于魏公子，着实令人赞叹。这四句诗熔叙事、议论、抒情于一炉，确乎具有悲壮动人的艺术力量。清赵殿成说：“‘夷门抱关’‘屠肆鼓刀’，点化二豪之语，对仗天成，已征墨妙。末句复借用段灼理邓艾语，尤见笔精，使事至此，未许后人步骤。”（《王右丞集笺注》卷六）评此诗的后半部分，甚是。

新秦郡松树歌[1]

青青山上松，数里不见今更逢。不见君，心相忆，此心向君君应识。为君颜色高且闲[2]，亭亭迥出浮云间。

顾可久曰：“短短写亦自婉曲清古。”（《唐王右丞诗集注说》卷一）

[注释]

[1] 新秦郡：《旧唐书·地理志》：“天宝元年，王忠嗣奏请割胜州连谷、银城两县置麟州，其年改为新秦郡。乾元元年，复为麟州。”治所在今陕西神木北。疑诗为天宝四载（745）官侍御史

出使榆林、新秦二郡时所作，说详拙作《王维年谱》。 [2]“为君颜色高且闲”二句：这是因为你的容貌高雅又闲静，高高地耸立着，远出于飘动的云彩中。颜色，容色，容貌。亭亭，耸立貌。

[点评]

这是一首赞颂山上松树品格的诗。刘桢《赠从弟三首》其二：“亭亭山上松，瑟瑟谷中风。风声一何盛，松枝一何劲。……岂不罹凝寒，松柏有本性。”以不畏风霜严寒的山上松树喻其从弟，王维此诗的写作，或许受到了刘诗的影响，但其立意与刘诗又不尽相同。王维所追慕的山上松树的品性，一是“高且闲”，即有高雅闲静的风度；二是“迥出浮云间”，即超越流俗，操守高尚。这些从某种程度上说，既是王维的向往，也是他人格的自我写照。此诗以“歌”命题，具有乐府诗的体制，语言浅近，句式参差，换韵频繁，意脉流畅；但采用比兴手法，因而又具有含蓄之长。

送友人归山歌二首[1]

其二

山中人兮欲归，云冥冥兮雨霏霏[2]。水惊波兮翠菅靡[3]，白鹭忽兮翻飞[4]，君不可兮褰衣[5]。山万重兮一云[6]，混天地兮不分。树晻暖兮氛

刘辰翁曰：“点景状意，色色自别。”（《须溪先生校本唐王右丞集》卷一）

氲[7]，猿不见兮空闻。忽山西兮夕阳，见东皋兮远村[8]。平芜绿兮千里[9]，眇惆怅兮思君[10]。

周珽曰：“寝食衣履于《楚骚》，故学积而气通，形神俱肖。”（《删补唐诗选脉笺释会通评林·盛七古一》）

[注释]

[1] 本诗其一末四句云：“愧不才兮妨贤，嫌既老兮贪禄。誓解印兮相从，何詹尹兮可卜！”细玩此四句之意，本诗疑当作于天宝末。“送友人归山歌二首”，《楚辞后语》卷四作“山中人”。 [2] 冥冥：晦暗貌。霏（fēi）霏：盛貌。 [3] 惊波：惊险的大浪。翠菅（jiān）：青茅。《说文》：“菅，茅也。”赵殿成注：“翠菅靡与水惊波对列，皆承上雨霏霏而言，非谓翠菅因惊波而靡（倒伏）也。”“波”，宋蜀本作“收”，据麻沙本、元本、明本、《楚辞后语》等改。 [4] “飞”，宋蜀本作“翻”，据麻沙本、元本、明本、《楚辞后语》等改。 [5] 褰（qiān）衣：指提起衣服下摆冒雨涉水而去。 [6] 一云：言全是阴云。 [7] 晻暧（ǎn ài）：暗貌。氛氲（yūn）：云雾弥漫貌。 [8] 见东皋兮远村：谓照见了东边泽畔高地上的啊遥远村庄。皋，水边之地。 [9] 平芜：草木丛生的原野。“千”，宋蜀本作“二”，据麻沙本、元本、明本、《楚辞后语》等改。 [10] 眇惆怅兮思君：谓我极目远望倍觉伤感啊非常想念你。眇，极目远视貌。

[点评]

这首诗写送隐居山中的友人归山，抒发了惜别与别后思念之情。前五句写友人欲归时，忽然云黑雨骤，水掀巨澜，翠菅倒伏，白鹭翻飞，诗人即以这些景象的描绘，表达了不愿友人离去的情意。清沈德潜《唐诗别裁》卷五说：“‘山万重兮’以下，写去后情事，如披画图。”“山万重”句以下的描写，可分为两层，其中前四句写友人走后，山间阴云密布，天地一片昏暗，什么都瞧不见，唯闻哀猿啼鸣之声，烘托出别后思念友人的怅惘之情；后四句写忽然云开日出，在夕阳的映照下远村可见，雨后的原野格外苍翠，然而友人在何处依然望不见，不禁十分伤感，也以景物描写进一步烘托出思友之情。诗人很善于以景状意，全诗的景，多为达情而设，它经过了作者的选择与改造，可以说是因情造景。这是诗人的创作谋求达到景情合一的途径之一。又，此诗为王维的骚体佳制之一，写来形神俱肖《楚骚》，可谓善学者也。

鱼山神女祠歌二首[1]

桂天祥曰：“二曲俱由《楚骚》变化，而《送神》尤精致。”（《批点唐诗正声》卷七）

迎神曲

坎坎击鼓[2]，鱼山之下。吹洞箫[3]，望极浦。女巫进[4]，纷屡舞。陈瑶席[5]，湛清酤[6]。风凄凄兮夜雨[7]，神之来兮不来[8]？使我心兮苦复苦[9]！

翁方纲曰：“王右丞《送迎神曲》诸歌，骚之匹也。”（《石洲诗话》卷二）

[注释]

[1] 这两首描写祭祀神女的乐歌，作于开元九年至十三年（721—725）在济州任职期间。鱼山神女：即神女成公知琼。传说魏济北郡从事掾弦超，夜半独宿，梦有神女来从之。自称天上玉女，姓成公，名知琼，天地哀其孤苦，遣令下嫁从夫。一日来游，遂与弦超结为夫妇。玉女夜来晨去，倏忽若飞，唯超见之，他人

不见。后漏泄其事，玉女遂求去。去后五载，弦超奉使赴洛，至济北鱼山下，复见知琼，悲喜交切，因同乘至洛，遂为室家，克复旧好。事见《艺文类聚》卷七九引晋张敏《神女赋》、《搜神记》卷一等。鱼山，《元和郡县图志》卷一〇郓州东阿县："鱼山，一名吾山，在县东南二十里。"按，东阿在今山东阳谷县东北阿城镇，本属济州，天宝十三载（754）济州废，改属郓州。《乐府诗集》卷四七录此二诗入"清商曲辞"。"鱼山神女祠歌二首"，《河岳英灵集》卷上作"渔山神女智琼祠二首"，《乐府诗集》作"祠渔山神女歌"。 [2]"坎坎击鼓"二句：打起鼓来咚咚响，人们聚集到鱼山下。坎坎，击鼓声。"坎坎"，宋蜀本原作"伏坎"，据麻沙本、元本、《河岳英灵集》、《乐府诗集》等改。"鱼"，《河岳英灵集》《乐府诗集》作"渔"。 [3]"吹洞箫"二句：意本《楚辞·九歌·湘君》："望夫君兮未来，吹参差（排箫）兮谁思？……望涔阳兮极浦，横大江兮扬灵。"洞箫，古之箫，用多个长短不一的竹管编排而成，其底部封以蜡者称排箫，洞开者为洞箫。望极浦，眺望遥远的水涯，盼神女下降。 [4]女巫：古称以舞降神的女子为巫。 [5]陈：布，铺设。瑶席：一种如玉般精美贵重的席子。 [6]湛（zhàn）：澄清。酤（gū）：酒。 [7]"兮"，《河岳英灵集》《乐府诗集》作"又"。 [8]"神"，"神"字上《河岳英灵集》《乐府诗集》多"不知"二字。 [9]"使我心兮苦复苦"，《河岳英灵集》作"使我心苦"。

[点评]

王维在济州任职期间，了解到济州民间有祭祀鱼山神女的风俗，甚至可能亲历过祭鱼山神女的场面，于是写了这两首祭祀乐歌。这两首骚体乐歌在当时应该是可以歌唱的。第一首《迎神曲》的前八句，主要写击鼓吹箫、女巫进舞以及布席设酒的迎神祭神盛况；后三句则主要写盼望神灵降临与不知神灵能否降临的急切心情，其中“风凄凄兮夜雨”一句，渲染出一种神灵将来未来的神秘、恍惚氛围，最为精彩。清张谦宜说：“《鱼山神女祠歌》妙在恍惚，所以为神。”（《絸斋诗谈》卷五）甚是。

送神曲

纷进拜兮堂前[1]，目眷眷兮琼筵[2]。来不语兮意不传，作暮雨兮愁空山[3]。悲急管[4]，思繁弦[5]，灵之驾兮俨欲旋[6]。倏云收兮雨歇[7]，山青青兮水潺湲[8]。

[注释]

[1]“拜”，《乐府诗集》《全唐诗》作“舞”。 [2]眷眷：顾盼貌。指神女而言。琼筵：极言筵席之精美。 [3]作暮雨兮愁空山：以巫山神女比拟鱼山神女。宋玉《高唐赋序》：“昔者先王尝游高唐，怠而昼寝，梦见一妇人曰：‘妾巫山之女也，为高唐之客，闻君游高唐，愿荐枕席。’王因幸之。去而辞曰：‘妾在巫山之阳，高丘之岨，旦为朝云，暮为行雨，朝朝暮暮，阳台之下。’”作暮雨，即“暮为行雨”之意。 [4]急管：谓管乐声节奏急促。“管”，此字下《乐府诗集》《全唐诗》多一“兮”字。 [5]思：悲。繁弦：谓弦乐声细碎繁杂。 [6]灵之驾兮俨欲旋：神女的车驾整整齐齐地就要返回。谢惠连《七月七日夜咏牛女诗》：“沃若灵驾旋，寂寥云幄空。”驾，车驾。俨，整齐貌。旋，还。“灵”，《河岳英灵集》《乐府诗集》《全唐诗》作“神”。 [7]倏（shū）：忽然。云

收兮雨歇：谓神女已去。亦用巫山神女事。“收”，《河岳英灵集》作“消”。 [8] 潺湲（chán yuán）：水流貌。

[点评]

这首《送神曲》的前四句，写神女已降临，五、六、七句写神女将去，末二句写神女已去。这首诗的特色是工于渲染，如三、四句营造了一个风雨凄凄、迷离恍惚的境界，与神女降临的氛围很切合。五、六句用管弦乐声之急而悲，烘托神女将去的哀伤。末二句与钱起《省试湘灵鼓瑟》的结尾“曲终人不见，江上数峰青”异曲而同工，都写出了神女的超逸、飘忽，使人味之不尽。钱起是大历十才子之一，很尊敬王维这位诗坛前辈，同他还有过交往、唱和，所以钱起写这首诗时，很有可能受到王维此诗的影响或启发。

王维诸体诗都臻工妙，亦擅长骚体。明顾可久说：“二曲从《九歌》中来。”（《唐王右丞诗集注说》卷一）应该说，像《鱼山神女祠歌二首》这样篇幅短小、独具面目的骚体诗，《九歌》之后很少见，堪称绝响。

张谦宜曰：“却是律诗格，但截去二句耳。摩诘晓音乐，此曲必是按谱填成，想亦是柔慢靡丽之声。”（《絸斋诗谈》卷五）

扶南曲歌词五首 [1]

其　二

堂上青弦动 [2]，堂前绮席陈 [3]。

齐歌《卢女曲》[4]，双舞洛阳人。
倾国徒相看[5]，宁知心所亲？

[注释]

[1] 此诗或作于开元九年（721）作者官太乐丞时。扶南曲：《旧唐书·音乐志》曰："炀帝平林邑国，获扶南（古国名，在今柬埔寨）工人及其匏琴，陋不可用，但以《天竺乐》转写其声，而不齿乐部。"又曰："《扶南乐》，舞二人，朝霞行缠，赤皮靴。隋世全用《天竺乐》。"此系依其声而填词者，《乐府诗集》卷九〇收入"新乐府辞"。 [2] 青弦：琴瑟一类弦乐器。青，通"清"。"青"，《乐府诗集》作"清"。 [3] 绮席：华美的坐席。 [4]"齐歌《卢女曲》"二句：宫女们齐声高唱《卢女曲》，随着歌声，有两位洛阳丽人起舞。《卢女曲》，乐府杂曲歌词名。《乐府诗集》卷七三《卢女曲》："《乐府解题》曰：'卢女者，魏武帝时宫人也，故将军阴升之姊。七岁入汉宫，善鼓琴。至明帝崩后，出嫁为尹更生妻。'"崔豹《古今注》卷中："《雉朝飞》者，犊木子所作也，齐处士，泯宣时人。……魏武帝时有卢女者，故将军阴并之子，……善为新声，能传此曲。"洛阳人，古时谓洛阳多丽人佳伎。谢朓《夜听伎二首》其一："要（须）取（选择）洛阳人，共命江南管。情多舞态迟，意倾歌弄缓。"沈约《洛阳道》："洛阳大道中，佳丽实无比。" [5] 倾国：指美女。《汉书·外戚传》载李延年歌曰："北方有佳人，绝世而独立。一顾倾人城，再顾倾人国。宁不知倾城与倾国，佳人难再得。"徒：只。

[点评]

这首诗的前四句写宫女在宫中表演歌舞；后二句说

宫女尽皆绝色，但君王只是观看，岂知其心中所亲者为谁？也就是说，她们即便有倾国之貌，也未必能得到君王的宠爱。诗歌委婉地表现了封建时代宫女任人摆布、不能掌握自己命运的悲哀。

其　三

香气传空满，妆华影箔通[1]。
歌闻天仗外[2]，舞出御楼中。
日暮归何处？花间长乐宫[3]。

顾可久曰：“短章亦自婉丽。”（《唐王右丞诗集注说》卷一）

[注释]

[1] 妆华：指宫女身上妆饰品的光华。影箔通：透于帘外之意。影，同“景”，光，照。箔，帘。 [2]“歌闻天仗外”二句：歌咏传送到天子的仪仗队里，舞蹈呈现在皇宫的楼台中。天仗，天子的仪仗。外，犹言“内中”，与下句之“中”字为互文。出，发生。“楼”，《乐府诗集》作“筵”。 [3] 长乐宫：汉长安宫殿名，故址在今陕西西安西北汉长安故城中。自西汉惠帝后，太后常居之。参见《三辅黄图》卷二。

[点评]

这首诗的首二句写宫女们身上妆饰华美，香气四溢；三、四句写宫女们为天子表演歌舞；末二句说她们晚上将回到太后居住的宫殿。这末二句是全诗的主旨所在，它表明宫女们只能为天子表演歌舞，供其玩赏，却无缘亲近天子。这两句诗使前面描述的宫女们的珠光宝气，一切华美的妆饰，都失去意义。在这两句诗里，隐含着宫女们内心的无限辛酸。

陇头吟 [1]

长安少年游侠客 [2]，夜上戍楼看太白 [3]。
陇头明月迥临关 [4]，陇上行人夜吹笛。
关西老将不胜愁 [5]，驻马听之双泪流。
身经大小百余战 [6]，麾下偏裨万户侯。
苏武才为典属国 [7]，节旄空尽海西头。

纪昀曰：“少年慷慨，老将蹉跎，两相对照，寓慨自深。”（《删正二冯评阅才调集》）

方东树曰：“起势翩然，‘关西’句转，收浑脱沈转，有远势，有厚气。此短篇之极则。”（《昭昧詹言》卷一二）

[注释]

[1] 疑作于开元二十五年、二十六年在河西任职期间。陇头吟：即《陇头》，乐府古题之一，属横吹曲辞汉横吹曲。《乐府诗集》卷二一云：“《陇头》，一曰《陇头水》。《通典》曰：‘天水郡有大阪，名曰陇坻，亦曰陇山，即汉陇关也。’”《陇头》古辞今不传。陇头，即陇山，又名陇首，在今陕西陇县至甘肃平凉一带。 [2]“安”，宋蜀本作“城”，据《河岳英灵集》卷上、《乐府诗集》卷二一、顾本改。 [3] 戍楼：此指陇关关楼。太白：即金星。《汉书·天文志》：“太白，兵象也。”古时以为太白主兵象，由太白的出没情况可以测知战争的吉凶、胜负。“看太白”指少年关心边境战事，希望为国出力。 [4] 迥：远。关：指陇关。《后汉书·顺帝纪》李贤注：“（陇关，）陇山之关也，今名大震关，在今陇州汧源县西也。”按，大震关故址在今甘肃清水县东陇山东坡。 [5] 关

西：谓函谷关以西之地。《后汉书·虞诩传》："谚曰：'关西出将，关东出相。'"不胜：不尽，无限。　[6]"身经大小百余战"二句：身经大大小小百余场战斗，手下的副将已被封为万户侯。隐用李广事。《史记·李将军列传》载李广尝曰："自汉击匈奴而广未尝不在其中。而诸部校尉以下，才能不及中人，然以击胡军功取侯者数十人，而广不为后人（落后于人），然无尺寸之功以得封邑者，何也？"偏裨（pí），偏将，副将。万户侯，汉置二十等爵，最高一等名通侯，又称列侯；列侯大者食邑万户，称万户侯。　[7]"苏武才为典属国"二句：苏武归国后，只封了个小小的典属国；他在匈奴牧羊时所持汉节上的旄（牦）牛尾毛，就这样白白地掉尽在那北海的西头。盖借咏苏武之事，慨叹关西老将有功而得不到应有的封赏。《汉书·苏武传》载：汉武帝时，苏武出使匈奴，被扣留，单于多方胁降，武皆坚执不从，匈奴"乃徙武北海（今贝加尔湖）上无人处"，使牧羊。武既至海上，"杖汉节（使者所持信物，以竹为节杆，上缀以旄牛尾，故又称旄节）牧羊，卧起操持，节旄尽落"。武在匈奴十九年，归汉后，"拜为典属国"。《汉书·百官公卿表》："典属国，秦官，掌蛮夷降者。"空尽，徒然落尽。"空尽"，宋蜀本、麻沙本校"一作零落"，《文苑英华》卷一九八校同；《河岳英灵集》卷上、《全唐诗》作"落尽"。"西"，《唐文粹》卷一二作"南"。

[点评]

清翁方纲说："此则空际振奇者矣，与前篇（指《夷门歌》）之平实叙事者不同也。"（《七言诗三昧举隅》）确实，这首诗构思巧妙，它选取陇关这样一个边防要塞作为背景，以"月下闻笛"作为绾合点，将长安少年与关西老将联系到一起：少年夜上关楼看太白，“欲以立边功自命”（沈德潜《唐诗别裁》卷五），跃跃欲试，所以听到陇山上凄凉的笛声，并不感到悲哀；而身经百战未获应有封赏的老将，则闻笛涕零。最后四句，“并使二事一隐一显”（顾可久《唐王右丞诗集注说》卷一），隐者为隐用李广一生征战立功，却得不到封侯事；显者是明用苏武被匈奴扣押十九年，历尽艰危威武不屈，却只封了个典属国事。诗中这种“两相对照”的写法，既突出老将的悲愤，又暗示少年他年的遭遇怎知就不同于今日之老将？在这里，老将为主，故详述，少年为宾，故略言，诗歌通过宾主相形，使揭露朝廷对边将赏罚不明的主题增加了深度。事实上，功高位卑、赏罚不明的现象不只局限于边塞，也不只存在于唐代，诗人的概括包含着更广泛的社会内容，具有历史的深度，所以此诗堪称立意精警而意味深长。

老将行[1]

少年十五二十时，步行夺取胡马骑[2]。
射杀山中白额虎[3]，肯数邺下黄须儿[4]！
一身转战三千里[5]，一剑曾当百万师。
汉兵奋迅如霹雳[6]，虏骑崩腾畏蒺藜[7]。
卫青不败由天幸[8]，李广无功缘数奇[9]。

邢昉曰：“绝去雕组，独行风骨，初唐气运，至此一变。歌行正宗，千秋标准，有外此者，一切邪道矣。”（《唐风定》卷七上）

自从弃置便衰朽[10]，世事蹉跎成白首[11]。
昔时飞箭无全目[12]，今日垂杨生左肘[13]。
路旁时卖故侯瓜[14]，门前学种先生柳。
茫茫古木连穷巷[15]，寥落寒山对虚牖[16]。
誓令疏勒出飞泉[17]，不似颍川空使酒。
贺兰山下阵如云[18]，羽檄交驰日夕闻[19]。
节使三河募年少[20]，诏书五道出将军[21]。
试拂铁衣如雪色[22]，聊持宝剑动星文。
愿得燕弓射天将[23]，耻令越甲鸣吾君[24]。
莫嫌旧日云中守[25]，犹堪一战取功勋[26]。

顾璘曰："老当益壮，须用云中守结，方有力。"（《唐诗正音》卷四）

［注释］

[1] 此诗疑作于作者在河西期间。老将行：乐府题名，《乐府诗集》卷九〇将其收入"新乐府辞"。 [2]"取"，《乐府诗集》《全唐诗》作"得"。 [3] 射杀山中白额虎：用晋周处事。周处年轻时膂力过人，行为放纵，为害乡里，人们对他又恨又怕，称"南山白额猛兽（即白额虎），长桥下蛟"，连同周处本人为"三害"。周处自知为人所恶，慨然有改励之志，"乃入山射杀猛兽，因投水搏蛟"，自己也弃旧图新。事见《晋书》本传，《世说新语·自新》亦载其事。 [4] 肯数邺下黄须儿：勇猛哪里亚于邺都的黄须儿！此用曹彰事。肯，岂。数，犹言让或亚于。邺，地名，建安十八年（213），曹操为魏公，定都于此，故址在今河北临漳县西南。黄须儿，指曹彰，魏武帝卞皇后第二子。"少善射御，膂力过人，

手格猛兽，不避险阻。数从征伐，志意慷慨。”曾率大军破乌丸，魏武帝大喜，“持彰须曰：‘黄须儿（彰胡须黄，故云）竟大奇也！’”事见《三国志·魏书·任城威王彰传》。 [5]“千”，宋蜀本作“十”，据麻沙本、元本、明本等改。 [6]汉兵奋迅如霹雳：谓老将当年所率汉军行动迅猛犹如疾雷。《隋书·长孙晟传》载，晟善骑射，突厥畏之，“闻其弓声，谓为霹雳”。 [7]崩腾：联绵词，形容纷乱。蒺藜（jí lí）：本植物名，布地蔓生，果实有尖刺；又铸铁为三角形，有尖刺如蒺藜，作战时用作障碍物，也称蒺藜。 [8]卫青不败由天幸：《史记·卫将军骠骑列传》：“（霍去病）所将常选（选择精锐），然亦敢深入，常与壮骑先其大将军，军亦有天幸，未尝困绝也。”赵殿成注：“天幸乃去病事，今指卫青，盖误用也。”按，卫、霍合传，作者或因此而误记。天幸，天赐的幸运。 [9]李广无功缘数奇（jī）：李广善骑射，历为边郡太守，皆以力战得名，匈奴畏之，号曰“汉之飞将军”。然始终不得封侯。元狩四年（前119），广年六十余，从大将军卫青击匈奴，行前，卫青曾“阴受上（武帝）诫，以为李广老，数奇，毋令当单于，恐不得所欲”。见《史记·李将军列传》。此句以李广喻老将。缘，因为。数，运数。奇，与“偶”相对，指不吉、不顺利。 [10]弃置：弃而不用。衰朽：指身体衰弱，武功废退。 [11]蹉跎：时光白白耽误过去。 [12]昔时飞箭无全目：谓老将昔日射艺高超，能射中雀之一目，使之双目不全。《文选》鲍照《拟古三首》其一：“石梁有余劲，惊雀无全目。”李善注引《帝王世纪》载，羿善射，吴贺使其射雀之左目，羿引弓而射，误中右目，遂“抑首而愧，终身不忘”。“箭”，《全唐诗》校、赵本注：“当作雀。” [13]今日垂杨生左肘：谓今日老将因久不习武，胳膊肘僵硬犹如长瘤一般。《庄子·至乐》：“支离叔与滑介叔观于冥伯之丘。……俄而柳生其左肘，其意蹶蹶然恶之。”柳，借作“瘤”，王先谦《集解》：“瘤作柳声，转借字。”又《尔雅·释木》:“杨，蒲柳。”《说文》:“柳，小杨也。”故此处以“垂杨”代指“柳”。 [14]“路旁时卖故侯瓜”二句：谓时常于路旁卖瓜如同秦东陵侯，在门前学种柳树就像晋五柳先生。故侯瓜，用召平事。《史记·萧相国世家》:“召平者，故秦东陵侯。秦破，为布衣；贫，种瓜于长安城东；瓜美，故世俗谓之东陵瓜。”先生柳，用陶渊明事。陶渊明作《五柳先生传》以自况，其文云：“先生不知何许人，不详姓字。宅边有五柳树，因以为号焉。” [15]茫茫：辽阔无边际貌。穷巷：指老将居住的僻巷。“茫茫”，顾本、凌本、《文苑英华》卷三三三作“苍茫”。 [16]寥落：寂寞，冷落。虚牖（yǒu）：敞开的窗户。“寥落”，宋蜀本作“淹洛”，据麻沙本、元本、明本等改。 [17]“誓令疏勒出飞泉”二句：谓老将立誓要像耿恭那样，令疏勒飞泉涌出，匈奴退兵，绝不像颍川灌夫那样，只会借酒发脾气骂人。疏勒，汉西域国名，在今新疆喀什噶尔河一带。《后汉书·耿弇传》:“（耿）恭以疏勒城傍有涧水可固，五月，乃引兵据之。七月，匈奴复来攻恭，……遂于城下拥绝涧水。恭于城中穿井十五丈，不得水，吏士渴乏。……恭仰叹曰：‘闻昔贰师将军拔佩刀刺山，飞泉涌出，今汉德神明，岂有穷哉？’乃整衣服向井再拜，为吏士祷。有顷，水泉奔出，众皆称万岁。……虏出不意，以为神明，遂引去。”颍川使酒，《史记·魏其武安侯列传》载，汉将军灌夫，颍川郡颍阴县人，犯法去官，家居长安。“为人刚直使酒（《汉书·灌夫传》颜师古注：“因酒而使气也。”），不好面谀”；“家累数千万，……宗族宾客为权利，横于颍川”。后因酒酣骂坐，得罪丞相田蚡被杀。空，只。 [18]贺兰山下阵如云：谓这时候贺兰山下战阵密布如云。贺兰山，绵亘于今宁夏西北部。 [19]羽檄（xí）：征调军队的紧急文书，上插鸟羽，以示速疾。 [20]节使：使臣。古时使臣持天子给予的符节作为信物，故称节使。三河：汉时以河东、河内、河南三郡为三河，辖境在今山西西南部及河南北部一带。 [21] 诏书五道出将军：谓天子下诏分道出兵抗击敌人。此借用汉宣帝时事，《汉书·匈奴传》：“本始二年，……遣御史大夫田广明为祁连将军，四万余骑，出西河；度辽将军范明友三万余骑，出张掖；前将军韩增三万余骑，出云中；后将军赵充国为蒲类将军，三万余骑，出酒泉；云中太守田顺为虎牙将军，三万余骑，出五原：凡五将军，兵十余万骑，出塞各二千余里。” [22]“试拂铁衣如雪色”二句：老将试着擦拭铠甲，它的颜色光亮如雪；暂且拿出宝剑，上面的七星纹闪闪发光。动星文，七星纹闪动。《吴越春秋》卷三载：伍子胥奔吴，至江，渔父渡之，子胥解剑相赠，曰：“此吾前君之剑，中有七星，价直百金，以此相答。”其后诗文中描写宝剑，遂每以“七星”或“七星文”来形容。隋炀帝《白马篇》：“文犀六属铠，宝剑七星光。”吴均《边城将四首》其一：“刀含四尺影，剑抱七星文。” [23] 燕弓：古时燕地所产角弓著称于世，故云。《文选》左思《魏都赋》“燕弧盈库而委劲”，李周翰注：“燕弧，角弓，出幽燕地。”“天”，明本、《乐府诗集》作“大”。 [24] 耻令越甲鸣吾君：谓耻于让敌军入境惊扰我们的君主。《说苑·立节》载：“越甲（兵）至齐，雍门子狄请死之”，齐王问其故，对曰：昔者王猎于囿，左毂鸣，车右请死之，“今越甲至，其鸣（惊扰）吾君也，岂左毂之下哉？车右可以死左毂，而臣独不可以死越甲也？”遂刎颈而死。越人闻之，引甲而归。“吾君”，宋蜀本作“吴军”，据《文苑英华》、《唐文粹》卷一二、赵本改。 [25] 旧日云中守：指魏尚。《汉书·冯唐传》载：魏尚文帝时为云中太守，“军市租尽以给士卒，出私养钱（薪俸），五日壹杀牛，以飨（款待）宾客、军吏、舍人，是以匈奴远避，不近云中之塞；虏尝一入，尚帅车骑击之，所杀甚众”。后因报功状上所书与实际情况相比少了六颗首级而坐罪，被免官，罚充苦工。

冯唐为魏尚鸣不平，对文帝说："陛下虽得李牧，不能用也。"文帝即日令冯唐持节赦尚罪，复以为云中太守。云中，治所在今内蒙古托克托县东北。此以被削职的云中守喻老将。 [26]"取"，元本、明本、赵本作"立"。

[点评]

这首七言古诗共三十句，每十句为一段，同用一韵，段落递进，韵脚也随之转换。全诗着眼于描写人物，主要采用叙事手法来展现老将的精神世界，并寄寓作者的情志，一抒被压抑者胸中的不平。诗中首段先叙老将自少年时代即骁勇善战，每转战千里，以寡敌众，然而却像李广那样命运不济，虽力战而无封侯之功；接下一段写他不仅得不到应有的封赏，反而被弃置不用，只得回家赋闲，卖瓜种柳，过着凄凉的隐居生活；末段写他"成白首"后，犹关心边事，当强敌犯我边境时，即擦拭铁衣，拿出宝剑，热切希望重上前线，为国立功。老将的这种炽热的爱国情感和"烈士暮年，壮心不已"的英雄本色非常感人，更能激起读者对他所受不公平对待的愤慨。全诗叙事、抒情融合，章法整饬，笔意酣畅，对偶工整自然，用典贴切得当，情调慷慨悲壮，是唐代边塞诗中的名篇。

顾璘曰："通前篇（指《老将行》）全是学力。"（《唐诗正音》卷四）

燕支行 时年二十一 [1]

汉家天将才且雄[2]，来时谒帝明光宫[3]。

万乘亲推双阙下[4]，千官出饯五陵东[5]。
誓辞甲第金门里[6]，身作长城玉塞中[7]。
卫霍才堪一骑将[8]，朝廷不数贰师功[9]。
赵魏燕韩多劲卒[10]，关西侠少何咆勃。
报仇只是闻尝胆[11]，饮酒不曾妨刮骨[12]。
画戟雕戈白日寒[13]，连旗大旆黄尘没。
叠鼓遥翻瀚海波，鸣笳乱动天山月。
麒麟锦带佩吴钩[14]，飒沓青骊跃紫骝。
拔剑已断天骄臂[15]，归鞍共饮月支头[16]。
汉兵大呼一当百，虏骑相看哭且愁。
教战虽令赴汤火[17]，终知上将先伐谋。

冯复京曰："七言古诗《老将行》《燕支行》，词旨悲壮，音调抑扬，妙处不可尽述。"（《说诗补遗》卷七）

顾可久曰："总上谓不徒勇意。结束斩绝雄浑，老劲俊丽。"（《唐王右丞诗集注说》卷一）

[注释]

[1] 此诗作于开元九年（721）。燕支行：乐府新题名，《乐府诗集》卷九〇收入"新乐府辞"。燕支，山名，即焉支山，又作胭脂山，在甘肃永昌县西、山丹县东南。《史记・匈奴列传》："汉使骠骑将军去病将万骑出陇西，过焉支山千余里，击匈奴，得胡首虏万八千余级，破得休屠王祭天金人。"此诗歌颂武将出征获胜，故取名燕支行。 [2] 天将：大将的美称。"天"，顾本作"大"。 [3] 来时：指要来边地时。明光宫：汉宫名，一在长安北宫，一在甘泉宫中，皆汉武帝时所建。见程大昌《雍录》卷二。 [4] 万乘亲推双阙下：皇帝亲自到皇宫门前为将军送行。万乘，天子。古时天子有兵车万乘，故称。亲推，指亲自推车轮。《史

记·张释之冯唐列传》:“臣闻上古王者之遣将也,跪而推毂(此指车轮),曰:‘阃(郭门的门限)以内者,寡人制之;阃以外者,将军制之。’”双阙,阙皆有二,夹峙宫门两旁,故云。 [5]五陵:汉高祖葬长陵,惠帝葬安陵,景帝葬阳陵,武帝葬茂陵,昭帝葬平陵,其地皆在渭水北岸,今咸阳附近,故合称五陵。 [6]誓辞甲第金门里:将军在朝廷里立誓不接受天子为自己修造的头等府第。辞甲第,用霍去病事。《史记·卫将军骠骑列传》:“天子为治第,令骠骑(霍去病)视之,对曰:‘匈奴未灭,无以家为也。’由此上益重爱之。”甲第,第一等的宅第,多指豪门贵族的住宅。金门,汉宫有金马门,又称金门。《史记·滑稽列传》:“金马门者,宦者署门也。门傍有铜马,故谓之曰金马门。”此指朝廷。 [7]身作长城玉塞中:将军在边塞将自身作为保卫国家的长城。玉塞,指玉关,即玉门关。汉武帝置,在今甘肃敦煌西北小方盘城,六朝时关址移至今甘肃瓜州县双塔堡附近,为古代通往西域的门户。“玉”,宋蜀本作“王”,据麻沙本、元本、《乐府诗集》等改。 [8]卫霍才堪一骑将:卫青、霍去病比起将军来,只能当一名普通的骑将军。卫霍,西汉名将卫青、霍去病,青拜大将军(将军之中位最尊者),去病官骠骑将军(禄秩与大将军等),武帝时二人多次伐匈奴,立下赫赫战功。骑将,即骑将军,汉杂号将军之一。其位非但在大将军下,亦在车骑将军、卫将军、前后左右将军之下。武帝时公孙贺尝以骑将军从大将军卫青出塞(见《史记·卫将军骠骑列传》)。 [9]朝廷不数贰师功:比起将军来,贰师将军的功劳也很难被朝廷数上。贰师,指李广利。《史记·大宛列传》载:大宛有良马在贰师城(约今吉尔吉斯斯坦西南部马尔哈马特),汉武帝闻之,遣使持千金及金马至大宛求马,大宛不肯予,于是武帝“拜李广利为贰师将军”,率兵伐大宛。后李广利破大宛,得良马三千余匹。“不”,麻沙本、《乐府诗集》作

"莫"。 [10]"赵魏燕韩多劲卒"二句：将军麾下有赵魏燕韩一带多见的强悍士兵，关西地区的游侠少年又是多么凶猛。赵、魏、燕、韩，皆战国七雄之一。四国的疆域主要在今河南、河北、北京、山西一带。关西，指函谷关或潼关以西地区。古时有"关西出将"之谚。咆勃，怒貌。潘岳《西征赋》："何猛气之咆勃！" [11]尝胆：借用勾践卧薪尝胆事，表现将军立志报仇。《史记·越王句践世家》载：勾践为吴王夫差所败，困于会稽，向吴求和。吴兵罢归后，勾践矢志复仇，"乃苦身焦思，置胆于坐，坐卧即仰胆，饮食亦尝胆也。曰：'女（汝）忘会稽之耻邪？'" [12]饮酒不曾妨刮骨：借用关羽事，以歌咏将军的勇武刚毅。《三国志·蜀书·关羽传》载：关羽为流矢所中，贯其左臂。后创虽愈，骨常疼痛。医称矢镞有毒，毒入于骨，当破臂刮骨去毒，此患乃可除，"羽便伸臂令医劈之。时羽适请诸将，饮食相对，臂血流离，盈于盘器，而羽割炙引酒，言笑自若"。 [13]"画戟雕戈白日寒"以下四句：将军进军时，雕有花纹的戈戟在太阳下闪着寒光，连成一片的大小旌旗被扬起的黄尘吞没；击鼓动地使遥远的大沙漠翻起波涛，吹笳震天让天山的月亮也乱晃起来。旆（pèi），旗帜的通称。叠鼓，击鼓。瀚海，指沙漠。笳，指胡笳，我国古代北方民族的一种乐器，类似笛子。天山，在今新疆境内。"瀚"，宋蜀本作"逾"，据麻沙本、元本、明本等改。 [14]"麒麟锦带佩吴钩"二句：将军腰间束着绣有麒麟的锦带，佩着名贵的兵器，麾下骑兵矫健轻捷，青黑色的马飞驰，枣红色的马腾跃。吴钩，钩是一种"似剑而曲"的兵器。吴王阖闾曾下令国中，"能为善钩者赏之百金"，传说吴国有人杀其二子，以血涂金，铸成二钩，献给吴王（见《吴越春秋》卷四）。后相沿以吴钩称名贵的兵器。鲍照《代结客少年场行》："骢马金络头，锦带佩吴钩。"飒（sà）沓，飞动貌。青骊，毛色青黑相杂的马。紫骝（liú），枣红色的马。 [15] 断天骄臂：语本《汉书·西域传》："孝武之世，图制匈奴，患其兼从西国，结党南羌，乃表河西。……通西域，以断匈奴右臂。"右臂，喻要害部分。天骄，指匈奴。《汉书·匈奴传》："胡者，天之骄子也。" [16] 饮月支头：用匈奴杀月支王事。《史记·大宛列传》："至匈奴老上单于，杀月氏王，以其头为饮器。"月支，即月氏（zhī），古部族名，秦汉之际游牧于敦煌、祁连间。后为匈奴所攻，一部分西迁至今伊犁河上游，称大月氏；未西迁者进入祁连山区与羌族杂居，称小月氏。 [17]"教战虽令赴汤火"二句：教打仗虽然要让士卒敢于赴汤蹈火，但最终知道主将原来是把以智谋伐敌放在首位的。赴汤火，《汉书·晁错传》："故能使其众蒙矢石，赴汤火，视死如生。"上将，主将。先伐谋，以伐谋为先。伐谋，以智谋伐敌。《孙子·谋攻篇》："故上兵伐谋，其次伐交，其次伐兵，其下攻城。""虽"，元本、明本作"须"。"先伐谋"，《乐府诗集》、《唐文粹》卷一二作"伐谋猷"。

[点评]

这首歌颂武将出征获胜的诗，侧重于写人，刻画了一个理想的将军形象。他既有英雄气概，又有爱国壮志；既有先国后家的品德，又有克敌制胜的谋略；既勇猛威武，又刚毅沉着。诗中多采用烘托手法来写人，如先写将军出征时天子亲送、千官出饯的盛况，以衬托将军的不同凡响；又如接着写将军麾下士卒的强悍勇猛、出征时军容的壮盛和一战即胜、所向披靡的景况，烘托出将军的"才且雄"。清吴乔《围炉诗话》卷二说："王右丞之《燕支行》，正意只在'终知上将先伐谋'。"这话说得有点绝对，但也不无道理。应该说，诗的末二句确实很重要，其中前一句含有总结前面的描述之意（前面写到将军麾下士卒的勇猛和不避艰险），后一句则转入另一层意思，揭示了将军的一战即胜，主要靠的是智谋，与首句所说的将军之“才”相呼应。在国家强盛、军队士气高涨的情势下，“先伐谋”极易被忽略，所以王维在这首诗中强调“先伐谋”，是具有很强针对性和现实意义的。

全诗豪情四溢，具有盛唐边塞诗的昂扬格调和磅礴气势，洋溢着浪漫主义精神和理想主义光芒。此诗作于开元九年，当时作者只有二十一岁，有着远大的抱负和积极向上的精神，而国家当时又正处于国力强盛、国威远播的形势中，可以说，正是这两个方面的结合，带来本诗上述面貌的出现，或者说，本诗上述面貌的出现，与这两个方面的结合关系密切。

从军行[1]

吹角动行人[2]，喧喧行人起。
笳悲马嘶乱[3]，争渡金河水[4]。
日暮沙漠垂[5]，战声烟尘里[6]。
尽系名王颈[7]，归来献天子[8]。

殷璠曰：“（王维诗）一句一字，皆出常境。至如‘落日山水好，漾舟信归风’，……‘日暮沙漠陲，战声烟尘里’，讵肯惭于古人也（此句据《唐诗纪事》卷一六王维条引殷璠语补）。”（《河岳英灵集》卷上）

[注释]

[1] 疑作于在河西任职期间。从军行：乐府古题之一，属相

和歌辞平调曲,《乐府诗集》卷三二引《乐府解题》曰:“《从军行》,皆军旅苦辛之辞。” [2]“吹角动行人”二句:军营里吹起号角集合战士们出发,战士们纷纷起身响声混杂。角,军中乐器,吹奏以报时间,作用略相当于今日之军号。行人,指出征之人。 [3]笳(jiā):胡笳,我国古代北方民族的一种乐器。“悲”,《乐府诗集》卷三三作“鸣”。 [4]金河:水名,在唐肃州(今甘肃酒泉)附近。五代高居诲《于阗记》:“自甘州(今甘肃张掖)西始涉碛,……西北五百里至肃州,渡金河,西百里出天门关。”又,《通典》卷一七九谓,唐单于大都护府治金河县(今内蒙古和林格尔县西北土城子),县“有金河(今名黑河),上承紫河及象水,又南流入(黄)河”。 [5]垂:边。 [6]“战声”,《文苑英华》作“力战”。 [7]尽系名王颈:将匈奴有名气的王全部俘虏。名王,匈奴中有大名的王。《汉书·宣帝纪》颜师古注:“名王者,谓有大名以别诸小王也。”系颈,缚颈。《汉书·贾谊传》:“请必系单于之颈而制其命。”“名”,《文苑英华》作“番”。 [8]“献”,麻沙本、元本、《文苑英华》、《乐府诗集》作“报”。

[点评]

这首边塞诗并不具体描写哪一次战役,而是着重表现边防战士们的精神面貌。诗歌用极省净的语言,绘出了一幅有声有色的战斗图画,表现了战士们争先杀敌的英雄气概。诗歌主要通过人物行动来揭示战士们的精神面貌,而描写人物行动,又往往依仗于听觉形象的刻画。如首联用号角声和部队出动的响声,来表现军情的紧急与战士们行动的迅疾;次联用“笳悲马嘶”之声,来衬托战士们争先赴敌的气概；三联以烟尘里的“战声”，来表现战斗的激烈。这一联内蕴极为丰富，受到了唐代诗评家殷璠的称道，从中我们可以想象到，在傍晚的沙漠边上，烟尘滚滚，杀声震天，一场激战正酣……这联又见于《李陵咏》（时年十九），一联两用，说明它是诗人的得意之句；同一联用在两首不同的诗里，都能与上下文紧密联系，并且都能做到非常贴切，这是很不容易的。同一联两用，在王维的集子里还有另一例：“峡里谁知有人事，世中遥望空云山。”这联既见于《桃源行》，又见于《寄崇梵僧》（唯“世中”此诗作“郡中”），或许是创作后一诗时，数年前写的诗句忽然涌出，诗人一时也记不清是否为旧句，因而形成重复的现象。林庚《唐代四大诗人》评此诗说：“这里既无夸张，也无感叹，它不动声色而声色俱在其中，这样的写法在盛唐边塞诗中乃是自成一格的。”（《唐诗综论》）所论甚是。

桃源行[1]　时年十九

渔舟逐水爱山春[2]，两岸桃花夹去津。
坐看红树不知远，行尽青溪不见人。
山口潜行始隈隩[3]，山开旷望旋平陆。
遥看一处攒云树，近入千家散花竹。
樵客初传汉姓名[4]，居人未改秦衣服。

苏轼《和桃花源诗》曰：“世传桃源事，多过其实。考渊明所记，止言先世避秦乱来此，则渔人所见，似是其子孙，非秦人不死者也。又云‘杀鸡作食’，岂有仙而杀者乎？”（《东坡全集》卷三二）

沈德潜曰：“顺文叙事，不须自出意见，而夷犹容与，令人味之不尽。”（《唐诗别裁》卷五）

居人共住武陵源[5]，还从物外起田园[6]。
月明松下房栊静[7]，日出云中鸡犬喧[8]。
惊闻俗客争来集[9]，竞引还家问都邑。
平明闾巷扫花开，薄暮渔樵乘水入。
初因避地去人间[10]，及至成仙遂不还[11]。
峡里谁知有人事[12]？世中遥望空云山。
不疑灵境难闻见[13]，尘心未尽思乡县。
出洞无论隔山水[14]，辞家终拟长游衍。
自谓经过旧不迷[15]，安知峰壑今来变！
当时只记入山深[16]，青溪几度到云林[17]。
春来遍是桃花水[18]，不辨仙源何处寻。

张谦宜曰："比靖节作，此为设色山水，骨格少降，不得不爱其渲染之工。"（《絸斋诗谈》卷五）

[注释]

[1] 此诗作于开元七年（719）作者十九岁时。桃源行：乐府新题名，《乐府诗集》卷九〇收入"新乐府辞"。桃源，即陶渊明《桃花源记》中所写之桃花源。 [2]"渔舟逐水爱山春"以下四句：意本《桃花源记》："晋太元中，武陵人捕鱼为业，缘溪行，忘路之远近。忽逢桃花林，夹岸数百步，中无杂树，芳草鲜美，落英缤纷。渔人甚异之，复前行，欲穷其林。林尽水源，便得一山。"逐，随。去津，流着的溪水。坐，因，为。红树，指桃花林。"去"，《唐文粹》卷一六、《乐府诗集》作"古"。"不见"，《文苑英华》卷三三二、《唐文粹》、《乐府诗集》作"忽值"。 [3]"山口潜行始隈隩（wēi yù）"以下四句：是说渔人进入山口暗中摸索着行

走，开始时觉得山路狭窄曲折，没走多远就感到豁然开朗，遥望有一片平原立刻呈现在眼前；远远看去有一处地方云树集聚，进入其中才知道原来有千户人家散布各处，各家都在房前屋后种着花竹。意本《桃花源记》："山有小口，仿佛若有光，便舍船，从口入。初极狭，才通人；复行数十步，豁然开朗。土地平旷，屋舍俨然，有良田、美池、桑竹之属。"隈隩，指山口内弯弯曲曲。旷，远。旋，立刻。攒（cuán），聚。散花竹，指花竹散布各处。"隩"，宋蜀本作"隩"，据麻沙本、元本、明本等改。 [4]"樵客初传汉姓名"二句：这里汉、秦为互文，是说桃源中人仍使用秦汉时的姓名，所穿衣服也还是秦汉时的式样。意本《桃花源记》："自云先世避秦时乱，率妻子邑人，来此绝境，不复出焉，遂与外人间隔。"后附诗曰："俎豆犹古法，衣裳无新制。"樵客，指桃源中人。 [5]武陵源：即桃花源。武陵，在今湖南常德西。 [6]物外：世外。 [7]房栊：窗户。借指房舍。 [8]鸡犬喧：意本《桃花源记》："阡陌交通，鸡犬相闻。" [9]"惊闻俗客争来集"二句：意本《桃花源记》："见渔人，乃大惊。问所从来，具答之。便要还家，设酒杀鸡作食。村中闻有此人，咸来问讯。……余人各复延至其家，皆出酒食。"俗客，指武陵渔人。"惊"，《文苑英华》作"忽"。 [10]避地：因避乱而寄迹他乡。 [11]"及至"，宋蜀本作"更问"，据《文苑英华》《唐文粹》《全唐诗》改；顾本、凌本、赵本作"更闻"。 [12]"峡里谁知有人事"二句：桃源里谁知有人世之事？而世间遥望桃源，只见云山，哪知其中别有仙境。 [13]"不疑灵境难闻见"二句：武陵渔人并不怀疑仙境难逢，但凡心俗虑未绝，还是思念家乡。灵境，仙境。 [14]"出洞无论隔山水"二句：渔人走出仙洞后又考虑，无论山水远隔，最终还是打算辞家长游桃源。游衍，游乐。 [15]旧：久。 [16]"当"，宋蜀本作"常"，据麻沙本、元本、明本等改。

[17]“度”,《全唐诗》作“曲”。　[18]“春来遍是桃花水”二句：如今春天来到，到处都是桃花汛，已分辨不清桃园仙境何处能找到。桃花水，春日桃花开时“众流猥集，波澜盛长”（《汉书·沟洫志》颜师古注），谓之桃花水，又称桃花汛。

[点评]

这首诗取材于陶渊明的《桃花源记》，顺其文而叙事。陶《记》中的桃花源，是一个“黄发垂髫，并怡然自乐”“春蚕收长丝，秋熟靡王税”“童孺纵行歌，班白欢游诣”的尘世之外的世界，这里古朴、淳厚、安乐、舒适和自由自在，其中寄寓着陶渊明的理想，也反映了广大农民的愿望。王维这首诗，虽称桃源中人已“成仙”，但不像刘禹锡的《桃源行》那样，真把他们当作仙人来描写（刘诗中用了冰雪颜、种玉、餐石髓等有关于神仙的典故），而是写他们仍然过着渔樵生活，这一点与陶《记》中所说桃源中人“相命肆农耕，日入从所憩”是一脉相承的。在这首诗里，王维是以理想的田园环境来刻画世外桃源的，写出了那里的宁静、优美和充满诗意，已表现出少年王维对山水田园和隐逸生活的向往。这首诗极力渲染桃源中田园山水之美：“遥看一处攒云树，近入千家散花竹”，“月明松下房栊静，日出云中鸡犬喧”，“平明闾巷扫花开，薄暮渔樵乘水入”，这些诗句皆精于锤炼，工整流丽，情韵悠长。全诗写来从容不迫，如清泉自在流出。清王士禛说：“唐宋以来作《桃源行》最传者，王摩诘、韩退之（愈）、王介甫（安石）三篇。观退之、介甫二诗，笔力意思甚可喜；及读摩诘诗，多少自在！

二公便如努力挽强，不免面赤耳热。此盛唐所以高不可及。”（《池北偶谈》卷一四）王氏所说的“自在”，应当是指王维此诗笔墨洒脱自然，毫无雕琢痕迹。

陇西行[1]

十里一走马[2]，五里一扬鞭。
都护军书至[3]，匈奴围酒泉[4]。
关山正飞雪[5]，烽戍断无烟。

顾可久曰：“起束皆突兀急骤，流丽宏古，短行体如此。”（《唐王右丞诗集注说》卷一）

[注释]

[1] 此诗当作于在河西任职期间。陇西行：乐府古题之一，属相和歌辞瑟调曲。《乐府诗集》卷三七引《乐府解题》曰：“古辞云‘天上何所有，历历种白榆’，始言妇有容色，能应门承宾。次言善于主馈，终言送迎有礼。……若梁简文‘陇西四战地’，但言辛苦征战，佳人怨思而已。”王维此诗即用简文帝诗之意。　[2]“十里一走马”二句：军中信使乘驿马一阵急驰就是十里路，马鞭子一扬就又跑了五里。古时于道旁封土为堠，以记里程，五里置一堠，十里置双堠，故有“五里”“十里”之语。走，急行，跑。　[3] 都护：官名。汉宣帝时始设西域都护，为驻西域地区的最高长官。唐初先后设置安西、安北等六大都护府，每府各置大都护一人，副大都护二人。此借指河西节度使。　[4] 酒泉：郡名，汉武帝时置，治所在禄福（隋改名酒泉，即今甘肃酒泉）。唐时于其地置肃州（治酒泉）。　[5]“关山正飞雪”二句：意谓

由于漫天飞雪，边境的烽火台无法举火或燃烟报警，只好以快马驰报敌兵来犯的消息。烽戍，烽候戍所。

[点评]

这首诗反映边关军情的紧急难测和征戍的艰苦危险。首二句写军中信使策马飞驰，急如风火，起得突兀，形成悬念，也渲染出紧张的气氛；接下二句才交代信使策马飞驰的原因：原来信使传送的是紧急军事文书，其内容为敌骑已包围了酒泉；最后二句进一步说明为什么要用快马驰报紧急军情，原来是边地漫天飞雪，烽烟无法燃起。全诗构思独特，增强了军情的紧急感。此诗写边塞战争，只撷取信使飞马告急这样一个片段来表现，其余如我方的镇定迎敌，即将展开的敌我双方的酣战，大雪天飞马告急的艰难，等等，则留待读者自己用想象去补充。这样写，篇幅集中而内蕴丰富，节奏明快而富有张力，虽用语不多，极为省净，却给读者留下深刻印象。

早春行

陆云龙曰："宛女儿态，修饰有情。情语特妙。"（《翠娱阁评选诗最》卷一）

紫梅发初遍[1]，黄鸟歌犹涩[2]。
谁家折杨女[3]，弄春如不及[4]。
爱水看妆坐[5]，羞人映花立[6]。

香畏风吹散，衣愁露沾湿。
玉闺青门里[7]，日落香车入。
游衍益相思[8]，含啼向彩帷[9]。
忆君长入梦[10]，归晚更生疑。
不及红檐燕[11]，双栖绿草时！

顾可久曰：“别是一种纤丽语。”（《唐王右丞诗集注说》卷一）

[注释]

[1] 紫梅：《西京杂记》卷一载：“初修上林苑，群臣远方各献名果异树”，其中有紫花梅、紫蒂梅。发：开放。 [2] 黄鸟歌犹涩：谓黄莺刚开始歌唱，声音还不流利。黄鸟，黄莺。 [3]“女”，宋蜀本作“柳”，据麻沙本、元本、明本等改。 [4] 弄春：游赏春景。如不及：形容迫不及待。 [5] 爱水看妆坐：谓她因爱水而坐在水边，面对水看自己的妆扮。庾肩吾《咏美人看画诗》：“看妆畏水动，敛袖避风吹。” [6] 羞人映花立：谓因羞于见人而立在花丛中，用花隐蔽自己。映，遮蔽，隐藏。谢灵运《江妃赋》：“出月隐山，落日映屿。”杜甫《蜀相》：“映阶碧草自春色，隔叶黄鹂空好音。” [7] 玉闺：女子居室的美称。青门：汉长安城东面三门中南端的门，因其门色青，故曰青门。此处借指唐长安东门。 [8] 游衍益相思：意谓少妇外出游乐，本为驱除别离之苦，谁知更加勾起她对丈夫的思念。游衍，游乐。 [9] 含啼向彩帷：谓她带着悲伤躲进彩色绸帐里。彩，彩色丝织物。 [10]“忆君长入梦”二句：意谓她十分思念丈夫，经常在梦中见到他；此次归来已晚，梦魂颠倒，更疑心见到丈夫。 [11]“不及红檐燕”二句：谓少妇醒来感到自己还不如红色屋檐下的燕子，这时它们正成双成对歇息在绿草地上。

[点评]

这是一首闺怨诗，全诗共十六句，前十句用入声韵，写一贵族少妇，为排遣相思之苦，初春时就迫不及待地独自外出游赏春景；后六句换用平声韵，写她游春归来后，对丈夫的思念更加不可抑止。诗歌细致入微地把一个深谙独居之苦的贵族少妇曲折、复杂的心理，精确地表现出来。诗的首二句写梅花初放的早春景色，点明她出游的节候；第三句“谁家折杨女”，暗含赠远之意，则她思念的人或在远方。下面“爱水”四句，对她外出游春时的情态动作，作了生动传神的描绘，活画出这位贵族少妇娇贵羞怯的形象。接下“玉闺”二句，说她直玩到日落才归家。后六句写她归家后的情状，外出游春并没有使她摆脱相思之苦，相反更勾起她对丈夫的思念，不禁躲入彩帐中悲伤落泪；第十三、十四句写她经常在梦中见到自己的丈夫，归家已晚（“归晚”承上“日落”而言），梦魂颠倒，更疑心见到了丈夫。结语“不及红檐燕，双栖绿草时”，写她醒来后猛然感到，自己还不如檐下那双栖的燕子呢！用檐下双栖的燕子，反衬出她独居的孤苦。这结语响亮，堪称警句。明锺惺评此诗说：“右丞禅寂人，往往妙于情语。”又说：“情艳诗，到极深细、极委曲处，非幽静人原不能理会，此右丞所以妙于情诗也。”（《唐诗归》卷八）在这首诗中，作者确实善于体会描写对象内心的委曲之处，并将其精妙地刻画出来。

洛阳女儿行[1] 时年十八

洛阳女儿对门居[2]，才可颜容十五余。
良人玉勒乘骢马[3]，侍女金盘脍鲤鱼。
画阁朱楼尽相望，红桃绿柳垂檐向[4]。
罗帷送上七香车[5]，宝扇迎归九华帐。
狂夫富贵在青春[6]，意气骄奢剧季伦。
自怜碧玉亲教舞[7]，不惜珊瑚持与人。
春窗曙灭九微火[8]，九微片片飞花琐。
戏罢曾无理曲时[9]，妆成只是薰香坐[10]。
城中相识尽繁华[11]，日夜经过赵李家[12]。
谁怜越女颜如玉[13]，贫贱江头自浣纱。

宋征璧曰："何大复惜王摩诘七言古未为深造，然《洛阳女儿行》一首，殊是当家。"（《抱真堂诗话》）

黄周星曰："通篇写尽娇贵之态，读至末二句，则知意不在洛阳而在越溪，所以有《西施咏》也。"（《唐诗快》卷六）

［注释］

[1] 此诗是开元六年（718）诗人十八岁时所作。行：乐府和古诗的一种体裁。这是一首乐府诗，《乐府诗集》卷九〇收入"新乐府辞"。"十八"，《全唐诗》、赵本作"十六"。 [2]"洛阳女儿对门居"二句：是说有一位洛阳女子住在我家对门，从面容看，年龄大约十五岁。语本梁武帝《河中之水歌》："河中之水向东流，洛阳女儿名莫愁。……十五嫁为卢家妇。"又《东飞伯劳歌》："谁家女儿对门居，开颜发艳照里闾。"可，大约。 [3]"良人玉勒乘骢马"二句：写洛阳女儿丈夫家中的排场。良人，丈夫。玉勒，饰以美玉的带嚼子马笼头。骢，青白色马。侍女金盘脍鲤

鱼，语本辛延年《羽林郎》：“就我求珍肴，金盘脍鲤鱼。”脍，把肉切细。 [4] 垂檐向：指红桃绿柳棵棵相对成行，枝叶垂于屋檐。 [5]“罗帷送上七香车”二句：互文见义，是说洛阳女儿出门与返回，乘坐华贵的七香车，用宝扇为仪仗；上下车舆，以罗帐围护，外人谁也见不到她。罗帷，丝织的帷帐。七香车，用多种香料涂饰的华贵车子。宝扇，古时贵人出行用为仪仗，以雉羽制成。九华帐，华美艳丽的帷帐。古时器物凡有华采者，每以九华为名。 [6]“狂夫富贵在青春”二句：洛阳女儿说她丈夫正青春年少富贵得志，意气骄奢超过晋代石崇。狂夫，古时妇女对他人称自己丈夫的谦称。意气，意态、气概。剧，甚于。季伦，晋石崇之字。“石崇为荆州刺史，劫夺杀人，以致巨富”（《世说新语·汰侈》刘孝标注引王隐《晋书》），与贵戚王恺、羊琇之徒，以奢靡相尚。王恺与石崇斗富，晋武帝助王恺，曾赐给他一株世上罕见高二尺多的珊瑚树，恺拿它夸示于崇，崇即以铁如意击之，应手而碎。王恺正待发作，石崇说：“不足恨，今还卿。”于是令人搬来六七株高三四尺的珊瑚树，王恺见了，惘然自失。事见《世说新语·汰侈》《晋书·石崇传》。“季”，宋蜀本作“等”，据麻沙本、元本、明本等改。 [7] 碧玉：梁元帝萧绎《采莲曲》：“碧玉小家女，来嫁汝南王。”此借指洛阳女儿。 [8]“春窗曙灭九微火”二句：春日通宵欢娱，到天亮才灭灯，这时灯花片片飞落在雕花窗格上。九微，灯名。《博物志》卷八载：汉武帝在九华殿设九微灯以待西王母降临。花琐，雕花窗格。 [9] 曾：乃，竟。理：温习，练习。 [10] 妆成只是薰香坐：梳妆打扮好了也只是薰着香闲坐。 [11] 繁华：指富贵之家。 [12] 赵李家：阮籍《咏怀》其五：“西游咸阳中，赵李相经过。”顾炎武《日知录》卷二七以为指汉成帝二女宠赵飞燕、李平的亲属，大体近之。这里指贵戚之家。 [13]“谁怜越女颜如玉”二句：有谁爱怜貌美如玉的越女，她贫穷卑贱，只能在江头自己浣（huàn）纱度日。越女，指西施，参见卷六《西施咏》注释。

［点评］

这首诗主要有两层意思。先从一个自小家碧玉成为贵族豪家受宠爱少妇的“洛阳女儿”写起，前八句从她丈夫坐骑上的玉勒、家中盛菜的金盘，写到她家中的楼阁之多、环境之美，还有她自己出门的排场，通过多方面的细致描摹，写尽了“洛阳女儿”的娇贵之态。接下四句写她丈夫的富贵骄奢，少年得志，同时用“自怜碧玉亲教舞”句，交代她并非出身于豪门大族，从而为末尾转入另一层意思作了铺垫。下面“春窗曙灭九微火”四句，写自小户人家进入豪贵之家的“洛阳女儿”，虽然物质生活方面很富有，精神上却很空虚、无聊，这对贵族豪家无疑是一种含而不露的讽刺。末尾二句文意有转折，似乎显得突兀，然而“洛阳女儿”原本出自“小家”，这与貌美而贫贱的越女无别，只是一幸一不幸而已，所以末尾二句的诗意，与前面十八句还是联系着的。在唐代，像“洛阳女儿”那样的幸运儿，实在很少，而“贫贱江头自浣纱”的越女，则到处都是。这两句又以美女暗喻贤才，借贫女虽美，却无人爱怜，以抒发贤才不为世用的不平，所以清沈德潜《唐诗别裁》卷五说：“结意况君子不遇也，与《西施咏》同一寄托。”全诗多用对句，语言华美，风格接近初唐卢照邻、骆宾王的七言歌行，然更自然流畅。

少年行四首[1]

其　一

新丰美酒斗十千[2]，咸阳游侠多少年[3]。
相逢意气为君饮[4]，系马高楼垂柳边。

唐汝询曰："侠少之游，惟酒自务，意气相洽，即系马而饮，不问其识不识矣。此少年之豪也。"（《唐诗解》卷二六）

［注释］

[1] 这是一组写侠士的诗，疑作于早年。少年行：乐府杂曲歌辞有《结客少年场行》，《乐府诗集》卷六六引《乐府解题》说："《结客少年场行》，言轻生重义，慷慨以立功名也。"《乐府诗集》录王维此诗于《结客少年场行》后。　[2] 新丰美酒：古代新丰产名酒，谓之新丰酒。梁元帝《登江州百花亭怀荆楚》诗："试酌新丰酒，遥劝阳台人。"新丰，古县名，汉始置，天宝七载（748）废，在今陕西西安临潼区东北。斗十千：一斗酒值十千文钱，极言酒之名贵。曹植《名都篇》："归来宴平乐，美酒斗十千。"　[3] 咸阳：秦都，故址在今陕西咸阳东北，此借指唐都长安。　[4]"相逢意气为君饮"二句：是说游侠少年相逢因志趣相投而举杯共饮，马就系在高高的酒楼门前的垂柳旁。

［点评］

清黄生评此诗说："前开后合格。一言酒，二言人，三、四始说合。相逢意气，言意气相投也。意气二字，是少年人行状。"（《增订唐诗摘钞》卷四）所言之酒，不是一般的酒，是新丰美酒；所说的人，也不是一般的人，是游侠少年。重义轻财，纵酒使气，是游侠少年的品性、作风，他们有钱是不会喝低级酒的，所以诗人以“新丰美酒斗十千”一句开头。重然诺，轻生死，还有重义轻财，纵酒使气，都可以包含在游侠少年的意气之中。游侠少年好交游，但经过长期来往才最后定交，不符合他们的心性；意气相投，一见倾心，才是他们所追求的，所以就有了下面“说合”的一句诗“相逢意气为君饮”。末句“系马高楼垂柳边”也非闲笔，写马，可令我们想象到侠少扬鞭飞马而来的英姿；高楼垂柳，勾画出一种脱离市井鄙俗的生活氛围，都有助于突出侠少的精神风貌。这首诗写游侠少年的日常生活，只抓住侠少相逢即意气相投而共饮一事，就把他们爽朗豪迈、倜傥不羁的精神风貌表现了出来。

其　二

出身仕汉羽林郎[1]，初随骠骑战渔阳[2]。
孰知不向边庭苦[3]，纵死犹闻侠骨香！

王穉登曰：“少年场中语，太白‘纵死侠骨香，不惭世上英’正与此同。”（《唐诗选》卷七）

[注释]

[1] 出身：委身事君之意。羽林郎：官名，掌宿卫侍从，秩比三百石。武帝太初时始置，属光禄勋，东汉同。参见《汉书·百官公卿表》《后汉书·百官志》。唐时有左右羽林军，为皇家禁军之一。　[2] 骠骑：官名，即骠骑将军。汉武帝元狩二年（前121），以名将霍去病为骠骑将军。见《史记·卫将军骠骑列传》。渔阳：地名。汉置渔阳郡，治所在渔阳县（今北京密云区西南）。又唐有渔阳县（今天津蓟州区），本属幽州，开元十八年（730）于县置蓟州，改隶之；天宝元年（742），尝改蓟州为渔阳郡，乾元元年（758）复旧。　[3]“孰知不向边庭苦”二句：少年知道

不往边庭去立功的苦处，以为即使战死在那里化为枯骨，也还带着侠气的芳香！孰知，甚知，很知。《荀子·礼论》："孰知夫出死要节之所以养生也。"唐杨倞注："孰，甚也。"侠骨香，张华《博陵王宫侠曲二首》其二："生从命子游，死闻侠骨香。""苦"，《文苑英华》卷一九四校云："一作死。"

[点评]

这首诗写游侠少年自愿从军边塞，渴望到那里去建功立业。很多诗歌写边塞从军之苦，此诗独说不往边地去从军之苦，这说明时代已发生了变化，人们开始关注与向往边地，视那里为实现自己壮志的场所，这是盛唐社会蒸蒸日上所带来的英雄主义和爱国主义精神高涨的产物。末句"纵死犹闻侠骨香"是全诗的警句，它集中地表现了游侠少年为国杀敌、不怕牺牲的昂扬斗志和英雄气概。

其　三

顾可久曰："通篇（指前后四首）豪侠纵横之气模写殆尽，当于言外得之。"（《唐王右丞诗集注说》卷一）

一身能擘两雕弧[1]，虏骑千重只似无[2]。
偏坐金鞍调白羽[3]，纷纷射杀五单于[4]。

[注释]

[1] 擘（bāi）：用手张弓。雕弧：有雕饰彩绘的弓。弧，木弓。 [2] "重"，《乐府诗集》卷六六作"群"。 [3] 偏：犹正、恰。调白羽：调弄弓矢，指放箭。白羽，指箭。因用白色羽毛做箭羽，故云。 [4] 五单于：汉宣帝时，匈奴内乱，"诸王并自立，分为五单于，更相攻击"（《汉书·宣帝纪》）。此处泛指敌人的许多头目。

[点评]

这首诗写游侠少年在战场上的表现。首句说他武艺超群，能同时拉开两张硬弓，次句说他勇气过人，视敌人之千军万马为无物；三、四句写他在强敌面前镇定自若，从容杀敌。全诗的描写有点理想化，富于浪漫色彩，洋溢着一种乐观、自信的旋律。

这组《少年行》共四首，其一写任侠，其二写从军，其三写立功，其四（未选）写受赏，四首诗内容互有关联。这组诗语言简劲有力，格调高亢昂扬，其中以身许国、英勇杀敌的描写，深化了游侠少年“意气”的内涵。在游侠少年驰骋疆场为国杀敌的身影中，寄寓着诗人自己的豪情壮志，也反映了当时有志之士渴望为国立功的普遍心情。这组诗还反映了盛唐的任侠思想行为，已逐渐同建功立业、杀敌报国的人生理想结合，与此相联系，诗歌创作中也产生了一个新的动向：游侠的意气与爱国的豪情相结合，游侠诗与边塞诗相结合。这为盛唐诗歌的发展，增添了新的内容，建立了新的风气。

锺惺曰：“数语写尽悲壮。”（《唐诗归》卷八）

榆林郡歌[1]

山头松柏林，山下泉声伤客心。千里万里春草色，黄河东流流不息[2]。黄龙戍上游侠儿[3]，愁逢汉使不相识。

顾可久曰：“见汉使而不相识，犹非乡人也，何以慰愁，意尤凄切。”（《唐王右丞诗集注说》卷一）

[注释]

[1] 此诗疑天宝四载（745）出使榆林、新秦二郡时所作（说见拙作《王维年谱》）。榆林郡：与新秦郡辖地相邻。《旧唐书·地理志》："隋置胜州，大业为榆林郡。武德中，平梁师都，复置胜州。天宝元年，复为榆林郡。乾元元年，复为胜州。"治所在今内蒙古准格尔旗东北十二连城乡。"郡"，宋蜀本作"群"，据顾本、凌本、赵本、《全唐诗》改。 [2] 黄河东流流不息：《元和郡县图志》卷四载，唐榆林郡治所榆林县境内有黄河，"西南自夏州朔方界流入"。 [3]"黄龙戍上游侠儿"二句：谓守卫边防重镇的游侠少年，愁于遇到朝廷使臣却不相识。黄龙，古城名，又称和龙城、龙城，故址在今辽宁朝阳。十六国北燕建都于此，南朝宋因称之为黄龙国。参见《宋书·高句骊国传》。按，榆林郡与黄龙城相距甚远，梁萧子显《燕歌行》："遥看白马津上吏，传道黄龙征戍儿。"梁元帝《燕歌行》："黄龙戍北花如锦，玄菟城前月似蛾。"多以黄龙泛指北方边地，此处亦然。汉使，作者自指。

[点评]

这首诗写戍边少年的愁思，与《新秦郡松树歌》一样，都作于作者出使边地之时。诗的首二句即景抒情，写呜咽的泉水声，触发了戍客的思乡之情。三、四句写所见春天边地一望无际的大草原，与滔滔东去、奔流不息的黄河，表现出它们的辽阔与壮美。末二句所谓游侠少年"愁逢汉使不相识"，颇耐人寻绎：不相识，则边警之频仍，戍守之辛劳，立功之期望，与思乡之愁绪，皆无从倾诉，也难以得到慰藉，焉得不愁？此诗与前诗一样，也以"歌"命题，具有乐府诗的体制，清王夫之评此诗云："真情老景，雄风怨调，只此不愧汉人乐府。"（《唐诗评选》卷一）所评颇具参考价值。

卷第二

奉和圣制从蓬莱宫向兴庆阁道中留春雨中春望之作应制[1]

渭水自萦秦塞曲[2]，黄山旧绕汉宫斜[3]。
銮舆迥出仙门柳[4]，阁道回看上苑花。
云里帝城双凤阙[5]，雨中春树万人家。
为乘阳气行时令[6]，不是宸游重物华。

黄生曰："风格秀整，气象清明，一脱初唐板滞之习。"（《增订唐诗摘钞》卷三）

俞陛云曰："写景恢宏，句复工秀。结句言乘时布政，不为春游，立言得体。"（《诗境浅说》丙编）

[注释]

[1] 此诗李憕有同和，见《全唐诗》卷一一五，题同本诗；苗晋卿亦有同和，王维《魏郡太守河北采访处置使上党苗公德政碑》曰："（晋卿）尝奉和圣制《雨中春望》诗云：'雨后山川光正发，云端花柳意无穷。'"诗当作于三人同在朝廷任职时。考李憕自开元二十八年（740）出为地方长官，至天宝十一载（752）冬方入为尚书右丞，十三载，迁京兆尹，十四载春，转光禄卿，同年秋冬，为东京留守，同年十二月，安禄山陷东京，憕被执遇害。事见两《唐书》本传。又考苗晋卿自天宝二

载（743）出为州郡长官，至天宝十四载方入为宪部尚书兼尚书左丞。事见两《唐书》本传。此诗写春景，当作于天宝十四载（755）春。圣制：皇帝的诗作。蓬莱宫：即长安大明宫，又称东内，高宗时曾改名蓬莱宫。兴庆：《新唐书·地理志》："兴庆宫，在皇城东南。……开元初置，至十四年又增广之，谓之南内。"阁道：又称复（複）道，即以木架成的空中通道。《史记·刘敬叔孙通列传》："乃作复道。"集解："韦昭曰：阁道也。"盖上下两层道重叠，故曰"复道"。《旧唐书·地理志》："自东内达南内，有夹城复道。……人主往来两宫，人莫知之。"开元二十年（732），又修筑自南内至曲江芙蓉园的夹城复道，见《旧唐书·玄宗纪》、《长安志》卷九。应制：应皇帝之命作诗。"圣"，《文苑英华》卷一七四作"御"。"宫"，宋蜀本原无，据《文苑英华》补。　[2] 渭水：今渭河。萦（yíng）：绕。秦塞：秦地，其四面有"山关之固"，古云"四塞之国"，故称。曲：曲折，指渭水。"塞"，《文苑英华》作"甸"。　[3] 黄山旧绕汉宫斜：谓黄山依旧倾斜地环绕着汉代的离宫。黄山，又称黄麓山，汉时于其地置黄山宫，在今陕西兴平。《三辅黄图》卷三："黄山宫在兴平县西三十里，武帝微行，西至黄山宫，即此也。"　[4]"銮舆迥出仙门柳"二句：言皇帝的车驾离开垂柳夹道的宫门远出，走在空中的阁道上，回头观看禁苑里的花。銮舆，天子的车驾。迥，远。仙门，指宫门。上苑，皇帝的园林。"仙"，《全唐诗》作"千"。"回"，《文苑英华》作"遥"。　[5] 云里帝城双凤阙：云里露出京城皇宫门前的两个阙楼。凤阙，汉长安宫阙名，此处借指唐长安城宫门两旁的阙楼。　[6]"为乘阳气行时令"二句：谓天子出游是趁阳气正盛施行有关农事的政令，不是看重春天的自然景色想要玩赏。阳气，指春日的阳和之气。《礼记·月令》："季春之月，……生气方盛，阳气发泄。”时令，即月令，古时按季节制定的有关农事的政令。宸（chén）游，帝王的巡游。物华，自然景色。“重”，顾本、凌本、《全唐诗》作“玩”。

[点评]

此篇为应制诗中少见的佳作。首联写在阁道上遥望，见渭水曲折地流过关中大地，黄山倾斜着环绕汉代离宫，其画面广阔，境界宏大。次联点题并写景，其中上句切题中之“从蓬莱宫向兴庆”，下句切题中之“阁道中留春雨中春望”。三联写在阁道中近望京师景色，切诗题之雨中春望。在这联里，诗人很善于用大笔勾勒，仅用十四字，就绘出一幅帝都的鲜明图画，从中人们可以想象到长安宫殿的巍峨壮丽和都市的繁华富庶。末联切奉和应制之旨。应制诗原本重颂圣，而此联却能“寓规于颂”（沈德潜《唐诗别裁》卷一三），可谓难得。全诗绘景如画，气象恢宏，用语工秀，而又不失自然之致；句调流畅活泼，一无应制诗常有的板滞之习；章法、布局完密而又富于变化，清黄生说：“一二不出题，三四方出，此变化之妙；出题处带写景，此衬贴之妙；前后二联，俱阁道中所见之景，而以三四横插于中，此错综之妙。凡此皆妙于遣调也，而七八立言得体，则又妙于命意也。”（《增订唐诗摘钞》卷三）所言不无道理。清沈德潜评此诗曰：“应制诗应以此篇为第一。”（《唐诗别裁》卷一三）之所以能够达到这样，在于作者打破了应制诗一味颂圣的套路，因事进规，并且充分发挥了自己擅长写景的特长。

顾璘曰："句法天成，更不可易。起语叙事从容曲尽。下联便见九成物。"(《唐诗正音》卷八)

方东树曰："起二句破题甚细，不似鲁莽疏漏。帝子，岐王也；先安此句，次句'借'字乃有根。中四句实写九成宫之景。收句乃合应制人颂圣口吻。"(《昭昧詹言》卷一六)

敕借岐王九成宫避暑应教[1]

帝子远辞丹凤阙[2]，天书遥借翠微宫。
隔窗云雾生衣上，卷幔山泉入镜中[3]。
林下水声喧语笑[4]，岩间树色隐房栊。
仙家未必能胜此[5]，何事吹笙向碧空？

[注释]

[1] 这首诗开元八年（720）或七年夏作于长安。岐王：见下首诗注 [1]。当时岐王虽兼任岐州刺史，但实际上不理州务，每年有半年时间居于长安，此诗当是玄宗下诏借给岐王九成宫（在岐州）避暑后，岐王即将自长安回到岐州时作的（说详拙作《王维年谱》）。九成宫：故址在今陕西麟游县（唐属岐州）西天台山上。本隋文帝所置仁寿宫，贞观五年（631）修复，以为避暑之所，改名九成宫。参见《元和郡县图志》卷二。应教：见下首诗注 [1]。　[2]"帝子远辞丹凤阙"二句：皇帝的儿子辞别长安宫阙，皇上下诏借给他远处山旁的离宫避暑。帝子，帝王的子女，指岐王。丹凤阙，唐长安大明宫南面五门，正中的门名丹凤。阙即宫门前两边的高台，上起观楼。天书，天子的诏书，也即诗题中之"敕"。翠微，山旁陂陀（不平）之处。见《尔雅·释山》及郭璞注与邢昺疏。盖九成宫在山间，故谓之"翠微宫"。　[3] 幔（màn）：挂在屋内的帷帐，此指窗帘。　[4]"林下水声喧语笑"二句：树林下水声喧哗犹如有人在谈笑，山崖间树木苍翠已将房舍隐没。房栊，借指房舍。　[5]"仙家未必能胜此"二句：仙人的居处也未必能胜过这里，为什么要骑鹤吹笙升空为仙？吹笙向碧空，用王子乔事。《列仙传》卷上："王子乔者，周灵王太子晋也。好吹笙，

作凤凰鸣。游伊、洛之间，道士浮丘公接以上嵩高山。”后乘白鹤登仙而去。“笙”，明本、顾本、凌本作“箫”。

[点评]

这首诗咏岐王于九成宫避暑事，以写景见长。起二句以叙事入题，点出“敕借岐王九成宫”之意。中四句继说题中“避暑”二字，却全用描写九成宫的景物来表现。云雾进窗，山泉入镜，水声喧豗，树林掩映，这些景象正好表明，所借之地暑气全无，清凉隔世。这四句诗不仅写出宫中台榭皆在泉声山色中的美好景色，还处处关合避暑之意，用笔十分经济。末二句翻太子晋事的案，以说明九成宫胜过天上仙境，很好地起到了总括全篇的作用。此诗绘景活泼生动，清黄生评曰：“右丞诗中有画，如此一诗，更不逊李将军仙山楼阁也。‘衣上’字，‘镜中’字，‘喧笑’字，更画出景中人来，犹非俗笔所办。”（《增订唐诗摘钞》卷三）所评甚是。

从岐王过杨氏别业应教[1]

杨子谈经所[2]，淮王载酒过[3]。
兴阑啼鸟换[4]，坐久落花多。
径转回银烛[5]，林开散玉珂。
严城时未启[6]，前路拥笙歌。

王士禛曰：“晚唐人诗：‘风暖鸟声碎，日高花影重。’‘晓来山鸟闹，雨过杏花稀。’元人诗：‘布谷叫残雨，杏花开半村。’皆佳句也。然总不如右丞‘兴阑啼鸟缓（换），坐久落花多’自然入妙，盛唐高不可及如此。”（《带经堂诗话》卷二）

[注释]

[1] 王维在开元八年（720）或八年以前，屡从岐王游宴，本诗即作于是时（参见拙作《王维年谱》）。岐王：名范，玄宗之弟。睿宗即位，进封岐王。开元初，拜太子少师，带本官历绛、郑、岐三州刺史。开元八年，迁太子太傅，十四年病卒。事见《旧唐书·睿宗诸子传》。过：访。应教：古时人臣于文字间有所属和，于天子称应制，于太子称应令，于诸王称应教。　[2] 杨子：疑当作“扬子”，指西汉扬雄。雄为人淡于势利，不求闻达。早年好辞赋，后转而研治学术，曾仿《论语》作《法言》，仿《易经》作《太玄经》。《汉书》卷八七有传。这里以“杨子”喻“杨氏”。“所”，《文苑英华》卷一七九作“处”。　[3] 淮王：西汉淮南王刘安。为人好书及鼓琴，博辩善为文辞，《汉书》卷四四有传。此以“淮王”喻岐王。载酒：《汉书·扬雄传》：“（雄）家素贫，耆酒，人希至其门。时有好事者载酒肴从游学。”　[4] 兴阑：指玩赏的时间很长，兴致将尽。“兴阑”，《万首唐人绝句》作“醉来”（《绝句》取本诗前四句作一绝）。　[5]“径转回银烛”二句：写夜游别业时，小路曲折，明亮的灯火跟着绕来绕去；树林开阔，从游者坐骑上的玉珂（kē）声也随之散开。开，舒展，开阔。散玉珂，指骑马从游者各自分散而游。玉珂，马勒上的玉饰。　[6]“严城时未启”二句：是说归来时，夜晚戒严的京城城门还没开，岐王仪仗中前导的鼓吹乐队聚集在一起，奏着乐唱着歌缓缓而行。严，戒夜。唐时京城戒夜，城门晨昏候咚咚鼓声响起而启闭（见《唐六典》卷八）。唐时亲王出行，卤簿中有鼓吹乐。拥，群聚而行。

[点评]

这诗的首二句点题，清黄生说：“贵人出游，着不得寒俭语，然铺张太盛，又未免顾宾失主。此妙在过杨处，只淡淡打发二语，而车骑笙歌之盛，却从归途写出，用笔之斟酌如此。”（《增订唐诗摘钞》卷一）接下一联很善于写景，它不直写杨氏别业的景色如何美好，只说自己玩赏的时间很长，以至于兴致将尽，而玩赏的时间长，又是用“啼鸟换”“落花多”来表现的。明胡应麟说：“（杜）审言‘风光新柳报，宴赏落花催’，摩诘‘兴阑啼鸟换，坐久落花多’，皆佳句也。然‘报’与‘催’字极精工，而意尽语中；‘换’与‘多’字觉散缓，而韵在言外。观此可以知初盛次第矣。”（《诗薮》内编卷四）这一联确乎富有启发性，余味不尽。如由诗人在林园里闲坐，竟能辨别出不同鸟叫声的变换，我们可以想见别业环境的幽静和诗人心境的恬静，他已完全陶醉在大自然的声响之中；王安石《北山》诗云：“细数落花因坐久，缓寻芳草得归迟。”这是被曾季貍称为“前人诗言落花，有思致者三”联中的一联（《艇斋诗话》），它明显受到“坐久落花多”的启发，足见王维这句诗的艺术魅力。另外，这一联的语言又是最平常的，所以它无疑堪称“自然入妙”。诗的末四句写夜游和夜归的情景，其中五、六句的转、回、开、散，可谓下字有法，恰到好处。

和贾舍人早朝大明宫之作[1]

绛帻鸡人送晓筹[2]，尚衣方进翠云裘[3]。

九天阊阖开宫殿[4]，万国衣冠拜冕旒[5]。

顾璘曰：“右丞此篇，真与老杜颉颃，后唯岑参及之，他皆不及。盖气象阔大，音律雄浑，句法典重，用字新清，无所不备故也。或犹未全美，以用衣服字太多耳。”（《唐诗正音》卷八）

朱三锡曰："此与贾舍人同一章法，而中间措手各有不同。贾之'银烛朝天紫陌长'，一起即写早朝，此却从天子未视朝之先写起，三四方写'朝'字，体格独超。五六写景同用'香'字，贾云'衣冠身惹御炉香'，此云'香烟欲傍衮龙浮'，更为出色。末则归美舍人，结出奉和意，言此时千官朝散，我辈独归凤池，含毫待诏，高华清切，无能比也。"(《重订唐诗鼓吹笺注》卷二)

日色才临仙掌动[6]，香烟欲傍衮龙浮[7]。
朝罢须裁五色诏[8]，佩声归向凤池头。

[注释]

[1] 本诗作于乾元元年（758）春末，时作者官中书舍人（参见拙作《王维年谱》）。贾舍人：贾至，字幼邻（一作幼几），河南洛阳人。自天宝末至乾元元年春官中书舍人，寻出为汝州刺史。参见两《唐书》本传。舍人，指中书舍人。唐中书省置中书舍人六人，正五品上，掌起草诏书。大明宫：见《奉和圣制从蓬莱宫向兴庆阁道中留春雨中春望之作应制》注[1]。《旧唐书·地理志》曰："高宗已后，天子常居东内（大明宫）。"按，贾至原赋今存，题作《早朝大明宫呈两省僚友》，载《全唐诗》卷二三五；又，岑参有《奉和中书贾至舍人早朝大明宫》，杜甫有《奉和贾至舍人早朝大明宫》，皆同和之作。时岑参官右补阙，杜甫官左拾遗，并两省（中书、门下省）官（参见《王维年谱》）。 [2] 绛帻（zé）鸡人送晓筹：谓宫中夜间报更的人报了晓。绛帻鸡人，此处借指宫中夜间报更的人。绛帻，红色头巾。仇兆鳌《杜诗详注》卷五引《汉官仪》曰："宫中舆台并不得畜鸡，夜漏未明三刻鸡鸣，卫士候于朱雀门外，著绛帻（象鸡冠）鸡唱。"鸡人，《周礼·春官·鸡人》："鸡人，掌共（供）鸡牲，辨其物（毛色）；大祭祀，夜呼旦以嘂（《说文》：'嘂，高声也，一曰大呼也。'）百官。"郑注："夜，夜漏未尽鸡鸣时也，呼旦以警起百官使夙兴。"送晓筹，即报晓之意。筹，指更筹、更签，古时报更用的牌。《陈书·世祖纪》："每鸡人伺漏，传更签于殿中，乃敕送者，必投签于阶石之上，令鎗然有声。""送"，《唐诗品汇》卷八三作"报"。 [3] 尚衣：唐殿中省有尚衣局，掌天子之服冕。参见《旧唐书·职官志》。

翠云裘：用翠羽编织成的云纹之裘。《古文苑》卷二宋玉《讽赋》："主人之女，……披翠云之裘。"宋章樵注："辑翠羽为裘。"此处指天子之衣。"进"，宋本《杜工部集》卷一〇作"送"。 [4] 九天阊（chāng）阖开宫殿：谓巍峨高大的皇宫的重重宫门一起打开。九天，喻皇宫，言其高大。阊阖，指宫门。"天"，《文苑英华》卷一九〇作"重"。 [5] 万国衣冠拜冕旒（liú）：谓各地方各部门的官员全来拜谒天子。万国，万方。衣冠，谓百官。冕旒，此处指天子。旒，指古时天子及贵官的礼帽。有冕版覆于帽顶，称为延；垂于延前后的玉串，谓之旒。冕旒之制唐时犹存，《旧唐书·舆服志》载，天子衮冕垂白珠十二旒，一品官衮冕垂青珠九旒。 [6] 日色才临仙掌动：意谓晓日刚刚照到宫中高耸着的承接甘露的铜仙人手掌，那上面的光影闪耀着。仙掌，承露盘上的仙人手掌。汉武帝于建章宫作承露盘，立铜仙人舒掌擎盘以承甘露。班固《西都赋》："抗仙掌以承露，擢双立之金茎。"此处也可能指灯架或烛台作仙人舒掌擎盘之状。谢朓《杂咏三首·灯》："抽茎类仙掌，衔光似烛龙。"动，谓朝日照于仙掌，其光闪动。也可能指晓日初出，殿中尚黑，银烛闪动（贾至原赋有"银烛朝天"之语）。"才"，宋蜀本作"绝"，据麻沙本、元本、明本等改。 [7] 香烟欲傍衮（gǔn）龙浮：谓殿中熏炉透出的香烟已靠近天子礼服上绣的龙，它就像在烟雾中飘浮。香烟，指早朝时殿中设熏炉燃香透出的香雾。参见《新唐书·仪卫志》。欲，犹"已"。傍，贴近，靠近。衮，天子礼服，上绣龙，又称龙衮、卷龙衣。《礼记·礼器》："天子龙衮。"浮，指衮上所绣之龙如飘浮于烟雾中。 [8]"朝罢须裁五色诏"二句：意谓早朝完毕须草拟用五色纸书写的诏书，带着玉佩的响声我们回到了中书省里。裁，制作。五色诏，用五色纸书写的诏书。《邺中记》："石虎诏书，以五色纸著凤雏口中。"佩，玉佩。唐五品以上官员的饰物有佩。凤池，即凤凰池，指中书省。

本义为禁苑中的池沼。魏晋以后，设中书省于禁苑，因其专掌机要，接近天子，故称为凤凰池。晋荀勖久在中书省掌机事，后迁尚书令，有贺之者，勖曰：“夺我凤皇池，诸君贺我邪！”见《晋书·荀勖传》。此二句与贾至原赋的末二句（“共沐恩波凤池里，朝朝染翰侍君王”）相应。是时王维与贾至同为中书舍人，故有“须裁五色诏”“归向凤池头”之语。“向”，凌本、宋本《杜工部集》作“到”。

[点评]

唐时天子每日日出（法定节假日除外）视朝，处理政务，称为早朝。元旦、冬至等大朝会在大明宫含元殿举行，平常朝会则在大明宫宣政殿举行。贾、王、岑、杜四人的唱和之作，都描述了春日在大明宫早朝的盛况。元方回说：“四人早朝之作，俱伟丽可喜，不但东坡所赏子美‘龙蛇’‘燕雀’一联也。”（《瀛奎律髓》卷二）所言是。王诗首联从宫中卫士报晓、尚衣局呈进天子早朝礼服写起，确与诸篇不同，显示出构思的独特。次联写早朝开始时，重重宫门大启、万方官员齐集宫殿拜谒天子的景象，气势十分宏大，明胡应麟评曰：“颔联高华博大，而冠冕和平，前后映带，遂令全首改色，称最当时。”（《诗薮》内编卷五）所评是。三联正如清朱三锡所说，王诗“香烟欲傍衮龙浮”较贾诗“衣冠身惹御炉香”出色（见旁批），盖王诗辅以想象之笔，虚实结合也。末联以点出奉和贾诗之意作结。王维此诗写来雄丽、典雅、庄重，洵属佳制；它作于乾元元年春，当时安史之乱虽尚未完全平定，但两京已收复，人们对唐朝廷中兴充满期待，精神是振奋的，这一点在王诗中有所流露。关于四人早朝之作的高下、优劣，历代诗评家有过许多评议和争论，清纪昀说："四公皆盛唐巨手，同时唱和，世所艳称。然此种题目无性情风旨之可言，仍是初唐应制之体，但色较鲜明，气较生动，各能不失本质耳。后人拈为公案，评议纷纷，似可不必。"（《瀛奎律髓汇评》卷二）所论虽有一定道理，但这四首诗中，王、岑之作略胜一筹，如此评价似乎较为公允。

同崔傅答贤弟[1]

洛阳才子姑苏客[2]，桂苑殊非故乡陌。
九江枫树几回青[3]，一片扬州五湖白[4]。
扬州时有下江兵[5]，兰陵镇前吹笛声[6]。
夜火人归富春郭[7]，秋风鹤唳石头城[8]。
周郎陆弟为俦侣[9]，对舞《前溪》歌《白纻》。
曲几书留小史家[10]，草堂棋赌山阴墅。
衣冠若话外台臣[11]，先数夫君席上珍。
更闻台阁求三语[12]，遥想风流第一人。

顾可久曰："此篇当观其造意圆融，使事精切，摛辞俊雅，方能得其作法妙思。"（《唐王右丞诗集注说》卷二）

沈德潜曰："寓疏荡于队仗之中，此盛唐人身分。"（《唐诗别裁》卷五）

[注释]

[1] 据诗中述及永王李璘东巡事，此诗疑当作于乾元元年（758）春作者被赦复官之后，具体时间无从确考。同：犹"和"。崔傅：无考。 [2]"洛阳才子姑苏客"二句：意谓洛阳才子崔氏

兄弟在苏州做客，那里有栽着桂树的园林，颇不同于故乡。潘岳《西征赋》：“终童山东之英妙，贾生洛阳之才子。”汉贾谊，洛阳人，年少才高，故云。姑苏，苏州（今属江苏）的别称，因州西南有姑苏山而得名。桂苑，赵殿成注谓即三国吴之桂林苑。《文选》左思《吴都赋》：“数军实乎桂林之苑。”故址在今江苏南京东北落星山之阳。又，《文选》谢庄《月赋》：“乃清兰路，肃桂苑。”李善注：“桂苑，有桂之苑。”按，《说文》：“桂，江南木。”此处桂苑疑用《月赋》之意，指姑苏的“有桂之苑”。 [3] 九江枫树几回青：谓长江边上的枫树叶子几度转青。九江，见卷五《汉江临泛》注 [2]。枫树几回青，指崔氏兄弟已在苏州住了几年。按，苏州与九江汉时俱属扬州，又《楚辞·招魂》曰：“湛湛江水兮上有枫，目极千里兮伤春心。”所以此处不说“苏州枫树”，而说“九江枫树”。 [4] 一片扬州五湖白：谓扬州地区的五湖茫茫一片白色。扬州，唐扬州辖境在今江苏扬州市、泰州市一带；五湖在苏州附近，不在唐扬州辖区之内，因此这里的扬州，当指汉扬州。今安徽淮河以南与江苏长江以南地区，江西、浙江、福建三省及湖北英山县、黄梅县、武穴市，河南固始县、商城县，汉时俱为扬州辖地。五湖，见卷五《送丘为落第归江东》注 [3]。 [5] 下江兵：《汉书·王莽传》：“是时，南郡张霸、江夏羊牧、王匡等起云杜绿林，号曰下江兵。”颜师古注：“晋灼曰：‘本起江夏云杜县，后分西上，入南郡，……故号下江兵也。’”按，南郡治所在今湖北荆州，长江自荆州以下属下游，古谓之下江。唐安史之乱前，江淮地区不曾有争战，下江兵疑指永王李璘引兵东巡事。《资治通鉴》至德元载十二月载：玄宗命李璘领四道节度都使，镇江陵。“甲辰，永王璘擅引兵东巡，沿江而下，军容甚盛。……吴郡（苏州）太守兼江南东路采访使李希言平牒璘，诘其擅引兵东下之意。璘怒，分兵遣其将浑惟明袭希言于吴郡，季广琛袭广陵（扬州）长史、淮南采访使李成式于广陵。璘进至当涂（今属安徽），希言遣其将元景曜及丹杨（治今江苏镇江）太守阎敬之将兵拒之，李成式亦遣其将李承庆拒之。璘击斩敬之以徇，景曜、承庆皆降于璘，江淮大震。”又，《通鉴考异》谓，璘击斩敬之后，据有丹杨郡城；后兵败，自丹杨奔晋陵（今江苏常州）以趋鄱阳。永王璘引兵东巡与本诗所称下江兵事，涉及的地域颇相合。 [6] 兰陵镇：东晋、南朝置兰陵县，在今江苏常州西北。笛：管乐器名，古时军中之乐多用之。 [7] 夜火人归富春郭：意谓兵事起，有人连夜点燃火把逃往富春城。富春，古县名，秦置。晋太元中改名富阳区，即今浙江杭州富阳区。“富”，宋蜀本作“当”，据麻沙本、元本、明本等改。 [8] 秋风鹤唳石头城：谓兵事起，石头城之人皆惊慌疑惧。秋风鹤唳，《晋书・谢玄传》：“（苻坚）余众弃甲宵遁，闻风声鹤唳，皆以为王师已至。”按，淝水之战发生于秋冬之际，又作者此处为求与上句“夜火”偶对，因改“风声”为“秋风”，并非谓下江兵事起于秋日。石头城，古城名，三国吴孙权筑。故址在今江苏南京清凉山。 [9]“周郎陆弟为俦（chóu）侣”二句：意谓这时崔氏兄弟俩正相互作伴，一起跳《前溪》曲、唱《白纻》歌。周郎，周瑜。《三国志・吴书・周瑜传》：“瑜时年二十四，吴中皆呼为周郎。”此喻指崔傅，赞其有周瑜的才干。陆弟，晋陆机之弟陆云。云少与兄机齐名，时人号为“二陆”。事见《晋书》本传。此喻崔傅之弟，说他有陆云的文才。俦侣，同辈，伴侣。《前溪》，舞曲名，属乐府《吴声歌曲》。参见《宋书・乐志》、《乐府诗集》卷四五。《白纻》，吴之舞曲，属乐府《舞曲歌辞》。参见《宋书・乐志》、《乐府诗集》卷五五。 [10]“曲几书留小史家”二句：意谓这时崔氏兄弟俩像王羲之那样，将写的字留在侍从家的曲木小几上；如谢安一般，在草堂里下围棋赌山中别墅。书留小史家，用王羲之事。《晋书・王羲之传》：“（羲之）尝诣（往）门生家，见棐几（用榧木做的小几）滑净，因书之，真草相半。后为其父误刮去之，门生惊懊者累日。”小史，侍从。棋赌山阴墅，用谢安事。《晋书·谢安传》：“（苻）坚后率众，号百万，次于淮（水）肥（水），京师震恐。加安征讨大都督。（谢）玄入问计，安夷然无惧色，答曰：‘已别有旨。’既而寂然。……安遂命驾出山墅，亲朋毕集，方与玄围棋赌别墅。”山阴，山北。 [11]“衣冠若话外台臣”二句：意谓缙绅大夫如果谈及州郡长官，当先称道崔傅是具备美善才德的人选。外台，指州刺史。《后汉书·谢夷吾传》载：夷吾曾任荆州刺史，司徒第五伦令班固为文荐夷吾曰：“爰牧荆州，威行邦国。……寻功简能，为外台之表。”夫君，对友人的敬称。谢朓《酬德赋》：“闻夫君之东守，地隐蓄而怀仙。”席上珍，《礼记·儒行》：“儒有席上之珍以待聘。”喻具有美善的才德，如席上之有珍（宝玉）。 [12]“更闻台阁求三语”二句：意谓更知尚书、中书、门下三省征求掾属，不难想见崔傅之弟当居杰出不凡人选中的首位。台阁，《后汉书·仲长统传》：“光武皇帝……虽置三公，事归台阁。”李贤注：“台阁谓尚书也。”按，东汉置尚书台，为皇帝的机要秘书处，权皆归于此，故云。此处借指中央的最高官署（三省）。三语，即三语掾，《世说新语·文学》：“阮宣子有令闻，太尉王夷甫（王衍）见而问曰：‘老庄与圣教同异？’对曰：‘将无同（大约差不多吧）。’太尉善其言，辟之为掾（官府属员），世谓三语掾。”按，《太平御览》卷二〇九《卫玠别传》记此事作阮瞻与王衍，而《晋书·阮瞻传》则作阮瞻与王戎。第一人，《南史·谢晦传》：“时谢混风华，为江左第一。”

[点评]

这首诗涉及时事，是崔傅《答贤弟》诗的和作，崔氏原赋今已失传。全诗共十六句，每四句一韵、一层意思。首四句写崔氏兄弟做客苏州，并描写苏州一带的景色。其中三四句，视野广远，境界辽阔，抓住了“扬州”的地理特征加以描绘，笔墨简净而富有概括力，反映了王维诗歌写景艺术的又一特点。五至八句写永王李璘擅引兵东巡，扬州、苏州一带发生战事，人们惊慌失措。这四句诗用典故写时事，耐人寻绎。九至十二句写兵事起，这时在苏州的崔氏兄弟，依旧歌舞、写字、下棋，态度极其镇定从容。这一层意思，几乎全用典故来表达，也很有特色。末四句称赞崔氏兄弟是州郡长官和三省掾属的最佳人选，与上四句和首句的“洛阳才子”相呼应。此诗的主旨是赞美崔氏兄弟在兵乱中的表现。全诗使事精切，词旨雅丽，情致委折，句调婉畅，值得一读。

同崔员外秋宵寓直[1]

建礼高秋夜[2]，承明候晓过[3]。
九门寒漏彻[4]，万井曙钟多。
月迴藏珠斗[5]，云消出绛河。
更惭衰朽质[6]，南陌共鸣珂。

纪昀曰：“了无深意，而气体自然高洁。”（《瀛奎律髓汇评》卷二）

吴昌祺曰：“丽而不浓，健而不亢，诗之正宗也。”（《删订唐诗解》卷一七）

［注释］

[1] 此诗首句用汉尚书郎故实，当是作者任尚书郎与崔员外同在尚书省寓直时所作。又，据诗中“更惭衰朽质”句，此诗疑当作于天宝十一载（时作者年五十二）至十三载作者官尚书省文

部郎中之时（参见《王维年谱》）。同：和。崔员外：不详。员外，即员外郎。寓直：直宿，夜间值班。“同”，《文苑英华》卷一九一作“和”。 [2] 建礼：汉宫门名，其内为尚书台所在地。《宋书·百官志》：“《汉官》云……尚书寺居建礼门内。”应劭《汉官仪》孙星衍辑本卷上：“尚书郎主作文书起草，夜更直（轮值）五日于建礼门内。”此借指唐尚书郎直宿之所。 [3] 承明候晓过：谓等候天明下班经过宫门回家。承明，承明庐，汉代侍从之臣值夜之所，在石渠阁外，见《汉书·严助传》及颜师古注。又魏宫有承明门，魏明帝时朝会皆由此门出入。见《文选》曹植《赠白马王彪》李善注引陆机《洛阳记》。此处借指唐皇宫之门。 [4]“九门寒漏彻”二句：谓寒夜皇宫里漏壶的水已滴尽，拂晓的钟声响遍了长安的千家万户。九门，《礼记·月令》郑玄注：“天子九门者，路门也，应门也，雉门也，库门也，皋门也（按，以上皆天子宫室之门），城门也，近郊门也，远郊门也，关门也。”此泛指皇宫之门。漏，漏壶，古代滴水计时的器具。彻，毕，尽（说见王锳《诗词曲语辞例释》）。 [5]“月迥藏珠斗”二句：言天上月亮远了，北斗星藏匿，云气消散，银河出现。迥，远。藏珠斗，指北斗隐没。珠斗，谓斗星相贯如珠。绛河，即银河。“消”，《文苑英华》作“开”。 [6]“更惭衰朽质”二句：更惭愧自己一副老迈无能的样子，天明竟要与崔员外一起沿着南面的路骑马而归。珂，马勒上的饰物，马行时作声，故曰鸣珂。

[点评]

这首诗写秋夜直宿的情景，首二句点题（“秋宵寓直”），三、四句接写寓直时所闻京城拂晓景象，堪称闳壮，明胡应麟谓此联诗乃“右丞壮语也”（《诗薮》内编卷四)。杨慎说:"'九门'二句,雄丽卓绝。"唐汝询说:"三、四句堪与杜子美'星临万户'联(星临万户动,月傍九霄多)竞爽。"(以上见周敬、周珽《删补唐诗选脉笺释会通评林·盛五律》)所评都不无道理。五、六句写所见天快亮时的星空景色,清纪昀评此二句说:"藏字、出字炼得自然,不似晚唐、宋人之尖巧。"(《瀛奎律髓汇评》卷二)这联写北斗隐没用"藏"字,说明其改日还当有显现之时;而写银河显现用"出"字,预示其移时必"入",作者下字堪称生动有趣,自然入妙。末二句写入诗题之"崔员外","更惭"接上而言,意谓同寓直已惭,共鸣珂更惭,清黄生说:"一'更'字便唤醒前面寓直之景,皆与崔所同也。味结语便知崔在壮年,壮年之人立朝可以有为,今己方衰朽,展效无力,犹然窃位苟禄,对之能不怀惭?无限语意,只以'惭'字见出,盛唐人笔力之不可及者以此。"(《唐诗矩》五言律诗二集)结语确乎写得简妙有味,令人寻绎不尽。

沈十四拾遗新竹生读经处同诸公之作[1]

闲居日清静,修竹自檀栾[2]。
嫩节留余箨[3],新丛出旧栏。
细枝风响乱,疏影月光寒。
乐府裁龙笛[4],渔家伐钓竿。
何如道门里[5],青翠拂仙坛?

顾可久曰:"清雅。"(《唐王右丞诗集注说》卷二)

[注释]

[1]沈十四拾遗：未详。拾遗，谏官名，从八品上。同：和。 [2]檀栾：竹美貌。参见卷四《辋川集·斤竹岭》注[2]。“自”，《文苑英华》卷三二五作“复”。 [3]箨(tuò)：笋壳。 [4]乐府：掌音乐的官署。虞世南《琵琶赋》：“凤箫辍吹，龙笛韬吟。”《元史·礼乐志》谓龙笛“七孔，横吹之，管首制龙头”。按，古诗文中每以龙吟形容笛声，“龙笛”之称，或起于此。后汉马融《长笛赋》：“龙鸣水中不见已，截竹吹之声相似。”李白《金陵听韩侍御吹笛》：“风吹绕钟山，万壑皆龙吟。”又梁洽有《笛声似龙吟赋》。 [5]“何如道门里”二句：意谓道教教门里一片青翠扫拂仙坛的竹子，比起这沈家读经处的新生竹子又怎么样？青翠拂仙坛，语本阴铿《侍宴赋得竹》：“夹池一丛竹，青翠不惊寒。……湘川染别泪，衡岭拂仙坛（仙人所居之处）。”又《太平御览》卷九六二引南朝宋郑缉之《永嘉郡记》曰：“阳屿仙山有平石，方十余丈，名仙坛，有一筋竹（竹的一种）垂坛旁，风来辄扫拂坛上。”

[点评]

这是一首咏物诗，吟咏对象是新生竹，首二句点出沈拾遗家的读经处有美竹。三、四句说，鲜嫩的竹节遗下了残余笋壳，新生的竹丛出现在旧围栏里，承上接写读经处的竹丛中长出新竹。五、六句采用白描手法，对新生竹在风中、月下的情态，作了精确、细致的描绘，造成强烈的可感性，使读者读后毋庸细想，即在脑海中浮现出鲜明的形象；这两句又善于将声音与画面配合，构成和谐的胜境。七、八句写竹子的用途，说它们可制成笛子和钓竿。九、十句将读经处的新生竹与“道门里”“青翠拂仙坛”的竹子作对比，意谓读经处的竹子，不差于道门里的竹子。全诗以赞美读经处的新生竹作结，此乃题中应有之义。

和太常韦主簿五郎温汤寓目[1]

汉主离宫接露台[2]，秦川一半夕阳开[3]。
青山尽是朱旗绕[4]，碧涧翻从玉殿来。
新丰树里行人度[5]，小苑城边猎骑回[6]。
闻道甘泉能献赋[7]，悬知独有子云才。

顾璘曰：“此篇铺写景象，雄浑富丽，造作句律，温厚深长，皆足为法。”（《唐诗正音》卷八）

黄培芳曰：“此种都是盛唐正轨。”又曰：“（‘秦川’句）接得开宕，不平弱。”（《唐贤三昧集笺注》卷上）

［注释］

[1] 太常主簿：唐太常寺置主簿二人，从七品上，掌管印章簿书等事。温汤：指骊山温泉。唐在此置温泉宫，天宝六载（747）改名华清宫。玄宗自开元二十五年（737）之后，每年例于十月或十一月幸温泉宫，岁尽方还长安。按，华清宫天宝末为安史乱军所毁，乱后稍事修复，游幸遂稀（参见《长安志》卷一五），故疑此诗当作于安史之乱前，具体时间无从确考。寓目：观看之意。“汤”，凌本作“泉”。“目”，《全唐诗》此字下多“之作”二字。 [2] 汉主离宫：指华清宫。唐人诗中每以汉借指唐。露台：又称灵台，古时用以观察天文气象。《汉书·文帝纪》载：文帝尝欲作露台，因嫌费钱太多而作罢。颜师古注：“今新丰县南骊山之顶有露台乡，极为高显，犹有文帝所欲作台之处。” [3] 秦川一半夕阳开：写在夕阳余晖的映照下，秦川半明半暗的景象。秦川，

泛指今陕西、甘肃秦岭以北的平原地带。开，明亮。 [4]“青山尽是朱旗绕”二句：谓青色的骊山上尽是红旗围绕，碧绿的涧水反而从宫殿中流出。翻，反而。玉殿，指华清宫之殿。 [5] 新丰：古县名，在今陕西西安临潼区东北新丰街道。华清宫即在新丰。 [6] 小苑：谓宫苑之小者。《南史·齐武帝诸子传》：“求于东田起小苑，上许之。”此处即指华清宫。 [7]“闻道甘泉能献赋”二句：知道韦郎能够进献《甘泉赋》，料想自有扬子云的文才。《汉书·扬雄传》：“扬雄，字子云。……孝成帝时，客有荐雄文似相如者，上方郊祀甘泉泰畤、汾阴后土以求继嗣，召雄待诏承明之庭。正月，从上甘泉（汉宫名），还，奏《甘泉赋》以风。”悬知，预知，料想。

[点评]

此诗以“温汤寓目”命题，前六句皆写在华清宫附近即目所见之景。其中首句交代温汤所在的地方（骊山华清宫），次句接写华清宫所在的地方（秦川）。这两句所写，乃放眼总览骊山一带景物之所见，境界广远，气象阔大。这两句诗颇为历代诗评家所称道，如明胡应麟举其为“唐七言律起语之妙”的例子，称它们是“冠裳宏丽，大家正脉”（《诗薮》内编卷五）；清张谦宜说它们“描出通景，笔有化工”（《絸斋诗谈》卷五）。它们还被唐代歌人配乐歌唱（疑截取前四句而播之曲调），广为传布。白居易《听歌六绝句·想夫怜》：“长爱《夫怜》第二句，请君重唱《夕阳开》。”题下自注：“王维右丞词云：‘秦川一半夕阳开。’此句尤佳。”接下三、四句由远而近，正写华清宫之景：时值玄宗临幸，骊山上尽是红旗，碧绿的温泉水反从宫殿内流出，这两句诗捕捉到了华清宫最鲜明的特点。五、六句又由近而远，写遥望新丰所见。末二句叙写韦郎其人其诗，以见属和之意。此二句称美韦郎有文才，则其所作温汤寓目诗之佳，可想而知。全诗都依题面中应有的事意来写，其前六句形象鲜明，以写景如画著称，但也仅此而已；明清诗评家或谓此诗有规讽之意，恐不免牵强。

黄周星曰："可解不可解，正是妙处。"（《唐诗快》卷八）

酬张少府[1]

晚年惟好静，万事不关心。
自顾无长策[2]，空知返旧林[3]。
松风吹解带[4]，山月照弹琴。
君问穷通理[5]，渔歌入浦深。

[注释]

[1] 玩诗意，此诗当为作者晚年居辋川时所作。少府：县尉的别称。 [2] 自顾：自视。长策：良策。 [3] 空：只。 [4] 松风吹解带：谓松林的清风吹来，我解开了衣带。古人上朝或见客时需束带，在家无事时，则可解带。 [5] "君问穷通理"二句：意谓你询问我困厄与显达的道理，我驾船唱着渔歌进入渔湾深处。穷通，困厄与显达，得意与失意。"君"，宋蜀本作"苦"，据麻沙本、元本、明本等改。

俞陛云曰："前半首颇易了解，言老去闭门，视万事如飘风过眼，不为世用，亦不与世争，既无长策，惟有归隐山林。四句纵笔直写，如闻挥麈高谈。五六句言松风山月，皆清幽之境；解带弹琴，皆适意之事。得松风吹带，山月照琴，随地随事，咸生乐趣，想见其潇洒之致。末句酬张少府，言穷通之理，只能默喻，君欲究问，无以奉答，试听浦上渔歌，则乐天知命，会心不远矣。"（《诗境浅说》甲编）

[点评]

这是一首酬答张少府的诗，诗中写出了诗人晚年的心境。首联说，晚年我只喜欢清静，一切事都不关心；次联说，自视没有什么治国的良策，只知道返回往日居住的山林。既然自视“无长策”，则“关心”万事，自然也就于事无补，无大用处，所以便索性一切事都不关心了。然而诗人真认为自己“无长策”吗？恐怕这话里含有一些不为世用的无奈。但身处天宝后期政治环境险恶的官场，诗人是不想与世人有所争竞的。第三联写返回田园山林后生活的自在和心情的闲适：解开衣带，任松风吹拂；在林中弹琴，以山月为伴。这两句既是景语，也是情语，清幽之景与闲逸之情在此水乳交融。末联回答张少府之问，点出酬张之意。实际上前六句自叙，都含有酬张之意。张少府官卑，想来他正处困厄之境，故有“穷通理”之问。首联之“万事不关心”，次联所称之不求仕途升进，回归山林，亦官亦隐，都表明诗人不以穷通为意，这正是对“穷通理”之问的回答。清沈德潜说本诗结句“从解带弹琴宕出远神”（《说诗晬语》卷上），是指避开关于“穷通理”的问话，另外描写一种景象。这种景象看似同“穷通理”之问无关，而实际上则是“以不答答之”（沈德潜《唐诗别裁》卷九）。“渔歌入浦深”的形象回答十分耐人寻味，仿佛表明诗人已悟透“穷通理”，全不以穷通为意；还表明诗人认为过穷困的隐居生活充满乐趣，非常潇洒，自己情愿如此。此诗意味深长而又极其平淡、自然。

答张五弟　杂言[1]

终南有茅屋，前对终南山。终年无客长闭关[2]，终日无心长自闲。不妨饮酒复垂钓，君但能来相往还[3]。

王夫之曰："未以乐府语入闲旷，诗奇绝。"（《唐诗评选》卷一）

[注释]

[1] 此诗作于隐居终南期间。参见卷三《终南别业》注 [1]。张五：即张諲（yīn），作者有《戏赠张五弟諲三首》《送张五諲归宣城》等诗。张彦远《历代名画记》卷一〇："张諲，官至刑部员外郎，明《易》象，善草隶，工丹青，与王维、李颀等为诗酒丹青之友，尤善画山水。"《唐才子传》卷二《张諲传》："諲，永嘉人，初隐少室山下，闭门修肄，志甚勤苦，不及声利。后应举，官至刑部员外郎。……天宝中，谢官，归故山偃仰，不复来人间矣。"　[2] 闭关：闭门。　[3] 君但能来相往还：意谓君只管前来与我往还。但能来，尽管来之意（参见王锳、曾明德《诗词曲语辞集释》）。

[点评]

这首七古短诗写得很有特色，首二句写终南山下有座正对着终南山的茅屋，但不说茅屋的主人是谁。三、四句说茅屋主人在此闭门隐居，不与世事，非常悠闲自在；第四句的所谓"无心"，是指无成心，不是有意要做什么，或不做什么，一切出于自然，所以悠闲自在，诗写到这里，仍未说出茅屋主人是谁。末二句说请张五尽管前来，可在此饮酒垂钓，这才点出茅屋主人就是作者自己。全诗在似乎略不构思中显出构思的巧妙，在如话家常的平淡语言中蕴含着清远之致。又，诗中在两终南字之下，两用终字，又两用无字、长字，形成重叠、复沓的特征，增强了诗歌的节奏感。清徐增说："吾说七言古，多长篇，而短者，则惟摩诘《答张五弟》一首。"（《而庵说唐诗》卷四）确实，唐人的七言古诗多长篇，少短章，短章写好不易，本诗就是一个短章写好的例子。

卷第三

奉寄韦太守陟[1]

荒城自萧索[2]，万里山河空。
天高秋日迥[3]，嘹唳闻归鸿[4]。
寒塘映衰草，高馆落疏桐。
临此岁方晏[5]，顾景咏《悲翁》[6]。
故人不可见，寂寞平林东[7]。

周敬、周珽曰：“总述己所居岁暮萧索之景，不胜凄怆。只末二句致相怜相寄之意。”（《删补唐诗选脉笺释会通评林·盛五古一》）

[注释]

[1] 韦陟（zhì）：字殷卿，武后、中宗、睿宗三朝宰相韦安石之子。与王维早有交谊。历任中书舍人、吏部侍郎。天宝四载(745)，李林甫忌之，出为襄阳太守。五载，贬钟离（今安徽凤阳县东）太守。又贬义阳（今河南信阳附近）太守，后移河东（今山西永济西）太守。十三载十月，自河东太守再贬桂州桂岭尉。肃宗即位于灵武，起为吴郡太守。参见两《唐书·韦陟传》、《旧唐书·玄宗纪》、《资治通鉴》卷二一七、郁贤皓《唐刺史考》

等。本诗称韦陟为太守，当作于天宝四载至十三载间。 [2] 自：已。萧索：形容景色凄凉。 [3] 迥：远。 [4] 嘹唳（lì）：雁叫声。 [5] 临此岁方晏（yàn）：到了这一年将尽的时候。晏，晚。 [6] 顾景咏《悲翁》：望着周围的景物，我吟唱起《思悲翁》。《悲翁》，即《思悲翁》。《乐府诗集》卷一六引《古今乐录》曰："汉鼓吹铙歌十八曲，字多讹误。一曰《朱鹭》，二曰《思悲翁》……"陆机《鼓吹赋》："咏《悲翁》之流思，怨高台之难临。"《思悲翁》古辞今存，其语有云："思悲翁，唐思，夺我美人侵以遇。悲翁也，但我思。"此处以咏《悲翁》来表现对友人的思念。"咏"，元本作"问"。 [7] 平林：平地的林木。"林"，宋蜀本作"陵"，据麻沙本、元本、明本等改。

[点评]

此诗怀念被贬为州郡长官的故交韦陟，史载陟为人"风标整峻，独立不群"，"刚肠嫉恶，风彩严正"（《旧唐书·韦陟传》），曾受到开元贤相宋璟的赞赏和张九龄的汲引，同王维也早有交谊（《旧唐书·韦陟传》载开元二年陟父卒后，陟"杜门不出八年"，"于时才名之士王维、崔颢、卢象等，常与陟唱和游处"）。此诗的前六句皆写景，而情寓景中。以多种秋日萧索景象的描画，寄寓和衬托诗人思念故交的凄怆情怀，写来含蓄不露，绰有余味。其中"寒塘"一联，写寒冷的池塘里，倒映进衰颓的秋草，高高的客馆前，枯叶正从稀疏的梧桐上坠落，这景象何等萧瑟、凄凉！此联刻绘出色，自然入妙，堪称名句。清黄培芳评道："'月映清淮流''疏雨滴梧桐'，不能专美。"（《唐贤三昧集笺注》卷上）所评甚是。七、八句写对韦陟的思念，仍然隐而不露，直至末二句，才用“故人不可见”一语，点明对韦陟的思念之情。韦陟是由于受到李林甫的猜忌、排挤，才被贬为太守的，王维这首诗写得这么含蓄，或许与不愿因此而触犯李林甫有某种关系。

寄河上段十六[1]

与君相见即相亲[2]，闻道君家在孟津[3]。
为见行舟试借问[4]，客中时有洛阳人[5]。

唐汝询曰：“以素亲厚之人而居津渡之处，当为我访问洛中之人，以所思在是也。”（《唐诗解》卷二六）

[注释]

[1] 河上：黄河边。段十六：名未详。本篇《唐百家诗选》卷一作卢象诗，明万历重订本《万首唐人绝句》卷一二同，《全唐诗》重见卷一二二、卷一二八卢象、王维集中。按，王维集诸本俱载此诗，洪迈《万首唐人绝句》卷四、《唐诗正音》卷一三亦皆作王维，今姑从之。　[2]“见”，《全唐诗》卢象集作“识”。　[3] 孟津：见卷六《杂诗三首》其一注 [2]。“在”，《全唐诗》卢象集作“住”。　[4] 为：若。行舟：河上走的船。　[5] 客中时有洛阳人：意谓因为船客中时常有洛阳来的人。洛阳地近孟津，所以要向洛阳来的船客探问段十六的近况。

[点评]

此诗抒思友之情，前二句说，与君一相见便相互亲近，听说君家就住在孟津，写自己与友人相互投契的情谊和彼此分离的景况，从而为后二句的抒思友之情作铺垫。后二句说自己若见到河上走的船，即向洛阳来的船客试着探问君的消息，可见其与友人别后，思念之情的深切。这两句话说得颇委婉，很有回味的余地。

寄荆州张丞相[1]

所思竟何在[2]？怅望深荆门[3]。
举世无相识，终身思旧恩[4]。
方将与农圃[5]，艺植老丘园[6]。
目尽南飞鸟[7]，何由寄一言！

锺惺曰："此二句（指'方将'二句）不说思旧，其意更深。"又曰："直朴深致。"（《唐诗归》卷九）

[注释]

[1] 作于开元二十五年（737）四月。荆州：治所在今湖北荆州。唐时曾于其地置大都督府，统荆、硖、岳、复、郢诸州。张丞相：张九龄。史载李林甫屡于玄宗前中伤九龄，开元二十四年（736）十一月，九龄罢中书令，下迁尚书右丞相。二十五年四月，监察御史周子谅奏弹丞相牛仙客，引谶书为证，玄宗大怒，命杖于朝堂；李林甫言子谅乃九龄所荐，四月二十日，贬九龄为荆州大都督府长史（唐大都督府置长史一人，从三品），参见《旧唐书·张九龄传》、《资治通鉴》卷二一四等。此诗即作于九龄左迁荆州之后。 [2] 所思竟何在：沈约《临高台》："所思竟何在？洛

阳南陌头。”　[3] 怅望深荆门：我惆怅地望着遥远的荆门山。深，远。荆门，山名，在湖北宜都西北长江南岸，与北岸虎牙山相对，其地水流湍急，为长江险要之处。见《文选》郭璞《江赋》李善注引盛弘之《荆州记》。这里借指荆州。　[4] 旧恩：《新唐书·王维传》：“张九龄执政，擢右拾遗。”　[5] 与农圃：追随粮农菜农。与，跟从。　[6] 艺植：种植。老丘园：终老于田园。　[7] “目尽南飞鸟”二句：我盯着南飞的鸟儿一直到望不见，不知怎样才能托它捎去一句问候您的话！“飞”，宋蜀本作“无”，据麻沙本、元本、明本等改。“鸟”，明本、顾本、《全唐诗》等作“雁”。

[点评]

此诗首二句即点题，说出自己所思念的张丞相远在荆州，使人倍感惆怅。第三句“举世无相识”，说张丞相走了以后，自己感到世上已无知己，话中流露了张遭贬后诗人内心的沮丧与孤独无助。第四句“终身思旧恩”，所指为张对自己的举荐与提拔，表明张的知遇之恩自己终身不忘。三、四两句诗义是紧相承接的，都写得充满感情，极为沉痛。接下五、六两句，表示自己准备退出官场，隐居躬耕。我们在卷六《献始兴公》的点评中，指出王维与张九龄具有共同的政治理想，然而张遭贬后，李林甫专权，朝政日非，于是诗人不免有理想破灭之感，加上李林甫口蜜腹剑，惯于耍弄手段陷人于罪，排斥异己，使诗人感到政治环境险恶，所以就有了退出官场的打算。在这种打算背后，是对现实的清醒认识，可谓其中有深意焉。当然，王维最终并没有退出官场，但张在朝时，王维精神振奋，热切希望在政治舞台上一展身手，而张遭贬后，王维的进取之心和用世之志都日渐消减，追求过一种亦官亦隐的生活。末二句通过写望断南飞鸟，表现自己对张的深切思念之情，与首二句相呼应。张九龄《答王维》诗云："荆门怜野雁，湘水断飞鸿。知己如相忆，南湖一片风。"（《全唐诗》失载，见《增订注释全唐诗》卷三八）张诗正是答王维本诗的，值得注意的是，张也称王维为"知己"。王维此诗语言质朴，而情致深厚，虽是一首五律，却如古体一般自然流畅。

赠刘蓝田[1]

篱中犬迎吠[2]，出屋候柴扉。
岁晏输井税[3]，山村人夜归。
晚田始家食[4]，余布成我衣。
讵肯无公事[5]，烦君问是非。

顾可久曰："急征繁苦之意，见于言外。"（《唐王右丞诗集注说》卷三）

[注释]

[1] 寻绎诗意，此诗应是天宝年间王维居辋川时所作。又《河岳英灵集》录此诗，它当作于天宝十二载（753）前。刘蓝田：蓝田县令刘某，名未详。此诗《唐百家诗选》卷一作卢象诗，《全唐诗》重见王维集与卷八八二卢象诗补遗。按，王维集宋元诸刻俱收此诗，《河岳英灵集》卷上、《唐文粹》卷一六、《丽泽集》卷四载此诗皆署王维名，故其撰人当归属王维。 [2]"篱

中犬迎吠”二句：意谓篱笆中的狗突然迎向前吠叫，于是人们出屋在柴门前等候。“篱”，宋蜀本作“离”，据麻沙本、元本、明本、《河岳英灵集》等改。“中”，《河岳英灵集》《唐文粹》《全唐诗》作“间”。“柴”，《河岳英灵集》《唐文粹》《全唐诗》作“荆”。 [3]“岁晏输井税”二句：谓年末到县衙缴纳了田税，山村人夜里回到了山村。这里所说的“山村”，估计就在辋谷中。井税，田税。“夜”，《唐百家诗选》作“暮”。 [4]“晚田始家食”二句：意谓晚熟田地的收成才供自己家中食用，交官府后剩下的布才给我们自己做衣服。此二句及下二句，是山村人向诗人的诉说之词。始，方，才。家食，家中的粮食。《易林·无妄》之《讼》：“不耕而获，家食不给。”余布，指纳调（唐时每丁每年需缴纳一定数量的布或绫、绢等物，称之为“调”）后剩下的布。“食”，《唐文粹》作“熟”。 [5]“讵肯无公事”二句：谓哪能要求没有公家的税收之事，烦劳您过问一下其中的是与非。讵肯，犹言岂能。“问”，顾本作“闻”。

[点评]

这是一首赠给蓝田县令的诗，也是一首反映农民疾苦的诗。其写法别出心裁。首二句从山村狗吠、人们出屋等候写起，读者初读这两句，会感到它们似乎与诗题无关，这样开头给人以突兀之感，形成悬念。接下三、四句，交代人们在门前等候的缘故：原来是为了等候到蓝田县衙缴税的山村人夜间归来。从缴税的村民夜晚方归和家里人着急地在门前等候，不难想见农民对缴税一事的担心，与此事在他们心目中所处的重要地位。诗的后四句是山村人向诗人的诉说之词，其中五、六句反映了农民的税、调负担过重的问题；第七句说并不要求不缴税，这话符合盛唐时代农民的思想；末句请求常回山村又做朝官的诗人，过问一下官府税收中的是与非（指所收的税是否都该收，有无过重问题）。诗人将山村人说的话写进诗里赠给蓝田县令，自然也是为了“烦君问是非”，但不以自己的口吻说出，收到了委婉的效果。盛唐时代（安史之乱以前）反映农民疾苦的诗很少见，故而此诗值得珍视。

唐汝询曰：“四语一转，是毛诗分章法。”（周敬、周珽《删补唐诗选脉笺释会通评林·盛五古一》）

吴山民曰：“直叙中有委曲，‘闲门’‘落日’二句含情正远。末实境语，读之使人长叹。”（同上书）

赠祖三咏[1]　济州官舍作

蟏蛸挂虚牖[2]，蟋蟀鸣前除[3]。
岁晏凉风至[4]，君子复何如[5]？
高馆阒无人[6]，离居不可道[7]。
闲门寂已闭，落日照秋草。
虽有近音信[8]，千里阻河关[9]。
中复客汝颍[10]，去年归旧山[11]。
结交二十载[12]，不得一日展[13]。
贫病子既深，契阔余不浅[14]。
仲秋虽未归[15]，暮秋以为期[16]。
良会讵几日[17]，终自长相思[18]。

[注释]

[1]约作于开元十二年（724）秋。祖三咏：祖咏，盛唐诗人，行三。有诗一卷，今存。姚合《极玄集》卷上："祖咏，开元十三年进士。"《唐才子传》卷一："咏，洛阳人。开元十二年杜绾榜进士。"按，高棅《唐诗品汇》卷首《诗人爵里详节》亦云咏"开元十三年进士"。玩诗中"贫病"句之意，本诗或当作于开元十三年春咏登第之前。时作者在济州，作此诗寄赠祖咏，而咏是时或在长安准备应进士试。 [2]蟏蛸（xiāo shāo）：即喜蛛，蜘蛛的一种，体小脚长。虚牖（yǒu）：敞开的窗户。 [3]除：台阶。 [4]晏：晚。 [5]君子：指祖咏。 [6]高馆：指济州官舍。阒（qù）无人：潘岳《怀旧赋》："空馆阒其无人。"阒，形容寂静。 [7]离居不可道：谓身在此地离群索居的滋味真没法道出。离居，离群索居。 [8]"虽"，宋蜀本作"谁"，据麻沙本、元本、明本等改。 [9]千里阻河关：谓彼此间千里关河阻隔，无由会面。 [10]中复客汝颍：疑指祖咏曾客居汝坟事。咏《汝坟别业》诗云："失路农为业，移家到汝坟。独愁常废卷，多病久离群。"细玩咏此诗之意，与下"贫病子既深"句正好相合。汝坟，旧县名，在唐汝州襄城县（今河南襄城县），见《新唐书·地理志二》。汝，汝水，其上游即今河南北汝河。颍，颍水，即今河南颍河。汝坟南临汝水，在汝水之北、颍水之南，即汝颍之间，故又可称为汝颍。 [11]旧山：指祖咏的故乡洛阳。 [12]结交二十载：《唐才子传》卷一："（祖咏）少与王维为吟侣。"维作此诗，年约二十四，所谓"二十载"，当是约举成数而言。 [13]展：舒心适意。《尔雅·释言》："展，适也。"郭璞注："得自申展皆适意。" [14]契阔：久别，指离散之苦。 [15]仲秋：农历八月。归：指自济州归长安或洛阳。 [16]暮秋：农历九月。期：会合之期。 [17]良会讵（jù）几日：谓与祖咏相会的日子没有多少

天了。讵，岂。 [18]“自”，宋蜀本作“日”，据麻沙本、元本、明本等改。

[点评]

这首诗抒发岁晏谪居的感受与思友之情。全诗四句一转韵，四句一解，共五解。第一解感物而怀人，叙岁晚天凉景象与未知好友近况如何的担忧。第二解向好友倾诉自己被贬到济州离群索居的孤独、寂寞心情，其中“闲门”二句景中含情，以景物描写很好地烘托出自己的心境。第三解写自己所知道的好友消息，表现了诗人对友人的关心和关河阻隔无从与友人会面的惆怅。第四解写两人结交以来的不幸遭遇：好友深陷于贫困疾病之中，自己谪居，也深受离散之苦。第五解与好友约定会面之期，并致深切的相思情意。全诗谪居之感与思友之情交织，读来犹如写给好友的一封信，真挚朴厚，情意可掬，清黄培芳评曰：“四句一韵，深情远意，绵邈无穷。……此真为善学《三百》者也。”（《唐贤三昧集笺注》卷上）所评甚是。

王夫之曰：“通首都有赠意，在言句文身之外，不可徒以结用两古人为赠也。楚狂、陶令俱凑手偶然，非著意处。”（《唐诗评选》卷三）

辋川闲居赠裴秀才迪[1]

寒山转苍翠，秋水日潺湲[2]。

倚杖柴门外，临风听暮蝉。

渡头余落日，墟里上孤烟[3]。
复值接舆醉[4]，狂歌五柳前[5]。

乔亿曰：“右丞诗如《辋川闲居》二首，并体认‘闲’字极细，句句与幽居迥别。前首（即本篇）结处，合两事镕成一片以赠裴，妙有‘闲’字余情。”（《剑溪说诗》又编）

[注释]

[1] 秀才：唐初试士设秀才、进士等科，高宗永徽二年（651）罢秀才科，其后遂以秀才为进士（唐时凡应进士试者皆谓之进士）之称。《唐国史补》卷下：“进士为时所尚久矣。……其都会谓之举场，通称谓之秀才。……得第谓之前进士。”裴迪，见卷四《春日与裴迪过新昌里访吕逸人不遇》注[1]。 [2] 潺湲（yuán）：水流貌。 [3] 墟里：村落。陶渊明《归园田居五首》其一：“暧暧远人村，依依墟里烟。” [4] 接舆：即楚狂接舆，春秋时期楚国隐士。佯狂遁世，躬耕而食，尝歌而过孔子，曰：“凤（喻孔子）兮凤兮，何德之衰？……”孔子下车，欲与之言，接舆趋而避之。事见《论语·微子》、《韩诗外传》卷二等。此处以佯狂遁世的接舆喻裴迪。 [5] 五柳：陶渊明作《五柳先生传》以自况，其文曰：“先生不知何许人也，亦不详其姓字。宅边有五柳树，因以为号焉。”此处借指作者的隐居处辋川别业。

[点评]

此诗的首联说，雨后寒冷的山峰变得更苍翠，秋日的溪水每天潺潺地流着，两句诗已勾画出雨后辋川山谷声色并佳的景色。其中一个“转”字用得好，明锺惺说：“‘转’字妙，于寒山有情。”（《唐诗归》卷九）次联说自己拄着手杖站在柴门外看秋色，临风倾听傍晚悦耳的蝉鸣，写出了诗人“闲”赏风景的情态。透过这情态，读者不难想象到辋川山谷景色的迷人。三联说不远处渡头人散，只剩下落日的余照；村落近处有人家做晚饭，一缕炊烟袅袅而上。这联诗向以描画景物特别生动逼真著称，《红楼梦》第四十八回香菱评王维诗的一段话说：“‘渡头余落日，墟里上孤烟’，这‘余’字合‘上’字，难为他怎么想来！”这两个字皆千锤百炼而出以自然。著一“余”字，即把黄昏日落仍在延续着的渐进过程准确地表现出来；用一“上”字，又使“孤烟”产生了持续升腾的动态。它们的使用，增强了诗歌的画意。末联出现了醉酒狂歌的裴迪形象，点出了赠裴迪之意。清黄生评此诗说：“诗意只写自家闲适放旷之趣，若不必赠裴。盖裴是右丞平生第一知己，己之襟怀、己之行径外更无一人识得，所以特地写此赠裴。所谓‘可为识者道，难与俗人言’也。曰‘复值’，则知裴之值此非一度矣。醉而歌，歌而狂，在裴值之都不以为怪，非真正形骸两忘、性命相共之友不能。”（《唐诗矩》五言律诗二集）所评不无道理。这首诗景色的描写与人物的刻画都臻工妙，两者相映成趣，表现出作者对闲适的隐逸生活的向往与追求，而裴迪的醉酒狂歌，也反映了隐居的快乐自在与无拘无束。

春夜竹亭赠钱少府归蓝田[1]

夜静群动息[2]，时闻隔林犬。
却忆山中时[3]，人家涧西远。
羡君明发去[4]，采蕨轻轩冕[5]。

沈德潜曰：“五言用长易，用短难，右丞工于用短。”（《唐诗别裁》卷一）

[注释]

[1] 此诗约作于乾元二年（759）春。据钱起《晚归蓝田酬王维给事赠别》(《钱考功集》卷四)，知钱起归蓝田，在王维官给事中期间，其时约为乾元二年春（参见拙作《王维年谱》)。钱少府：即钱起。起字仲文，吴兴人，天宝九载（750）登第，释褐秘书省校书郎。自乾元二年（759）至宝应二年（763)，官蓝田县尉（参见傅璇琮《唐代诗人丛考·钱起考》)。少府，县尉的别称。此诗钱起有和章，题作《酬王维春夜竹亭赠别》，载《全唐诗》卷二三六。 [2] 群动：各种动物。陶渊明《饮酒二十首》其七："日入群动息。" [3] "却忆山中时"二句：意谓这时我倒想起住在蓝田县山中之时，住户都在涧水以西相距很远。王维尝居之辋川别业，就在蓝田县辋川山谷中。涧，当指辋谷水。 [4] 明发：黎明。《诗·小雅·小宛》："明发不寐，有怀二人。"朱熹《诗集传》："明发，谓将旦而光明开发也。" [5] 采蕨轻轩冕：意谓回去采蕨菜作食物，看轻官位爵禄。轻轩冕，谢朓《休沐重还丹阳道中》："志狭轻轩冕，恩甚恋闺闱。"轩冕，指官位爵禄，又用为贵显者的代称。是时钱起既官蓝田尉，何以又称他"采蕨轻轩冕"？大概是由于蓝田多山水胜景，钱起在蓝田之蓝溪又有别业，可以过半官半隐的生活，故云。

[点评]

这是一首赠别之作。首二句写赠别地竹亭春夜之静，第二句说有时能隐约听到树林那一头的犬吠，这更增添了夜的寂静。三、四句写作者因为钱起归蓝田而想起自己隐居蓝田辋川的情景，这两句的主旨在于写出辋川的僻静。末二句表达了诗人对钱起归蓝田的羡慕之情。在这种感情的背后，隐藏着诗人对辋川的无尽思念。这首五古虽只有六句，内容却很丰富，明顾可久评此诗云：“幽景远情，想像不尽，脱洗尘垢矣。”（《唐王右丞诗集注说》卷三）所言是。

赠裴旻将军[1]

周启琦曰：“说得气色、魄力俱大。”（周敬、周珽《删补唐诗选脉笺释会通评林·七绝》）

腰间宝剑七星文[2]，臂上雕弓百战勋[3]。
见说云中擒黠虏[4]，始知天上有将军。

［注释］

[1] 裴旻（mín）：《新唐书·文艺传中》曰：“文宗时，诏以白（李白）歌诗、裴旻剑舞、张旭草书为‘三绝’。”又曰：“旻尝与幽州都督孙佺北伐（按，事在先天元年，见《资治通鉴》卷二一〇），为奚所围，旻舞刀立马上，矢四集，皆迎刀而断，奚大惊引去。后以龙华军使守北平。”《全唐文》卷四三一李翰《裴将军昊（当作“旻”）射虎图赞并序》云：“世称裴将军射虎而不及见。……开元中，山戎寇边，玄宗命将军守北平州，且充龙苑（当作‘华’）军使，以捍蓟之北门。公尝率偏军，横绝漠，策匹马，陷重围。……声振北狄，气慑东胡，棱威大矣！”同书卷三五二樊衡《为幽州长史薛楚玉破契丹露布》云：“节度副使、右羽林军大将军乌知义，即令都护裴旻理兵述职，大阅于松林。”（按，薛楚玉为幽州长史在开元二十年，次年兵败被代，见两《唐书·契丹传》）《新唐书·吐蕃传上》：“又信安王祎出陇西，拔石堡城，即之置振武军，献俘于庙（按，事在开元十七年，见《资治通鉴》卷二一三）。帝以书赐将军裴旻曰……于是士益奋。”又

《新唐书·宰相世系表》载："（裴）旻，左金吾大将军。"据以上记载，裴旻当主要活动于开元年间，诗疑亦作于开元时，具体年代无考。 [2] 七星文：见《老将行》注 [22]。 [3] 臂上雕弓百战勋：言臂上雕着花纹的弓见证了将军的百战功勋。雕弓，镂刻有花纹的弓。 [4]"见说云中擒黠（xiá）虏"二句：意谓听说像汉代魏尚那样在云中郡活捉了狡猾的敌人，才知道您神武异常是天上的将军。见，犹"闻"。云中，见《老将行》注 [25]。黠虏，狡猾的敌人。

王士禛曰："或问余古人雪诗何句最佳，余曰……陶渊明诗云：'倾耳无希声，在目皓已洁。'王摩诘云：'隔牖风惊竹，开门雪满山。'……此为上乘。"又曰："余论古今雪诗，唯羊孚一赞。……右丞'洒空深巷静，积素广庭闲'，韦左司'门对寒流雪满山'句最佳。"（《带经堂诗话》卷一二）

[点评]

这是一首赠给裴旻将军的诗。根据有关记载，裴旻是一个勇武善战、富于传奇色彩的将军。诗的首句写将军腰间宝剑的不一般，这里特别写剑，既切合将军的身份，又暗示他有舞剑的绝技。第二句写将军臂上雕弓，有隐指他勇武善射之意。第三句用云中守魏尚的典故，写将军的善战。末句点出将军是传奇式人物，这是他给予人们的总体印象。四句话各有所指，全面展现了将军的非凡风采，也流露了诗人对他的崇仰之情。

马星翼曰："咏雪句：'倾耳无希声，在目皓已洁。'亦似拙滞，未如摩诘'隔牖风惊竹，开门雪满山'之工，渠自陶句脱化，乃益工妙。"（《东泉诗话》卷一）

冬晚对雪忆胡居士家 [1]

寒更传晓箭 [2]，清镜览衰颜。
隔牖风惊竹 [3]，开门雪满山。
洒空深巷静，积素广庭闲。

沈德潜曰:“写对雪意,不削而合,不绘而工,忆胡居士,只末一见。”(《唐诗别裁》卷九)

借问袁安舍[4],翛然尚闭关。

[注释]

[1] 此篇《文苑英华》卷一五四作王邵诗,题为“冬晚对雪忆胡处士”,《全唐诗》重见王维与王邵(见卷七七〇)集中。按,司空曙《过胡居士睹王右丞遗文》曰:“旧日相知尽,深居独一身。闭门空有雪,看竹永无人。每许前山隐,曾怜陋巷贫。题诗今尚在,暂为拂流尘。”“闭门”二句,实承王诗“隔牖”二句及“借问”二句之意而来;“曾怜”句,则指王维曾周济过胡居士(王维有《胡居士卧病遗米因赠》诗,即述其事),而曙所睹王右丞遗文,盖即本诗,故本诗无疑应为王维所作。王邵生平无考,殆出传误。据“衰颜”之语,本诗当作于晚年,具体时间不详。居士:在家奉佛之人。 [2] 寒更:指寒夜的更鼓声。传晓箭:即报晓之意。箭,指古代计时器漏壶上标示时间的浮箭。“箭”,宋蜀本作“碧”,据明本、顾本、《全唐诗》等改。 [3] 牖(yǒu):窗户。 [4]“借问袁安舍”二句:意谓请问胡居士家的房子怎么样,也许还像袁安那样超脱地关着门。袁安,《后汉书·袁安传》注引《汝南先贤传》曰:“时大雪,积地丈余,洛阳令身出案行(巡视),见人家皆除雪出,有乞食者。至袁安门,无有行路。谓安已死,令人除雪入户,见安僵卧。问何以不出。安曰:‘大雪,人皆饿,不宜干人。’令以为贤,举为孝廉也。”此以袁安喻胡居士,言其贤而贫困。翛(xiāo)然,形容自然超脱。闭关,闭门。“翛”,宋蜀本作“脩”,据元本、明本、《全唐诗》等改。

[点评]

这首雪夜怀友诗,中二联写雪,极为生动传神,是千古传诵的咏雪名句。诗中咏雪，是从寒冬深夜窗外风吹竹喧的音响写起的，清潘德舆《养一斋诗话》卷二说："咏雪之妙，全在上句'隔牖'五字，不言雪而全是雪声之神，不至'开门'句矣。""隔牖"句确有先声夺人之妙，句中一个"惊"字，写出了冬夜寒风的猛烈与其声响的惊心，由此句我们还可悟出，原来首联是说自己受到风雪声的惊扰，长夜无眠，晨兴对镜，只见容颜衰老、憔悴。但是"开门"句亦自有其高妙处，它没有作任何形容，就写出了一个突然呈现在自己眼前的银装素裹的美丽世界，其中流露了诗人的新鲜之感、欣喜之情，清张谦宜《絸斋诗谈》卷五评此句说："得蓦见之神，却又不费造作。"所言甚是。接下"洒空"二句，勾画了一幅城市晓雪图，其中上句写雪花飞舞飘洒于空中深巷，下句写白雪堆积在宽广庭院四周，一动一静，都悄然无声，诗人的心绪，也是闲静的。从夜里的"听"到清晨的"视"，诗人心绪的发展变化，都用景物形象来表现，诗中心绪与景物和谐地融合在一起，既自然而又含蓄，显示出作者诗艺的高超与纯熟。诗的末联方及胡居士，与诗题之"忆"字相照应。这两句诗问候贤而贫困的胡居士，在大雪中是不是受冻或挨饿了？表现出诗人对友人的关怀。

秋夜独坐怀内弟崔兴宗[1]

夜静群动息[2]，蟪蛄声悠悠[3]。

庭槐北风响，日夕方高秋[4]。
思子整羽翰[5]，及时当云浮。
吾生将白首，岁晏思沧洲[6]。
高足在旦暮[7]，肯为南亩俦！

陆时雍曰："起语清寂，仿佛何逊。"（《唐诗镜》卷一〇）

[注释]

[1] 寻绎诗意，此诗当作于天宝九、十载间（750—751）兴宗即将出仕之时，参见卷四《与卢员外象过崔处士兴宗林亭》注[1]。内弟：即表弟。《仪礼·丧服》"舅之子"郑玄注："内兄弟也。"维母崔氏，可见兴宗为维舅之子。[2] 群动：谓各种动物。[3] 蟪蛄（huì gū）：寒蝉，体较小，青紫色，又名"伏天儿"。悠悠：形容蝉声悠长而凄凉。[4] 日夕：黄昏时。高秋：秋高气爽之时。[5]"思子整羽翰"二句：谓想你犹如鸟儿正整翼待飞，自然应当及时翱翔于云天。羽翰，翅膀。云浮，指飞翔于空中。"翰"，元本、明本、赵本作"翮"。[6] 岁晏思沧洲：岁暮时节，十分想念隐者所居的地方。晏，晚。沧洲，谓隐者所居之地。[7]"高足在旦暮"二句：谓想你出仕后短时间内就当登上高位，岂能做我隐于田园的伴侣。高足，逸足，指快马。《古诗十九首·今日良宴会》："何不策（鞭马前进）高足，先据要路津（喻高位）。"肯，犹岂。俦（chóu），伴侣。

[点评]

这首诗写秋夜怀念内弟的心境。诗的前四句，皆描摹景物与自然音响，其中有静夜里传来的悠长而凄凉的寒蝉鸣声，有北风刮到庭院里槐树上发出的声响，诗人很善于通过描写这些声音，渲染秋夜的凄清和诗人的惆怅心境。这四句诗中，无一语直叙感情，作者感情的抒发，全寄寓在景物与声音的描摹之中。诗的后六句写出了自己与内弟心境的不同。内弟长期隐居，此时即将出仕，有一种跃跃欲试的冲动和干一番事业的期待，而诗人自己则久历官场，知其险恶，思欲隐退。诗人觉得内弟不可能做自己隐于田园的伴侣，不禁有怅然若失之感。在这首诗中，诗人再一次流露了自己的思慕隐逸情怀，这同在李林甫、杨国忠相继专权的政治环境下，诗人内心的苦闷，不无关系。

赠裴十迪[1]

风景日夕佳[2]，与君赋新诗。
澹然望远空[3]，如意方支颐[4]。
春风动百草，兰蕙生我篱[5]。
暧暧日暖闺[6]，田家来致词：
“欣欣春还皋[7]，淡淡水生陂[8]。
桃李虽未开，荑萼满芳枝[9]。
请君理还策[10]，敢告将农时。”

张谦宜曰：“汁清味厚，此加料鲤血汤也。”（《䌹斋诗谈》卷五）

王闿运曰：“自然成文。”（《王闿运手批唐诗选》卷一）

[注释]

[1] 寻绎诗末六句之意，本诗疑当作于天宝时王维已得辋川

别业之后。裴十迪：参见卷四《春日与裴迪过新昌里访吕逸人不遇》注[1]。　[2]日夕：近黄昏之时。陶渊明《饮酒二十首》其五："山气日夕佳，飞鸟相与还。"　[3]澹然：安静貌。　[4]如意：一名搔杖，长三尺许，柄端作手指状，为搔背痒之具。颐：腮，下巴。　[5]兰蕙生我篱：兰草蕙草已在我家篱笆中长出。兰蕙，皆香草名。　[6]暧（ài）暧：温暖貌。闺：内室。"日暖闺"，《文苑英华》卷二五〇作"闺日暖"。　[7]欣欣：草木茂盛貌。皋：水边之地。疑指辋川。唐时辋川水系发达，有辋水流贯，又有天然湖泊欹湖。　[8]淡淡：水波动荡貌。陂（bēi）：池塘。　[9]荑（tí）：草木初生的叶芽。萼：指花苞。"萼"，《文苑英华》作"英"。"芳"，麻沙本、元本作"其"。　[10]"请君理还策"二句：请您准备着回到田园来，我冒昧地告诉您现在已快到耕种之时。理还策，即准备归来之意。策，杖。《南史·褚伯玉传》："望其还策之日，暂纡清尘。"

[点评]

这首赠给裴迪的诗写法很特别，全诗只有"与君赋新诗"（我写新诗送给你）一句叙及裴迪。诗的前八句描写春风和煦、花草繁茂、阳光温暖的大地回春的景象，同时表现了诗人静观这种景象的愉悦、闲适心情。这一内容，正是作为诗人知交的裴迪十分关心和理解的，所以其中隐含着赠裴之意。后六句写田家同诗人说的话，其中除了描写春日田园欣欣向荣的景色外，还告诉诗人春耕将至，请准备着回到田园（当指辋川）来。作者将田家说的话写到诗里，是要向裴迪传递自己即将回到辋川的信息，所以这六句诗同样含有赠裴之意。本诗明显学陶渊明，有陶诗的平淡自然之风。诗之首句由陶诗脱化而来，诗写田家所致之词，也承用了陶渊明《归去来兮辞》“农人告余以春及，将有事于西畴”语意。本诗之语言，如“春风动百草，兰蕙生我篱”等，也像陶诗的语言那样不事工巧，天然入妙。

酌酒与裴迪[1]

酌酒与君君自宽[2]，人情翻覆似波澜[3]。
白首相知犹按剑[4]，朱门先达笑弹冠[5]。
草色全经细雨湿[6]，花枝欲动春风寒。
世事浮云何足问[7]，不如高卧且加餐。

周敬曰：“此诗洞彻世态，发语凄怆，中四句正说人情反覆，托意宏深。结束处便有厌弃尘世之思。”（《删补唐诗选脉笺释会通评林·盛七律》）

黄周星曰：“律诗八句皆失粘，此拗体也。然语气岸兀不群，亦何必以常格绳之。”（《唐诗快》卷一一）

[注释]

[1] 王维得辋川别业后，常与裴迪往返唱酬，参见卷四《辋川集》。本诗或即作于维已得辋川别业之后。酌酒：斟酒。 [2] 酌酒与君君自宽：谓我斟酒给你喝，请你自我宽解。意本鲍照《拟行路难十八首》其四：“酌酒以自宽，举杯断绝歌《路难》。” [3] 人情翻覆似波澜：意谓人心变化不定就像波涛翻滚。语本陆机《君子行》：“天道夷且简，人道险而难。休咎相乘蹑，翻覆若波澜。” [4] 白首相知犹按剑：意谓白头相知的故交，尚有反目成仇、准备拔剑相斗之时。按剑，以手抚剑把，指发怒时准备拔剑争斗的一种动作。《史记·平原君虞卿列传》：“毛遂按剑而前曰：

‘……今十步之内，王不得恃楚国之众也，王之命县于遂手。’”《汉书·邹阳传》：“燕王按剑而怒。” [5] 朱门先达笑弹冠：意谓豪贵之家那些自己先发迹的人，却嘲笑别人受援引准备出仕。先达，先显达之人。晋庾亮《让中书监表》：“十余年间，位超先达。”弹冠，弹去帽上的灰尘，准备出来做官。《汉书·王吉传》：“吉与贡禹为友，世称：‘王阳（吉字子阳，故称王阳）在位，贡公弹冠。’言其取舍同也。”颜师古注：“弹冠者，且入仕也。” [6]“草色全经细雨湿”二句：言草色变绿都经过细雨湿润，花枝已长出却遇到春寒风冷。赵殿成注曰：“（草色）一联，乃是即景托谕。以众卉而邀时雨之滋，以奇英而受春寒之痼，即植物一类，且有不得其平者，况世事浮云变幻，又安足问耶？拟之六义，可比可兴。”顾璘曰：“草色、花枝固是时景，然亦托喻小人冒宠，君子危颠耳。”（《唐诗正音》卷八） [7]“世事浮云何足问”二句：谓世事犹如浮云哪值得过问，还不如高枕而卧再多进饮食。浮云，喻世事犹如天上之浮云，不值得关心。《论语·述而》：“不义而富且贵，于我如浮云。”又比喻翻覆变幻。岑参《梁园歌送河南王说判官》：“万事翻覆如浮云，昔人空在今人口。”加餐，《古诗十九首·行行重行行》：“弃捐勿复道，努力加餐饭。”

［点评］

这首诗为劝慰友人而作。知交裴迪或失志困顿，或遭遇小人诬告等不如意事，作者遂作此诗加以劝慰。首联中“人情翻覆似波澜”一句，语藏感慨，也表现出作者对世态人情的洞彻。二联谈“人情翻覆”的事例：白首相知的故交，还有反目成仇的；豪贵之家那些先发迹的人，是不会援引希望出仕之人的。这种事例屡见不鲜，故作者举以宽慰友人。三联转而就举目所见之景托喻，谓草色变绿都经过细雨湿润，花枝长出却遭遇春寒风冷，暗喻植物一类尚且得不到上天的公平对待，更何况人世！上两联诗都是理语，这联诗则插入时景，不但为读者呈现出一个新的境界，具有变化之妙，且非常耐人寻绎。以上三联诗，或明言，或暗喻，所揭示的世态人情，皆真实而深刻，是作者一生经历宦海浮沉、阅尽人情冷暖的经验之谈。末二句以劝友人忘掉世事、保重身体作结，话虽有点消极，但对友人还是有宽解作用的。诗人对待友人，堪称“恳切周详，无微不至，尤见交情之笃云”（清王寿昌《小清华园诗谈》卷上）。

关于本诗为“拗体”，清李兆元说：“此五六句双拗法。七言仄起双拗，多在三四句，今移于五六句，遂成三仄（三仄脚）三平（三平脚），与古诗相入矣。四联皆用仄起，盛唐如太白尤多，盖沿初唐粘联未严之习，中晚以后无失粘者矣。”（《诗法易简录·律诗拗体》卷三）其说可供参考。

沈德潜曰：“即《陟岵》诗意，谁谓唐人不近《三百篇》耶？”（《唐诗别裁》卷一九）

九月九日忆山东兄弟[1]　时年十七

独在异乡为异客，每逢嘉节倍思亲[2]。
遥知兄弟登高处[3]，遍插茱萸少一人。

俞陛云曰：“唐诗中忆朋友者多，忆兄弟者少。杜少陵诗‘忆弟看云白日眠’，白乐天诗‘一夜乡心五处同’，皆寄怀群季之作。此诗尤万口流传。诗到真切动人处，一字不可移易也。”（《诗境浅说续编》二）

[注释]

[1] 此诗是开元五年（717）诗人十七岁时所作。九月九日：

农历九月初九重阳节。山东兄弟：山东指华山以东。王维是蒲州猗氏（今山西临猗县）人，蒲州猗氏在华山东，而作者当时独在华山以西的长安，故称故乡的兄弟为“山东兄弟”。 [2]“嘉”，元本、明本、《全唐诗》作“佳”。 [3]“遥知兄弟登高处”二句：古时重阳节有登高、插茱萸的风俗，故云。茱萸，乔木名，有山茱萸、吴茱萸、食茱萸之分，生于川谷，其味香烈。《太平御览》卷三二引周处《风土记》云：“九月九日……折茱萸房以插头，言辟恶气而御初寒。”吴均《续齐谐记》载：费长房谓桓景曰：“九月九日，汝家中当有灾，宜急去，令家人各作绛囊，盛茱萸以系臂，登高，饮菊花酒，此祸可除。”相传重阳登高饮菊花酒和佩茱萸的习俗，即始于此。

[点评]

这是一首脍炙人口的名诗。首句用一个“独”字和两个“异”字，渲染出独自在他乡做客的孤单与陌生，从而自然地引出下一句：“每逢嘉节倍思亲。”这句诗不仅写出每逢嘉节思亲，还用一个“倍”字，将平日无时不在的思亲之情也暗示出来。嘉节思亲的体验，可以说人人都有，但在王维之前，却没有任何人用这样朴实无华而又高度概括的诗句将它成功地表现出来，所以这句诗千百年来一直引起读者的广泛共鸣。后二句转而从亲人那里着笔，设想家乡的兄弟也在思念自己。清张谦宜《絸斋诗谈》卷五说：“不说我想他，却说他想我，加一倍凄凉。”然而诗歌“说他想我”，也没有明说直说，而是由重九登高插茱萸的风俗生发。从这两句，我们可以联想到诗人昔日在家乡时，与兄弟们一起在重阳日登高的欢乐和意气风发，以及今日兄弟们登高“少一人”的遗憾（“少一人”正应首句之“独”字），这更衬托出诗人而今独居异乡的孤寂，因此他的“倍思亲”之情也就显得更加浓烈。作这首诗时作者只有十七岁，诗却写得极其精警自然，余味无穷，真切动人，表现出少年王维在诗歌创作方面的非凡才能。

蓝田山石门精舍[1]

落日山水好，漾舟信归风[2]。
玩奇不觉远[3]，因以缘源穷。
遥爱云木秀[4]，初疑路不同[5]。
安知清流转[6]，偶与前山通。
舍舟理轻策[7]，果然惬所适[8]。
老僧四五人，逍遥荫松柏[9]。
朝梵林未曙[10]，夜禅山更寂[11]。
道心及牧童[12]，世事问樵客[13]。
暝宿长林下[14]，焚香卧瑶席[15]。
涧芳袭人衣，山月映石壁。
再寻畏迷误[16]，明发更登历。
笑谢桃源人，花红复来觌。

殷璠曰：“维诗词秀调雅，意新理惬，在泉为珠，著壁成绘，一句一字，皆出常境。至如‘落日山水好，漾舟信归风’，又‘涧芳袭人衣，山月映石壁’，……讵肯惭于古人也。”（《河岳英灵集》卷上）

锺惺曰：“山水真境。”又曰：“妙在说得变化，似有步骤而无端倪，作记之法亦然。”（《唐诗归》卷八）

[注释]

[1] 此诗系作者居辋川时往游蓝田山之作。殷璠《河岳英灵集》卷上评王维诗，曾称引本篇之“落日”二句及“涧芳”二句，据此，知本诗当作于天宝十二载（753）前。蓝田山：又名玉山，在陕西蓝田县东南。《长安志》卷一六：“蓝田山，在（蓝田）县东南三十里。……其山出玉，亦名玉山。……灞水之源，出蓝田谷。”石门精舍：蓝田山佛寺名。诗题《文苑英华》卷二三四作“蓝田山石门精舍二首”，且分前八句为第一首，后十六句为第二首。 [2] 漾舟：泛舟。见《文选》谢惠连《西陵遇风献康乐》李周翰注。信：听任。归风：回风，旋风。见《文选》木华《海赋》李周翰注。 [3]“玩奇不觉远”二句：意谓为观赏奇景我不觉得路远，因而探寻到了水流的源头。因以，因而。缘，寻。《文选》谢朓《敬亭山诗》：“缘源殊未极，归径窅如迷。”刘良注：“缘，寻也。”按，辋水北流入灞水，自辋水乘舟入灞，复溯灞水而上，寻其源头，即可抵蓝田山。“玩”，《全唐诗》作“探”。“缘”，《唐诗纪事》卷一六作“寻”。 [4] 云木：参天古木。 [5] 初疑路不同：意谓沿水而行，起初怀疑自己走的路不能到达那生长着“云木”的地方（即石门精舍）。“疑”，《文苑英华》作“言”。 [6]“安知清流转”二句：意谓哪知清澈的水流转了方向，就意外地与前面的山（长着“云木”的地方）相通。“安”，《文苑英华》作“谁”。 [7] 舍舟理轻策：谓舍船上岸制作了一根轻便的手杖。理，治。策，杖。 [8] 惬（qiè）所适：言所到之地令我感到惬意。适，往。 [9] 逍遥荫松柏：谓坐在松柏树下安闲自在。荫松柏，言有松柏遮盖其上。《楚辞·九歌·山鬼》：“山中人兮芳杜若，饮石泉兮荫松柏。”“柏”，宋蜀本作“折”，据麻沙本、元本、明本、《文苑英华》等改。 [10] 朝梵：和尚早晨诵经。“林”，宋蜀本作“休”，据麻沙本、元本、明本等

改。［11］夜禅：夜晚坐禅。“山”，《文苑英华》作“心”。［12］道心及牧童：谓和尚的道心影响到了牧童。道心，即菩提心。菩提乃梵文的音译，意译为“觉”“智”等，指对佛教“真理”的觉悟。旧译借用《老》《庄》术语，称之为“道”。道心犹言觉知佛教“真理”之心。“及”，《唐诗纪事》作“友”。［13］世事问樵客：言世事僧人不知，只有向樵夫打听。“事问樵客”，宋蜀本作“士文惟必”，据麻沙本、元本、明本等改。“问”，《文苑英华》作“闻”。［14］暝：夜晚。［15］瑶席：形容席子光润如玉。［16］“再寻畏迷误”以下四句：用陶渊明《桃花源记》所写武陵渔人偶入桃源，离开后又欲前往随即迷路的故事，说害怕再次找来时迷路，黎明我又登临游历了一番；含笑告别这世外桃源里的人，约定明年桃花开放时再来相见。明发，黎明。登历，登临游历之意。谢，告辞。桃源，见《桃源行》注释。觌（dí），相见。

［点评］

这首诗写傍晚自辋川泛舟探幽，偶然发现并游览石门精舍的经过和所见到的景色。诗歌顺序写来，像一篇游记。全诗二十四句，前八句写探幽的缘由和发现石门精舍的经过。其中发端二句说夕阳下的山水非常美，于是我便乘船游玩，任凭风吹着船走，交代了探幽的缘由。这两句曾受到殷璠的称道，清王寿昌也说它“清丽恬适”，可以效法（《小清华园诗谈》卷下）。接着写自己沿水而行，不觉得路远，忽然发现一个云木秀异的地方（即石门精舍所在），非常喜欢，起初怀疑自己走的路不能到达这里，谁知水流曲折，方向改变，就意外地到达了。几句诗写出了探寻石门精舍的曲折，创造出水回路转、别有天地的意境，突出地表现了发现新景观的偶然与新鲜。中八句写作者到达石门精舍后见到的景象，特别强调其环境的清幽闲静。作者尚未进入精舍，便先看到有四五个老和尚，坐在高大的松柏树下安闲自在，可见这里犹如世外桃源。“道心及牧童，世事问樵客”，也说明只有牧童、樵客到此，真是清静之地。末八句先写自己夜宿石门精舍的情景，其中“涧芳袭人衣”二句，用字奇妙，绘景鲜明，也受到殷璠的称赏。最后四句写作者辞别精舍与期待再来，说再来时害怕迷路，黎明就又登临游览了一番，然后才与寺僧（诗中直称其为“桃源人”）告别，这几句诗间接地表现了精舍的景色之美。全诗叙事详赡，写景细致，有谢（灵运）诗之风，而较谢诗自然，清黄培芳评此诗曰：“撷康乐之英。”（《唐贤三昧集笺注》卷上）所评不无道理。

刘辰翁曰：“总无可点，自是好。”（《须溪先生校本唐王右丞集》卷三）

宋徵璧曰：“王摩诘‘明月松间照，清泉石上流’，魏文帝‘俯视清水波，仰看明月光’，俱自然妙境。”（《抱真堂诗话》）

高步瀛曰：“随意挥写，得大自在。”（《唐宋诗举要》卷四）

山居秋暝[1]

空山新雨后，天气晚来秋。
明月松间照，清泉石上流。
竹喧归浣女[2]，莲动下渔舟[3]。
随意春芳歇[4]，王孙自可留。

[注释]

[1] 这首诗作于天宝年间居辋川时。暝：天黑。 [2] 竹喧归浣女：谓竹林里响起喧哗声，那是浣纱的姑娘们归来。 [3] 莲动下渔舟：言莲叶摇动，原来是渔舟顺流而来。 [4] “随意春芳歇”二句：《楚辞·招隐士》：“王孙游兮不归，春草生兮萋萋。……王孙兮归来，山中兮不可以久留。”为招致隐士之词。这里反用其意，谓任随春天的花草凋谢，王孙公子自可留居山中。

[点评]

这首诗描写秋日傍晚雨后山村的景色，是王维的山水名作。诗的首联说，幽深少人的山里雨刚停，天气在黄昏后渐有几分秋天的凉意，两句诗交代了地点、时间、节候和天气，是下面两联景物描写的出发点和基础，所以清张谦宜说：“‘空山新雨后，天气晚来秋’，起法高洁，带得通篇俱好。”（《絸斋诗谈》卷五）次联“明月松间照，清泉石上流”，即承首联而来，明月承秋晚，清泉承雨后，松石承空山；这联诗写山村景色，有静态，有动态，有所见，有所闻，它们和谐完美地融合在一起，构成一幅秋天傍晚雨后山村宁静幽美的有声图画。在这里，诗人很善于从自然景物中选取富有特征的片段，用简净的笔墨、白描的手法加以勾画，不事藻饰而自然入妙。三联加写了雨后人们的活动：竹林里传来喧声笑语，那是浣纱的姑娘们归来；水边莲叶摇动，原来是一叶渔舟顺流而下。这联诗所描画的山村里的劳动生活景象，富于动感，生意盎然，它与山水景物也自然地融合交织在一起。在二三两联诗中，诗人都善于把视觉形象与听觉形象结合起来写，造成强烈的可感性，使诗歌既像一幅清新明丽的山水画，又像一支恬静优美的抒情乐曲，给人丰富而新鲜的感受。末联"随意春芳歇，王孙自可留"，其潜台词是山村的秋景仍然很美，因此"王孙自可留"，这是对前几联景物描写的贴切总结。

清沈德潜评本诗说："中二联不宜纯乎写景。如'明月松间照，……莲动下渔舟'，景象虽工，讵为模楷？"（《说诗晬语》卷上）其实，这两联诗虽然"纯乎写景"，却传达出诗人陶醉于山村佳景中的愉悦、恬适心情，这就是清王夫之所说的"用景写意，景显意微，作者之极致也"（《唐诗评选》卷三）；况且，诗人又安能依照评论家规定的何联宜写景、何联宜述情的套路去作诗呢？纯乎写景，无一语言情，却又充满感情，此即王维诗歌写景艺术的一大高超之处。

青溪[1]

言入黄花川[2]，每逐青溪水[3]。
随山将万转[4]，趣途无百里。
声喧乱石中，色静深松里。
漾漾泛菱荇[5]，澄澄映葭苇[6]。
我心素已闲，清川澹如此[7]。

谭元春曰："喧静俱极深妙。"（《唐诗归》卷八）

请留磐石上[8]，垂钓将已矣！

黄周星曰："右丞诗大抵无烟火气，故当于笔墨外求之。"（《唐诗快》卷四）

[注释]

[1] 本诗作于诗人入蜀途经黄花川时，参见卷六《自大散已往深林密竹蹬道盘曲四五十里至黄牛岭见黄花川》注[1]。青溪：指诗中之黄花川。"青溪"，《文苑英华》卷一六六作"过清溪水作"。 [2] 言：助词，无义。 [3] 青溪水：指黄花川水。 [4]"随山将万转"二句：言黄花川溪流随着山势千回万转，而实际走过的路程却还不足百里。趣途，走过的路程。趣，趋。 [5] 漾漾：水摇动貌。荇（xìng）：荇菜，多年生水生草本植物，夏天开花，色黄。"漾漾"，麻沙本、《文苑英华》作"演漾"。"泛"，宋蜀本作"沉"，据麻沙本、元本、明本等改。 [6] 澄澄：水清澈貌。葭（jiā）苇：芦苇。 [7] 澹：恬静。"川"，宋蜀本作"朋"，据麻沙本、元本、明本等改。 [8]"请留磐石上"二句：言请让我留在这溪边的大石上，愿意就这样垂钓直到老死！将，愿。

[点评]

这首诗是一篇黄花川游记，描写了诗人入蜀途中遇见的令人流连忘返的美景。前四句写自己一进入黄花川，就常顺着它那青绿色的溪流而行，因为溪流曲折蜿蜒于山间，所以这段行程是很艰难的。中四句写经历艰难行程之后，意外发现了一个幽美宁静的佳境。其中"声喧"句，以乱石中淙淙的流水声，烘托环境的静谧，所用手法与"蝉噪林愈静，鸟鸣山更幽"（南朝梁王籍《入若耶溪》）同。"色静"句，说在幽深的林子里松色宁静，就松林之色而言，本来只有明暗之别，而作者却感受到了声响的喧寂，这是突破了一般经验的感觉，有着深细、独到的体会，所以此处作者推敲出的一个“静”字，看似平常，却能收到新颖、奇妙的效果；同时作者在这里也是将听觉与视觉打通，突出了自己的主观印象，以唤起读者的类似经验。接下“漾漾”二句，说水波摇荡着浮在水上的菱荇，清澈的水流倒映出芦苇的影子，这表明作者所发现的幽境，是在一个黄花川水道较宽、山势水流都平缓的地方。后四句直抒感受，说景色的幽静与心境的闲淡合拍，自己很想留在这里隐居垂钓。这个结尾能够引发读者的想象，对作者所发现的幽境进行补充和再创造。所以这四句诗不仅表现了作者当时的心情，也有助于刻画作者所发现的幽境。

黄培芳曰：“起爽朗。此首略近青莲。”又曰：“（‘千里’四句）四语阔大。”（《唐贤三昧集笺注》卷上）

崔濮阳兄季重前山兴[1] 山西去，亦对维门

秋色有佳兴，况君池上闲[2]。
悠然西林下[3]，自识门前山。
千里横黛色[4]，数峰出云间。
嵯峨对秦国[5]，合沓藏荆关[6]。
残雨斜日照，夕岚飞鸟还[7]。
故人今尚尔[8]，叹息此颓颜。

桂天祥曰：“此首与诸诗稍显，‘千里’四句雄特，‘残雨’二句又自画中得，皆为佳章。”（《批点唐诗正声》卷四）

[注释]

[1] 本诗为天宝十三或十四载（754 或 755）作者居辋川时作。崔濮（pú）阳兄季重：苏源明《小洞庭洄源亭宴四郡太守诗》序曰："天宝十二载七月辛丑，东平太守扶风苏源明，觞濮阳太守清河崔公季重、鲁郡太守陇西李公兰、济南太守太原田公琦……于洄源亭。"知崔季重天宝十二载为濮阳太守。濮阳，即唐濮州，天宝元年（742）改为濮阳郡，治所在今山东鄄城县北。高步瀛《唐宋诗举要》卷一说："观原注，似此时季重已罢濮阳守而居蓝田矣。"按，高说是。既然季重门前之山"亦对维门"，则是时维之居所自然亦当在山间，而天宝末王维在山间的居所，无疑就是位于蓝田的辋川别业。前山：即诗中之"门前山"。兴：兴致，情趣。"兄"，宋蜀本作"灾"，据麻沙本、元本、明本等改。　[2] 闲：安闲，闲散。　[3] 悠然：闲适貌。"然"，元本、明本、《全唐诗》作"悠"。"下"，宋蜀本作"衣"，据麻沙本、元本、明本等改。　[4] 黛色：指青黑的山色。据此句，知崔季重的"门前山"当属秦岭山脉。　[5] 嵯（cuó）峨：山高峻貌。秦国：指秦都咸阳一带。"嵯峨"，宋蜀本作"峨嵯"，据麻沙本、元本、明本等改。　[6] 合沓：指山峰重叠。《文选》王褒《洞箫赋》："薄索合沓。"李善注："合沓，重沓也。"荆关：柴门。谢庄《山夜忧》："回舲拓绳户，收棹掩荆关。"此指隐者的住所。"沓"，宋蜀本作"省"，据麻沙本、元本、明本等改。　[7] 岚：指山间雾气。　[8]"故人今尚尔"二句：意谓老朋友（指崔）您现在还是老样子丝毫未变，我只为自己这衰老的容颜而叹息。《古诗十九首·客从远方来》："相去万余里，故人心尚尔。"

[点评]

这首诗写友人山居的景色和归隐的生活。首四句说秋天的景色能引发美好的兴致，友人在秋色宜人的山居中，过着悠然自得的隐居生活，正赏识着自家门前的山脉。中四句正承首四句，咏友人“门前山”的景色，这四句诗善用大笔勾勒，画面辽远、壮阔，气势雄伟。其中五、六句写群山千里连绵，数峰高耸云中，具有绘画的构图美；且下一“横”字、一“出”字，使本来不会动的山峰有了动态，形象更加活跃生动。九、十句写秋日傍晚雨后斜阳当空照耀，山林中雾气弥漫，飞鸟还巢，视觉形象也很鲜明。末二句将友人与自己作对比，说友人样子不变，而自己已衰老；从友人的不老，读者可以想见他隐居生活的闲适和山居环境的优美，这与首四句正好相应。

胡仔曰：“《后湖集》云：此诗造意之妙，至与造化相表里，岂直诗中有画哉！观其诗，知其蝉蜕尘埃之中，浮游万物之表者也。”（《苕溪渔隐丛话》前集卷一五）

黄生曰：“玩‘好道’二字，便知全篇不是徒然写景。……此诗若只作写景看过，白山道者不免为维摩诘居士叫屈。”（《增订唐诗摘钞》卷一）

终南别业[1]

中岁颇好道[2]，晚家南山陲。
兴来每独往，胜事空自知[3]。
行到水穷处，坐看云起时。
偶然值林叟[4]，谈笑无还期[5]。

[注释]

[1] 开元二十九年（741）作者自桂州归京后，曾隐于终南（有可能是秩满离任后暂未得到朝廷新的任命期间的短期隐居），此

诗即作于隐居终南期间（参见拙作《王维年谱》）。终南：山名，主峰在陕西西安市长安区南。“终南别业”，《河岳英灵集》卷上、《文苑英华》卷二五〇、《唐文粹》卷一六下作“入山寄城中故人”，《国秀集》卷中作“初至山中”。 [2]“中岁颇好道”二句：言我中年颇喜好佛家之道，新近在南山边建别业居住。晚，近时。《后汉书·冯衍传下》：“逮至晚世，董仲舒言道德，见妒于公孙弘。”《南史·循吏传论》：“降及晚代，情伪繁起。”这两处“晚”字皆当作“近”解。苏轼《和陶答庞参军六首并引》其二：“虽云晚接，数面自亲。”晚接，新近交接。南山，即终南山。陲，边。 [3]胜事：美好的事物。空：只。 [4]值：遇。“值”，《国秀集》作“见”。 [5]“无还期”，《河岳英灵集》《国秀集》作“滞还期”，《唐文粹》作“无回期”。

[点评]

此诗写作者隐居终南的闲逸情趣。首二句点题，说自己中年喜好佛家之道，新近在终南山建别业住下。三、四句写在别业兴致一来，便独自出游，其中的佳景、逸趣，不求人知，自己心会而已。五、六句即承上二句，写只求自知的胜事：余随己之意，只管信步行去，走到水的尽头去不得了，便坐下来看云彩升起。这一联诗一向受到诗评家的交口称誉，明陆时雍说：“五、六神境。”（《唐诗镜》卷一〇）清冯班说：“第三联奇句惊人。”（《瀛奎律髓汇评》卷二三）查慎行说：“五、六自然，有无穷景味。”（同上）在这里，诗人写所见到的终南山景色，只用了“云起时”三字，其余则让读者自己去发挥想象，可谓引而不发，一以当十。此联诗尚有无尽的言外之旨值得人们体味，近人俞陛云说："行至水穷，若已到尽头，而又看云起，见妙境之无穷，可悟处世事变之无穷，求学之义理亦无穷。此二句有一片化机之妙。"（《诗境浅说》甲编）水穷、云起，或许是要告诉人们，一切都在生灭变化中，穷尽当复通？末联写偶遇林叟，相与谈笑无还时，其中"偶然"二字很值得我们注意。其实不但遇林叟偶然，乘兴独游亦偶然，行到水穷、坐看云起也都偶然。诗人任兴所之，非有期必，无心得趣，纯任自然，犹如行云之自在翱翔。在这些无所用心的偶然中，存在着诗人的一种随缘任运、自求适意的生活态度。

在这首诗里，作者那追赏自然风光的雅兴、悠闲自得的意趣和超然出尘的情致，得到了突出的表现，读者不难从中感受到"高人王右丞"的自我形象。此诗之高，还在于它又写得极其平淡、自然，似信手拈来，毫不着力，清纪昀评道："此诗之妙，由绚烂之极，归于平淡。"（《瀛奎律髓汇评》卷二三）施补华也称此诗是："清空一气，不可以炼句炼字求者。……所谓'羚羊挂角，无迹可求'。"（《岘佣说诗》）所论皆是。

沈德潜曰："诸咏声息臭味，迥出常格之外，任后人摹仿不到，其故难知。"（《唐诗别裁》卷一九）

皇甫岳云溪杂题五首[1]

鸟鸣涧

人闲桂花落[2]，夜静春山空。

月出惊山鸟[3]，时鸣春涧中。

俞陛云曰："山空月明，宿鸟误为曙光，时有鸣声出烟树间，山居静夜，偶一闻之。右丞能在静中领会，昔人谓'鸟鸣山更幽'句，静中之动，弥见其静，此诗亦然。"（《诗境浅说续编》一）

[注释]

[1] 皇甫岳：《新唐书·宰相世系表五下》有皇甫岳，父曰恂，弟名嵒，《表》中俱未言曾任何职。按，皇甫岳祖曰镜几，曾祖曰文房，祖籍安定朝那（今宁夏固原东南）；《新表》称岳之曾祖曰文亮，误，见赵超《新唐书宰相世系表集校》卷五皇甫氏。王昌龄《至南陵答皇甫岳》云："与君同病复漂沦，昨夜宣城别故人。明主恩深非岁久，长江还共五溪滨。"诗为天宝年间昌龄谪龙标（五溪在龙标附近）尉赴任途中所作。南陵属宣州（治今安徽宣城），是时皇甫岳当在宣州一带为官。云溪：皇甫岳别业的名称和所在地，疑在长安附近。王维《皇甫岳写真赞》："且未婚嫁，犹寄簪缨。烧丹药就，辟谷将成。云溪之下，法本无生。""岳"，明本、《全唐诗》作"嶽"。 [2]"桂"，宋蜀本作"佳"，据麻沙本、元本、明本等改。 [3]"惊"，宋蜀本作"空"，据麻沙本、元本、明本等改。

[点评]

这一组诗多写皇甫岳别业的美景。第一首诗刻画了春涧月夜的静美境界。首句"人闲桂花落"，一个"闲"字很值得注意，因为幽人心境闲静，才感觉到了细小的桂花悄然飘落，也因为人"闲"，才能有领略桂花飘落的闲情逸致；次句"夜静春山空"，因为夜很幽静，春山空寂无人，才能感知桂花飘落的声息；而感知桂花飘落的声息，也恰显出了夜的静、山的空和人的闲。这两句诗点染出一个极其幽静的境界，堪称天然入妙。后两句写云破月出，山鸟被皎洁的月光惊醒，时时在山涧中发出悦耳的鸣声。月出何以能惊醒山鸟？或许是由于宿鸟误认月光为曙光，或许是因为春山实在太“静”太“空”，所以连明月的出现，也能惊动山鸟。花落、月出、鸟鸣是动态，但写了它们却愈显春山的幽静，静中之动，益见其静，这就是昔人所说的“鸟鸣山更幽”。如此以动形静，以有声状无声，使得诗歌的整个境界，既静极幽极而又生趣盎然。诗歌所写的上述动态，非于静中不能感受；而诗人的整个心灵，也已融进这一幽静的境界中。外界的静与诗人内心的寂，已完全融合到一起。此诗写出了静的美，静的快乐、和谐，而文字又是那么简洁、明朗、自然，可谓“迥出常格之外”（见旁批）、“一片化机非复人力可到”（清李锳《诗法易简录》卷一三）的杰作。

莲花坞[1]

日日采莲去，洲长多暮归[2]。
弄篙莫溅水[3]，畏湿红莲衣[4]。

此诗写红莲之美，不直接描画，而说“弄篙莫溅水，畏湿红莲衣”，以引发人们的无限遐想。

［注释］

[1] 坞：四面高中间低的地方。指莲湖的水面低而四周高。 [2] 洲长多暮归：谓水中的沙洲很长，采莲的姑娘们大多傍晚才能归来。 [3] 篙（gāo）：撑船的用具，多用竹竿做成。 [4] 红莲衣：指红莲的花瓣。

[点评]

此诗写云溪一带采莲女的采莲生活。由次句的“洲长”，可以得知莲湖应该是又长又大，所以姑娘们采莲要到傍晚才能归来。后二句所写是傍晚归来的采莲女的相互嘱咐之语：拿篙撑船请不要溅起水花，恐怕弄湿了红莲的花瓣。从这两句话里可以想象到红莲之美，也可见出采莲姑娘们的爱莲之情与对生活的热爱。全诗虽只寥寥二十字，却可令人想见一群天真烂漫的采莲姑娘们傍晚归来，边撑着小船边在荷花丛中嬉戏的景象。可以说，此诗清新明丽，富有劳动生活情趣。

鸬鹚堰[1]

乍向红莲没，复出青蒲扬[2]。
独立何褵褷[3]，衔鱼古查上。

俞陛云曰：“甫入芙蕖影里，旋出蒲藻丛中，善写其凫没鸾举之态。后二句言既入水得鱼，乃在楂头小立。鸬鹚之飞翔食息，于四句中尽之，善于体物矣。”（《诗境浅说续编》一）

[注释]

[1] 鸬鹚（lú cí）：水鸟名，俗称鱼鹰，羽毛黑色，渔人多驯养之以助捕鱼。堰（yàn）：挡水的低坝。 [2] 复出青蒲扬：谓鸬鹚又从青蒲丛旁的水里飞出。扬，飞。“青蒲”，麻沙本、元本、明本作“清浦”。 [3]“独立何褵褷（lí shī）”二句：意谓鸬鹚单独站着羽毛湿漉漉的，就在那旧木筏上嘴里还叼着鱼。褵褷，同“离褷”。此处用以形容羽毛沾湿之状。韩愈、孟郊《秋雨联句》：“毛羽皆遭冻，离褷不能翂（鸟飞声）。”汉乐府《白头吟》（晋乐所奏）：“竹竿何嫋嫋，鱼尾何离簁（形容鱼尾如沾湿的羽毛）。”古，故，年代久远。查，同“楂”，水中浮木，木筏。

[点评]

这首诗描写鸬鹚捕鱼的情状。首句说，鸬鹚忽然扎进红莲旁的水里，状其入水；次句说，它又从青蒲丛边的水里飞出，写其出水；三句写鸬鹚出水后羽毛湿漉漉地独自站着；末句写细看方知其嘴里叼着鱼，原来捕鱼已成功。若非幽人临水静观，手摹心追，不能写得如此活跃生动，俞陛云称此诗“善于体物”（见旁批），信然。

萍池

春池深且广，会待轻舟回[1]。
靡靡绿萍合[2]，垂杨扫复开[3]。

俞陛云曰：“池水不波，轻舟未动，水面绿萍，平铺密合，偶为风中杨柳，低拂而开，开而复合，深得临水静观之趣。此恒有之景，惟右丞能道出之。”（《诗境浅说续编》一）

[注释]

[1] 会待轻舟回：意谓要渡过萍池，应等待轻舟返回。会，应，当。 [2] 靡靡绿萍合：谓轻舟过后，绿萍又慢慢合拢。靡靡，迟缓貌。 [3] 垂杨扫复开：谓春风吹拂垂柳，又将水面的浮萍扫开。“扫复”，顾本、凌本作“复扫”。

[点评]

这首诗以春池中绿萍几不可见的微细浮动，刻画出环境的幽静。诗写春池深广无波，水面上平铺密合的绿萍被轻舟划开；在轻舟过后，绿萍缓缓地合拢到了一起，而水边的垂柳被春风吹拂着，又轻轻地将它扫开。这种平淡而富有生机的景象，这种临水静观的意趣，不是心境悠闲、虚静如王维，怎能观赏和领略到？俞陛云谓“此恒有之景，惟右丞能道出之”（见旁批），不无道理。在这首诗中，诗人对景物的观察和描绘都堪称细致入微。

卷第四

辋川集并序[1]

余别业在辋川山谷，其游止有孟城坳、华子冈、文杏馆、斤竹岭、鹿柴、木兰柴、茱萸沜、宫槐陌、临湖亭、南垞、欹湖、柳浪、栾家濑、金屑泉、白石滩、北垞、竹里馆、辛夷坞、漆园、椒园等[2]，与裴迪闲暇各赋绝句云尔[3]。

孟城坳[4]

新家孟城口，古木余衰柳。
来者复为谁[5]？空悲昔人有。

顾璘曰："调古兴高，幽深有味，无出此者。"（《唐诗正音》卷十一）

黄生曰："昔人住宅，今为我有；我故为昔人兴悲，然来者复为谁？"（《增订唐诗摘钞》卷二）

［注释］

[1] 辋川：王维的别业，在陕西蓝田县南辋谷内。《长安志》卷一六："辋谷在（蓝田）县南二十里。""清源寺（即辋川别业），在（蓝田）县南辋谷内，唐王维母奉佛山居，营草堂精舍，维表乞施为寺焉。"李肇《唐国史补》卷上："王维……得宋之问辋川

别业，山水胜绝，今清源寺是也。”辋谷是一条长二十余华里、多数地段宽约二百至五百米的山谷，呈西北、东南走向，其北口即峣山之口，在蓝田县城南八华里。山谷中有一条辋水（又称辋谷水）流贯。《长安志》卷一六：“辋谷水出南山辋谷，北流入霸水。”辋川之“川”，大抵为平川之意，盖系沿辋水形成的一道山中平川，故称辋川。王维辋川别业（即《辋川图》之辋口庄）地近辋谷南口，原为宋之问蓝田别墅，后维得之，复加营置。《旧唐书·王维传》：“维……得宋之问蓝田别墅，在辋口，……与道友裴迪浮舟往来，弹琴赋诗，啸咏终日。尝聚其田园所为诗，号《辋川集》。”《辋川集》为王维与裴迪歌咏辋川之五绝（各二十首）的合集。王维得辋川别业在天宝初，自得别业后至天宝十五载（756）陷贼前，他每每在公余闲暇或休假期间回辋川小憩（参见《王维年谱》），他写的与辋川有关的诗歌皆作于此期间，具体年代则难以确切考定。 [2] 其游止：指辋川山谷（辋谷）的游止，非王维别业之游止。游止，游息之地。“木兰柴”，宋蜀本作“木兰花”，据明本、顾本、《全唐诗》改。 [3] 裴迪：见卷四《春日与裴迪过新昌里访吕逸人不遇》注 [1]。王维《辋川集》诸绝句，裴迪均有同咏，见于《全唐诗》卷一二九。 [4] 孟城坳（ào）：《辋川集》中的第一首，裴迪同咏曰：“结庐古城下，时登古城上。古城非畴昔，今人自来往。”知孟城原为古城。胡元煐《重修辋川志》卷二：“孟城坳，土人呼为关，即此（今辋川乡关上村）。”可见孟城是一处古关城。这处古关城应该就是《蓝田县志》卷六所说南朝宋武帝征关中时在蓝田县所筑的思乡城。《类编长安志》卷七：“思乡城，一名柳城，……以城傍多柳，故曰柳城。”（说详拙作《辋川别业遗址与王维辋川诗》，见《王维论稿》）。坳，山间平地。王维初到辋川时就住在孟城坳附近，后来才搬到辋口庄（后舍为清源寺）。 [5]“来者复为谁”二句：意谓将来到这里安家的人又是谁？只能为这里昔日的主人而悲伤。空，只。

［点评］

上面的注释中我们谈过，孟城是一处古关城，即思乡城，又称柳城，王维《辋川图》明刻石本（藏蓝田县文管所）所绘孟城坳，只有山边数堵城墙，呈长圆形，城墙内外有数株老柳，这同有关思乡城的记载相合。此诗前二句即写自己新住地旁边的古城已荒废，仅余下几株枯柳，语中含不尽今古盛衰变迁之慨。其中“新”字、“古”字为关键字，它们使后二句的转接不显突兀。后二句说将来到这里安家的人为谁，不得而知，只能为此地昔日的主人而悲伤。盖悲世事迁流，昔人已逝！今日自己悲昔人，安知他日来者不悲自己？清李锳说：“后之视今，亦犹今之视昔；今人悲昔人，后人复悲今人。则后来之悲我者方不知为谁，而顾可据以为我有乎？……惟有乐天命之自然，以听大化之推迁而已。四句中无限曲折，含蓄不尽。”（《诗法易简录》卷一三）所评是。

华子冈[1]

刘辰翁曰：“萧然更欲无言。”（《须溪先生校本唐王右丞集》卷四）

飞鸟去不穷，连山复秋色。
上下华子冈，惆怅情何极[2]？

［注释］

[1] 华子冈：辋川山谷东西两侧都是连绵的群山，据王维《辋川图》明刻石本，华子冈是辋川山谷中段东侧的一座山峰，属于

自然景观。 [2] 何极：哪有终极，不尽。

[点评]

这首诗写登上华子冈的所见与所感。首句之“不穷”，含有两个意思，一指日落时（裴迪同咏有“落日松风起”之句）不断有归林的鸟儿飞走，无穷无尽；二指鸟儿越飞越远，不见尽头。这诗的上截写所见景物，以大笔勾画出了寥廓无尽的境界。清张谦宜评此诗说：“根在上截。”（《絸斋诗谈》卷五）后二句写所感，就是由上截所写的景物引发的：空间的无穷与秋色的无尽，令诗人感到无限惆怅。其中蕴含丰富，颇耐寻绎。或许是空间的无穷无尽，令诗人想起人生的短暂，从而感到悲伤。王维《林园即事寄舍弟紞》云：“徒思赤笔书，讵有丹砂井？心悲常欲绝，发乱不能整。”《秋夜独坐》云：“独坐悲双鬓，空堂欲二更。……白发终难变，黄金不可成。”二诗也作于天宝年间，都说为人生易老、长寿无望而悲伤，或可与本诗相参。

文杏馆[1]

文杏裁为梁[2]，香茅结为宇[3]。
不知栋里云[4]，去作人间雨。

顾可久曰：“当是馆在空山中云，然景色虚旷可想。”（《唐王右丞诗集注说》卷四）

陆时雍曰：“境妙。”（《唐诗镜》卷一〇）

[注释]

[1] 文杏馆：据《辋川图》明刻石本，文杏馆是辋川山谷南段东侧山腰的几座亭子，其四周有围栏。文杏，即银杏。《西京杂记》卷一：“初修上林苑，群臣远方各献名果异树。……杏二：文

杏、蓬莱杏。”注：“材有文采。” [2] 文杏裁为梁：用银杏木裁制成屋梁。意本司马相如《长门赋》：“刻木兰以为榱兮，饰文杏以为梁。” [3] 香茅结为宇：用香茅草编织成屋檐。香茅，茅的一种，又名菁茅，生湖南及江、淮间，叶有三脊，其气芬芳。宇，屋檐。 [4]“不知栋里云”二句：意谓不知不觉梁栋里的云竟飞向人间化作了雨。写文杏馆之高。郭璞《游仙诗七首》其二：“青溪千余仞，中有一道士。云生梁栋间，风出窗户里。”裴迪同咏云：“迢迢文杏馆，跻攀日已屡。”亦写文杏馆之高。

[点评]

此诗前二句以文杏、香茅两种植物突出了文杏馆的芳洁、精致。后二句以梁栋里的云彩飞向人间化而为雨的优美想象，摹写出文杏馆的高旷、幽远，犹如仙境一般。这两句纯用虚笔，能引人遐思，使我们体悟到诗人对清高脱俗境界的追求。清张谦宜评此诗说：“力注下截。”（《絸斋诗谈》卷五）甚是。

斤竹岭[1]

檀栾映空曲[2]，青翠漾涟漪[3]。
暗入商山路[4]，樵人不可知。

锺惺曰：“‘不可’二字深妙，刘长卿善用之。”（《唐诗归》卷九）

[注释]

[1] 斤竹岭：据《辋川图》明刻石本，斤竹岭是辋川山谷南段临近文杏馆的一处长着斤竹的山岭。图中竹林四周无围栏，当属自然景观。斤竹，大概是当地出产的一种竹子，《重修辋川志》卷二：“斤竹岭，一名金竹岭，其竹叶如斧斤，故名。” [2] 檀栾

映空曲：美丽的竹子遮盖了高峻险僻的山峰。檀栾，竹美貌。《文选》左思《吴都赋》："其竹则……檀栾婵娟。"吕向注："皆美貌。"映，遮蔽。空曲，指高峻险僻的山峰。 [3] 青翠漾涟漪：风起处竹林里荡漾着绿色的波浪。 [4]"暗入商山路"二句：谓岭上有秘密进入商山的路，连樵夫都不可能知道。商山，在今陕西商洛东南。唐时自长安赴襄阳的驿道，经蓝田县城、蓝田关、商山、武关等地，其中自蓝田县城至蓝田关一段，有几条通道可供行人选择，辋谷道即这几条通道的一条，故云"暗入商山路"。《长安志》卷一六："采谷，……与辋谷并有细路通商州上洛县（今陕西商洛）。"

[点评]

此诗描写斤竹岭之竹。首二句描写漫山遍野的竹子，犹如一片海洋，荡漾着绿色的波浪，非常美丽。这两句描摹岭上竹林的幽深，非常善于形容，用语也很自然。后二句与前二句紧相呼应（即张谦宜《𫮃斋诗谈》卷五所谓"呼吸甚紧"），写出了竹林的蓬勃旺盛与幽深莫测。这两句说，竹林中有暗入商山的路，连樵夫都不能知，那么，此路又有谁能知呢？大概只有幽人隐者能知之。在这句话里，似乎暗含着诗人对隐逸生活的向往之情。

袁宏道曰："摩诘出入渊明，独辋川诸作最近，探索其趣，不拟其词，如'结庐在人境，而无车马喧'，喧中之幽也；'空山不见人，但闻人语响'，幽中之喧也。如此变化，方入三昧法门。"（《新刻李袁二先生精选唐诗训解》卷六）

鹿　柴[1]

空山不见人，但闻人语响。
返景入深林[2]，复照青苔上。

俞陛云曰："前二句已写出山居之幽景。后二句言深林中苔翠阴阴，日光所不及，惟夕阳自林间斜射而入，照此苔痕，深碧浅红，相映成彩。此景无人道及，惟妙心得之，诗笔复能写出。"（《诗境浅说续编》二）

[注释]

[1]鹿柴(zhài):应是山谷中一处周围有栅栏的养鹿场所。柴,通“寨”“砦”,即栅栏、篱障。 [2]返景:落日的回光。《初学记》卷一:“日西落,光反照于东,谓之反景。”

[点评]

这首诗咏鹿柴而不写鹿,绝非风景写生式的作品,而着重表现诗人独处于空山深林中的感受。诗的前两句说“空山不见人”,只有“不见人”的人(即诗人自己)在,他隐约听到山林中传来了人语声。不见人,写出了山林的寂静;闻人语,则知寂静中有响声,而非死寂;闻声而不见人,足见山林幽深。在这里,作者的感觉与描写皆极细腻。诗的后二句写诗人看到一束夕阳的斜光,穿过密林的空隙,照在了林中的青苔上。这景象只有安闲寂静的心灵才能体悟到。从这两句诗可以看出,诗人善于从纷繁变幻的自然景物中摄取自己心领神会的一刹那,或一个片段,用妙笔加以刻画,使之成为可让人们不断赏玩的艺术永恒。清李锳评论此诗说:“‘人语响’是有声也,‘返景照’是有色也。写空山不从无声无色处写,偏从有声有色处写,而愈见其空。严沧浪所谓‘玲珑透彻’者应推此种。”(《诗法易简录》卷一三)所言不无道理。

全诗虽然画面极有限,笔墨极简淡,却创造出一个寂静清幽的境界,并流露了诗人沉浸在这一境界中的心情、意趣,从而使这首只有二十个字的诗,具有了超常的容量。明李东阳称赞此诗说:“诗贵意,意贵远不贵近,贵淡不贵浓。浓而近者易识,淡而远者难知。如杜子美

‘钩帘宿鹭起，丸药流莺啭’，……王摩诘‘返景入深林，复照莓苔上’，皆淡而愈浓，近而愈远，可与知者道，难与俗人言。”（《麓堂诗话》）所评是。

木兰柴[1]

秋山敛余照[2]，飞鸟逐前侣。
彩翠时分明[3]，夕岚无处所[4]。

顾可久曰：“一时景色逼人，造化尽在笔端矣。”（《唐王右丞诗集注说》卷四）

锺惺曰：“此首殊胜诸咏，物论恐不然。”（《唐诗归》卷九）

[注释]

[1] 木兰柴（zhài）：据《辋川图》明刻石本，木兰柴与斤竹岭相邻，是山坡上的一片周围有栅栏的木兰林。木兰，落叶乔木，叶子互生，呈倒卵形或卵形，花大，内白外紫。“柴”，宋蜀本作“花”，据麻沙本、元本、明本等改。 [2] 余照：落日余晖。 [3] 彩翠：指在秋天落日余晖的映照下，满山秋叶显露的鲜艳色彩。“翠”，宋蜀本作“峰”，据麻沙本、元本、明本等改。 [4] 岚（lán）：山上的雾气。无处所：指雾气消散。宋玉《高唐赋》：“风止雨霁，云无处所。”

[点评]

这首诗虽咏木兰柴，却并非木兰柴具体景物的再现，而是摄取山间秋日夕照的短暂动人景象，予以突出描绘，从而在读者眼前展现出一幅绚烂明丽的秋山夕照图。从这幅图画中，读者不难感受到秋山的景色佳丽，美不胜收，诗人置身其中，心情是很愉快的。诗的首句说，秋山渐渐收敛起落日的余光，用一个“敛”字，不仅写出了夕照慢慢消失的过程，而且将秋山也人格化了；二句写鸟儿联翩相逐而飞，这是“余照”渐“敛”、飞鸟就要归林形成的；三句写满山斑斓的秋叶在夕阳的映照下，时显时隐，或明或暗，这也与秋山之“敛余照”紧紧联系着；四句说傍晚山间的雾气不知什么时候已消失得无影无踪。此诗句句写景，无一语言情，而情在景中。它用景写意，就像中国传统的山水画一样。全诗不但绘景鲜明、生动，用语也很精到、自然，堪称达于炉火纯青之境。

临湖亭[1]

陆时雍曰：“末句景好。”（《唐诗镜》卷一〇）

轻舸迎上客[2]，悠悠湖上来。
当轩对樽酒[3]，四面芙蓉开。

[注释]

[1] 临湖亭：欹湖上的一座亭子。欹（qī）湖，参见《欹湖》注[1]。 [2]“轻舸（gě）迎上客”二句：谓一条轻快的船迎接了贵客，悠闲自在地往欹湖上来。舸，大船，此泛指船。上客，尊贵的客人。“上”，《万首唐人绝句》卷七九作“仙”。 [3]“当轩对樽酒”二句：谓我与客人在临湖亭上临窗饮酒，这时亭子四面正有荷花盛开。芙蓉，荷花。

[点评]

这首诗咏临湖亭，却不写亭子本身，而说派人驾轻舟迎客，与客人在亭上临窗对饮，这时亭子四面湖莲盛开；虽然如此，临湖亭上景色的美丽动人，和诗人饮酒赏荷的雅兴闲情，读者已能想见。由诗的末句我们还可得知，欹湖的形状应是不规则的，临湖亭就在一处突入湖中的陆地上，所以有“四面芙蓉开”之感。

南 垞[1]

轻舟南垞去[2]，北垞淼难即。
隔浦望人家[3]，遥遥不相识。

俞陛云曰：“此诗纯咏水乡，舟行南垞，见北垞之三五人家，掩映于波光林霭间。一水盈盈，可望而不可即。写水窗闲眺情景，如身在轻桡容与中也。”（《诗境浅说续编》一）

[注释]

[1] 南垞（chá）：当是欹湖南岸的一个小村寨。垞，小丘。裴迪同咏曰：“孤舟信风泊，南垞湖水岸。”知南垞临欹湖。 [2]“轻舟南垞去”二句：言我乘坐轻快的小船往南垞去，北垞由于水广大无际而难以靠近。北垞，欹湖北岸的一个小村寨。淼（miǎo），水大貌。即，靠近。 [3] 隔浦望人家：指隔湖水遥望北垞的人家。

[点评]

这首诗题为“南垞”，却只写在往南垞去的小船上闲眺的情景。其描写颇富于启示性，能触发读者的丰富联想，引导他们由清碧无垠的湖光水色，可望不可即的对岸人家，去想象南垞和欹湖的美景。同时，诗人自己在南垞水滨舟中闲眺的清致雅兴，读者从诗里也完全能感受到。

唐汝询曰：“摩诘《辋川》诗，并偶然托兴，初不著题模拟。此盖送客欹湖，而吹箫以别。回首山云，有怅望意。”（《唐诗解》卷二二）

欹 湖[1]

吹箫凌极浦[2]，日暮送夫君[3]。

湖上一回首[4]，青山卷白云[5]。

[注释]

[1] 欹湖：辋水汇积成的一个天然湖泊，今已干涸。辋水发源于秦岭北麓梨园沟（见《蓝田县志》卷六），自辋谷南口流入谷，由北口流出谷。辋水唐时流量大，当其北流至辋谷北口一带时，由于水道狭窄（自辋谷北口入谷，前五华里处谷地险狭，见《蓝田县志》卷六），水流受阻，因而就在辋谷中段偏北的一段地势较低的山谷中，汇积而成为欹湖。“欹”为倾斜之意，指湖底呈倾斜状。 [2] 凌极浦：指乘舟送客，越过遥远的水边。《楚辞·九歌·湘君》：“望夫君兮未来，吹参差（排箫）兮谁思？”“吹箫”，宋蜀本作“哆肃”，据麻沙本、元本、明本等改。“浦”，宋蜀本作“酒”，据麻沙本、元本、明本等改。 [3] 夫君：以称友朋。夫，语气词。 [4] 湖上一回首：谓友人在欹湖上蓦然回首。“首”，麻沙本、元本作“看”。 [5] 青山卷白云：谓看见了青山上正有白云翻卷。“青山”，麻沙本、元本作“山青”。

[点评]

《临湖亭》写迎客，本诗则写送客。诗歌设置了湖上送客的场景，来表现欹湖之美，构思新颖别致。诗的后二句，善于捕取自然景物中最为动人的一个侧面加以刻画，具有以少胜多之长。此诗构思之妙还表现在那青山白云与湖光相辉映的动人之景，乃是被送友人蓦然回首所见，其中隐含着他舍不得离去的无尽深情。此种舍不得之情，既是针对友人的，也是针对美景的，但这点作者并未说破，而是借景物来表现。全诗不但境界优美，而且感情饱满，其表现艺术之高明，不能不令人叹服。

栾家濑[1]

飒飒秋雨中[2]，浅浅石溜泻[3]。
跳波自相溅[4]，白鹭惊复下。

顾璘曰："此景常有，人多不观，惟幽人识得。"（《唐诗正音》卷十一）

[注释]

[1]栾家濑（lài）：当是辋水的一段急流。濑，湍急的水。 [2]飒（sà）飒：雨声。 [3]浅（jiān）浅：水流迅急貌。《楚辞·九歌·湘君》："石濑兮浅浅，飞龙兮翩翩。"石溜：亦作石留，即石间流水。谢朓《和何议曹郊游二首》其二："潺湲石溜泻。" [4]"跳波自相溅"二句：谓石间迅急的流水激起一个个相互飞溅的浪花，水边的白鹭被它惊动而飞起，随即又回翔而下。

[点评]

清俞陛云评此诗说："秋雨与石溜相杂而下，惊起濑边栖鹭，回翔少顷，旋复下集。惟临水静观者，能写出水禽之性也。"（《诗境浅说续编》一）所言是。此诗画面活跃，富有生趣，但渲染出的境界，却是深僻幽静的，作者很善于借写动态来表现静境。虽然这诗里完全不涉及人的活动，但读者却能感觉到有一个临水静观的"幽人"在，还有他在面对这幽静而又充满生机的景物时，内心油然而生的满足与快乐。

白石滩[1]

清浅白石滩，绿蒲向堪把[2]。
家住水东西[3]，浣纱明月下[4]。

顾可久曰：“此使西施浣纱石事咏之。如此白石滩，安得不浣纱？有清斯濯缨之意。曰‘明月下’，景益清切。”(《唐王右丞诗集注说》卷四)

[注释]

[1] 白石滩：当是辋水的一处多白石的浅滩。今日辋河滩上，仍时见白石。《万首唐人绝句》卷七九收此诗作王维，同书卷九五又录作皎然《浣纱女》，《全唐诗》卷八一八即据之补入皎然诗中。按，白石滩为辋川山谷游止之一，裴迪亦有咏白石滩之作，又检皎然集各本皆不载此诗，故作皎然诗显误。 [2] 绿蒲向堪把：谓绿蒲已长高，差不多可以用手掌握住了。蒲，草名，生于水边，有香气。向，临近，将近。“向”，《唐诗纪事》作“尚”。 [3] 家住水东西：谓那些浣纱的少女居住于辋水的东西两岸（辋水自南往北流）。 [4] 浣（huàn）：洗。

[点评]

此诗所写的白石滩，景色原本平淡无奇，但诗人却通过建立在生活体验基础上的艺术想象，构造了一个春夜月下少女在滩边浣纱的场面，使明月、溪流、绿蒲、白石与浣纱的少女相映成趣，组成一幅色彩明丽、境界优美、充满生意的图画，并透过这一幅图画，表露了作者对大自然和田园生活的爱恋之情。王国维在《人间词话》里指出：“有造境，有写境，此理想与写实二派之所由分。”王维的山水田园诗，常为达情的需要而造境，而非眼前实境的再现，本诗就是一个例子。

北　垞[1]

北垞湖水北[2]，杂树映朱栏。
逶迤南川水[3]，明灭青林端。

顾可久曰：“犹是《南垞》余景，‘逶迤’‘明灭’字，曲尽丛林长流景色。”（《唐王右丞诗集注说》卷四）

[注释]

[1]北垞：见《南垞》注[2]。　[2]湖：指欹湖。裴迪同咏曰：“南山北垞下，结宇临欹湖。”可证。　[3]“逶迤（wēi yí）南川水”二句：意谓曲折绵延从南边流来的辋水，忽隐忽现于一片绿色丛林的顶端。二句写在地势较高的北垞南望辋水所见景象。逶迤，弯弯曲曲、延续不绝的样子。南川，当指南来的辋水。

[点评]

此诗写在北垞所见景色，前二句近景，后二句远景，皆历历在目，特别是后二句写出了辋水如在丛林顶端长流的壮美之景，洵为佳句。近人宗白华说：“我们可以从（王维）诗中看他画境，却发现他里面的空间表现与后来中国山水画的特点一致。……在西洋画上有画大树参天者，则树外人家及远山流水必在地平线上缩短缩小，合乎透视法。而此处南川水却明灭于青林之端，不向下而向上，不向远而向近，和青林朱栏构成一片平面。而中国山水画家却取此同样的看法写之于画面，使西人诧中国画家不识透视法。然而这种看法是中国诗中的通例，……而且使中国画至今避用透视法。”（《艺境·中国诗画中所表现的空间意识》）指出了中国传统山水画的特点和王维这首诗的浓厚画意，可供我们参考。

黄叔灿曰："辋川诸诗，皆妙绝天成，不涉色相，止录二首（《鹿柴》与本诗），尤为色籁俱清，读之肺腑若洗。"（《唐诗笺注·唐绝句卷七》）

李锳曰："下二句承首句'幽'字，写得幽绝，真能得之于声色臭味之外者。"（《诗法易简录》卷一三）

竹里馆[1]

独坐幽篁里[2]，弹琴复长啸[3]。
深林人不知，明月来相照。

[注释]

[1] 竹里馆：当是竹林中的一座房舍。 [2] 幽篁：深密幽暗的竹林。《楚辞·九歌·山鬼》："余处幽篁兮终不见天。" [3] 长啸：撮口发出悠长而清越的声音。史称魏晋之际著名隐士孙登善长啸，其声"若鸾凤之音，响乎岩谷"（《晋书·阮籍传》）。

[点评]

此诗一开头即说自己独坐在幽深的竹林里；后二句承上而言，谓人不知而月相照，也见出其"独"。然而独而不孤，有那明月，似乎会意，与己为伴，与己相契；深林月夜，万籁俱静，但是安静而不寂寞，诗人"弹琴复长啸"，何等自得、幽雅、适意！这首诗创造了一个远离尘嚣、幽清寂静的境界，其中分明活动着一个高雅闲逸、离尘绝世、弹琴啸咏、怡然自得的诗人的自我形象。诗人以寂静为乐，内心是淡泊、平和、恬静的，就像一潭没有波澜的水。清代诗评家或谓此诗"真能得之于声色臭味之外者"，"尤为色籁俱清，读之肺腑若洗"（见旁批），这大概是指，诗歌达于一种物我相融、尘虑皆息的境地，具有独特的魅力。全诗写得非常平淡、自然、浑成，不凭某一字句取胜，而从整体上见美，这是极难得的。

辛夷坞[1]

木末芙蓉花[2]，山中发红萼[3]。
涧户寂无人[4]，纷纷开且落。

李锳曰："幽淡已极，却饶远韵。"（《诗法易简录》卷一三）

俞陛云曰："兰生空谷，不以无人而不芳。东坡《罗汉赞》云：'空山无人，水流花开。'世称妙悟，亦即此诗之意境。后二句之意，更有花开固孤秀自馨，花落亦无人悼惜，山林枯菀，悉付诸冥漠之乡，洵超于象外矣。"（《诗境浅说续编》一）

[注释]

[1] 辛夷：一名木笔，落叶乔木。其花初出时，苞长半寸，尖锐如笔头；及开，似莲花，有桃红、紫二色。坞（wù）：四面高中间低的谷地。寻绎诗意，盖因山坳中有辛夷林，遂名辛夷坞。 [2] 木末芙蓉花：辛夷花如芙蓉（莲花），而开于木末，故云。《楚辞·九歌·湘君》："搴芙蓉兮木末。"裴迪同咏曰："况有辛夷花，色与芙蓉乱。"木末，树梢。 [3] 红萼（è）：指红色花苞。萼，在花瓣下部的一圈绿色小片。 [4] 涧户：涧中的居室。卢照邻《羁卧山中》："涧户无人迹，山窗听鸟声。"

[点评]

这首诗写美丽的辛夷花在绝无人迹的山坳里静悄悄地自开自落，一切都与人世毫不相干，不因有人欣赏而开，也不因无人欣赏而落，没有开放的喜悦，也没有凋落的悲哀，非常平淡，非常自然，没有目的，没有意识；诗人的心境，也犹如这山坳里自开自落的辛夷花一般，他好像已忘掉自身的存在，而与那辛夷花融合为一了。在这里，诗人找到了客观景物与自己主观感情的契合点，借客观景物来表现自己的思想情绪。这种思想情绪的特点是：离世绝俗，摈除尘虑，随缘任运，顺应自然，不悲不喜，无思无虑。这些也可视作诗人的精神追求，因为在现实世界里，这一切是很难真正做到的。由于诗人的思想情绪是借助很平凡的景物形象来表现的，所以诗歌也就显得不激切，不怒张，既蕴藉含蓄，又冲和平淡，此即所谓“幽淡”而又“饶远韵”也（见旁批）。

漆　园[1]

唐汝询曰：“此以蒙庄自况也。言古人非真傲吏，特缺经世之务，栖隐漆园。”（《唐诗解》卷二二）

古人非傲吏[2]，自阙经世务[3]。
偶寄一微官[4]，婆娑数株树[5]。

［注释］

[1] 漆园：种漆树的园子，也可能是借蒙庄以名园子。 [2] 古人非傲吏：谓古代的庄周并不是高傲的小吏。《文选》郭璞《游仙诗七首》其一：“漆园有傲吏，莱氏有逸妻。”漆园傲吏，指庄子，名周，蒙人，尝为蒙漆园吏。楚威王闻其贤，遣使聘之，许以为相，周坚执不从，曰：“我宁游戏污渎之中自快，无为有国者所羁，终身不仕，以快吾志焉。”事见《史记·老子韩非列传》。此句一反郭诗之意。“古人”，《鹤林玉露》甲编卷六作“漆园”。 [3] 自阙经世务：谓庄周不出来任事，是由于自己缺少治理世事的才干。经，治理。“务”，《鹤林玉露》作“具”。 [4] 寄：依。微官：指漆园吏。“偶”，顾本、凌本作“惟”。 [5] 婆娑（suō）数株树：谓逍遥于数株漆树下。婆娑，《文选》班固《答宾戏》：“婆娑乎术艺之场。”李善注：“婆娑，偃息也。”郭璞《客傲》：“庄周偃蹇于漆园，老莱婆娑于林窟。”“株”，麻沙本、元本作“枝”。

［点评］

此诗由种漆树的园子，联想到曾为蒙漆园吏的庄周，并借写庄周以自况。前二句一反郭璞诗“漆园有傲吏”之意，表示自己隐居辋川非为傲世，而是因为自知缺少治理国事的才干。这已不是失志的牢骚，而是年长“识道”后的选择，也可以说是决心退隐的一个理由，因为此时诗人的用世之志已消减殆尽。宋朱熹说：“余平生爱王摩诘诗云：‘漆园非傲吏……’以为不可及，而举以语人，领解者少。”（见宋罗大经《鹤林玉露》甲编卷六“朱文公论诗”）关于朱熹喜爱此诗的原因，明叶廷秀推测说：“愚臆度之，岂非谓勘破庄子本色乎？”（《诗谭》卷八）认为此诗作者看透了庄子的本来面目，是朱熹喜爱此诗的原因；笔者不敢说这种看法一定对，但此诗作者确实就对庄子的传统看法提出了异议。又，此诗还有富于理趣、耐人寻味的优点。此诗如不视为引古自况，还真提示了历史上的一种现象：不少著名隐士确实缺少治理国事的才干。

归嵩山作[1]

清川带长薄[2]，车马去闲闲[3]。
流水如有意，暮禽相与还[4]。
荒城临古渡，落日满秋山。
迢递嵩高下[5]，归来且闭关[6]。

唐汝询曰：“此还山而赋途中之景也。川薄清幽，车马闲逸，便有尘外之观，而水之流，禽之还，咸若会我意而相从也。独城荒景夕，不无萧索之悲。”（《唐诗解》卷三六）

沈德潜曰：“写人情物性，每在有意无意间。”（《唐诗别裁》卷九）

[注释]

[1] 开元二十二年（734）秋，王维赴洛阳（时玄宗居洛阳），

献《上张令公》诗求宰相张九龄汲引，寻隐于嵩山，本诗即作于嵩山（参见拙作《王维年谱》）。嵩山：又称嵩高山，在今河南登封北。　[2] 清川带长薄：清澈的河流围绕着草木丛生的长林。语本陆机《君子有所思行》："曲池何湛湛，清川带华薄。"带，围绕。薄，草木丛生之地。"清"，《文苑英华》卷一六〇作"晴"。　[3] 闲闲：从容自得貌。　[4] 暮禽相与还：陶渊明《饮酒二十首》其五："山气日夕佳，飞鸟相与还。"　[5] 迢递：高貌。"高"，《文苑英华》作"山"。　[6] 且：就（参见张相《诗词曲语辞汇释》）。闭关：闭门。

[点评]

这首诗描写嵩山景色和作者隐于嵩山的心情。前四句写诗人归山途中所见风景，其中"去闲闲"三字，"从归意上写来，见是山人之车马，非贵仕之车马也"（徐增《而庵说唐诗》卷一五），写出了乘坐车马之人多为山人隐士；"流水"二句，写"无情者与人竟有情"（钱锺书《谈艺录》第十一条），将自然山水人格化，使之具有可与作者相交流的感情，不但写出了所见美景，还流露了作者见到美景时的愉快心情，堪称情中有景，景中含情。接下"荒城"二句，刻画荒城古渡、秋山落日的景象，造成一种萧索、苍凉的气氛；由这二句诗所写之景，不难想见诗人隐于嵩山落寞、悲凉的心情。联系王维《上张令公》一诗来看，这时候诗人其实很想出来做官，并不甘心隐居，所以有上述心情也就很自然了。末二句说回到嵩山后就把屋门关闭，则心情又归于恬淡、平静，与首二句相呼应。全诗既写出了景色的移换，又表现出了诗人感情的变化。这首诗还有平淡自然之长，元方回说："闲适之趣，澹泊之味，不求工而未尝不工者，此诗是也。”（《瀛奎律髓》卷二三）清纪昀说：“非不求工，乃已雕已琢后还于朴，斧凿之痕俱化尔。”（《瀛奎律髓汇评》卷二三）所评甚中肯。

归辋川作

谷口疏钟动[1]，渔樵稍欲稀。
悠然远山暮[2]，独向白云归。
菱蔓弱难定[3]，杨花轻易飞[4]。
东皋春草色[5]，惆怅掩柴扉。

顾可久曰：“仕而不得意之作。含蓄不露。”（《唐王右丞诗集注说》卷四）

［注释］

[1] 谷口：即辋谷口，有北口与南口。此当指南口。参见《辋川集·孟城坳》注[1]。“谷”，宋蜀本作“合”，据麻沙本、元本、明本等改。 [2]“悠然远山暮”二句：谓闲静的远山暮色呈现，这时我独自回到白云中的山居。悠然，闲静貌。 [3] 菱蔓弱难定：谓菱蔓细弱，随波漂荡不定。蔓，指菱初生的细茎。 [4] 杨花：柳絮。 [5]“东皋春草色”二句：意谓这滨水的辋川春草一片碧绿，我惆怅之余关上了山居的柴门。东皋，见《送友人归山歌二首》其二注[8]。

［点评］

此诗写春日傍晚独归辋川的怅惘之情。首联说辋谷谷口稀疏的晚钟响起，渔人樵夫已渐渐稀少，两句诗写出了山谷中傍晚的空寂景象。次联承接首联，说自己在闲静的远山暮色里，独自一人回到白云中的山居。这联诗在极简净的景物形象里，似乎包孕着一种淡淡的寂寞之情。第三联用细笔描绘辋川的春景：菱角的细茎柔弱在水里漂荡不定，柳絮极轻很容易随风飞扬。在这一春天的景物形象中，又似乎蕴含着一种人生漂泊无定的情思。末联首句紧承上一联，接写辋川春景，二句则直说自己在惆怅中掩上了山居的柴门。诗人因何惆怅？顾可久认为王维是因“仕而不得意”而惆怅，这首诗作于天宝年间，当时王维已不热衷于仕进，用世之志日渐消减，不大可能因“仕而不得意”而惆怅。这首诗作于王维自长安回到辋川的时候（清晨由长安出发，傍晚正好抵达辋川），也许是因为在长安官场感到“既寡遂性欢”（《赠从弟司库员外絿》）而惆怅？抑或由于触景生情，感到人生无常、世事变化不定而惆怅？也可能上述情况都存在。总之，诗人内心是矛盾、痛苦的，并非都那么闲适自在。全诗很善于用景物描写寄寓和烘托感情，确乎写得“含蓄不露”，耐人寻味。

韦给事山居[1]

冯舒曰：“幽奇深秀。”（《瀛奎律髓汇评》卷二三）

幽寻得此地[2]，讵有一人曾？
大壑随阶转[3]，群山入户登[4]。

庖厨出深竹[5]，印绶隔垂藤[6]。
即事辞轩冕[7]，谁云病未能？

黄周星曰："不知山居若何，但觉幽碧深寒，苍翠满眼。"（《唐诗快》卷八）

[注释]

[1] 此诗约作于开元二十五年（737）春（参见拙作《王维年谱》）。韦给事：韦嗣立次子韦恒，开元二十三年至二十八年为给事中（参见《旧唐书·韦嗣立传》，郁贤皓、胡可先《唐九卿考》卷二）。给事，官名，即给事中。唐门下省置给事中四员，正五品上，掌陪侍左右，分判省事。山居：即韦嗣立庄，在骊山鹦鹉谷，景龙三年（709），中宗曾亲幸其地（参见《旧唐书·中宗纪》《旧唐书·韦嗣立传》）。 [2]"幽寻得此地"二句：寻觅幽胜之地而得到这个地方，世上哪里有人曾像韦家这样？幽寻，寻觅幽胜之地。讵（jù），岂。 [3] 大壑随阶转：山谷似乎随着山居的石阶而转动。谓山居的楼阁亭台建在山谷旁，于山居中随石阶转行，到处皆见山谷。 [4] 群山入户登：谓群山好像就要进到屋门里来。 [5] 庖厨：厨房。 [6] 印绶隔垂藤：谓山居中布满垂藤，游客身上的印绶每被遮隔。按，此处印绶盖泛指高官随身饰物。唐代五品以上官员随身饰物有佩、绶、鱼符等，无官印。 [7]"即事辞轩冕"二句：因眼前的幽胜之地而辞去官爵，谁说感到为难而未能做到？轩冕，指官位爵禄。病未能，借用汉枚乘《七发》中"仆病未能也"之成句。病，此指感到为难。

[点评]

这首诗描写了韦给事山居的幽奇之景。首二句赞叹山居为世间罕见的幽胜之地，以引起中二联对山居景物的描绘。其中"大壑"二句，构思奇特，受到历代诗评家的称道，元方回说："此诗善用韵，曾、登二韵，险而无迹。'群山入户登'一句尤奇，比之王介甫'两山排闼送青来'，尤简而有味。"（《瀛奎律髓》卷二三）清纪昀说："'大壑'句亦雄阔。"（《瀛奎律髓汇评》卷二三）近人宗白华说：王维诗"里面的空间表现与后来中国山水画的特点一致"，并举"大壑"二句为例，说"中国诗人多爱从窗户庭阶，词人尤爱从帘、屏、栏杆、镜以吐纳世界景物。……这种移远就近，由近知远的空间意识，已经成为我们宇宙观的特色了"（《艺境·中国诗画中所表现的空间意识》）。接下"庖厨"二句，写出了山居的满眼苍翠与幽深，一个"出"字和"隔"字都用得好，富于表现力。结尾二句形容山居之格外引人，与首二句正相呼应。

辋川别业[1]

不到东山向一年[2]，归来才及种春田[3]。
雨中草色绿堪染，水上桃花红欲燃[4]。
优娄比丘经论学[5]，伛偻丈人乡里贤[6]。
披衣倒屣且相见[7]，相欢语笑衡门前。

"雨中"二句，景物描写中透露出欢快、兴奋，佳联也。

[注释]

[1] 此诗首联说作者离开辋川"向一年"后又回到辋川；史载王维"事母崔氏以孝闻"（《旧唐书》本传），如果当时崔氏仍在世，王维当不至于会有一年时间不回辋川省母，故疑此诗当作

于王维守母丧期满又出而为官后的接近一年之时，即天宝十二载（753）春（参见卷五《别辋川别业》点评）。 [2] 东山：借指辋川别业，参见卷五《送綦毋潜落第还乡》注[3]。向：将近。 [3] 才及：刚刚赶上。 [4] 欲燃：梁元帝《宫殿名诗》："林间花欲然（同'燃'），竹迳露初圆。""欲"，麻沙本作"亦"。 [5] 优娄比丘经论学：意谓此处僧人中有通经论的学者。优娄比丘，指佛教僧人。优娄，人名，优楼频螺迦叶之略称。本是有五百弟子的外道（指佛教之外的其他宗教哲学派别）论师，后与其二弟及弟子共归佛出家（参见《四分律》卷三二）。比丘，梵文的音译，指出家后受过具足戒（出家人受持此戒，即取得正式僧尼资格）的男僧。经论，佛教典籍分经、律、论三部分，谓之三藏。经谓佛所自说，论是经义的解释，律则记佛教戒规。"娄"，《文苑英华》卷三一八作"楼"。 [6] 伛偻（yǔ lǚ）丈人乡里贤：意谓也有像伛偻丈人那样的乡里贤人。伛偻丈人，《庄子·达生》："仲尼适楚，出于林中。见痀偻（驼背）者承蜩（用长竿粘蝉），犹掇（拾取）之也。仲尼曰：'子巧乎！有道邪？'曰：'我有道也。……吾执臂也，若槁木之枝，虽天地之大，万物之多，而唯蜩翼之知。……'孔子顾谓弟子曰：'用志不分，乃凝于神，其痀偻丈人之谓乎！'"丈人，老人之通称。 [7]"披衣倒屣（xǐ）且相见"二句：谓大家或披衣来访或倒穿鞋子出迎，急于相见，一起欢乐谈笑就在简陋的住屋前。倒屣，古人家居，脱屣（鞋）席地而坐。客人来，急于出迎，将鞋子倒穿。《三国志·魏书·王粲传》："（蔡邕）闻粲在门，倒屣迎之。"后以"倒屣"形容热情迎客。衡门，横木为门，指简陋的住处。

[点评]

这首诗描写诗人离开辋川近一年后又回到辋川的愉

悦心情。王维在辋川亦官亦隐，实际是做官的时候多，隐居的日子少，所以当他一旦有机会回到辋川，一种发自内心的愉悦感情便油然而生。诗的首联说，自己离开辋川已将近一年，回来时刚好赶上春天耕种田地。次联写自己归来后眼中所见到的辋川春景：雨中草木的颜色，绿得能将他物也染绿；水边桃花红得耀眼，就像要燃烧起来一般。这联诗所描摹的辋川佳景，是那么鲜艳明丽，那么充满生机，其中流露了诗人久别后又重新见到辋川佳景时的极度欣喜。在这里，作者非常注意表动态字的锤炼，如下一“染”字，与一“燃”字，就化静景为动景，使整个画面清新鲜润，艺术形象更加活跃生动。三、四联写自己归来后，已不再像从前那样“寂寞掩柴扉”（《山居即事》），而是迫不及待地与通经论的僧人、隐居乡里的贤者见面，“相欢语笑衡门前”。其中“披衣倒屣”之语，既表现了诗人与僧人、乡贤的急于相见，又反映出他们之间关系的亲密无间和不拘形迹。这两联诗通过叙述，还流露了诗人别后对乡邻的无限思念，以及同他们重逢的喜悦。全诗不论是写景还是写人，都带着浓烈的感情。

王夫之曰：“八句景语，自然含情。亦自齐梁来，居然风雅典则。”（《唐诗评选》卷三）

山居即事[1]

陆时雍曰：“三四幽景自成，阒然清远。”（《删补唐诗选脉笺释会通评林·盛五律》）

寂寞掩柴扉，苍茫对落晖[2]。
鹤巢松树遍[3]，人访荜门稀[4]。

嫩竹含新粉[5]，红莲落故衣[6]。

渡头灯火起[7]，处处采菱归。

[注释]

[1]此诗为居辋川时作。即事：谓咏眼前之事物。 [2]苍茫对落晖：庾信《拟咏怀二十七首》其十七："日晚荒城上，苍茫余落晖。"苍茫，旷远无际貌。 [3]"树"，凌本作"径"。 [4]荜（bì）门：用荆条或竹子编成的门，指自己的简陋住处。 [5]嫩竹含新粉：新生竹的表皮上有一层白色粉末，故云。"嫩"，宋蜀本作"绿"，据麻沙本、元本、赵本改。 [6]落故衣：指莲花凋谢时花瓣脱落。庾信《入彭城馆》："槐庭垂绿穗，莲浦落红衣。" [7]"灯"，宋蜀本作"烟"，据元本、明本、顾本改。

[点评]

这首诗描写秋日山村傍晚的景象。首联说，四周寂静冷清，我掩上了山居的柴门；山野旷远无际，我独对着落日的余晖。王维的山居，就是辋口庄（辋川别业、清源寺），据明刻石本《辋川图》，辋口庄内有两层的楼阁，诗人掩上"柴扉"后，或许就在楼阁上闲看山村的景色。次联说，傍晚白鹤栖息于松树遍布各处，而客人到我山居访问的却很少。鹤群愿意栖息的松林，想来应该是一片浓密而阒寂无人的老松林，以上两联诗，写出了在落日余晖的映照下，山村环境的静谧清幽，而诗人的闲寂之情，也寄寓在这景中。三联说，新生嫩竹的表皮上带着白粉，而红色莲花正落下它的老花瓣，这里对自然景物和它的变化，观察入微，刻绘工细，形象生动，饶有韵致。末联说，渡口上处处燃起了灯火，那是采菱姑娘的船儿归来，这联诗画面鲜明，富有生意和乡村生活情趣。由这联诗可知，诗人闲看山景，是从太阳未下山一直看到了天黑的。清张谦宜说：“（三四两句）寂寞中景色鲜活。”（《絸斋诗谈》卷五）其实不仅次联如此，后两联诗也“景色鲜活”。从这后两联诗所描写的美好景物中，我们可以体味到诗人的心境是愉悦、恬适的，而不是索漠无生气的死寂。

早秋山中作[1]

周敬、周珽曰：“前四句叙己甘心恬退，后四句述早秋之景，与山居寂静之趣也。首句一篇之骨，‘岂厌’‘却嫌’四字，意深。结应第二句，言肥遯自得。”（《删补唐诗选脉笺释会通评林·盛七律》）

无才不敢累明时[2]，思向东溪守故篱[3]。
岂厌尚平婚嫁早[4]，却嫌陶令去官迟[5]。
草间蛩响临秋急[6]，山里蝉声薄暮悲[7]。
寂寞柴门人不到，空林独与白云期[8]。

[注释]

[1] 细玩诗意，本诗的写作地点当在辋川。“中”，《全唐诗》校“一作居”。 [2] 累：牵累，妨碍。明时：政治清明的时代。 [3] 东溪：嵩山东峰太室山有东溪，见《水经注·颍水》。此处盖泛指隐居地的溪流（例如辋水）。故篱：犹言故园、故居。 [4] 岂厌尚平婚嫁早：意谓哪里讨厌尚平办子女婚事办得早。尚平，即尚长，一作向长，字子平，诗文中多称作尚平或向平。《后汉书·逸民

列传》:“向长,字子平,河内朝歌人也。隐居不仕,性尚中和。……建武中,男女娶嫁既毕,敕断家事勿相关,当如我死也。于是遂肆意,与同好北海禽庆俱游五岳名山,竟不知所终。”“岂”,麻沙本、元本、《文苑英华》卷一六〇等作“不”。 [5] 却嫌陶令去官迟:谓却嫌陶县令渊明辞官辞得晚。义熙元年(405)八月,陶渊明为彭泽县令,“岁终,会郡遣督邮至县,吏请曰:‘应束带见之。’渊明叹曰:‘我岂能为五斗米折腰向乡里小儿!’即日解绶去职”(萧统《陶渊明传》)。 [6] 蛩(qióng):蟋蟀。“蛩”,《文苑英华》、《千载佳句》卷上作“虫”。 [7] 薄暮:傍晚。薄,近。 [8] 空林独与白云期:意谓在杳无人迹的树林里我独自与白云为伴。期,约会。“期”,宋蜀本作“归”,据麻沙本、元本、明本、《文苑英华》等改。

[点评]

这首诗表现了作者对长安官场的生活感到厌倦、急欲退隐的心情。诗的首联说自己“无才”,不敢牵累这清明的时代,所以想主动辞官归隐,这两句诗已将全篇的主旨揭出,故明周敬等说首句是“一篇之骨”,清管世铭称首联“工于发端”(《读雪山房唐诗序例·七律凡例》)。我们知道,王维作此诗时正居于辋川,那为什么还要说“思向东溪守故篱”呢?因为王维居辋川时,并未去官(乃亦官亦隐),而“思向”句,则表明自己想去官归隐辋川。诗中说,自己想退隐的原因是“无才”,这恐怕只是一个托词。他的《赠从弟司库员外絿》(作于天宝十一载之后、安史之乱以前)说,自己年轻时热衷于“干名利”,但是自己累次做了官,既感到少有依顺本性的快乐，又恐怕有违于当世招致牵累（既寡遂性欢，恐招负时累）；置身于李林甫、杨国忠相继专权的天宝后期官场，政治环境险恶，诗人感到失望和恐惧，这大概就是他想退隐的主要原因。诗的次联说，不讨厌尚平早办完子女婚事而出游，却嫌彭泽令陶渊明辞官辞得迟，正紧承首二句而言。三联用草中蟋蟀的急促叫声、山里知了的悲鸣，渲染出早秋山中傍晚的萧瑟气氛和诗人的寂寞心情，非常真切，使人读后如临其境。末联说，自家清静的柴门无人来到，寂静无人的树林里我独自与白云约会。在中国古代诗歌中，那自由卷舒、高洁无瑕的白云，常常是隐逸的象征，这联诗表现了寂静的快乐、隐逸的自由自在，这或许就是王维所追求的依顺本性的快乐，这联与首联诗正相呼应。

刘辰翁曰："迭荡，野兴甚浓。"（《王摩诘诗集》卷七）

敖英曰："景物会心处，在乎无意而相遭，类如此。"（周敬、周珽《删补唐诗选脉笺释会通评林·盛七绝》）

戏题磐石[1]

可怜磐石临泉水[2]，复有垂杨拂酒杯。
若道春风不解意，何因吹送落花来[3]？

[注释]

[1]《青溪》诗写及磐石，恰与本诗合，又王维游蜀在春日（见卷六《晓行巴峡》），而此诗正写春景，故疑其亦作于游蜀途中。 [2]可怜：可爱。"临"，顾本、凌本作"邻"。 [3]"何因"，赵本、《全唐诗》校"一作因何"。

[点评]

这首诗写春日野行途中临水独酌的情趣。首句写磐石临水之“可怜”，次句写坐石上酌酒，复有垂杨拂杯，此亦甚“可怜”。垂杨拂杯，乃春风使之，可见春风解人意，接下二句作反问：如果说春风不解人意，为什么吹送落花前来助兴？进一步肯定了春风解人意。全诗写来妙趣横生，从中不难看出，诗人不仅已完全陶醉在大自然的清景中，而且很善于借助景物来传达自己的情致。在诗人的笔下，非但春风能解人意，磐石、泉水、垂杨、落花亦皆有情。诗人之心已与自然景物契合无间，诗歌也做到了景中有情，情中有景。同时，此诗还写得富有生机，充满野趣，颇耐咀嚼。

终南山行[1]

太一近天都[2]，连山到海隅[3]。
白云回望合[4]，青霭入看无。
分野中峰变[5]，阴晴众壑殊[6]。
欲投人处宿[7]，隔水问樵夫。

[注释]

[1] 作于开元二十九年（741）隐于终南山时（参见拙作《王维年谱》）。“终南山行”，麻沙本、元本、明本等作“终南山”，

王夫之曰：“工苦安排备尽矣，人力参天与天为一矣。‘连山到海隅’，非徒为穷大语，读《禹贡》自知之。结语亦以形其阔大，妙在脱卸，勿但作诗中画观也，此正是画中有诗。”（《唐诗评选》卷三）

张谦宜曰：“于此看积健为雄之妙。‘白云回望合，青霭入看无’，看山得三昧，尽此十字中。”（《絸斋诗谈》卷五）

《文苑英华》卷一五九作“终山行”。　[2] 太一：又作太乙，唐人多称终南山为太一。《元和郡县图志》卷一京兆府万年县：“终南山，在县南五十里。按经传所说，终南山一名太一，亦名中南。”此处太一即指终南山。又，古终南非仅指今陕西西安市南的终南山主峰，亦用为秦岭诸山的总称。天都：天空。亦指帝都。“一”，明本、顾本、《全唐诗》作“乙”。　[3] 连山到海隅：谓太一山峰峦相连直到海边。按，终南山本不及海，这样写是夸张的说法。又赵殿成注谓王琦释此句为“与他山连接不断，直至海隅”，意亦可通。“到”，《全唐诗》作“接”。　[4]“白云回望合”二句：言登山中途回望来处，白云已围合成茫茫一片；抬头看见前面青霭弥漫，进入其地却又看不见了。霭（ǎi），云气。　[5] 分野中峰变：极言山之广大，谓其中峰已跨越不同的分野。分野，古时以地上的州国同天上的星辰位置相配，谓之分野。　[6] 阴晴众壑（hè）殊：谓众多山谷一时的阴晴竟然不一。壑，山沟。　[7]“欲投人处宿”二句：想要往有人家的地方投宿，我隔着涧水询问樵夫。“水”，《文苑英华》作“浦”。

[点评]

这首诗写游终南山的所见所感，作者不断移动视点，从各种角度写出了终南山的高大雄伟。首联“自山下而仰山巅”，用如椽之笔勾勒了终南山的巍峨、浑茫气象，其中首句写山之高，次句写山之大。颔联承首句山高而言（山高则多云气），视点在山中，描写登山途中所见山间云气，“以小景传大景之神”（王夫之《姜斋诗话》卷二）。在山中观云雾，大抵见远不见近（只看见远处有云雾，看不见近处有云雾），此联诗细腻、精到地写出了诗人登终南山时的这种切身感受，每一个有登山经验的人，读了都会有身临其境之感。颈联承次句山大而言，视点在山巅，亦以大笔勾画了终南山的辽阔幽深。尾联写游山后欲觅宿处而隔水向樵夫打听，则视点当在山中或山下。清沈德潜说："或谓末二句似与通体不配，今玩其语意，见山远而人寡也，非寻常写景可比。"（《唐诗别裁》卷九）此说是。"欲投人处宿"而询问樵夫，则山之辽廓荒远与罕有"人处"，已不言可知；又诗人留宿山中，似欲明日续游，则山之佳胜与诗人之喜流连山水，亦不言可知。这联诗亦以小处见大，耐人寻味。全诗笔力劲健，气韵生动，在表现终南山的高大幽邃上，或仰观，或俯瞰，或正面写，或侧面描，或以大笔，或用细笔，极尽错综变化之能事，沈德潜说："四十字中，无所不包，手笔不在杜陵下。"（同上）黄培芳也说："神境。四十字中，无一字可易，昔人所谓如四十位贤人。"（《唐贤三昧集笺注》卷上）所言都不无道理。

田园乐七首 六言走笔立成[1]

谢榛曰："六言体起于谷永、陆机，长篇一韵。迨张说、刘长卿八句，王维、皇甫冉四句，长短不同，优劣自见。"（《四溟诗话》卷二）

其　三

采菱渡头风急，策杖村西日斜[2]。
杏树坛边渔父[3]，桃花源里人家[4]。

[注释]

[1] 这组六言绝句，作于作者居辋川时。走笔：谓挥毫疾书。“田园乐七首”，《诗林广记》前集卷五作“辋川六言”。 [2] 策杖村西日斜：谓拄着手杖到村西时太阳已西斜。“村”，宋蜀本作“林”，据麻沙本、元本、明本等改。 [3] 杏树坛边渔父：意谓这里有能听琴的高雅渔父。《庄子·渔父》：“孔子游乎缁帷之林，休坐乎杏坛之上（司马彪注：‘泽中高处也。’），弟子读书，孔子弦歌鼓琴，奏曲未半，有渔父者下船而来，……左手据膝，右手持颐以听。”今山东曲阜孔庙大成殿前有杏坛，乃后人所修。 [4] 桃花源：见《桃源行》注释。

[点评]

关于六言诗，元杨士弘《唐诗正音序》云：“六言自王维始效曹陆体，赋绝句，后诸家往往间见。”按，曹陆指曹植、陆机，今存的曹植集中，有六言诗《妾薄命》二首，其二长达二十九句；今存的陆机集中，也有六言诗《董逃行》（二十五句）、《上留田行》（九句）二首。这类六言诗，大抵是由六言赋演化而来，曹植今存有多篇六言赋（无兮字，非骚体），如《愍志赋》《九愁赋》等；陆机今存也有多篇六言赋，如《怀土赋》《行思赋》等，这些赋都是押韵的，但六言句中，常夹入一些虚字（如之、而、以、其等），如果不用或少用这些虚字，也就成为六言诗了；因为它由六言赋转化而来，所以最初的六言诗多为长篇，后来才逐渐短章化。明谢榛《诗家直说》云：“六言体但宜短章，王维得之陆机务多，何也？”（顾起经《类笺唐王右丞诗集》卷九引）为什么“六言体但宜短章”呢？因为六言句多为名词或名词性词组的叠加，缺少单音节动词的调节，显得单调呆板，很难写好，长篇更是如此。六言绝句的写作虽不始于王维，但它只有到了王维的手里，才成为真正的诗。王维之后写作六言绝句的人不多，诗作能同王维《田园乐》比美的更少。

本诗表现隐居生活的闲逸、高雅。明唐汝询说：“采菱策杖，纪所游也；风急日斜，状其景也。身且同渔樵家，为隐沦矣。然乃杏坛之渔父，桃源之人家，稍与俗人异耳。”（《唐诗解》卷二四）所言可供参考。本诗的描写对象是田园中的隐士，前二句写隐士的生活片段，表现了他们恬淡闲逸的生活情趣。后二句通过用典，写出了田园环境的幽美，与田园中人的古朴和高雅脱俗。诗中对隐士与其生活环境的描写相互交织，十分协调。

其　四

萋萋芳草春绿[1]，落落长松夏寒[2]。
牛羊自归村巷，童稚不识衣冠[3]。

唐汝询曰：“卉木随时，民俗淳古，乐可知矣。”（《唐诗解》卷二四）

[注释]

[1] 萋（qī）萋：草盛貌。“芳”，宋蜀本作“春”，据《唐诗品汇》卷四五、赵本改。“春”，宋蜀本作“秋”，据元本、明本、《唐诗品汇》等改。“绿”，凌本作“碧”。 [2] 落落长松夏寒：谓高大的松林在夏天也感到阴冷。《文选》孙绰《游天台山赋》：“藉萋萋之纤草，荫落落之长松。”吕延济注：“落落，松高貌。” [3] 衣冠：士大夫们的穿戴。

[点评]

这首诗描写山中田园的景色与民风。前二句以萋萋芳草与落落长松这两种平常景物，表现出山中田园的环境与景色之幽美。后两句说，这里牛羊自动返回村中的小巷，儿童不认得士大夫们的穿戴，写出了辋谷山村里民风的古朴与淳厚。虽然此诗多景语，少情语，但通过写景，也流露出诗人处于这一幽美、淳古环境里的喜悦心情。

唐汝询曰："村远故望烟而知，原高则因树而辨。凡居此者，皆颜子、陶潜之俦耳。"(《唐诗解》卷二四)

其　五

山下孤烟远村，天边独树高原。
一瓢颜回陋巷[1]，五柳先生对门[2]。

[注释]

[1] 一瓢颜回陋巷：谓田园中有像颜回那样安贫乐道的贤者。颜回，字子渊，亦称颜渊，春秋时期鲁国人，孔子的弟子。家贫而好学，孔子屡称其贤。《论语·雍也》："子曰：'贤哉，回也！一箪食（用一个竹器吃饭），一瓢饮（用一个瓢喝水），在陋巷，人不堪其忧，回也不改其乐。贤哉，回也！'" [2] 五柳先生对门：意谓对门就住着像陶渊明那样的高士。五柳先生，见《辋川闲居赠裴秀才迪》注 [5]。

[点评]

此诗亦写山中田园的景色与隐士生活。前二句所写，像是在辋谷中的高处（或许是辋谷两边的山上）眺望见到的景象，这二句诗用笔简淡，绘景鲜明，画意浓郁，明董其昌评云："'山下孤烟远村，天边独树高原'，非右丞工于画道，不能得此语。"（《画禅室随笔》卷二）所评是。后二句同这组诗其三的后二句一样，表现其隐居田园所相与往返的人，都是安贫乐道、高雅脱俗之士，而诗中所写田园的环境，也像那世外桃源一般，这同诗中出现的人物是相谐和的。

其 六[1]

桃红复含宿雨[2]，柳绿更带春烟[3]。
花落家童未扫[4]，莺啼山客犹眠[5]。

潘德舆曰："或问六言诗法，予曰：王右丞'花落家童未扫，鸟啼山客犹眠'，康伯可'啼鸟一声村晚，落花满地人归'，此六言之式也。必如此自在谐协方妙，若稍有安排，只是减字七言绝耳，不如无作也。"（《养一斋诗话》卷五）

吴昌祺曰："闲适至此，天公所妒。"（《删订唐诗解》卷一二）

[注释]

[1] 此诗亦载明铜活字本及《四部丛刊》影印明刊本《皇甫冉集》，题作《闲居》，《全唐诗》卷一二八、卷二五〇重见于王维与皇甫冉诗中。考王维集宋元明诸刻俱收录此诗，且为组诗中之一首，《万首唐人绝句》卷一〇一、《苕溪渔隐丛话》后集卷九、《诗林广记》前集卷五、《诗人玉屑》卷一五、《唐诗品汇》卷四五等亦皆以为王维作，故当以作王维诗为是。 [2] 宿雨：昨夜之雨。"宿"，宋蜀本作"秋"，据麻沙本、元本、明本等改；《万首唐人绝句》作"夜"。 [3]"春"，《唐诗品汇》《全唐诗》作"朝"。 [4] 童：未成年的男仆。 [5] 山客：隐士。"莺"，《唐诗品汇》、凌本作"鸟"。

[点评]

此诗写山中田园的美景与隐士的闲适生活。上联状春日田园景色之佳，下联写隐者闲居田园之乐。诗中不仅刻画了令人陶醉的春日山庄美景，那闲逸自在的诗人的自我形象也很鲜明。宋胡仔说："每哦此句（按指本诗），令人坐想辋川春日之胜，此老傲睨闲适于其间也。"（《苕溪渔隐丛话》后集卷九）所言甚是。诗之第三句的安排颇具匠心，引人由未扫落花的家童，想见其主人的情态、风韵。六言绝句历来作者不多，佳构尤少，而此诗可说是六绝中的极品。宋黄升《玉林诗话》说："六言绝句，如王摩诘'桃红复含宿雨'及王荆公'杨柳鸣蜩绿暗'二诗，最为警绝，后难继者。"（《诗人玉屑》卷一九引）元方回说："'花落家童未扫，莺啼山客犹眠'，举世称叹。"所言皆是。

近人顾随《驼庵诗话》说："以王维之天才作六言也不成"，若此诗每句各去一字，改成五言，"便好得多：'桃红含宿雨，柳绿带春烟。花落家童扫，莺啼山客眠。'……何故？此盖中国诗不宜于六言。"按，说中国诗不宜于六言，不无道理，此诗前二句之"复"字、"更"字，也确实显得多余，可以去掉；但后二句之"未"字、"犹"字若去了，诗却较未去时逊色。诗之第三句之佳，正在于用了一个"未"字，若去了"未"字，则诗便没有了前面所说的那种艺术效果。又末句之"犹眠"，是说听见了莺啼山客仍高卧不起，写出了他隐居生活的闲散自在，若去掉"犹"字，这层意思就很不明显。所以称王维"作六言也不成"，似乎欠妥。

其　七

酌酒会临泉水[1]，抱琴好倚长松[2]。

南园露葵朝折[3]，东舍黄粱夜舂[4]。

唐汝询曰："临泉而酌，倚松而琴，隐居之趣也。折葵而烹，舂粱而食，田家之味也。"（《唐诗解》卷二四）

[注释]

[1] 酌酒会临泉水：谓斟酒而饮恰巧临近泉水。会，适。 [2] 抱琴好倚长松：谓抱琴而弹正好背依高松。好，正，恰。 [3] 露葵：见卷四《积雨辋川庄作》注 [7]。 [4] 黄粱：小米的一种。"东舍"，元本、明本、顾本、《全唐诗》作"东谷"，《唐诗品汇》、凌本作"西舍"。

[点评]

这首诗也写隐士生活。前二句写临泉饮酒，倚松弹琴，表现出隐士的清雅情趣。后二句写折葵而烹，舂米而食，显示了隐士生活的淡泊。

本组诗凡七首，皆六言四句，对仗工整；都把田园生活与山水风景结合起来，令二者相互交融渗透。我们知道，六言诗"既乏五言之隽味，又无七言之远神"（清董文焕《声调四谱图说》），其每句皆六字，句法单调少变化，音调平板，堪称难作，正因此，王维在本组诗进行的创作尝试，具有一定的示范意义。

田 家[1]

旧谷行将尽[2]，良苗未可希。
老年方爱粥，卒岁且无衣[3]。
雀乳青苔井[4]，鸡鸣白板扉[5]。

此诗所写乃道地的农家生活，盛唐时代类似内容的诗作很少，故此诗值得我们注意。

柴车驾羸牸[6]，草屩牧豪豨[7]。
多雨红榴拆[8]，新秋绿芋肥。
饷田桑下憩[9]，旁舍草中归[10]。
住处名愚谷[11]，何烦问是非！

[注释]

[1]“田家”，《文苑英华》卷三一九作“田家作”。　[2]“旧谷行将尽”二句：意谓去年的陈谷即将吃完，良好的禾苗尚不能指望提供粮食。希，希望。“苗”，宋蜀本作“田”，据麻沙本、元本、《全唐诗》改。　[3]卒岁且无衣：谓度过这一年尚无衣服。语本《诗·豳风·七月》：“无衣无褐，何以卒岁！”卒岁，终岁，犹言度过这一年。且，尚。　[4]雀乳青苔井：谓麻雀在长着青苔的空井里孵卵。雀乳，傅玄《杂诗三首》其三：“鹊巢丘城侧，雀乳空井中。”《说文》：“人及鸟生子曰乳。”　[5]白板：不施彩饰的木板。扉：门。　[6]柴车驾羸牸（léi zì）：言简陋的车子上套着瘦弱的母牛。柴车，简陋无饰的车子。羸，瘦弱。牸，母牛。“牸”，宋蜀本作“犊”，据麻沙本、《全唐诗》改。按，“犊”即“牸”之讹字。　[7]草屩（juē）牧豪豨（xī）：意谓穿着草鞋的村童赶着壮猪出去放牧。草屩，草鞋。豪豨，壮猪。　[8]“多雨红榴拆”二句：谓多雨时节红石榴裂开，新秋绿色的芋艿叶子很肥大。“多”，《文苑英华》作“旧”，《全唐诗》作“夕”。“拆”，宋蜀本作“折”，据麻沙本、元本、《全唐诗》改。　[9]饷田桑下憩（qì）：谓往田头送饭的农妇在桑树下休息。饷田，往田里送饭。憩，休息。　[10]旁舍草中归：谓身倚着屋壁的农夫刚从草丛里返回。旁，通“傍”，依。　[11]“住处名愚谷”二句：意谓农夫居住的地方名叫愚谷，何须去过问人世间的是非！愚谷，即愚公谷。《说

苑·政理》载：齐桓公出猎，走入一山谷中，问谷为何名，一老公对曰："为愚公之谷。"桓公问命名之由，老公答曰："臣故畜牸牛，生子而大，卖之而买驹，少年曰：'牛不能生马。'遂持驹去。傍邻闻之，以臣为愚，故名此谷为愚公之谷。"其地在今山东淄博东。后多以"愚公谷"泛指隐士的山野之居。庾信《小园赋》："余有数亩敝庐，寂寞人外，……名为野人之家，是谓愚公之谷。"《南史·隐逸传》序："藏景穷岩，蔽名愚谷。"何烦，何须，何必。"何烦"，《文苑英华》作"烦君"。

[点评]

这是一首表现农家生活的诗，首二句说，去年的陈谷即将吃完，今春禾苗虽长得好，却还不能指望它提供粮食；第三句说，老迈之年喜欢喝粥，但正青黄不接，恐怕粥也难以喝上；第四句说没有衣服穿，怎能度过这一年。这四句诗写出了农民的疾苦。接下"雀乳"二句描写了农村的生活场景，"柴车"二句表现了农民的劳动景象，"多雨"二句描写乡村的特有风光，"饷田"二句写农夫农妇的劳动生活。以上八句诗的描述，都颇真实生动，其中也透露出农民生活的辛劳与艰困。最后二句说，田家避世隐居，不须去过问人世间的是非，把生活在社会底层的农民看成避世的隐士，可见诗人对农民的生活还是缺少真正的了解。明顾可久评此诗说："不务雕琢，而一出自然。"（《唐王右丞诗集注说》卷四）此诗是一首对仗工整的五言排律，采用这种体裁来表现农家生活已属不易，而要达到出以自然就更难了，然而诗人却做到了这两点，可谓难能可贵的。

纪昀曰："青、白二字究是重复，不可为训。诗则静气迎人，自然超妙，不能以小疵废之。"又曰："三、四自然流出，兴象天然。"（《瀛奎律髓汇评》卷二三）

王尧衢曰："通首重'闲居'二字。前取景象，后有神情。前后解复用'青''白'二字，大手笔，不见疵。"（《唐诗合解笺注》卷八）

辋川闲居[1]

一从归白社[2]，不复到青门。
时倚檐前树，远看原上村。
青菰临水映[3]，白鸟向山翻。
寂寞於陵子[4]，桔槔方灌园。

[注释]

[1] 此诗作于居辋川时。 [2]"一从归白社"二句：谓我自从回到隐居地辋川，便不再进入长安城的东南门。一从，自从。白社，洛阳里名，故址在今河南洛阳东。《晋书·董京传》："董京字威辇，不知何郡人也。初与陇西计吏俱至洛阳，被发而行，逍遥吟咏，常宿白社中。……孙楚时为著作郎，数就社中与语。"《水经注·穀水》："水南即马市，……北则白社故里，昔孙子荆（楚）会董威辇于白社，谓此矣。"诗文中多以白社称隐者所居之地。此借指辋川别业。青门，汉长安城东面三门中南边的门。唐人相沿以汉青门借指唐长安东南门。辋川在长安东南，自辋川回长安当走东南门。 [3] 青菰（gū）：茭白。"映"，宋蜀本作"披"，据麻沙本、元本、明本改；《全唐诗》作"拔"。 [4]"寂寞於（wū）陵子"二句：意谓我犹如恬静淡泊的陈仲子，正用桔槔在井上汲水浇菜园。寂寞，恬淡。於陵子，即陈仲子。《孟子·滕文公下》："仲子，齐之世家也；兄戴，盖禄万钟，以兄之禄为不义之禄而不食也，以兄之室为不义之室而不居也，避兄离母，处于於陵。"《高士传》卷中载：陈仲子携妻子适楚，居於陵，自称於陵仲子。楚王闻其贤，遣使聘之，仲子与妻子逃去，为人灌园。於陵，战国齐邑，在今山东邹平东南，《高士传》为楚地，非是。桔槔（jié

gāo），井上汲水的一种工具。此二句作者以於陵子自喻。

[点评]

这首诗描写了辋川景色与诗人隐居辋川的闲逸生活。诗的首二句说自从回到辋川，自己便不再进入长安东南门，“一从”“不复”，说得决绝，乃决意“闲居”也；从这两句看，当时作者估计已在辋川住了较长时间，诗或许作于其居母丧住在辋川的时候。三四句“时倚檐前树，远看原上村”，写出了“闲居”无事的情态；诗人远看原上村看到了什么呢？或许是欹湖旁的两个地势较高的村寨（南垞、北垞）吧？这点诗里不直接写出，而采用引而不发的方式，调动读者自己去通过想象形成景物画面，堪称高明。清张谦宜评此二句云：“无景中有景。”（《絸斋诗谈》卷五）甚是。朱庭珍称此二句为“句中有人，情景兼到者也”（《筱园诗话》卷四）。亦甚是。诗的五六句写近望所见辋川佳景，青菰映水，白鸟向山，用青、白两种颜色相互映衬，具有绘画般的色彩之美。或谓青、白二字重复，然首联之青门不青，白社无白，看似重复，实际并不重复，且有虚实对比之妙。末二句以恬静淡泊的陈仲子自喻，表明诗人安于过隐居生活。全诗体认一个“闲”字甚细，洋溢着诗人的闲逸情致。

积雨辋川庄作[1]

积雨空林烟火迟[2]，蒸藜炊黍饷东菑[3]。

方东树曰：“此题命脉，在‘积雨’二字。起句叙题。三四写景极活现，万古不磨之句。后四句，言己在庄上事与情如此。”（《昭昧詹言》卷一六）

周斑曰："全从真景真趣摹写，灵机秀色，读之如在镜中游。"（《删补唐诗选脉笺释会通评林·盛七律》）

黄叔灿曰："读此诗，摩诘心胸恬淡如见。"（《唐诗笺注·唐律诗卷四》）

漠漠水田飞白鹭[4]，阴阴夏木啭黄鹂[5]。
山中习静观朝槿[6]，松下清斋折露葵[7]。
野老与人争席罢[8]，海鸥何处更相疑！

[注释]

[1] 积雨：久雨。辋川庄：即辋川别业，明刻石本《辋川图》上的"辋口庄"（此图既画了辋川山谷二十处游止，又画了辋口庄，可见辋口庄不在二十处游止之内），为王维在辋川的宅第。其处依山傍水，为一两进院落，中有楼阁殿堂，水亭回廊。后王维施为寺，称清源寺（宋改名鹿苑寺）。故址在辋谷南端，近辋谷南口，故又称辋口庄。"积雨"，宋蜀本、《文苑英华》卷三一九作"秋雨"，据麻沙本、元本、明本等改；《众妙集》作"秋归"。 [2] 烟火迟：谓久雨后烟火之燃迟缓。 [3] 藜：一年生草本植物，嫩叶可食。黍：黄米。饷东菑（zī）：往田里送饭。菑，开垦了一年的田地，此处泛指田亩。 [4] 漠漠：形容广漠无际。水田：唐时辋川水系发达，多植水稻。 [5] 阴阴：幽暗貌。"木"，宋蜀本作"日"，据麻沙本、元本、明本等改。 [6] 习静：犹静修。类如静坐、坐禅。朱超《对雨诗》："当夏苦炎埃，习静对花台。"朝槿（jǐn）：槿，木槿，落叶灌木，仲夏始花，朝开午萎，故称朝槿。观朝槿，盖借以悟人生之短暂、无常。 [7] 清斋：谓素食。露葵：《文选》曹植《七启》："霜蓄露葵。"李善注："宋玉《讽赋》曰：'为臣煮露葵之羹。'"张铣注："此物（蓄）与葵，宜于霜露之时。"葵，草本植物，有菟葵、凫葵、楚葵等，其嫩叶皆可食。"清"，《文苑英华》作"行"。 [8]"野老与人争席罢"二句：意谓我这个村野老人已经与人打成一片，连座位都同人争抢过了，海鸥哪里还会相猜疑而不与我亲近呢！争席，《庄子·寓言》载：阳子居往

沛地，至于梁（沛郊地名）而遇老子。老子曰："而（汝）睢睢盱盱（跋扈貌），而谁与居？大白若辱（污），盛德若不足。"阳子居曰："敬闻命矣。""其（阳子居）往也（往沛），舍者（旅舍之人）迎将其家，公执席，妻执巾栉，舍者避席（离开座位以示尊敬），炀者（燃火之人）避灶；其反也，舍者与之争席矣（郭注：'去其夸矜故也。'）。"海鸥，《列子·黄帝》："海上之人有好沤（鸥）鸟者，每旦之海上，从沤鸟游，沤鸟之至者百住（百数）而不止。其父曰：'吾闻沤鸟皆从汝游，汝取来，吾玩之。'明日之海上，沤鸟舞而不下也。""处"，明本、顾本、《文苑英华》、《全唐诗》作"事"。

[点评]

此诗写辋川夏日久雨初晴的景象和诗人过"习静"的隐逸生活的快乐。首联从往田里送饭这个侧面，表现久雨初晴后田家进行的农事活动。次联描写夏日积雨后辋川田园的美丽风光，堪称"极尽写物之工"（《诗人玉屑》卷一四引《陵阳先生室中语》）。积雨后的水田波平水满，愈发空阔无际，以"漠漠"二字形容；久雨后的夏木更加蓬勃茂盛，郁郁葱葱，用"阴阴"两字描摹。这两种景象，形成明暗与青白色彩的对比。水田上有白鹭翩然飞舞，时高时低，时远时近；夏木里有黄鹂歌唱，忽高忽低，婉转动听。在这里，既有色彩的对照，又有动态与声音的搭配。这一切是那么鲜明生动，那么生意盎然，真是令人神往！后两联转写自己，其中三联写自己在辋川山谷过着习静食素、观物悟禅的生活。末联说自己自甘恬淡，陶然忘机，已同村夫野老无异。全诗淡雅幽静，情景俱妙，或推其为唐人七律中描写山林田园诗歌的压卷之作，不无道理。

关于此诗的次联，还有一桩王维剽窃他人佳句的公案。唐李肇说："维有诗名，然好取人文章嘉句。……'漠漠水田飞白鹭，阴阴夏木啭黄鹂'，李嘉祐诗也。"（《唐国史补》卷上）宋叶梦得说："唐人记'水田飞白鹭，夏木啭黄鹂'为李嘉祐诗，王摩诘窃取之，非也。此两句好处，正在添'漠漠''阴阴'四字，此乃摩诘为嘉祐点化，以自见其妙，如李光弼将郭子仪军，一号令之，精彩数倍。"（《石林诗话》卷上）添上这四个字，确乎使境界开阔得多，画面也更鲜明活跃，可谓使这联诗大为增色；但"水田飞白鹭"二句是否真为李嘉祐诗，还需要研究。宋晁公武云："李肇记维'漠漠水田飞白鹭……'之句，以为窃李嘉祐者，今嘉祐之集无之，岂肇之厚诬乎？"（《郡斋读书志》卷四上）谓宋人所见的嘉祐集，并没有这两句诗，今存的嘉祐集，也没有这两句诗，则李肇的说法，恐怕是查无实据。又，明胡应麟说："摩诘盛唐，嘉祐中唐，安得前人预偷来者？此正嘉祐用摩诘诗。"（《诗薮》内编卷五）清沈德潜也说："况王在李前，安得云王袭李耶？"按，嘉祐天宝七载（748）登第，比王维晚二十七年；卒于建中（780—783）中（见《唐才子传校笺》第五册陶敏补正），也比王维晚二十余年，胡、沈的意见，值得考虑。

王世贞曰："田家本色，无一字淆杂，陶诗后少见。"（《删补唐诗选脉笺释会通评林·盛五古一》）

渭川田家[1]

斜光照墟落[2]，穷巷牛羊归[3]。

野老念牧童[4]，倚杖候荆扉[5]。
雉雊麦苗秀[6]，蚕眠桑叶稀[7]。
田夫荷锄至[8]，相见语依依。
即此羡闲逸[9]，怅然吟《式微》[10]。

黄培芳曰："此瓣香陶柴桑。"又曰："（'野老'二句）朊挚朴茂，语臻自然。"（《唐贤三昧集笺注》卷上）

[注释]

[1] 渭川：渭水。即今陕西渭河。"川"，《文苑英华》卷三一九作"水"。 [2] 斜光：斜阳。墟落：村落。"光"，《文苑英华》《全唐诗》作"阳"。 [3] 穷巷：陋巷。"穷"，《唐文粹》卷一六下作"深"。 [4] 野老：村野老人。 [5] 倚杖：拄着手杖。荆扉：柴门。 [6] 雉雊（gòu）麦苗秀：言这时野鸡啼鸣，麦苗开始抽穗。意本《文选》潘岳《射雉赋》："麦渐渐（含秀貌）以擢芒，雉鷕鷕而朝雊。"雊，雄雉（野鸡）鸣。又泛指雉鸣。秀，谷类抽穗开花。 [7] 蚕眠：蚕蜕皮前不食不动谓之眠，凡四眠即吐丝作茧。 [8] 荷锄：扛着锄头。"至"，麻沙本、元本、赵本作"立"。 [9] 即此羡闲逸：言我就此羡慕农家的闲静安逸。此句《唐文粹》作"羡此良闲逸"。 [10] 怅然吟《式微》：谓不禁怅然地吟起了《式微》之歌。《式微》，《诗・邶风》篇名。这是一首服役者思归的怨诗，其首章曰："式微（言天将暮）式微，胡不归？微（非）君之故，胡为乎中露（露中）？"旧说以为黎侯失国而寓居于卫，其臣因作此诗劝之归，参见《式微序》。此处盖用其思归之意，表示自己欲弃官归隐田里。"吟"，麻沙本、元本、《文苑英华》等作"歌"。

[点评]

这首五言古诗共十句，前八句写傍晚乡村的生活景象，其中有成群的牛羊返回村巷，有野老拄着手杖在柴门外等候牧童归来，有农夫们扛着锄头从田间回到村里，相遇后彼此交谈舍不得离开……后二句“用‘即此’二字括收前八句”（王夫之《唐诗评选》卷二），表达了作者对田家生活的赞美。诗里所描画的牛、羊、雉、蚕、麦苗、桑叶等景物，所勾勒的野老倚杖、田夫荷锄等人事活动，都是农村里常见的，没有什么奇特之处；所刻画的形象，真实而具体，用的是白描手法，也无惊人之笔；所用的语言，也朴素无华，不假雕饰。这样就形成本诗的平淡、自然之风，近似于陶渊明诗，但较陶诗精致。本诗的这种平淡，不是淡而无味，而是淡中有悠远情味。请看上面说的那些平平常常的景物，一经诗人笔触的点化，即在读者眼前浮现出一幅鲜明、生动的农村薄暮的生活图画。在这幅图画中，蕴含着诗人对被理想化的田家生活（以“闲逸”总括田家生活就是理想化的表现）和农民的淳朴、真挚的欣羡、赞美，可谓景中有情。在诗中表现农民淳朴的人情美，是或多或少含有否定官场倾轧之意的。全诗笼罩在一片和谐、宁静的气氛中，这是盛唐时代和平安定局面的一个客观反映，此诗也就成为一首具有牧歌情趣和某种典型意义的田园诗。

刘辰翁曰：“《卷耳》之后，得此吟讽。”（《须溪先生校本唐王右丞集》卷四）

春中田园作[1]

屋上春鸠鸣[2]，村边杏花白。

持斧伐远扬[3]，荷锄觇泉脉[4]。

归燕识故巢[5]，旧人看新历[6]。

临觞忽不御[7]，惆怅远行客。

桂天祥曰："语浅，兴意攸长，末句尤含蓄。"(《批点唐诗正声》卷四)

[注释]

[1]此诗疑作于辋川。春中：谓春季之中，即春二月。"中"，凌本作"日"。"园"，《唐诗品汇》卷九作"家"。"作"，此字下宋蜀本有"二首"二字，其第二首即《淇上即事田园》(见后)，此从麻沙本、元本、明本等改。 [2]鸠：鸟名，斑鸠、山鸠等的统称。 [3]持斧伐远扬：意本《诗·豳风·七月》："蚕月条桑(修剪桑枝)，取彼斧斨，以伐远扬(长得太远而扬起的枝条)。" [4]荷锄：扛着锄头。觇(chān)：察看。泉脉：伏流于地下的泉水。谢朓《赋贫民田》："察壤见泉脉，觇星视农正。" [5]"归"，麻沙本作"新"。"故"，宋蜀本作"旧"，据元本、明本、《全唐诗》改。 [6]看新历：为知节气，以便耕种。 [7]"临觞(shāng)忽不御"二句：谓对着酒杯忽然不想饮用，我为远行在外的人感到惆怅。觞，喝酒用的器皿。御，进用。"远行"，《文苑英华》卷三一七作"思远"。

[点评]

这首诗写春中田园的景色和农事活动的开始。首联只选取屋上春鸠与村边杏花两种景物加以刻画，就把仲春田园生机勃勃的气象表现了出来。第二、三联敏锐地捕捉住修剪桑枝、察看泉脉、查看新历等细节，真切地写出了一年农事活动开始的情形，充溢着忙碌而欢快的气氛。末联触景生情，由春燕的回归故巢，联想到那些“远行客”尚不得还家，因此为他们而伤感，以至于酒也喝不下去了。“远行客”指什么人？也许是游宦在外的友人，也许是正在服兵役或徭役而不能回家种地的田夫。清黄培芳说：“一结从‘嗟我怀人，寘彼周行’化出。”（《唐贤三昧集笺注》卷上）称此联或取《诗·周南·卷耳》的忧思、怀人之意，有一定的道理。看来，诗人的心胸是宽广的，具有关心他人、为他人着想的情怀。此诗虽多用白描手法，平淡而自然，但蕴含的生活内容却很丰富，值得我们仔细玩味。

淇上即事田园[1]

屏居淇水上[2]，东野旷无山。
日隐桑柘外[3]，河明闾井间。
牧童望村去[4]，猎犬随人还[5]。
静者亦何事[6]，荆扉乘昼关[7]。

方回曰：“右丞诗长于山林。‘河明闾井间’一联，诗人所未有也。‘牧童’‘田犬’句尤雅净。”（《瀛奎律髓》卷二三）

［注释］

[1] 此诗约作于开元十六年（728），是时作者辞官在淇上隐居。淇上：淇水之上。淇水即今河南北部淇河，在唐卫州（辖有今河南新乡、卫辉、辉县等市及浚、淇等县地）境内，原注入黄河，今注入卫河。《元和郡县图志》卷一六：“淇水，源出（卫州共城）县（今河南辉县）西北沮洳山，至（卫州）卫

县（今河南淇县）入河，谓之淇水口。”即事田园：就眼前田园的事物作诗之意。“淇上即事田园”，宋蜀本作“春中田园作二首”其二，据麻沙本、元本、明本等改。 [2] 屏（bǐng）居：退隐，隐居。 [3] 隐：映，照（参见王锳《诗词曲语辞例释》）。柘（zhè）：树名，叶子可以喂蚕。外：犹“上”（参见《诗词曲语辞例释》）。 [4] 望：向着。 [5]“猎”，麻沙本、元本作“田”。 [6] 静者：幽居守静之人，多用以指隐者及僧人。此处为作者自指。 [7] 荆扉：柴门。

[点评]

这大概是今存王维集中最早的田园诗，诗里描写了恬静而富有生活情趣的田园景象。诗的首联交代所居田园的地理环境；次联紧承首联，写由所居田园向“旷无山”的东边田野遥望所见到的景色：在“无限好”的“夕阳”的映照下，树林、村落和闪着银光的淇水构成了一幅美丽的图画。清纪昀说：“三、四如画。”又说：“此种诗不宜摘句。”（《瀛奎律髓汇评》卷二三）此诗之精彩，确实表现在整幅图画上，而不表现在一、二警句上，但诗人对诗中字句，还是下了锤炼功夫的，如“隐”“明”二字，就是极尽锤炼而又能出以自然的。三联写近黄昏时牧童、猎犬归来，富于田园生活情趣。末联说自己这个隐者没有什么事，趁着天没黑时就把陋室的柴门给关上了。闭门意在摆脱世俗的交往应酬和纷扰，过闲静的隐逸生活，这两句道出了作者的志趣。

过李揖宅[1]

陆时雍曰："自在处可托陶家宇下。"（《唐诗镜》卷一〇）

顾可久曰："真率语，自是雅淡。"（《唐王右丞诗集注说》卷四）

闲门秋草色[2]，终日无车马。
客来深巷中[3]，犬吠寒林下。
散发时未簪[4]，道书行尚把[5]。
与我心同人[6]，乐道安贫者[7]。
一罢宜城酌[8]，还归洛阳社。

[注释]

[1] 过：过访。李揖：天宝十五载（756）六月以前为延安（治今陕西延安东北）太守。颜真卿《颜允臧神道碑铭》："潼关陷（安禄山军陷潼关，事在天宝十五载六月），太守李揖计未有所出，君劝投灵武。"按，时允臧为延昌令，延昌属延安郡，则"太守"当指延安太守。后官户部侍郎、谏议大夫。《资治通鉴》至德元载（756）十月："房琯上疏，请自将兵复两京，上许之。……琯请自选参佐，……（以）户部侍郎李揖为行军司马，给事中刘秩为参谋。……琯悉以戎务委李揖、刘秩，二人皆书生，不闲军旅。"至德二载五月："（琯）不以职事为意，日与庶子刘秩、谏议大夫李揖高谈释、老。"事亦载《旧唐书·房琯传》。又《新唐书·宰相世系表》载：赵郡李经，司农少卿；生瑜、旿、揖等。未言揖之历官，不知二李揖是否为一人。"揖"，《全唐诗》作"楫"。《郎官石柱题名》"司勋员外郎"下列李楫名，在崔圆之后。 [2] 闲：安静。"闲"，元本、顾本作"闭"。 [3]"客来深巷中"二句：意谓我这个客人来到你居住的深巷里，狗在寒冷的树林下吠叫不止。"林"，《唐诗品汇》卷九作"篱"。 [4] 散发：

谓头发不束整，写主人隐居生活之闲散。簪（zān）：发簪，古时用它把冠别在头发上。此处作动词用，指插簪子。张协《咏史》："抽簪解朝衣，散发归海隅。" [5] 行尚把：指主人出迎时手里还拿着道家之书。 [6]"心同"，麻沙本、元本、明本、《唐诗品汇》等作"同心"。 [7] 乐道安贫：乐守道义，自甘于贫贱。《后汉书・韦彪传》："（彪）安贫乐道，恬于进趣。" [8]"一罢宜城酌"二句：意谓一旦与你饮毕美酒，我就回到了自己的简陋住处。宜城，指宜城酒。《周礼・天官・酒正》郑注："泛者，成而滓浮，泛泛然如今宜成（即宜城，在今湖北宜城南）醪矣。"曹植《酒赋》："宜城醪醴，苍梧缥清。"《太平寰宇记》卷一四五谓襄州宜城县出美酒，"俗号宜城美酒为竹叶杯"。洛阳社，吴均《入兰台赠王治书僧孺诗》："予为陇西使，寓居洛阳社。"洛阳社即白社，参见《辋川闲居》注 [2]。

[点评]

这是一首探访知交之作。首二句写友人所居之处幽僻清静，但见秋草，终日无车马经过；三、四句写自己来到李所居的深巷里探访，因平时罕见人至，故犬在寒林下吠叫不止。以上四句诗，通过写友人所居之处的景况，以见出他的志趣。五、六句写友人闻犬吠，散发尚未簪束，便走出来迎接，所看道书还握在手里，这两句诗表现了友人的真率和不拘形迹。七、八句直接点出友人与我志同道合，皆"乐道安贫者"。末二句写友人拿出珍藏的宜城美酒款待，自己也不客气，饮罢即"还归"，写出了两人之间感情的真挚和亲密无间。此诗写得古朴自然，清淡素雅，是近陶（渊明）之作，其中三、四句还直接受到陶诗“狗吠深巷中，鸡鸣桑树巅”（《归园田居五首》其一）的影响。

袁宏道曰：“上联纪林亭之幽，下联写玩世之傲。”（李攀龙选、袁宏道评《新刻李袁二先生精选唐诗训解》卷七）

与卢员外象过崔处士兴宗林亭[1]

绿树重阴盖四邻[2]，青苔日厚自无尘。
科头箕踞长松下[3]，白眼看他世上人[4]！

［注释］

[1] 卢员外象：盛唐诗人卢象，字纬卿，行八。开元中登进士第，补秘书省校书郎，转右卫仓曹掾。张九龄执政，擢为左补阙，迁河南府司录。开元末或天宝初，入为司勋员外郎。天宝三、四载，为飞语所中，左迁齐州司马。又转汾、郑二州司马，入为膳部员外郎。事见刘禹锡《唐故尚书主客员外郎卢公集序》、《唐诗纪事》卷二六、《唐才子传》卷二等。员外，即员外郎，唐尚书省下属各司副长官。卢象是时疑官膳部员外郎。过：访。崔处士：王维的内弟崔兴宗。处士，谓有道德、学问而隐居不仕者。据此可知兴宗是时尚未出仕。此诗卢象、王缙、裴迪有同咏，分载于《全唐诗》卷一二二及卷一二九；兴宗有答诗《酬王维卢象见过林亭》，载《全唐诗》卷一二九。王缙同咏曰：“身名不问十年余，老大谁能更读书？”知兴宗出仕前曾长期隐居。卢象同咏曰：“主人非病常高卧，环堵蒙笼一老儒。”玩“老儒”之语，似兴宗是时已年近五十（王维天宝九载五十岁，兴宗当年少于维）。又王维《敕赐百官樱桃》诗题下注云：“时为文部郎中。”维官文部郎中在天宝十一载（752）至十三载（参见拙作《王维年谱》）。

《唐诗纪事》卷一六："兴宗为右补阙时，和王维《敕赐樱桃》诗云……"知维为文部郎中时，兴宗官右补阙。按，右补阙为从七品上，依唐代官吏迁除常例，兴宗初次出仕，当不得遽任此职，故他始出仕的时间，应早于官右补阙时。估计兴宗始出仕的时间，大抵当在天宝九、十载，而本诗之作，则应在八、九载间。 [2]"重"，《文苑英华》卷三一五作"垂"。 [3] 科头箕（jī）踞长松下：谓处士不戴帽子伸开两腿坐在大松树下。科头，不戴帽子。箕踞，《汉书·陆贾传》颜师古注："箕踞，谓伸其两脚而坐，亦曰箕踞其形似箕。"按，古人席地而坐，坐时两膝着席，臀部压在脚后跟上；箕踞在古时是一种不拘礼节的坐法。"松"，《文苑英华》作"林"。 [4] 白眼看他世上人：谓翻起白眼瞧着那世上的俗人。此用阮籍事，《晋书·阮籍传》："籍又能为青白眼，见礼俗之士，以白眼对之。""他世上"，宋蜀本作"君是甚"，据麻沙本、元本、明本等改。

[点评]

这首诗写崔氏林亭的幽深清净与崔氏傲世不羁的风韵。首句写未至林亭，先见绿树，其枝叶阴重覆邻，足见树木高大、浓密，林亭幽深；次句写既至林亭，入其门，见路上青苔甚厚，知无俗人踪迹，真为清幽之居；三句勾画出一个不拘礼法、自由纵放与孤高傲世的处士形象；末句"白眼看他世上人"，清徐增说："用'他'字妙极，见我两人（我与卢象，还应包括王缙、裴迪）不在其内，处士另以青眼相待也。"（《而庵说唐诗》卷一一）按，兴宗答诗云："今朝忽枉嵇生驾，倒屣开门遥解颜。"以嵇康喻王维等人，正是"以青眼相待也"。

青龙寺昙壁上人兄院集并序[1]

吾兄大开荫中[2]，明彻物外[3]。以定力胜敌[4]，以惠用解严[5]。深居僧坊[6]，傍俯人里。高原陆地[7]，下映芙蓉之池；竹林果园，中秀菩提之树[8]。八极氛霁[9]，万汇尘息[10]。太虚寥廓[11]，南山为之端倪；皇州苍茫[12]，渭水贯于天地。经行之后[13]，趺坐而闲[14]，升堂梵筵[15]，饵客香饭。不起而游览[16]，不风而清凉。得世界于莲花[17]，记文章于贝叶[18]。时江宁大兄持片石命维序之[19]，诗五韵，座上成。

高处敞招提[20]，虚空讵有倪[21]？
坐看南陌骑，下听秦城鸡[22]。
眇眇孤烟起[23]，芊芊远树齐[24]。
青山万井外[25]，落日五陵西[26]。
眼界今无染[27]，心空安可迷？

顾起经曰："（'芊芊'句下）甚壮，第非是招提本色。"（《类笺唐王右丞诗集》卷七）

顾可久曰："（'心空'句下）挽入招提本色。起句已先见意，雅正。"（《唐王右丞诗集注说》卷四）

[注释]

[1] 此诗约作于天宝二载（743）或三载。说见本诗注[19]。青龙寺：《长安志》卷九载：在长安新昌坊南门之东，本隋灵感寺，开皇二年立。景云二年（711），改为青龙寺。"北枕高原，南望爽垲（高爽干燥之地），为登眺之美。"按，青龙寺为唐代密宗的根本道场，近年发掘出该寺遗址，在陕西西安市长安区西南约四

公里之祭台村，现该寺已在原址重建。上人：对僧人的敬称。此诗王昌龄、王缙、裴迪皆有同咏，昌龄诗题作《同王维集青龙寺昙壁上人兄院五韵》，载《全唐诗》卷一四二；王缙、裴迪诗题作《同王昌龄裴迪游青龙寺昙壁上人兄院集和兄维》《青龙寺昙壁上人兄院集》，载《全唐诗》卷一二九。“璧”，麻沙本、元本、明本作“壁”。　[2]吾兄大开荫中：谓我的上人兄您从五阴的束缚中获得大解脱。开，解脱。荫，梵语塞建陀，旧译曰阴（即五阴之阴，通“荫”），又译蕴，义为荫覆、积聚，分色、受、想、行、识五阴，是对一切有为法的概括，广义泛指现实世界。《翻译名义集》卷六：“蕴谓积聚，古翻阴。阴乃盖覆，积聚有为，盖覆真性。”谓有为法能荫覆人的真性。“大”，宋蜀本作“天”，据元本、明本、《全唐诗》改。　[3]明彻物外：明白、通达世外的事理。彻，通，达。物外，世外。　[4]定力：指专心禅定而产生的一种维持修行、达到解脱的力量。佛教认为它能断除各种情欲烦恼。在中国，“定”（心一境性）往往与“禅”（静虑）连称“禅定”，指一种通过凝心坐敛、观想特定对象而获得佛教悟解的思维修习方法。敌：指情欲烦恼等。　[5]以惠用解严：以智慧的作用弛备息兵，进入寂灭境界。惠，通“慧”，指佛教智慧，即般若。佛教认为，般若乃成佛所需的特殊认识，非世俗人所能具有；要获得般若，必须通过对世俗认识的否定才有可能实现。解严，弛备息兵之意。《宋书·武帝纪》：“公至彭城，解严息甲。”这里比喻进入涅槃（寂灭）之境。大乘一般主张“定慧双修”，即将禅定与般若结合起来。　[6]“深居僧坊”二句：您藏身于佛寺深院，近旁能俯视百姓居住的里坊。僧坊，佛寺。傍，近。　[7]“高原陆地”二句：谓寺院处于高而平的陆地，向下倒映在种着莲花的池塘。　[8]秀：秀异，茂盛。菩提：即荜钵罗树，相传释迦牟尼在一荜钵罗树下证得菩提（意译“觉”），故称荜钵罗树为菩提树。树为常绿乔木，叶卵形，原产于亚热带地区，据传南朝梁时僧人智药自天竺移植中国，今广东有之。　[9] 八极：八方极远之地。氛霁：指云雾消散。“氛”，麻沙本、元本作“气”。　[10] 万汇：万类，万物。尘息：踪迹停止。　[11]“太虚寥廓”二句：谓天空广远，终南山成为它的边际。太虚，天空。《文选》孙绰《游天台山赋》“太虚辽廓而无阂”，李善注：“太虚，谓天也。”李周翰注：“辽廓，广远。”寥廓，同“辽廓”。南山，终南山。此指终南山高耸入云，将天隔断，因此它也就成为天之端倪（边际）了。　[12]“皇州苍茫”二句：谓帝都苍茫，渭水贯穿于天地之间。皇州，帝都。　[13] 经行：指在一定的地方旋绕往来。《南海寄归内法传》卷三：“五天（五天竺）之地，道俗多作经行，直去直来，唯遵一路，随时适性，勿居闹处，一则痊痾（病），二能销食。”　[14] 趺坐：见卷五《登辨觉寺》注 [6]。　[15]“升堂梵筵”二句：您登堂摆僧人的筵席，请来客吃佛寺的香饭。梵筵，指寺僧所设之筵。饵，给人东西吃。　[16] 不起而游览：谓寺院居于高处，在这儿坐着不起即可观览四方之景。　[17] 得世界于莲花：用《华严经》“莲华藏世界”之义。大乘佛教称佛所居住的世界为“净土”，据说佛无数，净土亦无数。《华严经》谓报身佛毗卢遮那所居之净土名莲华藏世界。据称此世界最下为风轮，风轮之上有香水海，香水海中生大莲华，莲华中包藏微尘数（譬数量之多）之世界，故称莲华藏世界。参见《华严经·华藏世界品》。又，莲华藏世界亦用为诸佛报身（修得佛果之身）之净土的通名。此句谓上人已得到佛的净土。《维摩经·佛国品》云：“若菩萨欲得净土，当净其心，随其心净，则佛土净。”意谓只要内心觉悟，所居之地即为净土。此处所谓已得净土，意同。　[18] 贝叶：贝多罗树之叶。贝多罗树产于印度等地，树为常绿乔木，高达四、五丈，其叶大，有光泽，古印度人多用它抄写佛经，称贝叶经。　[19] 时江宁大兄持片石命维序之：言这时江宁丞王大兄拿着一块石头命维作这篇诗序刻在石上。江宁大兄，即诗人王昌龄。字少伯，其籍贯说法不一，《河岳英灵集》称“太原王昌龄”，《唐代墓志汇编》开元二六〇《陈颐墓志铭》下则署“江宁王少伯书”。开元十五年（727）进士及第，二十二年又中博学宏词，曾任秘书省校书郎、汜水尉、江宁丞、龙标尉，两《唐书》有传。此处所谓“大”，是指昌龄的行第（参见《唐人行第录》）；江宁，可能指他当时任江宁丞（说见傅璇琮《唐代诗人丛考·王昌龄事迹考略》）。考昌龄于开元二十八年冬始任江宁丞（说见闻一多《岑嘉州系年考证》），故此诗应作于开元二十八年冬之后；又据《王昌龄事迹考略》一文，昌龄为江宁丞时，曾于天宝二三载间因公事一度至长安，而本诗正作于长安，故系于天宝二载或三载。 [20] 高处敞招提：高处的这座寺院轩豁宽广。敞，宽阔，开朗。招提，寺院的别称。 [21] 虚空讵有倪：寺院处于虚空中，哪里有边际。讵，岂。“讵”，宋蜀本作“记”，据麻沙本、元本、明本等改。 [22] 秦城：秦都城，借指长安。 [23] 眇眇孤烟起：遥望远处有一缕孤烟升起。眇眇，远貌。“眇眇”，麻沙本、元本、明本作“渺渺”。 [24] 芊（qiān）芊：茂盛貌。 [25] 青山万井外：青山屹立在万户人家的聚居地以外。 [26] 五陵：见《燕支行》注 [5]。 [27] “眼界今无染”二句：上人兄的眼界如今已不受世俗妄念的垢染，心入空境怎能为眼前的景色所迷。染，垢染，指心为世俗的欲求、妄念所垢染而不净，佛教称这能扰乱众生之身心，使其不得解脱。心空，谓心入空境，认识到世间一切事物皆虚幻不实。

[点评]

这首诗前面的序，交代了作者与友人聚会赋诗的景况。因为聚会的地点是在青龙寺昙壁上人院，所以序便从昙壁上人写起，无非说他具有高深的佛家素养；而序的主要篇幅（“深居”十二句与“不起”二句），则用来描写青龙寺的地势、环境与在此眺望所见到的景色。笔者曾参观过在青龙寺原址重建的新寺，看到它地处一个高而平的原上，在寺前不远，此原的高度陡降上百米，形如一个颇深的断崖，而断崖下，就是一个广大的百姓聚居区。将王维的描写与自己参观所见相比对，不能不叹服王维的写景笔墨之精到。如“太虚寥廓，南山为之端倪；皇州苍茫，渭水贯于天地”，其景象多么壮丽！王维的文章有擅长写景的特色，这篇优美的骈体小序就是一个例子。

序后的诗为五言排律，共十句，前四句写青龙寺的地势之高，其中三、四句写自寺院下望：“坐看南陌骑，下听秦城鸡”，只有身临青龙寺这样的环境，才能体会到这一联描写的真切。中四句写在寺院远眺所见到的美景，其中“青山万井外，落日五陵西”，写帝都一带的景色，同序中的“太虚”四句一样壮丽。末二句转写聚会地的主人，说他心入空境，已无世俗的妄念、情欲，不会为眼前的美景所迷，正好与序的开头相应，作者这样作结是出于切题的需要。

黎拾遗昕裴秀才迪见过秋夜对雨之作[1]

张谦宜曰：“（‘寒灯’二句）写意画令人想出妙景。”（《𫄸斋诗谈》卷五）

促织鸣已急[2]，轻衣行向重[3]。

寒灯坐高馆，秋雨闻疏钟[4]。

白法调狂象[5]，玄言问老龙[6]。
何人顾蓬径[7]？空愧求羊踪。

[注释]

[1] 玩诗末二句之意，是时作者似居于辋川。黎拾遗昕：黎昕，《元和姓纂》卷三："宋城唐右拾遗犁昕。"岑仲勉《元和姓纂四校记》卷三："《备要》(《合璧事类备要》)、《类稿》(《贤氏族言行类稿》)均作'黎'，又'右'作'左'。"李白《与韩荆州书》："中间崔宗之、房习祖、黎昕、许莹之徒，或以才名见知，或以清白见赏。"拾遗：谏官名，左属门下省，右属中书省。裴秀才迪：见《辋川闲居赠裴秀才迪》注[1]。见过：过访自己。"过"，宋蜀本作"遇"，据麻沙本、元本、明本等改。 [2] 促织：蟋蟀的别名。"促织鸣"，宋蜀本作"足我口"，据麻沙本、元本、明本等改。 [3] 轻衣行向重：意谓单衣将要再添好多层。行，且，将要。 [4] 疏钟：稀疏的钟声。 [5] 白法调狂象：谓我用佛法调控和灭除妄心恶念。白法，佛教总称一切善法为白法，意谓此法可使诸行光洁白净。狂象，喻妄心狂迷，难以禁制。《遗教经》："譬如狂象无钩，猿猴得树，腾跃踔踯，难可禁制。"《涅槃经》卷二五："譬如醉象，狂骇暴恶，多欲杀害，有调象师以大铁钩钩斫其顶，即时调顺，恶心都尽。一切众生，亦复如是，贪欲瞋恚愚痴醉，故欲多造恶，诸菩萨等以闻法钩斫之令住，更不得起造诸恶心。" [6] 玄言问老龙：言还向老龙吉那样的人学习玄言。玄言，谓道家之言。《晋书·王衍传》："妙善玄言，唯谈《老》《庄》为事。"老龙，即老龙吉。《庄子·知北游》："妸荷甘与神农同学于老龙吉。"陆德明音义："老龙吉，李云：怀道人也。" [7]"何人顾蓬径"二句：意谓黎、裴二友眷顾我的隐居处，自己只觉得

心里有愧。蓬径，长满蓬草的小径，指自己的隐居处。空，只，独。求羊踪，《文选》谢灵运《田南树园激流植援》："唯开蒋生径，永怀求羊踪。"李善注："《三辅决录》曰：蒋诩字元卿，隐于杜陵，舍中三径，惟求仲、羊仲从之游，二仲皆挫廉逃名。""求"，宋蜀本作"牛"，据麻沙本、元本、明本等改。

[点评]

这首诗描写友人来访的情景。首联交代秋天的天气渐寒，蟋蟀的鸣声已很急促。次联写与来访的友人一起"秋夜对雨"，用雨声、远处稀疏的钟声，加上蟋蟀的鸣声，还有高馆中一盏寒夜的孤灯，烘托出雨中秋夜的寂静、寒冷、凄清，能引发读者的许多联想，堪称佳联。三联写自己佛、道并修的隐居生活，使我们知道王维并非只是信奉佛教。末联点明诗题之"黎拾遗昕裴秀才迪见过"，并表现诗人和他们亲密无间的情谊。这首诗善用音响描写来表现静境，很有特色。

方回曰："三四唐人不曾犯重，极新。第六句尤妙。"（《瀛奎律髓》卷一〇）

顾璘曰："开口信意，无不精到。"（《唐诗正音》卷六）

晚春严少尹与诸公见过[1]

松菊荒三径[2]，图书共五车[3]。
烹葵邀上客[4]，看竹到贫家。
鹊乳先春草[5]，莺啼过落花。
自怜黄发暮[6]，一倍惜年华。

[注释]

[1] 此诗作于乾元元年（758）三月，时严武官京兆少尹。严少尹：即严武。至德二载（757）九月唐军收复长安后，武拜京兆少尹；乾元元年六月，出为巴州刺史。参见两《唐书·严武传》、《资治通鉴》乾元元年六月。少尹，唐京兆、河南、太原等府，各置尹（正长官）一员，从三品；少尹（副长官）二员，从四品下。见过：过访自己。 [2] 松菊荒三径：意谓我庭园里的三条小径已荒芜，只有松菊尚存。语本陶渊明《归去来兮辞》："三径就荒，松菊犹存。"三径，见《黎拾遗昕裴秀才迪见过秋夜对雨之作》注 [7]。 [3] 五车：言书之多，以五车载之。《庄子·天下》："惠施多方，其书五车。"此言自己家中图书倒是还有许多。 [4] "烹葵邀上客"二句：意谓煮好葵菜邀请尊贵的客人，到我这贫寒之家来观赏竹子。烹葵，宋玉《讽赋》："上客日高，……为臣炊雕胡之饭，烹露葵之羹来劝臣食。"（《古文苑》卷二）葵，见《积雨辋川庄作》注 [7]。上客，尊贵的客人。看竹，用王徽之事，见卷四《春日与裴迪过新昌里访吕逸人不遇》注 [5]。 [5] "鹊乳先春草"二句：谓喜鹊于春草生出之前孵化，黄莺在春去花落后还啼叫。乳，《说文》："人及鸟生子曰乳。""鹊"，《唐诗品汇》卷六一作"雀"。 [6] "自怜黄发暮"二句：谓自怜已到头发变黄的暮年，更应该加倍珍惜时光。黄发，年老之征。《诗·鲁颂·閟宫》："黄发台背。"郑笺："皆寿征也。"盖人老发白，白久而黄，故云。

[点评]

此诗写暮春友人来访的感触。经历过安史之乱中陷贼、被迫接受伪职和两京收复后入狱的打击，诗人的思想感情是复杂的，一方面有点消极，对佛教的信仰更深；另一方面也有积极的一面：认为自己应当为国效力，以报答天子的宽大之恩，所以虽已届暮年，仍然希望有所作为，本诗就流露出这种思想情绪。诗的首联不写来访的客人，而先从自己写起，说己之家园已荒芜，唯有松菊尚存，图书还有不少；次联写邀“上客”来访，用事“天然凑合”（清陆贻典语，见《瀛奎律髓汇评》卷一〇），不见痕迹；三联触景生情，言鹊先春而动，莺春残犹啼，似皆有惜春之意，以引起下二句，清黄生曰：“五六起下意，言鹊乳甫先春草，莺啼倏过落花，此年华之所以可惜也。分明有倏、甫二字在句内，名缩脉句。”（《增订唐诗摘钞》卷一）所言是。这联中的“先”字、“过”字，皆精于锤炼，而又出以自然。末联承上二句而言，是本诗的主旨所在。清纪昀评此诗曰：“句句清新而气韵天成，不见刻画之迹。五六句赋中有比，末句从此过脉，浑化无痕。”（《瀛奎律髓汇评》卷一〇）所评甚是。

顾可久曰：“幽邃之景，宛然清雅。”（《唐王右丞诗集注说》卷四）

过感配寺昙兴上人山院[1]

暮持筇竹杖[2]，相待虎溪头。
催客闻山响[3]，归房逐水流。
野花丛发好[4]，谷鸟一声幽。
夜坐空林寂[5]，松风直似秋。

[注释]

[1] 本诗有裴迪同咏，疑作于居辋川期间。过：过访。感配寺：王维《山中与裴秀才迪书》曰："辄便独往山中，憩感配寺。"本诗裴迪同咏《游感化寺昙兴上人山院》(《全唐诗》卷一二九)云："不远灞陵边，安居向十年。入门穿竹径，留客听山泉。"《唐诗品汇》录裴迪此诗，"感化"作"感配"，则感配（一作"化"）寺当在灞陵附近。灞陵在今陕西西安东十三公里处灞陵乡，其地近白鹿原。配、化草书形近，当有一误。又王维有《游感化寺》诗云："郢路云端迥，秦川雨外晴。""感化"，宋蜀本、《文苑英华》卷二三四作"化感"。按，严挺之《大智禅师碑铭》(《全唐文》卷二八〇）云："邀至京师，游于终南化感寺。"《旧唐书・方伎传》曰："义福……初止蓝田化感寺。"《宋高僧传》卷九亦谓义福"初止蓝田化感寺"。"大智禅师"即义福，据以上三书所载，化感寺当在蓝田山中。王维作于蓝田辋川之《林园即事寄舍弟纨》诗云："后浦通河渭，前山包鄢郢。"细玩"前山包鄢郢"与"郢路云端迥"之意，《游感化寺》诗之"感化寺"亦当在蓝田山中，疑即义福所居化感寺之误倒，则《游感化寺》当从宋蜀本等作《游化感寺》为是，化感寺与地处灞陵附近的感配（一作"化"）寺当非一寺。"感配"，麻沙本、元本、明本、《全唐诗》作"感化"，《文苑英华》卷二三四作"化感"。 [2]"暮持筇（qióng）竹杖"二句：谓和尚（上人）傍晚拄着筇竹手杖，在寺院外面的溪边等待我。筇竹杖，即邛竹杖。《史记・大宛列传》："(张）骞曰：'臣在大夏（今阿富汗北部一带）时，见邛竹杖、蜀布。问曰：安得此？大夏国人曰：吾贾人往市之身毒（今印度半岛）。'"正义："邛都邛山（在今四川荥经县西）出此竹，因名邛竹。"虎溪，晋慧远法师居庐山东林寺，其处有流泉绕寺，下入于溪，远每送客过溪，"辄有虎号鸣，因名虎溪。后送客未尝过，独陶渊明、(陆）修静至，

语道契合，不觉过溪，因相与大笑”（见《莲社高贤传》）。 [3]“催客闻山响”二句：言催促客人快来的声音引起山谷回响，我同和尚一起随着水流回到山院。山响，指山谷的回声。 [4]“野花丛发好”二句：写作者回山院途中所见之景。 [5]“夜坐空林寂”二句：写作者在山寺夜坐的景象。“林”，元本、明本作“村”。

[点评]

这首诗写诗人过访昙兴上人山院，却全不用佛教的词语与典故。首联写上人得知王维来访，即拄杖恭候于寺院门外；次联说上人的催客声引起山谷回响，自己就跟着上人沿水流回到山院。这里“催”字与“待”字相互呼应，表现出寺院主人待客的热诚与对客人的敬重。三联写作者随上人回山院途中见到的景色：山里野花一丛丛开得美丽，谷中飞鸟一声鸣叫更显幽静。南朝梁王籍《入若邪溪》云：“蝉噪林愈静，鸟鸣山更幽。”时人以为“文外独绝”，“不可复得”，王维此联，堪称继其后的神来之笔。末联说诗人夜晚坐在山寺空林里，四周寂静，松风吹拂着真像是到了秋天，表现出入夜山寺空林的萧森景象与作者的闲寂情趣，也颇出色。

春日与裴迪过新昌里访吕逸人不遇 [1]

顾璘曰：“此篇似不经意，然结语奇突，不失盛唐。”（《唐诗正音》卷八）

桃源一向绝风尘 [2]，柳市南头访隐沦 [3]。
到门不敢题凡鸟 [4]，看竹何须问主人 [5]？

城外青山如屋里[6]，东家流水入西邻。
闭户著书多岁月[7]，种松皆作老龙鳞[8]。

方东树曰：“起先写新昌里，亦是定题法，然后过访乃有根。三四‘访’字，警策入妙。五六景，七八人。此又一章法，杜公亦用之。后半气势愈盛。”（《昭昧詹言》卷一六）

[注释]

[1] 裴迪：王维挚友，关中（今陕西）人，行十。《唐诗纪事》卷一六：“迪初与王维、（崔）兴宗俱居终南。”其时间约在开元末、天宝初。后王维得辋川别业，迪常从游，共泛舟往来，赋诗相酬。安史之乱后曾入蜀为官，参见杜甫《和裴迪登新津寺寄王侍郎》《和裴迪登蜀州东亭送客逢早梅见寄》诗及仇兆鳌注。又，李颀《圣善阁送裴迪入京》曰：“旧托含香署，云霄何足难。”含香署即郎署，据此，知迪尝官尚书郎，然具体时间不详。根据裴迪的生平事迹，本诗当作于安史之乱前，具体时间不详。新昌里：长安里坊名，在城东延兴门旁，见《长安志》卷九。逸人：隐逸之士。此诗裴迪有同咏，题作《春日与王右丞过新昌里访吕逸人不遇》（《全唐诗》卷一二九）。按，王维自上元元年（760）夏至卒前官尚书右丞（参见拙作《王维年谱》），是时裴迪正在蜀中为官，不得在长安与维共访吕逸人，诗题中之“王右丞”当系后人所改，王集宋蜀本、麻沙本本诗后附载裴迪同咏，题皆作“同前”，可证。 [2] 桃源：见《桃源行》注[1]。此借指吕逸人的隐居处。绝风尘：谓与纷扰的尘世隔绝。“一向”，顾本、凌本作“四面”，《唐诗品汇》卷八三作“面面”。“绝”，《唐诗鼓吹》卷二作“少”。 [3] 柳市：汉长安市名，在汉长安故城西渭水北，参见《汉书·游侠传》及颜师古注、《三辅黄图》毕沅校本卷六。此处疑借指唐长安东市。东市在兴庆宫南，新昌里在东市东南，故云“柳市南头”。隐沦：指隐士。 [4] 到门不敢题凡鸟：《世说新语·简傲》：“嵇康与吕安善，每一相思，千里命

驾。安后来，值康不在，喜（康兄）出户延之，不入，题门上作凤字而去，喜不觉，犹以为欣。”按，题一凤字，意在讽刺嵇喜，说他不过是“凡鸟”（合书为“鳳”字）而已。此处用这一故实，表示自己访逸人不遇，并赞其家中无俗人。 [5] 看竹何须问主人：《晋书·王徽之传》：“时吴中一士大夫家有好竹，欲观之，便出坐舆造竹下，讽啸良久。主人洒扫请坐，徽之不顾。将出，主人乃闭门，徽之便以此赏之，尽欢而去。”此句变用其事，意谓主人不在，尽可自己观赏景物。 [6] 城外青山如屋里：意谓城外的青山似乎要往屋里来。新昌里在长安城尽东之处，其南街东出延兴门，即是城外，故云。如，往。“外”，《全唐诗》作“上”。 [7]“著”，《文苑英华》卷二三二作“看”。 [8] 老龙鳞：谓松树已老，其表皮斑驳犹如龙鳞。“作老”，《文苑英华》、《唐诗纪事》卷一六、《全唐诗》作“老作”。

[点评]

这首七律写过访隐士而不遇，在表现上很有特点。首联直入题旨，写与裴迪至新昌里访吕逸人，然将上下句倒置，以收起句奇突之效（下句“柳市南头”方交代出访“新昌里”）。三句说访而未遇，四句说虽未遇也不遗憾，尽可自己观赏佳景，不必去问主人在家与否，正与首句的描写相呼应。这二句皆用事，但极贴切。诗的后四句转入对逸人隐居处景物的描写。其中“五，仰眺其墙外；六，俯玩其阶下”（《金圣叹评唐诗全编》卷一）。五句有“群山入户登”（王维《韦给事山居》）之奇，宋王安石的名句“两山排闼送青来”（《书湖阴先生壁》），或许是受这句诗的启发而写出来的。明陆时雍说：“五、六全入画意，正是于不遇时徘徊瞻顾景象。”（《唐诗镜》卷一〇）所言是。又，五、六句兼用当句对，也有特色。七句写窥其窗中屋内，发现了逸人著书多年的形迹；末句写观其手植松树之老，见出了逸人的隐居时间之长与隐居志向之坚。以上这四句诗，都通过写逸人居所的环境与景物，来表现他的高风逸韵，并流露出诗人对他的倾慕向往之情。全诗平中见奇，似不经意而警策入妙，明顾璘评曰：“信手拈来，头头是道，不可因其真率，略其雅逸也。”（《唐诗正音》卷八）所评是。

过香积寺[1]

不知香积寺，数里入云峰。
古木无人径，深山何处钟[2]。
泉声咽危石[3]，日色冷青松[4]。
薄暮空潭曲[5]，安禅制毒龙[6]。

袁宏道曰：“‘不知’字玄妙，模写幽深处。”又曰：“此极状山寺之僻，言我初不知其寺深入云峰如此，今古木深山之中，何处有此钟声，始知寺所在耳。泉声为石阻而咽，日色因松深而寒，斯固清迥绝尘之地也。”（《新刻李袁二先生精选唐诗训解》卷三）

[注释]

[1] 香积寺：故址在今陕西长安区。《长安志》卷一二：“开利寺在（长安）县南三十里皇甫邨，唐香积寺也。永隆二年建，皇朝太平兴国三年改。”今人郑洪春《香积寺考》（载《人文杂志》一九八〇年第六期）谓：在今皇甫村（即唐皇甫邨）原下，曾发现寺院遗址石柱础及残缺的石佛像二，初步分析，具有隋唐文化特征。这一发现，同《长安志》的记载相合，可证唐香积寺即在

黄生曰：“幽处见奇，老中见秀，章法、句法、字法皆极浑浑，五律中无上神品。”（《增订唐诗摘钞》卷一）

此。又谓：至宋时，香积寺已毁，又在今日贾里村之西的香积寺村另修新寺，初名开利，后又名香积，不知者每误以为此即唐之香积寺。按，皇甫村原下发现具有隋唐文化特征的石佛像等，只能证明此地有过隋唐佛寺，似尚不能证明其即香积寺。一说唐香积寺即现在的香积寺，在西安市长安区神禾塬上。究竟何者为是，尚待新的考古发现证明。此诗《文苑英华》卷二三四作王昌龄诗，按，王维集诸本俱录此诗，而王昌龄集各本无此诗，《全唐诗》亦作王维诗，宜从之。 [2]“深”,《文苑英华》作“空”。 [3]泉声咽危石：谓泉水在危石间穿行，发出呜咽之声。孔稚珪《北山移文》：“风云凄其带愤，石泉咽而下怆。” [4]日色冷青松：言日光照到青色的松林里透出寒意。 [5]薄暮空潭曲：谓傍晚在寺院清澈透明的深潭旁的隐僻处。曲，隐僻之处。 [6]安禅制毒龙：谓入于禅定，制服世俗妄念这种心中的毒龙。安禅，佛家语，犹言入于禅定。江总《明庆寺》：“金河知证果，石室乃安禅。”毒龙，喻妄念烦恼。佛教认为妄念烦恼能危害人的身心，使人不得解脱，故喻以毒龙。《禅秘要法经》卷中：“今我身内，自有四大毒龙无数毒蛇……集在我心，如此身心，极为不净，是弊恶聚，三界种子（产生世俗世界各种现象的精神因素），萌芽不断。”“安禅”可使心绪宁静专注，灭除妄念烦恼，故曰“制毒龙”。

[点评]

这首诗写过访香积寺之所见，着意于刻画一个幽深、僻静的境界。诗以“不知”二字发端，领起全章之脉，意谓本不知山中有寺，入山数里，但见古木夹径，寂无人踪，忽闻未知何处的钟声响起，始知山中有寺。清黄生《增订唐诗摘钞》卷一说：“起用‘不知’二字，便见往时未到，今日方过，幽赏胜情，得未曾有，俱寓此二字内。”所言甚是。第四句“何处”二字妙，正承“不知”二字，而且“何处钟”三字，还传达出了作者急于要寻找到钟声所在地的心情。由不知到始知，四句一气盘旋而下，运思超妙，状初至光景宛然。接下后四句写抵达佛寺的景况，其中五、六句写寺院环境，工于锤字炼句。“‘泉声’二句，深山恒境，每每如此。下一‘咽’字，则幽静之状恍然；著一‘冷’字，则深僻之景若见，昔人所谓诗眼是矣。”（赵殿成《王右丞集笺注》卷七）在“泉声”“危石”之间用一“咽”字，以所闻声响，摹状出山寺的幽僻荒凉；在“日色”与“青松”之间用一“冷”字，以所见所感，写出松林之幽深和日近薄暮景象。这第六句用“通感”的表现手法，化视觉里的事物为触觉中的事物，有助于更好地表现诗人对自然景物的独特心理感受。末二句掺入禅语，以佛教的超脱尘世之意作结。在作者心目中，这样一个幽深、僻静的境界，正是“安禅”的好地方。王维的山水田园诗偏好刻画寂静清幽的境界，这同他的佛教信仰有关。不过这种境界也是大自然之美的一种反映，对人们不无吸引力。

卷第五

送秘书朝监还日本国[1]

积水不可极[2]，安知沧海东？
九州何处所[3]，万里若乘空？
向国惟看日[4]，归帆但信风[5]。
鳌身映天黑[6]，鱼眼射波红。
乡树扶桑外[7]，主人孤岛中[8]。
别离方异域[9]，音信若为通？

袁宏道曰："起语工于发端，然本之灵运诗，神境具到。送日本无遍之者。"（李攀龙选、袁宏道评《新刻李袁二先生精选唐诗训解》卷四）

锺惺曰："亦复壮幻。"（《唐诗归》卷九）

[注释]

[1] 秘书朝监：即秘书监朝（又作"晁"，古代朝、晁通用）衡。衡即日本人阿倍仲麻吕，两《唐书》作仲满。《旧唐书·东夷传》："开元初，（日本国）又遣使来朝，因请儒士授经。……其偏使朝臣仲满，慕中国之风，因留不去，改姓名为朝衡，仕历左补阙、仪王友。衡留京师五十年，好书籍，放归乡，逗留不去。……上元中，擢衡为左散骑常侍、镇南都护。"按，据近人考证，衡字

巨卿，日本奈良人，于开元五年（717）随日遣唐使来长安，先入太学读书，后官东宫司经局校书，迁左补阙、仪王友，天宝间为卫尉卿，十二载（753）迁秘书监（秘书省正长官，从三品）；天宝十一载岁暮，日遣唐大使藤原清河一行抵长安，十二载元日，玄宗亲自接见，同年秋末，清河等返国，衡请同归，玄宗命其以唐使臣身份送清河等还。衡等自长安出发，于十月中抵扬州，访鉴真和尚，求其同至日本（见《游方记抄·唐大和上东征传》）。十一月中，衡等自扬州出发还日本，海上遇风，衡所乘之船漂流到安南。十四载六月，衡复返长安。维此诗作于十二载衡等离长安之时，同时作者尚有赵骅（《送晁补阙归日本国》，见《全唐诗》卷一二九）、包佶（《送日本国聘贺使晁巨卿东归》，见《全唐诗》卷二〇五），而衡亦作有《衔命还国作》诗（见《全唐诗》卷七三二）回赠维等。又，清河等临归时，玄宗曾作诗赐之（《送日本使》，见《全唐诗逸》卷上）。本诗原有序，文多不录。“朝”，麻沙本、《文苑英华》卷二六八、《全唐诗》作“晁”。“还”，《极玄集》卷上、《又玄集》卷上、《文苑英华》作“归”。 [2]“积水不可极”二句：意谓我们看大海广远不可穷尽，又怎能知道更在大海之东的日本？积水，指海。《荀子·儒效》：“积水而为海。”意本谢灵运《行田登海口盘屿山》：“莫辨洪波极，谁知大壑东。” [3]“九州何处所”二句：意谓日本人问中国（九州）在什么地方，万里海洋阻隔又怎能飞翔而往？若，犹怎、那（说见张相《诗词曲语辞汇释》）。乘空，飞翔于空中。《列子·黄帝》：“乘空如履实。”“所”，宋蜀本作“远”，据《极玄集》改；麻沙本作“去”。 [4]向国惟看日：前往日本只有看日出的地方。《新唐书·东夷传》：“（日本）使者自言国近日所出，以为名。” [5]信风：任随风力。 [6]“鳌（áo）身映天黑”二句：谓海中巨鳌的身体将天空遮黑，大鱼双眼射出的光把水波照红。鳌，传说中海里的大鳖。映，遮。“天”，宋蜀本作“晚”，据麻沙本、明本、《全唐诗》改。 [7] 乡树扶桑外：言衡之故乡在扶桑国附近。扶桑，东方古国名。《梁书·东夷传》：“扶桑国者……在大汉国东二万余里，地在中国之东，其土多扶桑木，故以为名。扶桑叶似桐，而初生如笋，国人食之，实如梨而赤，绩其皮为布以为衣，亦以为绵。”外，有边畔义（参见王锳《诗词曲语辞例释》）。 [8] 主人：指朝衡。 [9]“别离方异域”二句：谓离别后我们将各在一方，音信又如何相通？异域，不在一域。若为，如何。

[点评]

这首送日本友人归国的诗，前面有一篇长序，它大致可分为两段：第一段先说当今皇上道德广远，吸引异域之人自动前来朝献，然后接写日本与唐的交往，特别强调两国的友好关系和唐对日本使臣的礼遇。第二段先写日本友人朝衡来唐求学、为官的经历，接写他思归故国，唐天子命他以唐使臣的身份，携带许多唐天子赠与日本国君主的文籍与宝器回国，然后想象他归国途中在海上航行的情状，并抒写别后的相思之情。

此诗是一首五言排律，共十二句，前四句写日本与唐相距遥远，有万里海洋阻隔，其中前两句从中国的方面说，后两句从日本的角度看，说明不管是来唐还是归国都不易，语中暗示了友人渡海回国的险难。中四句接写友人归程中航海的景况，其中“鳌身”一联，以想象、夸张之笔，虚构了身体能把天空遮黑的巨鳌和双眼放射红光的大鱼两种动物，渲染出海上航行的奇诡与艰危，流露出诗人对友人安全的担忧，颇使本诗增色。清王寿昌《小清华园诗谈》卷下说："王右丞之'鳌身映天黑，鱼眼射波红'，……一韵之响，遂能振起百倍精神，此又不可不知者。"所言很有道理。诗序中第二段云："鲸鱼喷浪，则万里倒回；鹢首乘云，则八风却走。扶桑若荠，郁岛如萍。沃白日而簸三山，浮苍天而吞九域。黄雀之风动地，黑蜃之气成云。淼不知其所之，何相思之可寄？"这段描写，亦多用想象、夸张之笔，堪称与这联诗同臻工妙。诗的末四句写别后天各一方，音信难通，话里蕴含着对友人的无限思念之情。全诗境奇而情浓，表现了中日友人之间的真诚友谊，是出色的送行之作。

送张判官赴河西[1]

单车曾出塞[2]，报国敢邀勋？
见逐张征虏[3]，今思霍冠军[4]。
沙平连白雪，蓬卷入黄云[5]。
慷慨倚长剑[6]，高歌一送君。

顾可久曰："雄浑。"（《唐王右丞诗集注说》卷五）

[注释]

[1]判官：见卷六《凉州赛神》注[1]。河西：即河西节度，景云元年（710）始置。统八军三守捉，屯凉、肃、瓜、沙、会五州之境，治凉州（今甘肃武威），兵七万三千人。按，《旧唐书·吐蕃传》曰："及潼关失守（安禄山军陷潼关），河洛阻兵，于是尽征河（西）、陇（右）、朔方之将、镇兵入靖国难，谓之行

营，曩时军营边州无备预矣。”《资治通鉴》至德元载七月载：征河西、安西边兵赴行在；二载二月载：“上至凤翔旬日，陇右、河西、安西、西域之兵皆会。”是安史之乱发生后，边兵大量内调，此诗写送人赴河西从军，或当作于安史之乱前。 [2]“单车曾出塞”二句：谓你曾单车独行到边塞，这是为了报国，岂敢邀功求赏？ [3]见（xiàn）逐：现在追随。张征虏：三国蜀将张飞，官征虏将军。史载飞“雄壮威猛，亚于关羽，魏谋臣程昱等咸称羽、飞万人之敌也”（见《三国志·蜀书·张飞传》）。此借指猛将。 [4]霍冠军：即西汉名将霍去病。以其尝封冠军侯，故称。霍前后凡六击匈奴，斩获十余万人，立下赫赫战功。事见《史记》本传。“今”，《文苑英华》卷二九九作“令”。 [5]蓬：蓬草。其根短，秋枯时，风卷而飞。 [6]倚长剑：拄长剑。李白《发白马》：“倚剑登燕然，边烽列嵯峨。”或释为佩长剑。《文选》江淹《杂体诗三十首·鲍参军戎行》“倚剑临八荒”，李周翰注：“倚，佩也。”

[点评]

这首送友人出塞的诗，抒发了出塞的豪情。首联即直入题旨，写被送者出塞，完全是为了报国，这一起笔，可谓调高入云，志气昂扬。接下第三句说被送者所追随的是威猛如张飞的将军，这暗示他已具有在边地立功的条件，第四句说被送者又思慕西汉名将霍去病，这表明他有立功边地的强烈愿望。下面五、六句写景，勾画出一幅边地沙漠辽阔荒凉的图画；作者把出塞者放在这样一个背景里，有力地烘托了他们不怕艰难困苦的豪迈情怀。末联写慷慨高歌，送别友人，同样是调高入云。这首诗除鼓励和赞扬友人出塞报国外，也寄寓了作者自己慷慨报国的壮志豪情。在感情的表现上，此诗有别于《使至塞上》的“用景写意”，而更多地采用直接抒发的方式。全诗格调高昂，气势雄壮，是王维边塞诗中的佳作之一。

送岐州源长史归

同在崔常侍幕中，时常侍已殁[1]

握手一相送，心悲安可论？
秋风正萧索[2]，客散孟尝门[3]。
故驿通槐里[4]，长亭下董原。
征西旧旌节[5]，从此向河源。

吴乔曰：“‘秋风正萧索，客散孟尝门。’十字抵一篇《别赋》。”（《围炉诗话》卷三）

[注释]

[1] 此诗作于开元二十六年（738）秋，时作者已离开河西幕府，回到长安任职。岐州：治所在今陕西宝鸡凤翔区。长史：官名，唐制，上、中州各置长史一人（上州从五品上，中州正六品上），掌协助州刺史处理政务。归：指归岐州。崔常侍：即崔希逸。希逸开元二十四年秋迁河西节度副大使知节度事，带朝衔左散骑常侍，宪衔御史中丞，二十六年五月改任河南尹，“自念失信于吐蕃，内怀愧恨，未几而卒”。（参见王维《为崔常侍祭牙门姜将军文》、《旧唐书・牛仙客传》、《新唐书・玄宗纪》、《资治通鉴》卷二一四）。所谓“失信于吐蕃”，是指希逸曾与吐蕃大将乞力徐订盟，各去守备，互不侵犯；后内给事赵惠琮自欲求功，矫诏令希逸袭吐蕃（事在开元二十五年），希逸不得已而出兵，大破之。

常侍，唐门下省置左散骑常侍二人，中书省置右散骑常侍二人，掌侍奉规讽，备顾问应对。此处为希逸所带朝衔，非实职。王维自开元二十五年夏至二十六年夏，在河西崔希逸幕中，时源长史亦在幕中。“同”，此字上赵本多“源与余”三字。 [2] 萧索：凄凉。 [3] 客散孟尝门：指希逸离任和辞世后，幕府僚属已四散。孟尝，孟尝君田文，齐人，战国四公子之一。曾相齐，门下养贤士食客数千人。事见《史记·孟尝君列传》。此处以孟尝君喻崔希逸。 [4]“故驿通槐里”二句：谓源长史此去通向槐里旧驿，沿驿道走往堇原。盖写源自长安还岐州途中经行之地。槐里，汉县名，见《汉书·地理志》。唐时属京兆府兴平县，在今陕西兴平东南。又为驿名，《长安志》卷一四：“槐里驿在（兴平县）郭下，东至咸阳驿四十五里，西至武功驿六十五里。”长亭，古时在驿道两旁，每隔十里设一亭，为官吏与旅客往来停留止息之所，且负有维持社会治安及邮传之职责。汉时设“十里一亭”“五里一邮”，后又变为十里一长亭、五里一短亭。堇（jǐn）原，《全唐文》卷二五八苏颋《扬州大都督长史王公神道碑》：“卜葬于京兆咸阳洪渎原，礼也。周之堇原，汉之槐里，丹碑已刻，青椟成行。”玩苏文之意，堇原、槐里，皆当在唐代洪渎原的范围之内。宋之问《鲁忠王挽词三首》其一：“日惨咸阳树，天寒渭水桥。”其二：“人悲槐里月，马踏槿（当作堇）原霜。别向天京北，悠悠此路长。”诗写鲁忠王出殡队伍往咸阳方向而去，其葬地估计也当在洪渎原。洪渎原在咸阳西北，又称咸阳原、毕原，“南北数十里，东西二三百里”，“西起武功，东尽高陵”。（参见《元和郡县图志》卷一、《类编长安志》卷七、《关中胜迹图志》卷二）“堇”，明本、《全唐诗》、赵本作“槿”。 [5]“征西旧旌节”二句：谓崔常侍留下的河西节度使旌节，从此将朝着极西边的黄河源头进军。征西，河西节度使掌管唐西部边地的防务，故称“征西”。又汉魏将军之名号有“征西”。旌节，唐节度使的信物。《新唐书·百官志》：“（节度使）辞日，赐双旌双节。行则建节，树六纛。”时崔希逸已离任并辞世，故云“旧旌节”。河源，黄河之源。古代关于黄河之源，有多种不同说法。《史记·大宛列传》：“于阗之西，则水皆西流。……其南，则河源出焉。”《汉书·张骞传》：“汉使穷河源，……天子案古图书，名河所出山曰昆仑云。”《文选》江淹《杂体诗三十首·左记室咏史》：“当学卫霍将，建功在河源。”刘良注：“河源，即西域。”“旌节”，宋蜀本作“从此”，据麻沙本、元本、明本等改。“从此”，宋蜀本作“旌节”，据麻沙本、元本、明本等改。

[点评]

这首送别诗所送之人，原是作者在河西崔希逸幕中任职时的同僚。诗中蕴含的感情丰富而复杂，首二句直抒心声，表现与朋友兼同僚别离的忧伤，清黄培芳说：“起便情深。”（《唐贤三昧集笺注》卷上）甚是。三、四句转而从与朋友的同僚关系方面着笔，清吴乔说：“叶文敏公骤卒于京师，门下士皆辞馆去，余偶诵右丞‘秋风正萧索，客散孟尝门’，不胜悲感。此是送别，然移作哀挽尤妙。”（《围炉诗话》卷三）这时候崔希逸已卒，幕中僚佐四散，这两句诗确有对崔的哀挽怀念之意，还含有崔卒后作者的失落感。五、六句转写朋友别后将还岐州途中的经行之地，与首二句相呼应。末二句又转承三、四句而言，慨叹崔卒之后，河西的未来将发生变化。崔节度河西，以睦邻安边为宗旨，王维《送怀州杜参军赴京选集序》云：“猗元帅（指希逸）之理也，行有赍育，铁马成群，而雄戟罕耀，角弓载橐，秉王者师，不邀奇功。”谓崔治河西，兵强马壮而不炫耀武力，不求奇功，唯务安定边疆；他与吐蕃订立互不侵犯盟约，也可证明这一点。在这两句诗中，流露出诗人对崔的崇仰推重与对其边策的赞同，同时预言未来河西的边策将发生变化。史载开元末至天宝初，王倕为河西节度使，曾发动过比开元二十五年（737）崔袭吐蕃之战规模要大得多的战争，说明作者在这首诗里说的话，具有预见性。

陆时雍曰：“语老情深，遂为千古绝调。”（《唐诗镜》卷一〇）

邢昉曰：“风韵超凡，声情刺骨，自尔百代如新，更无继者。”（《唐风定》卷二一）

赵翼曰：“李太白‘今人不见古时月，今月曾经照古人’，王摩诘‘劝君更尽一杯酒，西出阳关无故人’，至今犹脍炙人口，皆是先得人心之所同然也。”（《瓯北诗话》卷一一）

送元二使安西[1]

渭城朝雨裛轻尘[2]，客舍青青柳色新[3]。
劝君更尽一杯酒，西出阳关无故人。

［注释］

[1] 此诗疑当作于安史之乱前，说见《送张判官赴河西》注[1]。此诗又名《渭城曲》，郭茂倩曰：“《渭城》一曰《阳关》，王维之所作也。本送人使安西诗，后遂被于歌。刘禹锡《与歌者诗》云：‘旧人唯有何戡在，更与殷勤唱《渭城》。’白居易《对酒诗》云：‘相逢且莫推辞醉，听唱《阳关》第四声。’《阳关》第四声，即‘劝君更尽一杯酒，西出阳关无故人’也。《渭城》《阳关》之名，盖因辞云。”（《乐府诗集》卷八〇）按，《渭城曲》又谓之《阳关三叠》，盖二、三、四句皆叠唱，故称。苏轼《仇池笔记·阳关三叠》曰：“旧传《阳关》三叠，今歌者每句再叠而已，若通一

首又是四叠，皆非是。每句三唱以应三叠，则丛然无复节奏。有文勋者，得古本《阳关》，每句皆再唱，而第一句不叠，乃知唐本三叠如此。乐天诗云：'相逢且莫推辞醉，听唱《阳关》第四声。'第四声者，'劝君更尽一杯酒'也。以此验之，若第一句再叠，则此句为第五声，今为第四声，则第一句不叠审矣。""送元二使安西"，《乐府诗集》《全唐诗》作"渭城曲"，《诗人玉屑》卷二作"赠别"。 [2] 渭城：地名。汉改秦咸阳县为新城县，不久又改为渭城县（见《汉书・地理志》），至唐时，属京兆府咸阳县辖地，在今陕西咸阳东北。裛（yì）：亦作"浥"，湿润。 [3]"柳色新"，宋蜀本作"柳色春"，据元本、明本、赵本、《文苑英华》卷二九九、《诗人玉屑》改；《全唐诗》作"杨柳春"。

[点评]

此诗为送友人出使安西而作，以其"气度从容，风味隽永"（黄生《增订唐诗摘钞》卷四），情深意长，曾被历代诗评家（如刘辰翁、胡应麟、黄生、王士禛等）誉为唐人七绝的压卷之作。诗的首联，先写别地与别景，元二赴安西，疑走古丝绸之路东段的北道（又称萧关道，参见卷六《使至塞上》注释），故在渭水北岸的渭城送别；这联说，渭城早晨的雨湿润了飞尘，旅舍前一片碧绿，柳色清新；春色明媚，路上无尘，正适宜远行，在这两句诗里，隐含着对友人出塞的安慰与祝愿；而描写新柳，又暗示惜别之意。诗的后两句接写别情，"惜别意悠长不露"（顾可久《唐王右丞诗集注说》卷五），含蕴无穷。"劝君更尽一杯酒"，可见饯别宴上客人已经酒酣，主人仍舍不得他离开，留他再喝干一杯；"西出阳关无故人"，说明友人要去的地方极为遥远、荒凉，人迹罕至，所以没有故人。明李东阳《麓堂诗话》评论这两句诗说："王摩诘'阳关无故人'之句，盛唐以前所未道。此辞一出，一时传诵不足，至为三叠歌之。后之咏别者，千言万语，殆不能出其意之外。"这段话很有道理，我们从这短短的两句诗中，确乎不仅可以体味出诗人对友人难分难舍的惜别之情，还能感受到他对即将远赴绝域的友人的担心、关怀之意。然而此种深长情意，诗中又并未说破，所以十分耐人寻味。清张谦宜《絸斋诗谈》卷五评论这两句诗说："凡情真以不说破为佳。"甚是。尤其难能可贵的是，这两句诗又极其平易、自然，似乎信手拈来，"自是口语而千载如新"（胡应麟《诗薮》内编卷六），所以至今犹脍炙人口。此诗在唐时就广为流传，是离别时常被歌唱的送行之歌。

方东树曰："起破题明切。中四分写嵩山远、近、大、小景，奇警入妙。收亦奇气喷溢，笔势宏放，响入云霄。"（《昭昧詹言》卷一六）

沈德潜曰："（'山压'二句）奇境非此奇句，不能写出。"（《唐诗别裁》卷一三）

送方尊师归嵩山[1]

仙官欲住九龙潭[2]，旄节朱幡倚石龛[3]。
山压天中半天上[4]，洞穿江底出江南[5]。
瀑布杉松常带雨，夕阳彩翠忽成岚[6]。
借问迎来双白鹤[7]，已曾衡岳送苏耽？

［注释］

[1] 尊师：对道士的敬称。嵩山：中岳，在今河南登封北。 [2] 仙

官：谓神仙有职位者。《太平广记》卷三引《汉武内传》：“阿母必能致汝于玄都之墟，……位以仙官。”此指方尊师。九龙潭：在嵩山东峰太室山东岩之半。《［嘉庆］大清一统志》卷二〇五：“九龙潭，在登封县太室山东岩之半。……山巅诸水，咸会于此，盖一大峡也。峡作九叠，每叠结为一潭，递相灌输，深不可测。”“住”，麻沙本、元本、明本等作“往”。 [3] 旄节朱幡：指方尊师的仪仗。旄节，以竹为节（符节），上缀以牦牛尾。幡，长幅直挂的旗。石龛：供奉神佛的小石室。按，嵩山有太室、少室二山，皆因其上各有石室而得名。此处“石龛”即指嵩山石室。“旄”，宋蜀本作“毛”，据麻沙本、元本、《全唐诗》等改。 [4] 山压天中：谓嵩山坐镇于天下的中央。压，镇。半天上：言嵩山高达半空之上。 [5] 洞穿江底出江南：意谓九龙潭的窟窿穿过长江江底通到了江南。极言九龙潭之深邃奇诡，神秘莫测。洞，指九龙潭。 [6] 夕阳彩翠忽成岚：意谓夕阳中鲜艳翠绿的山峦忽然被雾气笼罩。岚，雾气。“彩”，《全唐诗》作“苍”。 [7] “借问迎来双白鹤”二句：意谓请问尊师迎来的一双白鹤（疑是时空中恰有一双白鹤飞过），是以往曾在衡山送过苏耽升天的吗？谓有白鹤迎请尊师归嵩山，又隐指尊师将得道成仙。苏耽，古仙人。《水经注·耒水》：“《桂阳列仙传》云：‘（苏）耽，郴县（今湖南郴州）人，少孤，养母至孝。……即面辞母云：受性应仙，当违供养。涕泗又说：年将大疫，死者略半，穿一井饮水，可得无恙。’”《太平广记》卷一三引《洞仙传》所记苏耽事迹，与《桂阳列仙传》略同。又《神仙传》卷九载：“苏仙公者，桂阳（郡名，治所在湖南郴州苏仙区）人也。……先生洒扫门庭，修饰墙宇。友人曰：‘有何邀迎？’答曰：‘仙侣当降。’俄顷之间，乃见天西北隅紫云氤氲，有数十白鹤飞翔其中，翩翩然降于苏氏之门，皆化为少年。……先生敛容逢迎，乃跪白母曰：‘某受命当仙，被召有期，仪卫已至，当违色养。'即便拜辞。……耸身入云，紫云捧足，群鹤翱翔，遂升云汉而去。"按，据诸书所载事迹，苏耽、苏仙公当为一人。衡岳，南岳衡山，在湖南衡山县西北，其地据湖南郴州不远，此处盖以衡岳借指苏耽所居之地。

[点评]

此诗写送道士归嵩山，却从道士回到嵩山后的景象着笔，颇为奇特。首二句说，尊师就要住到九龙潭去，您的旌节朱幡倚着嵩山的石室，写出了道士住到嵩山后的情景。中四句写嵩山景色，其中"山压"二句，意奇、境奇、语奇，想象亦奇，表现了嵩山上景物的诡异、神秘；"瀑布"二句形象活跃飞动，写出了高山上景色的变幻。末二句方及送行，由天空中飞过的白鹤，思及它将迎请道士归山（仙人骑白鹤），又连上苏耽之典，隐指道士归山后将成仙。仙境神秘难测，中二联对嵩山景色的描绘，正与此意相呼应。由此诗的景物描写，大抵可说明，王维的山水诗，"并非局于幽寂的一隅，它们活泼的生机，新鲜的气息，与整个时代的脉搏是和谐一致的"（林庚《唐诗综论·唐代四大诗人》）。

顾可久曰："意多含蓄，时政必有不轻徭薄税者。"（《唐王右丞诗集注说》卷五）

送元中丞转运江淮[1]

薄赋归天府[2]，轻徭赖使臣[3]。
欢沾赐帛老[4]，恩及卷绡人。

去问珠官俗[5]，来经石劫春[6]。
东南御亭上[7]，莫使有风尘。

周珽曰："临岐赠言，响逾金石。"(《删补唐诗选脉笺释会通评林·盛五律》)

[注释]

[1]元中丞：元载。《旧唐书·元载传》："载智性敏悟，善奏对，肃宗嘉之，委以国计，俾充使江淮，都领漕輓之任，寻加御史中丞（御史台副长官，正五品上）。数月征入，迁户部侍郎、度支使并诸道转运使。"《资治通鉴》肃宗上元二年（761）建子月（十一月）："丁亥，贬（刘）晏通州刺史……。戊子，御史中丞元载为户部侍郎，充句当度支、铸钱、盐铁兼江淮转运等使。载初为度支郎中，敏悟善奏对，上爱其才，委以江淮漕运（即任江淮转运使），数月，遂代刘晏，专掌财利。"据以上记载，知元载始为江淮转运使兼御史中丞，在上元二年十一月之前数月，本诗即作于是时。转运江淮：指任江淮转运使。本诗亦载《钱考功集》卷五，《全唐诗》卷一二六、卷二三七重见王维与钱起名下。按，上元二年十一月之前数月，维尚未卒（维卒于上元二年七月），有可能作此诗；又据傅璇琮考证，上元二年钱起在蓝田为县尉（见《唐代诗人丛考·钱起考》），不大可能在长安作此送别诗，且王维集宋元诸刻俱录此诗，故其撰人当属王维。 [2]归天府：指将江淮的赋税收归朝廷的府库。江淮转运使负责转运江淮租赋入京，故云。天府，指朝廷的府库。"赋"，麻沙本、元本、明本作"税"。 [3]轻徭赖使臣：意谓减轻徭役要依仗您这位到江淮去的使臣。转运使所掌通水陆道路、转运粮米等事，皆需征发役夫任之，故云。 [4]"欢沾赐帛老"二句：意谓须让欢乐沾上高龄的老者，恩惠及于水中的鲛人。盖指优遇老者，恩及异类。赐帛老，《汉书·文帝纪》："（诏曰：……）具为令。有

司请令县道（颜师古注：‘有蛮夷曰道。’），……其九十已上，又赐帛，人二匹，絮三斤。”卷绡（xiāo）人，指鲛人。《文选》左思《吴都赋》：“泉室潜织而卷绡。”刘渊林注：“俗传鲛人从水中出，曾寄寓人家，积日卖绡（薄绢）。” [5] 珠官：即合浦郡，治所在今广西合浦县东北。《三国志・吴书・孙权传》：“（黄武）七年，……改合浦为珠官郡。”《旧唐书・地理志》：“合浦，汉县，属合浦郡。秦之象郡地，吴改为珠官。”按，珠官距江淮甚远，此处盖借指沿海之地。“珠”，《钱考功集》作“殊”。 [6] 来经石劫春：言返回将经历石劫逢春生花的奇观。石劫，介壳动物，又作石蛣。《文选》郭璞《江赋》：“石蛣应节而扬葩。”李善注：“《南越志》曰：‘石蛣形如龟脚，得春雨则生花，花似草华。’”《艺文类聚》卷七七引江淹《石劫赋序》曰：“石劫一名紫嚣，蚌蛤类也，春而发华，有足异者。”按，石劫春时盛生，每潮来，壳中即伸出众多细脚以攫食，其状如聚蕊，古人遂误以为花。“经”，凌本作“看”。“石劫”，《钱考功集》作“几却”。“春”，凌本作“城”。 [7]“东南御亭上”二句：意谓在东南方御亭驿一带，切不要让它有战乱发生。御亭，驿名。《太平寰宇记》卷九二：“御亭驿在（常）州东南百三十八里。《舆地志》：御亭在吴县西六十里，吴大帝所立。梁庾肩吾诗云：‘御亭一回望，风尘千里昏。’即此也。开皇九年置为驿，十八年改为御亭驿，李袭誉改为望亭驿。”梁庾肩吾《乱后行经吴御亭》：“御亭一回望，风尘千里昏。……獯戎鲠伊洛，杂种乱镮辕。”此二句即承庾诗之意，言此去莫使东南有兵马之祸。按，据《资治通鉴》卷二二一、卷二二二载，自上元元年十一月至二年二月，江、淮有刘展（原宋州刺史）之乱，扬、润、升、苏、常、湖、宣、濠、楚、舒、和、滁、庐诸州，皆为展军所陷，“安史之乱，乱兵不及江、淮，至是，其民始罹荼毒矣”。二句疑就此事而言。“御”，宋蜀本作“高”，据《全唐诗》、赵本改;《钱考功集》作“卸”,误。

[点评]

本诗为送元载赴江淮转运使之任而作,诗中对元载寄予了轻徭薄赋、安定江淮的厚望。从这首诗中,我们可以看出,诗人受到了儒家“仁政”思想的较深影响。诗人作此诗时,官尚书右丞(正四品下),地位、资历、年龄都高于元载(载于开元二十九年方登第,出为江淮转运使之前官度支郎中,从五品上),故有“莫使有风尘”这样的语气。由这点也可测知,本诗不大可能为钱起所作,因为钱起在当时的地位、资历都远不如元载(起于天宝九载方登第,时居县尉的卑位),不会用“莫使有风尘”这样的语气说话。元载后来阴结宦官李辅国、董秀,获取了相位,于是专权纳贿,挤遣忠良,恣为不法,但这一切都是王维卒后的事了。本诗大概是王维的绝笔之作(王集中找不到写作时间比本诗更晚的诗)。在王维最早的一首诗《过始皇墓》中,作者对秦始皇耗尽民力、奢侈造墓的行为,作了讽刺,本诗所表露的思想,与《过始皇墓》正好一脉相承,这说明儒家的“仁政”思想,是王维一生始终遵奉的。

王尧衢曰:“送友归山,而先为问答之词,其用意在结句。盖白云无尽,山中之乐亦自无尽,以视世之富贵功名、希宠怙势,何者不有尽期?知得此意,则归卧南山,可以萧然于世味矣。”(《唐诗合解笺注》卷一)

送 别

下马饮君酒[1],问君何所之[2]?

君言不得意，归卧南山陲[3]。
但去莫复问[4]，白云无尽时。

[注释]

[1] 饮（yìn）君酒：拿酒请君饮。 [2] 之：往。 [3] 南山陲：终南山边。 [4] 但去莫复问：意谓你只管前去，别的什么都不要再问了。“问”，麻沙本作“闻”。

[点评]

此诗为送友人归山隐居而作。诗写得平平淡淡，如话家常，但词淡意浓，语浅情深，有余味不尽之妙。友人自言不得意，想要归隐南山，诗人不仅不加劝阻，反而说“但去莫复问”，好像仕途的失意不过是生活中极平常的事，不值得大惊小怪。但在这种支持归隐的坚决态度中，也隐含着诗人对现实政治的不满与感慨，所以明锺惺评论此诗末二句说：“感慨寄托，尽此十字，蕴藉不觉。深味之，知右丞非一意清寂，无心用世之人。”（《唐诗归》卷八）又，“白云无尽”，盖隐用“山中何所有？岭上多白云。只可自怡悦，不堪持寄君”（南朝梁陶弘景《诏问山中何所有赋诗以答》）诗意，则“白云无尽，足以自乐，勿言不得意也”（沈德潜《唐诗别裁》卷一）。“盖白云无尽，山中之乐亦自无尽”，较之富贵功名之岂能常保、不能无尽，岂非犹胜一筹？故隐居山中，潇洒过活，“勿言不得意也”。这结句是对友人的一种安慰和体贴，同时也流露出诗人对隐逸生活的向往之情。

淇上送赵仙舟[1]

相逢方一笑，相送还成泣。
祖帐已伤离[2]，荒城复愁入[3]。
天寒远山净，日暮长河急。
解缆君已遥[4]，望君犹伫立[5]。

贺裳曰："写得交谊蔼然，千载之下，犹难为怀。"（《载酒园诗话》又编）

徐增曰："摩诘诗妙在不设色而意自远，画中之白描高手。"（《而庵说唐诗》卷二）

[注释]

[1] 本诗作于淇上，时间约在开元十五年（727）或十六年暮秋（参见拙作《王维年谱》）。赵仙舟：据岑参《临洮泛舟赵仙舟自北庭罢使还京》诗（作于天宝十三载，说见拙作《岑参集校注》修订本），可知赵乃开元、天宝时人。"淇上送赵仙舟"，宋蜀本作"齐州送祖三"，《河岳英灵集》卷上、《唐文粹》卷一五上、《唐诗纪事》卷一六作"淇上别赵仙舟"，《国秀集》卷中作"河上送赵仙舟"，此据《文苑英华》卷二八六改。按，王维集中已另有《齐州送祖三》七绝一首。 [2] 祖帐：谓饯席。祖，出行时祭路神，因设宴而饮。"帐"，《河岳英灵集》《国秀集》《唐诗纪事》作"席"。 [3] 荒城复愁入：谓送走友人后，自己愁于独入这草木凋零的城镇。 [4] 解缆：解开系船的缆绳。君已遥：谓水流急，船行甚速。 [5] 伫立：久立。"犹"，《国秀集》《文苑英华》《唐文粹》作"空"。

[点评]

这是一首颇为感人的送别诗。首联写才逢又别，倍感伤情，才逢之笑与又别之泣形成对照，在悲喜之情的急速变化中，让人们感受到朋友间离合的无常。这一联的写出，还使得“下‘望君’句，愈觉黯然”（沈德潜《唐诗别裁》卷一）。二联直抒离筵上的惜别及别后的怅惘之情。三联描写别时之景：天寒气清，远山空旷、明净；日暮时分，长长的淇河水流湍急。这联善用白描手法写景寓情，以景物形象烘托友人离去给自己造成的空虚、落寞之感与怅惘、凄楚之情，使全诗为之生色。如其中着一“急”字，非但描状，而且传声，既写了水流的无情，又烘托出心绪的缭乱。末联写友人的船已远去，自己犹伫立怅望，更表现出对友人的无限深情。钱锺书先生说：“‘瞻望勿及，伫立以泣。’（《诗·邶风·燕燕》）按宋许顗《彦周诗话》论此二句云：‘真可以泣鬼神矣！’……唐王维《齐州送祖三》：‘解缆君已遥，望君犹伫立。’又《观别者》：‘车徒望不见，时见起行尘。’……亦皆远绍《燕燕》者。”（《管锥编》）所论甚是。全诗情溢于辞，堪称“客中送客，情景惨然，悲调之佳者”（周敬、周珽《删补唐诗选脉笺释会通评林·盛五古一》）。

赵殿成曰：“诗中复二‘泉’字、三‘山’字，凡十二见地形，竟无太守意，古人不以为病。李于鳞选唐诗，去取极刻，亦登此首，则诗之所尚，概可知矣。彼吹毛索垢者，必执一例以绳古人之诗，又安能得佳构于牝牡骊黄之外哉！”（《王右丞集笺注》卷一二）

送李太守赴上洛[1]

商山包楚邓[2]，积翠霭沉沉[3]。
驿路飞泉洒[4]，关门落照深[5]。
野花开古戍，行客响空林。
板屋春多雨[6]，山城昼欲阴。

丹泉通虢略[7]，白羽抵荆岑。
若见西山爽[8]，应知黄绮心。

[注释]

[1] 上洛：唐郡名，治所在今陕西商洛。《旧唐书·地理志》："商州，……天宝元年，改为上洛郡。乾元元年，复为商州。"据此，本诗或当作于天宝年间，今姑系于天宝末。 [2] 商山包楚邓：谓商山之大包容了楚地的邓州。商山，在陕西商洛市东南。楚邓，唐邓州（今河南邓州），春秋时属楚地；又，春秋邓国（今湖北襄阳北），公元前678年为楚所灭，故称。 [3] 积翠：指山上青翠的草木。霭沉沉：茂盛貌。 [4] 驿路：驿站车马行走的大路。 [5] 关：疑指峣关。在陕西蓝田县东南，因临峣山而得名。《元和郡县图志》卷一："蓝田关在（蓝田）县南九十里，即峣关也。"峣关为李自长安赴上洛途中必经之地。深：指历时久。 [6] "板屋春多雨"二句：谓木板房又遇上春天多雨的季节，群山中的郡城白昼时就像阴天一般。板屋，木板房。此写上洛民俗多以木板为屋。《诗·秦风·小戎》："在其板屋，乱我心曲。"山城，上洛郡城居群山中，故云。欲，犹如，似（参见王锳《诗词曲语辞例释》）。 [7] "丹泉通虢（guó）略"二句：写上洛周围的地理形势，意谓从远古时的丹泉可通往虢略镇，由春秋时的白羽能抵达荆山。丹泉，即丹渊（避李渊讳改为泉）。《汉书·律历志下》："（尧）让天下于虞，使子朱处于丹渊为诸侯。"丹渊故地，即秦汉时的丹水县（见《史记·五帝本纪》正义），在今河南淅川县西。虢略，地名，在今河南灵宝。《后汉书·郡国志》："陆浑（今河南嵩县东北）西有虢略地。"白羽，地名，故址在今河南西峡县。荆岑，王粲《登楼赋》："平原远而极目兮，蔽荆山

之高岑。”荆山，在今湖北南漳县西。岑，小而高的山。 [8]“若见西山爽”二句：意谓如果见到商山清朗的自然景象，应该就知道夏黄公和绮里季的心性了。西山爽，《世说新语·简傲》：“王子猷（徽之）作桓车骑（冲）参军。桓谓王曰：‘卿在府久，比当相料理。’初不答，直高视，以手版拄颊云：‘西山朝来，致有爽气。’”爽气，指清朗的自然景象。黄绮，指夏黄公、绮里季，二人与东园公、甪里先生合称商山四皓（四人须眉皆白，故称）。秦始皇时，四皓见秦政暴虐，遂共入商山隐居，以待天下之定。及秦败，高祖闻而征之，不应。后高祖欲废太子（惠帝），吕后用张良计，迎四皓，使辅太子，于是高祖遂辍废太子之议。事见《史记·留侯世家》、《高士传》卷中。

[点评]

这是一首送友人赴上洛郡任太守的诗，写法颇特别，写送别李太守，却几未叙及李太守。李太守要去的上洛郡有商山，所以诗的首联便从商山写起。次联描写自长安至上洛郡途中的幽胜之景，其中三句表现驿路处在幽深的山谷里，有飞泉洒落；四句写峣关在山中高处，关门受夕阳映照的时间长，在这里，诗人的观察何等细致，描写也非常真切。三联写野花在古时驻军的营垒中开放，旅客踩着空林里的落叶发出声响，两句诗就把深山的景象表现了出来。四联接写太守就要抵达的上洛郡城，有很多木板房，大白天也见不到太阳，这两句很善于抓住山城的特点，予以准确表现。五联写上洛周围的地理形势。末联又写商山，与首联相呼应。这联由商山清朗的自然景象，联系到商山四皓的性情，流露出对他们的赞赏之意。清王夫之评此诗说："点染亦富，而终不杂，'驿路'二字便是入题，藏于排偶中，不复有痕。'关门落照深'，灵心警笔。"（《唐诗评选》卷三）所评甚是。

送平澹然判官[1]

不识阳关路[2]，新从定远侯[3]。
黄云断春色，画角起边愁[4]。
瀚海经年到[5]，交河出塞流[6]。
须令外国使，知饮月支头[7]。

李梦阳曰："用字用意，俊逸不凡。"（周敬、周珽《删补唐诗选脉笺释会通评林·盛五律》）

姚鼐曰："此首气不逮'绝域'一首（《送刘司直赴安西》），而工与相埒。"（《五言今体诗钞》卷二）

[注释]

[1] 此诗写送友人赴安西或北庭为判官，写作时间当在安史之乱前，说见《送张判官赴河西》注 [1]。"澹"，麻沙本、元本、明本等作"淡"。 [2] 阳关：见下一诗注 [2]。 [3] 定远侯：即班超，班固之弟。东汉明帝时，奉命出使西域，前后经营西域三十一年，使西域五十余国全部内附，以功封定远侯。事见《后汉书·班超传》。此借指安西（治所在今新疆库车）或北庭（治所在今新疆吉木萨尔县北）节度使。 [4] 画角：见《从军行》注 [2]。"起"，麻沙本、元本作"赴"。 [5] 瀚海：指大沙漠。经年到：极言其地之遥远。"到"，麻沙本、元本作"别"。 [6] 交河：《元和郡县图志》卷四〇西州交河县："交河出县北天山，水分流于城下，因以为名。"唐西州交河县，即汉车师前王国治所交河城，在今新疆吐鲁番西北约五公里处。 [7] 知饮月支头：见《燕支行》注 [16]。

[点评]

此诗写送友人赴安西或北庭从军，首联说被送者不认识进出阳关的道路，乃初次到安西或北庭任职；二、三联接写他就要体验到的安西、北庭一带的景况。“黄云断春色”，是说塞外无春色，那春色好像被天上的滚滚黄云隔断了一般，这句诗颇富启示性，能让读者想象到塞外大漠戈壁一望无际、寸草不生的景象。“画角起边愁”，是说军中呜咽的画角声惹起了戍边者的思乡愁绪。这联上句一个“断”字，下句一个“起”字，都下得好，经过了精心的锤炼而又出以自然，明陆时雍说：“三、四意象深露，自然入妙，所以为佳。”（《唐诗镜》卷一〇）所评不无道理。三联写边地瀚海的辽远与交河的奔流。这中间两联都表现了边地生活的艰苦，情调苍凉、悲壮。末联与《送刘司直赴安西》的尾联意近，都是隐含着安边志向的壮语，清黄培芳说：“收亦最重，此极神旺。”（《唐贤三昧集笺注》卷上）所评是。

沈德潜曰：“一气浑沦，神勇之技。”（《唐诗别裁》卷九）

周敬曰：“结语壮，与《送平澹然》诗同调。”（《删补唐诗选脉笺释会通评林·盛五律》）

送刘司直赴安西[1]

绝域阳关道[2]，胡沙与塞尘[3]。
三春时有雁[4]，万里少行人。
苜蓿随天马[5]，蒲桃逐汉臣。
当令外国惧[6]，不敢觅和亲。

[注释]

[1] 此诗写送友人出使安西，疑当作于安史之乱前，参见《送张判官赴河西》注 [1]。司直：唐大理寺置司直六人，从六品上，掌出使推按。安西：即安西节度，又称四镇或碛西节度。景云元年（710）以安西都护兼四镇经略大使，至开元六年（718）始用节度之号。统龟兹、焉耆、于阗、疏勒四镇，治龟兹城（今新疆库车），兵二万四千。 [2] 绝域：极远的地域。阳关：古关名，西汉置，唐时尚存，故址在今甘肃敦煌西南古董滩附近，与玉门关同为我国古代通往西域的门户。 [3]"沙"，元本、明本、赵本作"烟"。 [4] 三春：春季三个月。 [5]"苜蓿随天马"二句：谓当年苜蓿随着大宛良马进入中国，葡萄跟着汉朝使臣传到汉地。用汉武帝遣李广利伐大宛取良马事，《汉书・西域传》载："大宛左右以蒲陶为酒。……俗耆酒，马耆目宿。宛别邑七十余城，多善马，马汗血，言其先天马子也。……于是天子遣贰师将军李广利将兵前后十余万人伐宛，连四年。宛人斩其王毋寡首，献马三千匹。……宛王蝉封与汉约，岁献天马二匹，汉使采蒲陶、目宿种归。"苜蓿（mù xu），牧草名，原产于西域。天马，指大宛（汉西域国名）良马。蒲桃，又作蒲陶，即葡萄，原产于西域。逐，随。"汉"，凌本作"使"。 [6]"当令外国惧"二句：承上二句而言，谓应当像汉武帝那样令外国畏惧，不敢要求与中国建立和亲关系。觅，求。和亲，谓与边疆异族统治者议和，结为姻亲。汉初对待匈奴即采用和亲之策。

[点评]

"司直"掌出使推按，诗当是为送刘司直出使安西而作。诗的首二句写诗题之"赴安西"，兼及赴安西途中的景色（到处是风沙与飞尘）；三、四句以极简净之笔，表现了安西突出的环境特征：寒冷与荒凉。以上四句诗，概括地叙写了友人此行途程的漫长与艰难，也暗示了他能够克服一切困难完成使命。接下五、六句，回溯了在安西这片土地上发生的重大历史事件：汉武帝在讨伐匈奴取得大胜后，继而通过派遣使臣和出兵，通了西域，使中外经济文化的交流开始了一个新的纪元。末二句以历史映照现实，认为在安西处理汉与诸族诸国的关系，应当像汉武帝那样令外国畏惧，不敢要求与中国和亲。我们知道，西汉初期由于国力尚弱，朝廷对强大的匈奴一直忍让，采取和亲的政策，但结果却是匈奴愈益骄横，连年侵扰边郡，掳掠大量人口财物，所以一味和亲并不可取，虽然和亲有时能够增进民族间的和睦友好。事实上汉武帝对某些西域国家也实行过和亲，但不采取一味和亲的做法。这里王维借谈历史，提出了自己对于边策的主张，也可以说是诗人安定边疆壮志的一个体现。从刘司直的职掌来说，他出使安西，大概是奉命推按某长吏，但作为朝廷使臣，他对边地将领，可能具有一定影响力，所以王维在这首送别诗中向他谈了自己的主张，期望他能在这方面发挥影响。

王维五言律诗中有一种以雄浑胜者，本诗即其一例。清黄培芳评此诗说："此是雄浑一派，所谓五言长城也。"（《唐贤三昧集笺注》卷上）所评是。

送綦毋潜落第还乡[1]

圣代无隐者，英灵尽来归[2]。

遂令东山客[3]，不得顾采薇[4]。
既至君门远[5]，孰云吾道非？
江淮度寒食[6]，京洛缝春衣。
置酒临长道[7]，同心与我违[8]。
行当浮桂棹[9]，未几拂荆扉[10]。
远树带行客[11]，孤城当落晖。
吾谋适不用[12]，勿谓知音稀。

沈德潜曰："反复曲折，使落第人绝无怨尤。"（《唐诗别裁》卷一）

顾璘曰："（末句下）用意厚。"（《唐诗正音》卷二）

[注释]

[1] 此诗约作于开元九年（721）春（说见拙作《王维年谱》）。綦毋潜：盛唐诗人，字孝通，虔州（今江西赣州）人。开元十四年登进士第，曾官校书郎，后弃官归江东。约天宝初，由宜寿尉入集贤院待制，迁右拾遗，终著作郎。事见顾况《监察御史储公集序》、《新唐书・艺文志》、《元和姓纂》卷二。"送綦毋潜落第还乡"，宋蜀本作"送别"，据《河岳英灵集》卷上、《唐文粹》卷一五上、《全唐诗》改；《文苑英华》卷二六八作"送别綦毋潜落第"。 [2] 英灵：指杰出的人才。 [3] 东山客：指隐士。东晋谢安曾隐居东山，后因以东山泛指隐者所居之地。 [4] 采薇：周武王灭商后，伯夷、叔齐耻食周粟，隐于首阳山，采薇而食，后饿死。事见《史记・伯夷列传》。此指隐居。薇，草本植物，即野豌豆。 [5] "既至君门远"二句：是说到了京师后，王宫之门远隔没法进入，有谁能说这是你自己的过错？君门，谓王宫之门。《楚辞・九辩》："岂不郁陶而思君兮，君之门以九重。"吾道非，《史记・孔子世家》载：孔子被困于陈、蔡之间，对弟子们说："吾道非耶（我的主张不对吗）？吾何为于此？"此指潜应试落第，并

不是自己的过错。“君”，宋蜀本作“金”，据麻沙本、元本、明本、《河岳英灵集》等改。 [6]“江淮度寒食”二句：是说还乡途中，你将在江淮一带度过寒食节，在洛阳缝制好春天的衣服。寒食，旧以清明前一日或二日为寒食节，届时前后三日不得举火。京洛，指洛阳，洛阳古时历为建都之地，因称京洛。“洛”，《河岳英灵集》《唐文粹》作“兆”。 [7]“临长道”，明本、顾本、凌本作“长安道”，《唐文粹》作“长亭送”。 [8]同心与我违：语本《古诗十九首·涉江采芙蓉》：“同心而离居。”《凛凛岁云暮》：“同袍与我违。”同心，此指知己。违，离。 [9]浮桂棹（zhào）：指归途中乘舟。《楚辞·九歌·湘君》：“桂棹兮兰枻。” [10]拂荆扉：谓掸去陋室的尘垢，以便居住。 [11]“远树带行客”二句：远处的树林领走了旅行的客人，孤零零的城市正遇到落日余晖的映照。“城”，《河岳英灵集》《唐文粹》《全唐诗》作“村”。 [12]“吾谋适不用”二句：意谓只是自己的才华恰好未被赏识，切莫以为朝廷中识才的人稀少。吾谋适不用，借用秦人绕朝的话。《左传》文公十三年载：晋人担心秦国任用士会，设计使秦送士会归晋，秦大夫绕朝察知其情，对士会说：“子无谓秦无人，吾谋适不用也。”知音稀，《古诗十九首·西北有高楼》：“不惜歌者苦，但伤知音稀。”

[点评]

这首诗抒发了对落第友人的关怀体贴、敦励慰勉之意，表明诗人是一个深于友情的人。诗的首四句说，友人是在圣明之世“英灵尽来归”的背景下走出山林，赴京应试的。这四句话里含有两层意思，一层是肯定友人的应试是受到圣世感召的正确之举，另一层是将友人也划入“英灵”，表明他的落第具有偶然性。这些话可以减轻友人下第的失落感，增强他再次赴京应试的信心，既是对友人的一种安慰，也是一种鼓励。第五句“既至君门远”，实际上说的是友人落第，但避用落第之语，以免引起友人的伤感，这说明诗人对友人是非常体贴的。第六句“孰云吾道非”，直接道出落第并不是友人自己的过错，既然如此，那么落第的真正原因自然就是考官不识才了，这话实际上等于再一次强调友人是个“英灵”。接下八句写送别和友人还乡途中所经，从细微处（如回南方宜“缝春衣”等）表现出诗人对友人的体贴、关心。其中“远树带行客”二句，写景抒情俱佳，历来为诗评家所称道，刘辰翁说：“‘带’字画意，‘当’字天然。”（《类笺唐王右丞诗集》卷二）《青轩诗缉》说：“‘带’字‘当’字极佳，非得画中三昧者，不能下此二字。”此二句写城中送别场景：诗人望着友人渐行渐远，没入远树，似乎被远树引领走了；孤城正遇到落日余晖的映照。这两句巧妙地交代了景物一远一近的空间位置，并以孤城落日的昏黄光色，渲染出送别落第挚友的惆怅情绪。诗歌最后以“吾谋适不用”二句作结。此二句正好承接前面五、六两句，是说切莫以为朝中官员多不识才，意在勉励友人不要因这次应试落第而灰心失望，以后还应再次来京应试。这两句正是这首诗的主旨，看似直白，情意却很深厚。

沈德潜曰：“右丞五言律有二种，一种以清远胜，如‘行到水穷处，坐看云起时’是也；一种以雄浑胜，如‘天官动将星，汉地柳条青’是也，当分别观之。”（《唐诗别裁》卷九）

送赵都督赴代州得青字[1]

天官动将星[2]，汉地柳条青[3]。

万里鸣刁斗[4]，三军出井陉。
忘身辞凤阙[5]，报国取龙庭[6]。
岂学书生辈[7]，窗中老一经！

［注释］

[1] 都督：官名，唐时在全国部分州郡设大、中、下都督府，府各置都督一人，掌督诸州军事，并兼任驻在州的刺史。代州：治所在今山西代县。《旧唐书·地理志》："代州中都督府，……督代、忻、蔚、朔、灵五州。……天宝元年，改为雁门郡，依旧为都督府。乾元元年，复为代州。"此诗或是天宝元年代州改为雁门郡之前所作，具体时间不详。得青字：古人相约赋诗，规定若干字为韵，各人分拈韵字，依韵而赋，"得青字"即拈得青字韵。　[2] 天官：指天上的星座。《史记·天官书》司马贞《索隐》："星座有尊卑，若人之官曹列位，故曰天官。"将星：星名。《隋书·天文志上》："天将军十二星，在娄（二十八宿之一）北，主武兵。中央大星，天之大将也。……大将星摇，兵起，大将出。"动将星，即谓将星摇动，大将出征。　[3]"地"，宋蜀本作"沚"，据麻沙本、元本改；明本、顾本、凌本等作"上"。　[4]"万里鸣刁斗"二句：谓万里之外将响起刁斗声，因为唐军就要开赴前线走出井陉。刁斗，古代行军用具。《史记·李将军列传》裴骃《集解》引孟康曰："以铜作鐎器，受一斗（容一斗粮食），昼炊饭食，夜击持行，名曰刁斗。"井陉（xíng），又称土门关、井陉口，在今河北井陉县北井陉山上。《元和郡县图志》卷一七恒州获鹿县："井陉口今名土门口，县西南十里，即太行八陉之第五陉也。四面高，中央下，似井，故名之。"　[5] 忘身辞凤阙：谓赵都督忘我地辞别天子出征。凤阙，汉建章宫"其东则凤阙，高二十余丈"

(《史记·孝武本纪》)。后泛指帝王宫阙。 [6] 龙庭:又称龙城,匈奴单于祭天地鬼神之所。故地在今蒙古国鄂尔浑河西侧的和硕柴达木湖附近。 [7]“岂学书生辈”二句:哪里能学习书生之辈,坐在窗户里老死于一部儒经。“中”,麻沙本、元本、明本等作“间”。“老”,麻沙本、元本作“著”。

[点评]

这首诗为送武将到边地任职而作。其起笔突兀,“有崚嶒之势”(清施补华《岘佣说诗》)。首句仅用“动将星”三字,即概括了兵事起、大将出征和赵出任代州都督三事;次句交代赵都督赴任时的节候。三、四句预想赵到任后,将率军出征,安定边疆,这两句诗写得很有气势,笔力雄健、刚劲。五、六句颂扬赵都督舍身报国的豪情与建功边疆的雄心,同时也透露出诗人自己的志向。末二句既是写赵的思想,也反映了盛唐士人精神风貌的变化,很值得我们注意。唐代科举最主要有进士、明经两科,明经主要考儒家经书,进士也要考帖经,因此凡有意于入仕的书生,无不努力学习儒经;然而唐时科举的道路并不平坦,每有从青年考到老年竟未获一第者,此即诗中所说的“窗中老一经”。诗人认为,到战场上去建功立业,远胜过这种“窗中老一经”。早在初唐时杨炯就说:“宁为百夫长,胜作一书生。”(《从军行》)盛唐诗人岑参也说:“功名只向马上取,真是英雄一丈夫!”(《送李副使赴碛西官军》)这反映了盛唐士人从军报国的热情,和一种新的人生价值取向的建立。同时,它也是盛唐蓬勃向上的时代精神的一种体现。清沈德潜说,王维五律中有一种以雄浑胜者，本诗即其一例（见旁批），所论极是。

临高台送黎拾遗[1]

刘永济曰：“二十字中不明言别情，而鸟还人去，自然缱绻。”（《唐人绝句精华》）

相送临高台，川原杳何极[2]！
日暮飞鸟还，行人去不息。

[注释]

[1] 此诗或黎拾遗至辋川访王维，维送之而归时所作。临高台：汉乐府鼓吹铙歌十八曲之一。《乐府诗集》卷一六引《乐府解题》曰：“古词言：‘临高台，下见清水中有黄鹄飞翻，关弓射之，令我主万年。’若齐谢朓‘千里常思归’，但言临望伤情而已。”黎拾遗：黎昕，见《黎拾遗昕裴秀才迪见过秋夜对雨之作》注[1]。 [2] 川原杳何极：谓原野广远哪有尽头！杳，广远。

[点评]

这首送别诗写离情却无一语言情而只描摹景物，清沈德潜说：“写离情能不露情态。”（《唐诗别裁》卷一九）诗的首二句说，我来到高台上相送，望见原野广远没有尽头。临高送客，盖欲观客人之去远也。三句“日暮飞鸟还”，是说行者已经去远不可见了，送者仍在高台上伫立，此时日已暮矣，鸟儿纷纷飞回自己的巢中。四句“行人去不息”，是说日暮飞鸟尚知回还，而“行人”却还要奔波不息，这话里蕴含的怅惘之情，令人寻绎不尽。明袁宏道评此诗说："景中寓情不尽。"（《新刻李袁二先生精选唐诗训解》卷六）清施补华论此诗云："所谓语短意长而声不促也，可以为法。"（《岘佣说诗》）所评皆极是。

王士禛曰："（首四句）兴来神来，天然入妙，不可凑泊。"（《带经堂诗话》卷一八）

送梓州李使君[1]

万壑树参天，千山响杜鹃[2]。
山中一半雨[3]，树杪百重泉[4]。
汉女输橦布[5]，巴人讼芋田[6]。
文翁翻教授[7]，敢不倚先贤？

纪昀曰："起四句高调摩云，结二句不可解。"（《瀛奎律髓汇评》卷四）

李锳曰："此诗起势尤为斗绝，三句承次句山字，四句承首句树字，一气相生相足，洵杰作也。"（《诗法易简录》卷九）

[注释]

[1]梓州：唐州名，治所在今四川三台县。《旧唐书·地理志》："梓州，……天宝元年，改为梓潼郡。乾元元年，复为梓州。"使君：州郡长官之称。"梓州"，《唐诗正音》卷六作"东川"。按，作"东川"疑后人因乾元后梓州恒为剑南东川节度使治所而妄改。　[2]杜鹃：鸟名，又称子规，传说为古蜀帝杜宇之魂所化。诗写蜀地景物，故提及杜鹃。"千山响"，《文苑英华》卷二六八作"乡音听"。　[3]"半"，明本、顾本、凌本、《全唐诗》作"夜"。　[4]杪（miǎo）：树枝的细梢。　[5]汉女输橦（tóng）布：谓蜀汉妇女缴纳用木棉花织的布。汉女，《文选》左思《蜀都赋》："巴姬弹弦，汉女击节。"汉，公元221年，刘备在蜀称帝，国号汉。橦布，《蜀都赋》："布有橦华，面有桄榔。"刘渊林注："橦华

者，树名橦，其花柔毳（柔毛）可绩为布也，出永昌。”按，橦即木棉树，其种子的表皮长有白色纤维，可织成布。此指蜀地妇女用橦布输官（唐行租庸调法，百姓每年需向官府缴纳一定数量的布匹或丝织物）。“橦”，《瀛奎律髓》卷四、《唐诗正音》作“赍”。 [6] 巴人讼芋田：言巴地百姓常为芋田的事争讼。巴，古国名，战国时为秦所灭，于其地置巴郡，辖境在今四川旺苍县、西充县，重庆永川区、綦江区以东地区。芋田，蜀地多植芋，《史记·货殖列传》：“吾闻汶山之下沃野，下有蹲鸱（大芋，其形类蹲鸱），至死不饥。”晋郭义恭《广志》：“蜀汉既繁芋，民以为资。” [7]“文翁翻教授”二句：意谓文翁治蜀反而对有蛮夷风的百姓进行教育，使君您到任后哪能不追随先贤教化蜀民呢？文翁，西汉人，景帝末为蜀郡太守，仁爱好教化，见蜀地僻陋，有蛮夷风，“文翁欲诱进之，乃选郡县小吏开敏有材者，……亲自饬厉，遣诣京师，受业博士。……又修起学宫于成都市中。……繇是大化，蜀地学于京师者比齐鲁焉”（《汉书·循吏传》）。翻教授，反而进行教育之意。倚，依傍。先贤，指文翁。“敢不”，各本均作“不敢”，赵殿成注：“当是‘敢不’之讹。”今从其说校改。又，沈德潜《唐诗别裁》卷九云：“结意言时之所急在征戍，而文翁治蜀，翻在教授，准之当今，恐不敢倚先贤也。”亦可备一说。

[点评]

此诗为送李使君入蜀为官而作，前四句写李使君欲往之地的奇胜之景，非常精彩、出色。其中“万壑”二句，音调嘹亮，极富气势，清朱庭珍评其为“高格响调，起句之极有力、最得势者”（《筱园诗话》卷四）。“山中”二句，“分顶上二语而一气赴之（三句承次句山字，四句承首句树字），尤为龙跳虎卧之笔。此皆天然入妙，未易追摹”（沈德潜《说诗晬语》卷上）。“山中一半雨”，谓蜀山幽深广大，晴雨相半，写出了蜀地山川雨季的特色。“树杪百重泉”，画面中有远近层次，富于立体感，是用画家的眼睛观察景物所得的印象（传统中国画即将高远处的瀑泉画在近低处的树梢上）。这首诗还能准确地捕捉和精妙地描摹大自然的音响，那响彻千山的杜鹃啼鸣，声震层峦的崖巅飞瀑，不但有助于凸显蜀地山川的雄奇，也使全诗的景物形象更活跃生动。此诗前四句写蜀中景物，切李使君所往之“地”；五、六句写与此“地”相联系的民情、风俗，并兼及李使君到任后的职事；末二句希望李到任后施行教化，改变蜀地陋俗，这是对李的一种勉励，又直承五、六句而来，所以全诗的意脉是相通贯的。

关于本诗第三句的异文，自清以来，学者即有一些争议。如钱谦益说：“作‘山中一半雨’，尤佳。盖送行之诗，言其风土，深山冥晦，晴雨相半，故曰‘一半雨’。”（《牧斋初学集》卷八三《跋王右丞集》）叶矫然说：“有别本……‘夜’作‘半’，予却以为不然。‘一夜雨’者，言夜雨滂沱，悬瀑万壑，‘一夜’‘百重’，自为呼应之语。”（《龙性堂诗话》初集）从文意的角度来分析，蜀地深山中的多雨季节，恒有忽晴忽雨、半晴半雨的情况，那时即便“一半雨”，也可能形成“树杪百重泉”的景象；不仅蜀地如此，南方（例如湘西、贵州）山区的雨季，也可能形成这种景象。“一半雨”，写出了蜀地深山雨季的特征。而“一夜雨”，只有添加一个“大”字，理解成一夜大雨滂沱，才可能形成“树杪百重泉”的景象，所以作“夜”，未必优于作“半”。再从版本方面来考察，今存的王集宋元刻本，如宋蜀本、麻沙本、元本，还有《文苑英华》皆作“半”；而明人刻本，如明本、顾本、凌本等，则都作“夜”，故大抵可以说，作“半”近于原著面貌，作“夜”乃系明人所改（明人好改古书）。

送杨少府贬郴州[1]

明到衡山与洞庭[2]，若为秋月听猿声[3]？
愁看北渚三湘客[4]，恶说南风五两轻[5]。
青草瘴时过夏口[6]，白头浪里出湓城。
长沙不久留才子[7]，贾谊何须吊屈平！

顾璘曰：“此篇述迁谪之时，觉道路益远，所遇景物皆成愁寂，已善赋矣。临结又用一故实，番缴公案，用意忠厚，其味深长，它作所无。”（《唐诗正音》卷八）

王寿昌曰：“何谓曲？……王右丞之‘明到衡山与洞庭……’如此深婉，乃为真曲耳。”（《小清华园诗谈》卷上）

[注释]

[1]少府：县尉的别称。郴（chēn）州：唐州名，治所在郴县（今湖南郴州）。 [2]明：谓明日。 [3]若为秋月听猿声：意谓君远谪郴州，路上怎受得住在秋月下听夜猿悲啼？若为，犹言怎堪。 [4]愁看北渚（zhǔ）三湘客：言你愁于看到湘水一带的迁客。北渚，《楚辞·九歌·湘君》：“鼌（朝）骋骛兮江皋，夕弭节兮北渚。”《湘夫人》：“帝子降兮北渚，目眇眇兮愁予。”湘君、湘夫人为湘水之男神与女神，“北渚”盖指湘水之渚（小洲）。此同。三湘，泛指湘水流域一带，见卷五《汉江临泛》注[2]。“看”，麻沙本作“君”。“客”，顾本、凌本、赵本作“近”，《唐

音》卷八、《全唐诗》作“远”。 [5] 恶说南风五两轻：谓害怕说南风大桅杆上的五两变得轻。五两轻，谓风大。南风大，则北上之船航行甚速，然杨谪居郴州，不得北归，故恶说之。五两，古代测风器。用鸡毛五两（或八两）系于高竿顶上，测风的方向和力量。此处指系于桅杆上的五两。 [6]“青草瘴时过夏口”二句：谓料想明春瘴气发生时你就会经过夏口，在长江的白色浪涛里离开湓城北返。青草瘴，《广州记》曰：“地多瘴气，夏为青草瘴，秋为黄茅瘴。”又《番禺杂编》曰：“岭外二三月为青草瘴，四五月黄梅瘴，六七月新水瘴，八九月黄茅瘴。”其说不同。夏口，古城名，故址在今湖北武汉黄鹄山上。湓城，古城名，唐初改为浔阳，在今江西九江。按，杨由郴州还长安，可沿湘水北行抵长江，然后沿江东下，再循汴河北归，故有“过夏口”“出湓城”之语。“出”，《唐诗正音》作“见”。 [7]“长沙不久留才子”二句：谓长沙不会长久留住洛阳才子，贾谊何须作赋凭吊屈原！此以贾谊谪长沙喻杨贬郴州，意谓杨有才德，必不会久留于郴，无须过于自伤。贾谊，西汉洛阳人，年少才高，受到文帝赏识，议授以公卿之位，周勃、灌婴等大臣忌毁之，“于是天子后亦疏之，不用其议，以谊为长沙王太傅。谊既以谪去，意不自得，及渡湘水，为赋以吊屈原。屈原，楚贤臣也，被谗放逐。……谊追伤之，因以自谕（譬）”（《汉书·贾谊传》）。潘岳《西征赋》：“贾生洛阳之才子。”屈平，《史记·屈贾列传》：“屈原者，名平。”

[点评]

这是一首送人远谪南方的诗，首联先从诗题之“贬”字写起，“起联突兀，言郴州从洞庭、衡山而去，一路猿声，贬谪之人何以堪此？”（清黄叔灿《唐诗笺注·唐律诗》卷四）道出友人远谪郴州的愁苦不堪之情，字里行间也流露出诗人对朋友的理解、关心和同情。次联紧承首联，续写远贬之悲，其中第三句说你愁于看到北渚三湘的迁客，盖看到这些迁客，极易想到自己的迁客身份，勾起无尽愁绪也；第四句“不能北归，反恶南风，语妙意曲”（沈德潜《唐诗别裁》卷一三）。三联宽慰友人，说他明春当能北归；末联紧承三联，亦意在安慰友人，清方东树评曰：“收句应有之义，亲切入妙，又切地切贬。重复七地名不忌。”（《昭昧詹言》卷一六）赵殿成也说：“送人迁谪，用贾谊事者多矣，然俱代为悲忿之词，惟李供奉《巴陵赠贾舍人》诗云：‘圣主恩深汉文帝，怜君不遣到长沙。’与右丞此篇结句，俱得忠厚和平之旨，可为用事翻案法。”（《王右丞集笺注》卷一〇）所言不无道理。全诗前半叙今秋，后半写明春，思路跳跃多变，感情的抒发深曲委婉，堪称送别诗中的佳制。

送杨长史赴果州[1]

褒斜不容幰[2]，之子去何之[3]？
鸟道一千里[4]，猿啼十二时[5]。
官桥祭酒客[6]，山木女郎祠。
别后同明月[7]，君应听子规[8]。

张谦宜曰：“（‘鸟道’二句）一直说出，险怪凄凉，味在言外。毛稚黄以为意兴欲尽，非也。”（《絸斋诗谈》卷五）

纪昀曰：“一片神骨，不比凡马空多肉。”（《瀛奎律髓汇评》卷四）

[注释]

[1] 杨长史:《瀛奎律髓》卷四录此诗“长史”下多一“济”字。陈贻焮《王维诗选》说:“《旧唐书·吐蕃传》载:‘永泰二年(766)二月,命大理少卿兼御史中丞杨济,修好于吐蕃。’或即此人。”长史,见《送岐州源长史归》注[1]。果州:唐州名,天宝元年(742)改为南充郡,乾元元年(758)复为果州。治所在今四川南充北。按,唐大理少卿从四品上,御史中丞正四品下;果州唐时为中州,置长史一人,正六品上。依唐代官员迁除常例,济任果州长史,应先于其为大理少卿。疑此诗即作于乾元元年南充郡又改为果州之后、上元二年(761)维卒之前,具体时间难以确考。“史”,宋蜀本作“吏”,据麻沙本、元本、明本等改。 [2] 褒斜:陕西秦岭之山谷。北口曰斜,在眉县西南三十里;南口曰褒,在旧褒城县北十里,长一百七十里,中有栈道以通之,自汉以后即为往来于秦岭南北的重要通道。不容幰(xiǎn):指栈道狭窄容不下车子。幰,车前帷幔,亦指有帷幔的车。庾肩吾《长安有狭斜行》:“长安有曲陌,曲陌不容幰。” [3] 之子:此子。指杨长史。何之:何往。 [4] 鸟道:形容道路险绝难行,唯有飞鸟能过。 [5] 十二时:古代分一昼夜为十二时,以十二地支纪之,称子时、丑时等。“啼”,《瀛奎律髓》、《唐诗品汇》卷六、《全唐诗》等作“声”。 [6]“官桥祭酒客”二句:意谓官道上的桥边是祭完路神上路的旅客,而山林之中有不知其名的女郎的祠庙。官桥,官道上的桥梁。祭酒客,祖道登程的旅客。祭酒,酹酒祭神。此指作祖道之祭(出行时祭路神)。李贺《出城别张又新酬李汉》:“今将下东道,祭酒而别秦。”即此义。女郎祠,《水经注·沔水》载:五丈溪“南注汉水,南有女郎山(按,在旧褒城县境),山上有女郎冢。……山上直路下出,不生草木,世人谓之女郎道,下有女郎庙及捣衣石,言张鲁女也。有小水北流入汉,谓之女郎水”。

又《唐音癸签》卷二一："蜀道艰险，行必有祷祈。女郎，其丛祠之神；客，即祷神之行客也。合两句读之，深无限远宦跋涉之感。有辨女郎为何许人者，都是说梦。""木"，元本作"水"。 [7] 别后同明月：意本谢庄《月赋》："美人迈兮音尘阙，隔千里兮共明月。" [8] 君应听子规：言君至蜀中，应听听子规之啼，从而惹动归思。《唐诗别裁》卷九云："子规叫不如归去，盖望其归也。"子规，鸟名，又称杜鹃、布谷，多出蜀中，传说为古蜀帝杜宇之魂所化。其鸣声凄厉，能动旅人归思，故亦名思归、催归。

[点评]

此诗为送友人入蜀而作。首二句点出友人将走褒斜谷栈道入蜀，话里流露出诗人对友人的关切之情。三、四句说友人途中要走的险峻小路有一千里长，一天十二个时辰都能听到猿猴哀鸣，此二句既是景语，也是情语，褒斜道上的荒落之景与友人的凄怆之情融合为一。五、六句写蜀道上能见到的特异风俗。末二句"说两地别情，凄楚已极，却只以景语出之，寓意俱在言外，笔意高人十倍"（清黄生《增订唐诗摘钞》卷一）。全诗借写蜀道之景来表现离情别绪，非常耐人寻味。

送邢桂州 [1]

铙吹喧京口 [2]，风波下洞庭。
赭圻将赤岸 [3]，击汰复扬舲 [4]。

日落江湖白，潮来天地青。

明珠归合浦[5]，应逐使臣星。

黄生曰："三、四对法，不衫不履，故五、六振笔狠作一联，此补救之妙。江湖白，形容日之昏也；天地青，形容潮之白也，用意精绝。"(《增订唐诗摘钞》卷一)

黄叔灿曰："五、六白字、青字，奇而稳。"(《唐诗笺注·唐律诗》卷一)

[注释]

[1] 此诗当作于开元二十九年（741）春作者自桂州北归途中，参见卷五《登辨觉寺》注 [1]。邢桂州：赵殿成注谓即桂州都督邢济。按，据《旧唐书·睿宗诸子传》、《新唐书·肃宗纪》、《资治通鉴》卷二二一等载，邢济于肃宗上元（760—761）时为桂州都督；寻绎此诗一、二句之意，此诗应是作者在京口送邢氏赴桂州（今广西桂林）任时所作；考安史之乱后，王维一直在长安任职，上元时正官尚书右丞，不可能远赴京口作此诗，故此诗之邢桂州当非邢济。　[2]"铙吹（náo chuì）喧京口"二句：谓鼓吹乐喧腾于京口，您就要乘风破浪前往洞庭。铙吹，即铙歌，亦曰鼓吹，本军乐，后卤簿、殿庭、道路亦用之。参见《乐府诗集》卷一六"鼓吹曲辞"解题。又，唐时分鼓吹乐为五部，其三即铙吹。参见《乐府诗集》卷二一"横吹曲辞"解题。此谓出发时奏乐。京口，古城名，在今江苏镇江，唐时润州治所设于此。洞庭，洞庭湖。邢氏此行盖自京口溯江而上，过洞庭湖，取道湘水赴桂州。　[3] 赭圻（zhě qí）：古城名，在今安徽芜湖繁昌区西北。《元和郡县图志》卷二八宣州南陵县："赭圻故城，在县西北一百三十里，西临大江，吴所置赭圻屯处也。"将：犹"与"。赤岸：《文选》郭璞《江赋》"鼓洪涛于赤岸"，吕向注："赤岸，山名。"《[嘉庆]大清一统志》卷七三："赤岸山，在六合县（今江苏南京六合区）东南四十里。"山南临长江，土石皆赤。赤岸与赭圻皆邢氏溯江西行途中必经之地。　[4] 击汰：以桨击水。汰，水波。《楚辞·九章·涉江》："乘舲船余上沅兮，齐吴榜以击汰。"扬舲（líng）：谓

划船前进，速如飞扬。舲，有窗子的船。 [5]“明珠归合浦”二句：意谓当年孟尝为太守，明珠就重归合浦，现在您出守桂州，明珠也应会随您的到任而复还（指邢到任后应会为百姓造福）。《后汉书·孟尝传》载，尝迁任合浦（今广西合浦县东北）太守，郡不产粮米，而海出珠宝。先时太守，并多贪秽，责求百姓采珠，无有限度，珠因渐徙于邻郡界，于是行旅不至，合浦贫者死饿于道。尝到任，革易前弊，“曾未逾岁，去珠复还，百姓皆反其业，商货流通，称为神明”。逐，随。使臣星，《后汉书·李郃传》载，和帝遣二使者微服赴益州，途中宿于李郃舍，“时夏夕露坐，郃因仰观，问曰：‘二君发京师时，宁知朝廷遣二使邪？’二人默然，惊相视曰：‘不闻也。’问何以知之，郃指星示云：‘有二使星向益州分野，故知之耳。’”后遂称使者为使星或使臣星。此指邢桂州。

[点评]

此诗为送友人赴任而作，描写了友人赴桂州就任沿途的所历与所见。首二句写友人从京口出发，场面热闹而隆重；三、四句接写他一路速行即将经过的地方。赭圻、赤岸、击汰、扬舲，句中各自为对，即所谓当句对。清沈德潜《说诗晬语》卷下说：“对仗固须工整，而亦有一联中本句自为对偶者。五言如王摩诘‘赭圻将赤岸，击汰复扬舲’，……方板中求活时或用之。”五、六句写舟行所见景色，其中五句写日落时光线斜射到水面上，反光强烈，江湖水面一片白亮；六句写当潮水涌来，碧涛滚滚，整个天地仿佛被染青。在这里，作者只是抓住景物的某一方面特征，加以渲染，即在读者眼前呈现出一个壮阔苍莽的境界。此联一向受到诗评家的称道，其中“白”字、“青”字之下，尤见精绝，堪称出人意表而又自然天成。清贺贻孙《诗筏》说：“落韵自然，莫如摩诘，如‘潮来天地青’‘行踏空庭落叶声’，青字、声字偶然而落，妙处岂复有痕迹可寻？总之，本领人下语下字，自与凡人不同，虽未尝不炼，然指他炼处，却无炉火之迹。”末二句“讽以不贪也。古人运意，曲折微婉”（沈德潜《唐诗别裁》卷九）。实际上这两句诗，更多的恐怕是表达对友人的一种勉励与期望。全诗以这样的话作结，亦可见诗人对友人的关怀，其襟抱非一般人可及也。

山中送别[1]

山中相送罢，日暮掩柴扉。
春草明年绿[2]，王孙归不归？

唐汝询曰：“扉掩于暮，居人之离思方深；草绿有时，行子之归期难必。”（《唐诗解》卷二二）

[注释]

[1] 此诗疑居辋川时所作。“山中送别”，麻沙本、元本、明本等作“送别”。 [2]“春草明年绿”二句：语本《楚辞·招隐士》，见《山居秋暝》注[4]。王孙，对人的尊称。“明年”，顾本、凌本、《丽泽集》卷四作“年年”。

[点评]

这首送别小诗，主要抒思友之情。整首诗写得明白如话而余味悠长。诗的一大独特之处是，送别诗不写送别场景，首句“山中相送罢”，一个“罢”字，就把送别情景全略去了；次句“日暮掩柴扉”，以“掩扉”的举动，把送别友人后，诗人内心的“离思方深”和怅惘、寂寥，委婉地表现了出来。由别后独自掩门的惆怅，不难想见诗人送别友人时的伤感。友人刚走，诗人即掩门独思：春草明年又绿的时候，友人归来不归来？这一问，透露出诗人盼望友人归来而又担心友人不能归来的复杂心情，更表明诗人盼友归来之心情的急迫。由诗人的发此问，也可想见他送别友人时的依依不舍，还有别后的无尽思念，以及盼与友人重聚的热切期望。

袁宏道曰：“当无人之处，而荡桨以行，落寞殆甚。独喜思如春色从君所适而送之，差足慰耳。盖相思无不通之地，春色无不到之乡，想象及此，语亦神矣。”（《新刻李袁二先生精选唐诗训解》卷七）

马位曰：“最爱王摩诘‘惟有相思似春色，江南江北送君归’之句，一往情深。”（《秋窗随笔》）

送沈子归江东[1]

杨柳渡头行客稀，罟师荡桨向临圻[2]。
唯有相思似春色，江南江北送君归[3]。

[注释]

[1] 江东：见卷五《送丘为落第归江东》注 [1]。“子”，麻沙本、元本、凌本等作“子福”。“归”，《万首唐人绝句》卷四、《唐诗品汇》卷四八作“之”。 [2] 罟（gǔ）师：渔人，此处指船夫。临圻（qí）：临近曲岸之地。《文选》谢灵运《富春渚》：“溯流触惊急，临圻阻参错。”李善注：“《埤苍》曰：‘碕，曲岸头也。’碕与圻同。”此处疑即承谢诗之意，借指富春地区。又高步瀛《唐宋

诗举要》曰："此诗临圻当是地名，故云向。""圻"，《万首唐人绝句》作"沂"。 [3]"江北"，宋蜀本作"北去"，据麻沙本、元本、明本等改。

[点评]

本诗为唐代送别诗中的名篇，近人沈祖棻《唐人七绝诗浅释》说："'杨柳'点明节候，暗示别情，并关合下文'春色'……三四句写沈子福已走之后，自己临流极目，唯见一片春色，遍于江南江北，遂觉心中相思的无穷无尽，恰似眼前春色之无边无际。自己虽然无从和他同去，但此相思之意，始终相随，一如春色之无所不在。诗人奇妙的联想……即景寓情，妙造自然，毫无刻画的痕迹，不但写出了彼此之间深厚的友谊，而且将惜别时的微妙的、难以捕捉的抽象感情，极其生动地表达出来，成为可见可触的形象。"所评极是。明周明辅曰："末一语情生景，幻甚。"（《删补唐诗选脉笺释会通评林·盛七绝》）三、四句写送别者之深情，确乎构思神妙，情中含景，余蕴无穷，它不禁使读者想象到，沈子南归途中所见到的春色，无不染上友人的相思之情，似乎那"相思"已化为无处不到的"春色"，"春色"变成了绵长无尽的"相思"。在这里，情与景已融成一片，了无缝隙。

本诗虽写别友情怀，却并不低回、伤感，而具有一种与盛唐的时代气氛息息相通的爽朗明快的基调，也值得我们注意。

送丘为落第归江东[1]

怜君不得意，况复柳条春。
为客黄金尽[2]，还家白发新。
五湖三亩宅[3]，万里一归人。
知祢不能荐[4]，羞为献纳臣[5]。

吴昌祺曰：“失意而逢春色，已自足悲，又况客久金尽，愁令人老矣。五湖三亩，生理既微；万里一身，飘泊殆甚。我既知君而不能荐，安用献纳为也？”（《删订唐诗解》卷一七）

[注释]

[1] 此诗疑作于天宝元年（742），说见本诗注[5]。丘为：盛唐诗人，苏州嘉兴（今浙江嘉兴）人。初屡试不第，归山读书数年。天宝二年进士及第。历任主客郎中、司勋郎中，迁太子右庶子。年逾八十以左散骑常侍致仕，贞元四年（788）又复官。年九十六卒。事见《元和姓纂》卷五、《新唐书·艺文志四》、《唐会要》卷六七、《唐才子传》卷二、《登科记考》卷九。江东：指长江下游（今芜湖、南京以下）南岸地区。 [2] 黄金尽：指金钱用尽。《战国策·秦策一》：“（苏秦）说秦王，书十上而说不行，黑貂之裘弊，黄金百斤尽。” [3]“五湖三亩宅”二句：意谓你的家是五湖地区的一个三亩大的小宅园，你自己是万里长途中的一个独自归家的人。五湖，说法不一，由《国语·越语》及《史记·河渠书》的记载来看，五湖的原意当系泛指太湖流域一带的湖泊。丘为的故乡苏州属太湖流域地区。三亩宅，语本《淮南子·原道训》：“故任一人之能，不足以治三亩之宅也。”“宅”，《文苑英华》卷二六八作“地”。“归”，《文苑英华》作“行”。 [4] 知祢（mí）不能荐：知道你有祢衡般的才能，却不能像孔融那样加以推荐。祢，指祢衡。《后汉书·祢衡传》载：祢衡，字正平，少

有才辩，而气尚刚傲，唯善鲁国孔融及弘农杨修。"融亦深爱其才。衡始弱冠，而融年四十，遂与为交友。上疏荐之。""祢"，宋蜀本作"尔"，据麻沙本、元本、赵本改。 [5] 羞为献纳臣：我真羞于做一个负有荐贤职责的谏臣。献纳臣，指谏官（补阙、拾遗等）。献纳，谓进言以供采纳。《旧唐书·职官志》："补阙、拾遗之职，掌供奉讽谏，扈从乘舆。凡发令举事，有不便于时，不合于道，大则廷议，小则上封。若贤良之遗滞于下，忠孝之不闻于上，则条其事状而荐言之。"谏官也有荐贤之职责，故称"羞为献纳臣"。按，作者于天宝元年转左补阙（参见《王维年谱》），故疑此诗即作于天宝元年。"为"，顾本、凌本、《全唐诗》等作"称"，《文苑英华》作"看"。

[点评]

这首送友人落第还乡的诗，写出了友人的潦倒失意和自己的深切同情。首句直入友人落第的题旨，次句既交代了友人还乡的节候，又暗示失意人面对春光，倍感伤情。三句写友人客居长安盘缠用尽的困窘，四句写潦倒失意使友人迅速变老。五、六句是律诗中二联叠用数目字的一个例子，或谓此联"句法孤露，意兴欲尽，尤易为浅学效颦"（清毛先舒《诗辨坻》卷三），不可为法，其实五句之"五湖"与"三亩宅"、六句之"万里"与"一归人"形成对照，更显出友人家宅园之小和友人在遥远归途中的孤单。这联对仗工整，又充满感情，恐怕说不上有什么毛病。清黄生说："三怜其困，四怜其老，五怜其穷，六怜其贱（当作"孤"），如此写不得意，尽情尽状，则凡在相知不能效吹嘘之力者，对之自当抱愧，故结处不能再作他语，惟有痛自引咎而已。”（《唐诗矩》五言律诗二集）结处二句的自责，见出诗人与友人的交情之笃，也见出他的品德与人格。事实上，从荐贤的角度说，低层官员（左补阙从七品上）向朝廷举荐未第者，是不大可能使其获得官职的，笔者在有关唐代的历史记载中，尚未见到这样得官的例子（高官向朝廷举荐未第者使其获得官职的例子，在历史记载中则存在）。这起码说明，诗人很忠于职守，自求甚严。全诗句句寓悲意，含怜意，感情饱满、深切，抒写真率、自然，不失为不可多得的佳制。

观别者[1]

青青杨柳陌，陌上别离人。
爱子游燕赵[2]，高堂有老亲。
不行无可养，行去百忧新。
切切委兄弟[3]，依依向四邻。
都门帐饮毕[4]，从此谢亲宾[5]。
挥涕逐前侣[6]，含凄动征轮。
车徒望不见[7]，时见起行尘[8]。
吾亦辞家久[9]，看之泪满巾。

锺惺曰：“观别者与自家送别，益觉难堪，非深情人不暇命如此题。”又曰：“（‘行去百忧新’句下）情真事真，游人下泪，不须读下二句矣！”（《唐诗归》卷八）

[注释]

[1] 此诗疑开元十四年（726）自济州西归至洛阳时所作（参见拙作《王维年谱》）。“别”，宋蜀本作“音”，据麻沙本、明本、《全唐诗》改。 [2] 燕赵：皆战国七雄之一。燕辖境在今河北北部、北京、辽宁西部一带，赵辖境在今河北西南部及山西中部、北部一带。 [3] 切切：再三告诫之词。委：托付。 [4] 都门：指东都的城门。《资治通鉴》开元二十三年正月：“都城酺三日。”胡三省注：“都城，谓东都城。”唐以洛阳为东都。帐饮：古时出行，送者在路旁设帐置酒饯别。“帐”，宋蜀本作“障”，据麻沙本、元本、《全唐诗》改；明本作“怅”。 [5] 谢：辞别。“亲宾”，元本、明本、赵本作“宾亲”。 [6] 挥涕：拭泪。逐：追赶。 [7] 车徒：车子和随从的人。“徒”，麻沙本、元本、赵本作“从”。 [8] 时见起行尘：江淹《别赋》：“驱征马而不顾，见行尘之时起。”“见”，麻沙本、元本、赵本作“时”。 [9] 吾亦辞家久：作者谪居济州已有四年多时间，故云。“吾”，麻沙本、元本、明本作“余”。

[点评]

此诗题为“观别者”，先写“别者”因家贫亲老，不得已辞家外出奔波的苦况，最后二句写自己被触发的游子之悲，方点出“观”字。诗中“不行”四句，“实能道出贫士临行恋母情状”（清余成教《石园诗话》卷一），非常感人，清吴乔《围炉诗话》卷三说：“当置《三百篇》中，与《蓼莪》比美。”“挥涕”二句，写行者挥泪辞别、含悲而行的情状；“车徒”二句，写行者已远去，送者犹伫立遥望的景象，都情真事真，不是有亲身体验的人，难以写出。明周敬、周珽《删补唐诗选脉笺释会通评林·盛五古一》说："非身亲其味，安能洞知其苦。故此诗妙境，全在'余亦辞家久'一句，真得观别者之神。"所言不无道理。全诗都是通过对具体场景生动、真切的描绘，来抒发感情的，所以能够打动人心，具有相当强的艺术感染力。

别辋川别业[1]

依迟动车马[2]，惆怅出松萝[3]。
忍别青山去[4]，其如绿水何！

顾可久曰："青山绿水谁是可别去者？浅语情深。"（《唐王右丞诗集注说》卷五）

[注释]

[1] 此诗王缙有同咏，载《全唐诗》卷一二九。 [2] 依迟：依依不舍的样子。 [3] 出松萝：犹言离开山林。松萝，地衣类植物，常寄生在松树上。 [4]"忍别青山去"二句：意谓即使忍心离别青山而去，同绿水也难舍难分！忍，忍心，狠心。如，奈。

[点评]

这首诗写自己即将离开辋川别业时，对辋川山水的依依不舍之情。我们知道，辋川在蓝田县南，距长安一百余华里，王维当时既在朝廷为官，自然不可能经常回辋川（大概必须有两天以上的假期，才能回辋川），所以才有诗中抒发的那种依依不舍的感情。从诗中的这种感情，我们可以想见诗人当时的精神状态是恋慕隐逸、无心仕进的。又，此诗也有可能作于王维在辋川居母丧两周年后，又出而任职之时（约在天宝十一载三月，参见拙作《王维年谱》）。维弟缙之《别辋川别业》云："山月晓仍在，林风凉不绝。殷勤如有情，惆怅令人别。"所赋亦佳。也许是兄弟两人同在辋川守母丧，守丧期满后，两人复出任职，又一起离开辋川，所以同时写了这首诗。这首诗语言明白如话，但所表达的对辋川山水的爱恋之情，却颇深沉，明顾可久说它"浅语情深"（见旁批），甚是。

新晴野望[1]

新晴原野旷，极目无氛垢[2]。
郭门临渡头，村树连溪口。
白水明田外[3]，碧峰出山后[4]。
农月无闲人[5]，倾家事南亩[6]。

此诗虽未被历代诗评家注意过，也未留下什么评语，但确确实实是一首好诗。

[注释]

[1]"野"，麻沙本、元本、明本等作"晚"。 [2]极目：尽目力所及，纵目远望。氛垢：尘埃。 [3]白水明田外：谓田野上，河水在新阳下闪着亮光。外，有"上"意（参见王锳《诗词曲语辞例释》）。 [4]碧峰出山后：指山峦重叠起伏，近山之后有远峰。 [5]农月：农忙的月份。 [6]倾家事南亩：谓农民们都全家出动到田间从事耕作。南亩，泛指农田。《诗·豳风·七月》："同我妇子，馌彼南亩。"

[点评]

本诗写雨后新晴，纵目远望所看到的乡村美丽风光。首联说，雨后新晴原野开阔明净，纵目远望看不到一点埃尘，用“无氛垢”三字，把雨后新晴、空气格外澄鲜明净的特色刻画出来。次联说，外城的城门靠近渡头，村边的树林连着溪口，这当是写近望所见，则作者应该是站在“郭门”外眺望郊野。三联写近处是绿色的田野，田野上白色的河水在新阳下闪着亮光；远处群山连绵，群山后高耸的碧峰清晰地呈现出来。近景和远景形成像绘画一样分明的层次，而峰碧水白田绿，光线和色彩的对比也很和谐。末联写农忙季节乡村的农事活动，虽未作具体描写，却令我们感受到了紧张、活跃的劳动气氛。全诗意境清丽，色彩鲜明，虽纯乎写景，无一语言情，但读者却可从诗中所勾画的那一幅宁静优美、洋溢着生意的农村风景画中，感受到诗人热爱自然、眷恋乡村的情怀。

方回曰：“右丞此诗，中两联皆言景，而前联尤壮，足敌孟、杜岳阳之作。”（《瀛奎律髓》卷一）

汉江临泛[1]

楚塞三湘接[2]，荆门九派通。
江流天地外，山色有无中。
郡邑浮前浦[3]，波澜动远空。
襄阳好风日[4]，留醉与山翁。

张谦宜曰：“‘江流天地外，山色有无中’，学其气象之大。”（《䌹斋诗谈》卷五）

[注释]

[1] 此诗为开元二十八年（740）知南选途经襄阳时所作。参见卷六《哭孟浩然》注 [1]。临泛：临流泛舟。“泛”，《瀛奎律髓》卷一校“一作眺”。 [2]“楚塞三湘接”二句：写汉江的地理形势，言其可与三湘、荆门、九江相通。楚塞，指襄阳一带的汉水，因其在楚之北境，故称楚塞。三湘，说法不一，古典诗文中多泛指今洞庭湖南北、湘江流域一带。荆门，山名，参见《寄荆州张丞相》注 [3]。九派，即《书·禹贡》所云九江。《文选》郭璞《江赋》“流九派乎浔阳”，李善注：“水别流为派。《尚书》(《禹贡》) 曰：荆州‘九江孔殷’。”关于九江，后人有多种不同解释。唐人一般指今湖北、江西一带的长江，这段长江有很多支流，故称“九派”。“九”表示多数，非实指。如孟浩然《自浔阳泛舟经明海作》：“大江分九派，淼漫成水乡。”王维此诗谓襄阳之汉水可通“九派”，而非谓汉水即“九派”，意同孟诗。“湘”，《瀛奎律髓》作“江”。 [3] 郡邑浮前浦：谓江水浩渺，郡城（唐襄州治所襄阳）如浮波上。浦，水滨。 [4]“襄阳好风日”二句：谓襄阳风和日丽天气好，我留下来喝得烂醉犹如晋朝的山简。风日，风与日。与，犹如（参见张相《诗词曲语辞汇释》）。山翁，指晋山简，山涛（竹林七贤之一）之子。永嘉三年（309）为都督荆湘交广四州诸军事，持节镇襄阳。是时天下分崩，“简优游卒岁，唯酒是耽”。荆土豪族习氏有佳园池，“简每出嬉游，多之池上，置酒辄醉，名之曰高阳池”。时有童儿歌曰：“山公出何许？往至高阳池。日夕倒载归，茗艼无所知。时时能骑马，倒著白接䍦。”见《晋书·山简传》。“日”，宋蜀本作“月”，据麻沙本、元本、明本等改。“翁”，《文苑英华》卷一六二、《瀛奎律髓》作“公”。

[点评]

这是一首写景名作，诗中描写在襄阳汉江泛舟时所见到的景色。首联在远望与遥想的结合中，描画了汉江的地理形势。中二联写景，境界广阔，气象壮大。“江流”句极写汉江的浩淼，好像流到天地之外去了；“山色”句写在舟中眺望远山，山色淡到极点，若有若无，似隐似现。作者以极简洁之笔，把那由于距离极远而迷离朦胧、变幻不定的山色，逼真、传神地表现了出来，给读者留下进行想象的广大空间。清管世铭说：“太白‘山随平野尽，江入大荒流’，摩诘‘江流天地外，山色有无中’，少陵‘星垂平野阔，月涌大江流’，意境同一高旷，而三人气韵各别，‘识曲听其真’，可以窥前贤家数矣。”（《读雪山房唐诗序例·论文杂言四十一则》）王维的这一联诗，“壮句乃冲雅”（《瀛奎律髓汇评》卷一清无名氏评语），雄阔中见淡远，确乎别具特色。此联诗历来为诗人们所追慕和承用，宋陈岩肖说：“六一居士（欧阳修）平山堂长短句云：‘平山栏槛倚晴空，山色有无中。’岂用摩诘语耶？”（《庚溪诗话》卷下）陆游说：“权德舆《晚渡扬子江诗》云：‘远岫有无中，片帆烟水上。’已是用维语。”（《老学庵笔记》卷六）“郡邑”一联写在烟波浩渺的江上泛舟的独特感受：似乎不是水在动船在动，而是州城和远处的天空在动。这一描写虚实结合，艺术形象活跃鲜明。中二联在出色地刻画出汉江之景的同时，也流露出诗人对这一美景的惊诧、赞叹之情，所以诗歌最后以“襄阳”二句作结，也就显得很自然了。

登辨觉寺[1]

竹径连初地[2]，莲峰出化城[3]。
窗中三楚尽[4]，林上九江平[5]。
软草承趺坐[6]，长松响梵声[7]。
空居法云外[8]，观世得无生。

唐汝询曰："摩诘梵刹诗率以了悟见赏，此则景象弘远，声调超凡，登眺中绝唱。"（周敬、周珽《删补唐诗选脉笺释会通评林·盛五律》）

冯舒曰："'窗中'十字，足敌洞庭'气蒸''波动'之句。"（《瀛奎律髓汇评》卷四七）

[注释]

[1] 作于开元二十九年（741）春。作者办理完南选事务后，于二十九年二月北归，所行路线为：自桂州（今广西桂林）历湖湘抵长江，而后沿江东下，经江州（今江西九江）至润州（今江苏镇江），再循邗沟、汴水、黄河归长安。此诗即作于自桂州北归途中（参见拙作《王维年谱》）。辨觉寺：疑在今湖北、江西一带的长江边。方回谓寺似在庐山；或据符载《从樊汉南为鹿门处士求修墓笺》之"前日辨觉佛寺岘首亭"句（《文苑英华》卷六二七）及《宋高僧传》卷一五《唐襄州辩（通"辨"）觉寺清江传》，谓寺当在襄阳。按，符载、清江皆贞元、元和时人，开元时襄阳是否有辨觉寺，无从得知；又，此诗写登上辨觉寺，可坐瞰"九江"，若寺在襄阳，当只能坐瞰汉水，岂能坐瞰九江（长江之一段）？与王维同时代的储光羲有《题辨觉精舍》诗，然通篇写景，据诗只知寺在山上，而无法知其地址。"辨"，《全唐诗》、赵本校"一作新"。　[2] 初地：佛家语，即欢喜地，为大乘菩萨十地（菩萨修行的十个阶位）中的第一地。《华严经·十地品》："今明初地义……是初菩萨地，名之为欢喜。"此处借指佛寺下方的最初台阶。"连"，宋蜀本作"从"，据《文苑英华》

卷二三四、《瀛奎律髓》卷四七改。 [3] 莲峰出化城：谓循阶登攀中忽见山峰上出现佛寺殿宇。莲峰，犹言佛地之山峰。化城，佛家语，谓佛一时化作之城郭。《法华经·化城喻品》谓：佛欲令一切众生皆得佛果，然欲达此境，道路悠远险恶，众生难免畏难退却，故佛于中途化出一城郭，使众生暂得止息；待众人精力恢复后，佛即灭去“化城”，劝谕众生继续前进，以到达涅槃彼岸。此处以化城喻辨觉寺。 [4] 窗中三楚尽：意谓从佛寺的窗户远眺，三楚大地一览无余。三楚，秦、汉时分战国楚地为西楚、东楚、南楚。“尽”，《文苑英华》作“静”。 [5] 林上九江平：谓自佛寺下望，一大片树林上的九江水阔波平。九江，见前首诗注[2]。“上”，凌本、《文苑英华》、《瀛奎律髓》作“外”。 [6] 软草承趺（fū）坐：言佛寺的柔软草地承接着僧人们的习禅静坐。趺坐，即跏趺坐，又称结跏趺坐，谓交结左右趺（足背）加于左右股之上而坐，又有全跏坐（俗称双盘）与半跏坐（俗称单盘）之分。佛教谓“此是坐禅人坐法”（《大智度论》卷七）。“软”，麻沙本、元本作“敷”，《文苑英华》作“嫩”。 [7] 梵声：指和尚诵经之声。 [8] “空居法云外”二句：谓僧人们自处于佛法之云的荫覆中，他们以佛法观察尘世，获得了对无生的认识。空，犹独、自。法云，佛家语，喻佛法之涵盖一切。《文选》王巾《头陀寺碑文》李善注引《华严经》曰：“不坏法云，遍覆一切。”外，犹“内中”（说见王锳《诗词曲语辞例释》）。无生，与涅槃、法性等含义相同，指诸法之法性为“无生”，“无生”即“无灭”，大寂静如涅槃。此即把无生灭的绝对静止，当作一切现象的共同本质。《仁王经》卷中：“一切法性真实空，不来不去，无生无灭。”

[点评]

这首诗描写登上辨觉寺所见到的景色。前四句着重写“登”，后四句则着重写“辨觉寺”。首二句写登攀中忽见佛寺殿宇，话语里带着惊喜之意。清何焯云：“题云‘登’，则寺在峰之巅，故目尽三楚，坐瞰九江。玩三、四自见。”（《瀛奎律髓汇评》卷四七）三、四写登上山巅僧寺所见，擅长用大笔勾勒，绘出包罗一切、辽远阔大的景象。元方回说：“三、四形容广大，其语即无雕刻，而‘窗中’‘林外’四字，一了数千里，佳甚。”（《瀛奎律髓》卷四七）其中第三句写自僧寺远眺，三楚尽收眼底；第四句写自僧寺下望，近处是一大片树林，林外有水阔波平的九江。这句里用一个“上”字，表现出了景物的远近层次，具有浓厚的画意（画中可将远处的九江画在近处的树林上）。这三、四两句的佳处，还在于极其自然，清无名氏云：“佳在无雕刻，若专取广大，便堕明七子。”（《瀛奎律髓汇评》卷四七）所言是。后四句写在辨觉寺内所见，先写辨觉寺的环境和僧人们的修习活动，最后说僧人们通过修习，在这里破除了生灭的烦恼，获得了佛教悟解。全诗至此结束，诗意显得很完整。此诗由于是写僧寺，故多用佛家语，但写得还是成功的，并未给人以艰涩之感。

凉州郊外游望　时为节度判官，在凉州作[1]

此诗写唐代凉州地区民俗，在边塞诗中别具一格。

野老才三户，边村少四邻。

婆娑依里社[2]，箫鼓赛田神。

洒酒浇刍狗[3]，焚香拜木人。
女巫纷屡舞[4]，罗袜自生尘。

[注释]

[1] 作于开元二十五年（737）秋，时作者在凉州（今甘肃武威）。参见卷六《使至塞上》注 [1]。节度判官：唐节度使僚佐有判官二人，掌分判兵、仓、骑、胄四曹之事。唐时节度使多自辟僚佐，然后上闻，盖王维先以监察御史的身份出使河西，至幕府后，又受到节度使崔希逸的聘用，兼任河西节度判官。“时为节度判官，在凉州作”，宋蜀本无，据《全唐诗》补。参见卷六《凉州赛神》。 [2] “婆娑（suō）依里社”二句：人们在村里的土地祠旁婆娑起舞，又吹箫又击鼓，用祭祀来报答田神。婆娑，舞貌。里社，乡里中祭祀土地神之祠。赛田神，谓秋获之后祭祀田神（后土）。祈福于神而后以祭祀来报答称“赛”。 [3]“洒酒浇刍（chú）狗”二句：向草扎的狗洒酒，对着木雕的神像焚香礼拜。刍狗，草扎的狗，祭祀时用之。《淮南子·齐俗训》高诱注：“刍狗，束刍（草）为狗，以谢过求福。” [4]“女巫纷屡舞”二句：众多的女巫频频起舞，脚上穿的罗袜已沾上灰尘。罗袜生尘，语本曹植《洛神赋》：“陵波微步，罗袜生尘。”自，已。

[点评]

这首诗的首二句，写凉州郊外地广人稀，乡野老人的住地只有几户人家，边地的村庄孤零零地少有四邻；接下六句则写某个村庄赛田神的热闹场面，与首二句所写整个郊野的冷清形成对比，展现了边地农民在秋获之后的民俗活动与欢乐心情。这六句诗中有四句写音乐舞蹈，能歌善舞正是我国西部多民族聚居地区人民的特长。这首诗犹如一幅边地乡村风俗图，具有浓厚的乡土气息和民俗文化情调，是唐代边塞诗中并不多见的别具一格之作。

观 猎[1]

风劲角弓鸣[2]，将军猎渭城[3]。
草枯鹰眼疾[4]，雪尽马蹄轻[5]。
忽过新丰市[6]，还归细柳营[7]。
回看射雕处[8]，千里暮云平。

[注释]

[1]《乐府诗集》卷八〇以本诗前四句作一五绝，题曰《戎浑》，《万首唐人绝句》卷九六据以收录，皆未署作者姓名；《全唐诗》卷五一一将《戎浑》录入张祜集中。按，歌人截取当时文人之诗而播之曲调，在乐府诗中颇多见，《戎浑》诗即属这种情况，《全唐诗》以《戎浑》为张祜所作，系误收。说详拙作《王维诗真伪考》（见《王维论稿》）。“观猎”，《唐诗纪事》卷一六作“猎骑”。 [2] 角弓：饰以兽角的弓。 [3] 渭城：见《送元二使安西》注 [2]。 [4] 鹰：猎鹰。疾：犹言锐利。 [5] 雪尽马蹄轻：谓雪融化后，将军策马追逐猎物格外轻捷。“雪”，宋蜀本作“云”，据麻沙本、元本、明本等改。 [6] 新丰市：见《少年行》其一注 [2]。“市”，《云溪友议》卷中作“戍”。 [7] 还（xuán）：迅速，立即。细柳营：汉细柳营在今陕西咸阳西南渭河北岸。《史记・绛侯周勃世家》：“以

施补华曰：“起处须有崚嶒之势，收处须有完固之力，则中二联愈形警策。如摩诘‘风劲角弓鸣，将军猎渭城’，倒戟而入，笔势轩昂。‘草枯’一联，正写猎字，愈有精神。‘忽过’二句，写猎后光景，题分已足。收处作回顾之笔，兜裹全篇，恰与起笔倒入者相照应，最为整密可法。”（《岘佣说诗》）

王夫之曰：“后四语奇笔写生，毫端有风雨声。”（《唐诗评选》卷三）

河内守（周）亚夫为将军，军细柳，以备胡。”张守节《正义》：“《括地志》云：细柳仓在雍州咸阳县西南二十里。”《元和郡县图志》卷一：“细柳仓，在（咸阳）县西南二十里，汉旧仓也。周亚夫军次细柳，即此是也。”此处盖用周亚夫典，指纪律严明之军营。 [8]“回看射雕处”二句：意谓将军回头看了一眼射猎之处，只见暮云千里一片宁静。射雕，《史记·李将军列传》：“中贵人将骑数十纵，见匈奴三人，与战。三人还射，伤中贵人，杀其骑且尽。中贵人走广，广曰：‘是必射雕者也。’”又《北齐书·斛律光传》载：光尝从世宗校猎，射落一大雕，邢子高见而叹曰：“此射雕手也。”按，雕一名鹫，极善飞，射艺不精者罕能中之。平，指云不飞动，平静。“射雕”，《云溪友议》作“落雁”。

[点评]

这首诗写将军日常的狩猎活动，通过写狩猎活动，展现了将军意气风发的精神面貌。起句倒戟而入，极突兀：在北风劲吹的郊野，角弓发出了尖锐的响声。未见将军其人，先闻其射箭之声，真可说是先声夺人。风劲箭难射，由起句的细节描写，可使我们想象到将军那双控弦的手是多么有力，其射艺又是何等精湛。清沈德潜说：“起二句，若倒转便是凡笔，胜人处全在突兀也。”（《唐诗别裁》卷九）所言甚是。三、四句正写猎时场面：草枯时节狐兔难于藏身，猎鹰的目光更显锐利；雪已化尽，将军策马追逐野兽，多么矫健轻捷。二句不仅生动地表现了骑猎的情景，而且写出了将军的英姿、身手。接下四句写猎后归营。前两句说，将军迅速驰过新丰市集，又很快地回到了细柳军营，写其往来倏忽，轻疾之至，以极自然、平易的语言，真切地表现了将军猎后的愉快心情。“细柳营”的典故还暗示将军带兵纪律严明。最后二句写将军归营时勒马回望射猎之处，只见暮云无际，一片宁静。这两句诗写得蕴藉含蓄，清王夫之说它“毫端有风雨声”（见旁批），清王尧衢称其“结有余味可玩”（《唐诗合解笺注》卷八），都很有道理。从这两句诗中，我们或许能够想见将军那豪兴未已、陶醉在射猎的快意中的神态，或许可以悬想斯时“边疆宴然”（袁宏道语，见《新刻李袁二先生精选唐诗训解》卷三）的情状，总之，想象的空间颇大。全篇笔势健举，形象飞动，洋溢着一种豪壮之情，沈德潜《说诗晬语》卷上评曰：“神完气足，章法、句法、字法俱臻绝顶，此律诗正体。”所评是。这首诗虽只写将军日常的狩猎活动，却也属于同卫国安边有关的歌咏。

寒食城东即事[1]

清溪一道穿桃李，演漾绿蒲涵白芷[2]。
溪上人家凡几家，落花共落东流水[3]。
蹴踘屡过飞鸟上[4]，秋千竞出垂杨里[5]。
少年分日作遨游[6]，不用清明兼上巳。

顾璘曰：“摩诘七言绝高，情景故实，随取随足。”（《唐诗正音》卷四）

［注释］

[1] 寒食：见《送綦毋潜落第还乡》注 [6]。即事：眼前的事物之意。 [2] 演漾绿蒲涵白芷（zhǐ）：谓水流荡漾着绿蒲，沉

浸着白芷。演漾，流动起伏貌。阮籍《咏怀》其七十六："泛泛乘轻舟，演漾靡所望。"涵，沉浸。白芷，多年生草本植物，多生于低湿之地，其根可入药。 [3]"共"，明本、顾本、凌本、《全唐诗》作"半"。 [4]蹴踘（cù jū）屡过飞鸟上：意谓少年们踢球屡屡高过飞鸟。蹴踘，同"蹴鞠"，又作蹋鞠、打球，即古踢球之戏。《史记·卫将军骠骑列传》："骠骑尚穿域蹋鞠。"司马贞《索隐》："鞠戏，以皮为之，中实以毛，蹴蹋为戏。"《唐音癸签》卷一四："唐变古蹴鞠戏为蹴球，其法植两修竹，高数丈，络网于上为门，以度球，球工分左右朋，以角胜负。"古时有在寒食蹴鞠的习俗。《太平御览》卷三〇引刘向《别录》："寒食蹋蹴，黄帝所造，本兵势也，或云起于战国。案鞠与球同，古人蹋蹴以为戏。" [5]秋千竞出垂杨里：言秋千竞相荡出了柳树梢头。秋千，古时有在寒食荡秋千的习俗。 [6]"少年分日作遨游"二句：言少年们春分就开始出来游乐，用不着等到清明节和上巳节。分日，指春分之日。分，节候名，谓春分或秋分。《左传》昭公十七年："日过分（春分）而未至（夏至）。"春分正当春季九十日之半，此日昼夜长短平均。清明，《孝经纬》："春分后十五日，斗指乙，为清明。"唐时有于清明日游春的习俗。杜甫《清明》："著处繁华矜是日，长沙千人万人出。……此都好游湘西寺，诸将亦自军中至。"上巳，三月三日上巳节。古代习俗，在这天到水边祭祀洗濯，以除灾求福。参见《后汉书·礼仪志》。后来上巳实际上成为一个到水边宴饮、游春的节日。

[点评]

这首诗描写寒食节城东郊游所见，刻画出一幅寒食郊游的风俗图画。诗的首四句说，一道清澈的溪水穿过桃李树林，水里荡漾着绿蒲，沉浸着白芷；溪畔的住户大概只有几家，落花一起落进了东去的流水。四句诗描绘出了东郊的美景，其构图错落有致，绘景明丽如画。后四句写春日少年们纵情游乐的热烈情形。其中五、六句在桃李、清溪、落花、流水、人家的背景上，添了几笔不时飞上高空的秋千与皮球，令人如闻少男少女们欢乐的笑声，也使这幅风俗图画增加了灵动的春意，充溢着青春的活力。这两句中的"过"字、"出"字都用得好，宋吴开《优古堂诗话》说："晁无咎评乐章欧阳永叔《浣溪沙》云：'堤上游人逐画船，拍堤春水四垂天，绿杨楼外出秋千。'要皆绝妙，然只一'出'字，自是后人道不到处。予按唐王摩诘《寒食城东即事》诗云：'蹴踘屡过飞鸟上，秋千竞出垂杨里。'欧公用'出'字盖本此。"所言甚是。最后二句交代说，少年们并非等到寒食、清明才出来游乐，早在春分时就开始出来游乐了。大致可以说，全诗洋溢着一种盛世和平、欢乐的情调、气氛。

冬日游览[1]

步出城东门，试骋千里目[2]。
青山横苍林[3]，赤日团平陆。
渭北走邯郸[4]，关东出函谷[5]。

刘辰翁曰："平实悲壮，古意雅辞，乐府所少。"(《须溪先生校本唐王右丞集》卷五）

秦地万方会[6]，来朝九州牧。
鸡鸣咸阳中[7]，冠盖相追逐。
丞相过列侯[8]，群公饯光禄。
相如方老病[9]，独归茂陵宿。

[注释]

[1] 此诗作于安史之乱前，具体时间不详，说见本诗注[6]。 [2] 骋千里目：纵目遥望之意。 [3]"青山横苍林"二句：意谓青山横卧于一片绿色的树林上，红日圆圆地呈现在平原的尽头。团，圆。何逊《学古诗三首》其一："阵云横塞起，赤日下城圆。"平陆，平坦的陆地。 [4] 渭北走邯郸：言渭水之北可趋赴邯郸。走邯郸，《汉书·张释之传》："上指视慎夫人新丰道，曰：'此走邯郸道也。'"按，慎夫人邯郸（今河北邯郸西南）人。走，趋。 [5] 关东出函谷：到关东地区需要出函谷关。关东，指函谷关以东地区。函谷旧关在今河南灵宝东北，汉元鼎三年（前114）移至今河南新安县东。 [6]"秦地万方会"二句：全国各地的官员会聚秦地，这是各州长官正来京朝见天子。指是时恰值朝集使入京朝见天子。《唐六典》卷三："凡天下朝集使，皆令都督、刺史及上佐更为之。……皆以十月二十五日至于京都，十一月一日户部引见讫，于尚书省与群官礼见，然后集于考堂，应考绩之事。元日，陈其贡篚于殿庭。"按，据《旧唐书·德宗纪》载：安史之乱爆发后，共有二十五年朝集使不入京朝见天子，至建中元年（780）冬始恢复旧制。据此，本诗当作于安史之乱前。秦地，关中地区，指长安一带。九州牧，泛指诸州长官。"秦地"，麻沙本作"春池"。 [7]"鸡鸣咸阳中"二句：谓长安城中雄鸡一叫，高官们就相互过从。咸阳，秦都，此借指唐都长安。冠盖，官

员的服饰和车乘，借指官员或贵官。“中”，《唐诗正音》卷二作“市”。 [8]“丞相过列侯”二句：谓丞相拜访王侯贵人，诸位公卿饯送光禄卿。过，拜访。列侯，爵位名，又称彻侯，汉时用以封功臣、贵戚。光禄，指光禄卿，唐光禄寺置卿一人，从三品，掌邦国酒醴、羞膳之事。 [9]“相如方老病”二句：言司马相如正又老又病免官赋闲，独自一人回到偏僻的茂陵住宿。此用因病免官家居的司马相如比喻失职的寒士。参见卷六《不遇咏》注 [7]。

[点评]

此诗写作者冬日出游长安城东的所见所感，首四句写在城东纵目遥望之所见，其中三、四句写景，以简净、富有概括力的笔触，描绘了辽远、壮阔的画面。宋刘辰翁称赞这联诗“下字佳”(《须溪先生校本唐王右丞集》卷五)，非常中肯，尤其是“横”“团”二字，下得精彩，大大增强了诗歌的画意。接下四句的主旨是写所见朝集使来京朝见之事，但先用前二句（五、六句），写在城东看到的通往邯郸、关东的道路（朝集使们出入长安的通道），作为铺垫。再接下四句，写所见长安达官贵人们相互交往过从的繁忙活动。末二句用因病免官家居的司马相如比喻失职的寒士，写出了他们生活的孤寂。这两句的表现，与此前八句所写长安官场的热闹、风光、荣华，形成了鲜明对比，“更似不须语言”（刘辰翁语，同前），我们从中便可以感受到诗人的不平与慨叹。这是一首五言古诗，有古朴、浑厚之风，刘辰翁的评语（见旁批）是可供我们参考的。

周敬、周珽曰："曰'自'、曰'况复',曰'畅以''兼之',曰'将''方',曰'任''殊',俱用活字,虚摹情趣。且鹤、山、波、月,原陂中自然物理,而'沙际''云外''澄''澹''清''皓'等字,巧思叠出,非有开山之力,补天之识,不足语此。"(《删补唐诗选脉笺释会通评林·盛五律》)

泛前陂[1]

秋空自明迥[2],况复远人间[3]。
畅以沙际鹤[4],兼之云外山。
澄波澹将夕[5],清月皓方闲[6]。
此夜任孤棹[7],夷犹殊未还!

[注释]

[1] 据诗中所写景物及"况复远人间"之语,此诗疑当作于辋川。前陂(bēi):疑指欹湖。陂,池塘。"陂",宋蜀本缺此字,据麻沙本、元本、明本、《文苑英华》卷一六四等补。 [2] 秋空自明迥:谓秋空本自明净而高远。迥,高远。 [3] "间",《文苑英华》作"寰"。 [4] "畅以沙际鹤"二句:意谓心情因为沙滩上的白鹤,加上云中的山峰而舒畅。以,因。兼之,加以。外,有"内中"义(参见王锳《诗词曲语辞例释》)。"畅",宋蜀本作"扬",据麻沙本、元本、明本等改。 [5] 澄波澹将夕:谓湖上清波摇荡已到黄昏。澹,水摇荡。将,方。"澄波",宋蜀本作"登陂",据麻沙本、元本、明本、《文苑英华》等改。 [6] 皓:洁白,明亮。闲:闲静。 [7] "此夜任孤棹(zhào)"二句:谓这一夜任凭孤舟漂荡水中,我多么从容自在竟不还家!棹,指船。夷犹,从容自得。殊,竟然。

[点评]

这首诗写秋日泛舟湖上所见景色与诗人的闲逸情致。诗人泛舟的湖泊,处于幽深寂静的山谷里(所谓"远人间”)，此时秋日的天空明净高远，近处的湖边有白鹤栖息，而远望云中的山峰若隐若现。入夜月光明亮皎洁，摇荡的湖水在月下泛着银光。诗人泛舟其中，不禁流连忘返。全诗所刻画的山水景色，宁静而幽美，令人神往；诗人沉溺、陶醉于山水中的闲情逸致，自由洒脱，也颇吸引人。这两者在诗中契合交融，增强了诗歌的艺术魅力。

本诗颔联近体对仗用语助字，为诗评家所注意。明杨慎《升庵诗话》卷三说：“王右丞诗：‘畅以沙际鹤，兼之云外山。’孟浩然云：‘重以观鱼乐，因之鼓枻歌。’虽用助语辞，而无头巾气。宋人黄陈辈效之，如‘且然聊尔耳，得也自知之’，又如‘命也岂终否，时乎不暂留’，岂止学步邯郸，效颦西子？乃是丑妇生疮，雪上再霜也。”所谓“无头巾气”，是说没有书生的酸腐气，虽用了语助词，语言却仍灵动自然。清贺裳《载酒园诗话又编》也说：“‘畅以沙际鹤，兼之云外山’，右丞偶尔自佳，后人尊之为法，动用数虚字演句，便成馊馅馅矣。”所谓“馊馅馅”，盖指有酸腐味，与“头巾气”意近。总而言之，近体对仗用语助字，唐人诗中已不罕见，“宋人更以此出奇制胜”，“然窠臼易成，十数联以上，即相沿袭”（钱锺书《谈艺录》补订本），故不宜多用、滥用。

登河北城楼作[1]

井邑傅岩上[2]，客亭云雾间[3]。

高城眺落日，极浦映苍山[4]。
岸火孤舟宿[5]，渔家夕鸟还。
寂寥天地暮[6]，心与广川闲。

顾可久曰："情景俱胜。"(《唐王右丞诗集注说》卷五)

[注释]

[1] 疑开元九年(721)赴济州途中所作。参见卷六《被出济州》注[1]。河北：唐县名，属陕州，天宝元年（742）更名平陆，在今山西平陆县旧治东北。 [2] 傅岩：一作傅险，相传为商代宰相傅说版筑之处。在唐河北县北七里。参见《元和郡县图志》卷六。 [3] 客亭：供旅客止息之所。 [4] 极浦映苍山：远处的水滨倒映着青翠的山。极浦，遥远的水滨。 [5]"岸火孤舟宿"二句：河岸上闪着灯火，是一条孤单的船停靠过夜；暮色中的飞鸟，伴随着渔家的归帆回巢。 [6]"寂寥天地暮"二句：傍晚时分，天地旷远无际，我的心就如这宽广的黄河一样闲静。与，犹如。广川，指黄河。河北县临黄河。

[点评]

这首诗写登河北县城城楼所见景色，首联交代县城的地理位置，说市镇就建在山岩上，旅馆坐落于缥缈的云雾中，这表明诗人观景的视点很高，能看到的景色极其广远，这样就为下面的描写作了很好的铺垫。次联写高城远眺所见之景，夕阳、苍山、极浦，构成一幅壮美的图画，使人神往。三联写近望所见之景，岸火、孤舟、渔家、夕鸟，通过"宿""还"两个动词的串联，形成一个完整而灵动的画面，生意盎然。此诗的中二联，有远景、大景，有近景、小景，有静景、动景，高下错落，富于变化，而又互相谐和，非深于画道者，很难写出这样的诗句。末联由写景转入抒情：傍晚时分，眼前的大河与原野，旷远无际，静寂异常，面对这景象，诗人的心情也变得十分宁静。这是一种驱除了世俗的杂念与纷扰的宁静。这首诗，可以说是王维山水行旅诗的佳篇之一。

登裴秀才迪小台[1]

端居不出户[2]，满目望云山。
落日鸟边下[3]，秋原人外闲[4]。
遥知远林际[5]，不见此檐间。
好客多乘月[6]，应门莫上关。

王夫之曰："自然清韵，较襄阳褊佻之音固别。"又曰："起句拙好。"（《唐诗评选》卷三）

张谦宜曰："（'遥知'二句）悬想题外，却是转入题中，此法又妙。"（《𫄧斋诗谈》卷五）

[注释]

[1] 本诗疑天宝时作者居辋川时所作。裴迪小台：疑距辋川别业不甚远。"裴秀才迪"，麻沙本、元本、明本作"裴迪秀才"。"台"，此字下麻沙本、元本、明本多一"作"字。　[2]"端居不出户"二句：意谓因有此小台，所以在这里平时不出门，满眼就能望见高耸入云的山。端居，平居，犹言平时、平素。　[3] 边：犹"中"，与下句之"外"相对。高适《信安王幕府》："大漠风沙里，长城雨雪边。"即此意。　[4] 秋原人外闲：谓秋日的原野如在世外，非常安静。人外，世外。《后汉书·陈宠传》："屏居人外，荆棘生门。"闲，静。　[5]"遥知远林际"二句：意谓我知道远从

我家所在的树林那里，望不见裴秀才的这个小台。远林，《唐诗别裁》曰："远林，已之家中也。"疑指辋川别业。　[6]"好客多乘月"二句：谓主人好客，多半要留客人趁月光明亮出游，我家照看门户的仆人且不要闭门。乘月，趁月光明亮出外闲游。应门，照看门户的仆人。关，门闩。庾肩吾《南苑看人还》诗："洛桥初度烛，青门欲上关。"

[点评]

这首诗写秋日傍晚登裴迪小台眺望的情趣。首联先写裴迪小台，说有了它足不出户即可望见云山，明陆云龙评此联曰："绘题巧极。"（《翠娱阁评选诗最》卷一）可供参考。次联写登小台所见，景色清丽如画，且景中贯注了作者的闲逸之情，所以朱光潜称此二句"为同物之境"（"同物之境"起于移情作用，即王国维《人间词话》所说的"有我之境"，见《诗论》）。三联"转从远林望小台，思路曲折"（清沈德潜《唐诗别裁》卷九）。这联交代了自己家与小台之间的距离：不远亦不近。因为不近且台小，故"不见此檐间"；因为不远，所以才提出从自己家中能否见到小台的问题，如果很远，显然不会提出这样的问题，而且乘月夜游后诗人还能赶回自己家中，也说明距离不太远。正因此，末句说"应门莫上关"，也就顺理成章。末联"又从登台生出一层"（清黄叔灿《唐诗笺注·唐律诗》卷一），亦可见思路之"曲折"。清王夫之评此诗曰"自然清韵"，甚是。

卷第六

晓行巴峡[1]

周敬曰："秀拔匀称。"（周敬、周珽《删补唐诗选脉笺释会通评林·盛五排》）

际晓投巴峡[2]，余春忆帝京[3]。
晴江一女浣[4]，朝日众鸡鸣。
水国舟中市[5]，山桥树杪行[6]。
登高万井出，眺迥二流明[7]。
人作殊方语[8]，莺为旧国声[9]。
赖谙山水趣[10]，稍解别离情。

徐增曰："此四句（指'水国'四句）写巴峡民风景致如画。"（《而庵说唐诗》卷二一）

[注释]

[1] 本诗作于游蜀时，参见卷六《自大散已往深林密竹蹬道盘曲四五十里至黄牛岭见黄花川》注 [1]。巴峡：今湖北巴东县西有巴峡，位于巫峡之东。然据《水经注》卷三四载，其地"两岸连山，略无阙处。重岩叠嶂，隐天蔽日"，乃一人烟稀少之域，同本诗所描写的景象不合，故本诗之巴峡，当另有所指。杜甫《闻官军收河南河北》："即从巴峡穿巫峡，便下襄阳向洛阳。"仇兆鳌

注："旧注：巴县有巴峡。"按，长江自巴县（今重庆巴南区）至涪州（今重庆涪陵区）一段多山峡，有黄葛峡、明月峡、鸡鸣峡、铜锣峡、石洞峡、黄草峡等，见《华阳国志》卷一、《水经注》卷三三、《[嘉庆]大清一统志》卷三八七。这些山峡因都在古巴县或巴郡境内，故统称为巴峡。杜诗与本诗之巴峡皆指此。 [2]际晓：天刚亮。际，适当其时。"际"，宋蜀本作"除"，据麻沙本、元本、明本、《文苑英华》卷二九一等改。 [3]余春：暮春。 [4]浣：洗涤。 [5]水国舟中市：水乡之地，人们多于舟中做买卖。 [6]山桥：指山岩间架木而成的栈道。"杪"，凌本作"上"。 [7]眺迥：望远。二流：其一为长江，另一当指在巴峡一带入江的河流（如嘉陵江、玉麟江、龙溪河等）。 [8]殊方：异域，异乡。 [9]旧国：故乡。 [10]谙：经历。"谙"，《文苑英华》《全唐诗》作"多"。

[点评]

这首诗首句点题，次句写"忆帝京"。诗人十五岁即离家进京，这时已将京城视作自己的故乡。这两句诗是全诗的主旨所在。接下"晴江"三联，写在巴峡所见到的新异景象与当地的风土人情。它们写出了与诗人故乡迥异的新奇、独特景色与民风，具有浓厚的巴蜀地方色彩。其中"山桥树杪行"之句，宗白华先生认为带有浓厚的画意，是融中国画"移远就近"的空间意识和画法入诗（参见《艺境·中国诗画中所表现的空间意识》）。下面"人作"二句，由巴峡与故乡的景物之异，转到语言亦异，唯有莺声相同；而由莺声相同，诗歌就自然而然地转入思乡的意旨。末二句既写经历巴峡景物给自己带来的乐趣，又抒发了别离故乡之情。此二句与首二句相呼应，是对全诗的一个总结。

出塞作 时为御史，监察塞上作[1]

居延城外猎天骄[2]，白草连天野火烧。
暮云空碛时驱马[3]，秋日平原好射雕。
护羌校尉朝乘障[4]，破虏将军夜渡辽。
玉靶角弓珠勒马[5]，汉家将赐霍嫖姚。

[注释]

[1]开元二十五年（737）秋作于河西。御史：指监察御史。唐御史台置监察御史十员，正八品下，掌内外纠察，监祭祀及监诸军并出使等事。“出塞作”，《乐府诗集》卷二一“横吹曲辞”作“出塞”。“御史”，此二字宋蜀本无，据顾本、凌本、《全唐诗》补。 [2]“居延城外猎天骄”二句：居延城外匈奴正大规模打猎，草原上白草连天猎火延烧。居延城，见本卷《使至塞上》注[2]。天骄，指匈奴。白草，西域所产牧草。《汉书·西域传》颜师古注：“白草，似莠而细，无芒，其干熟时正白色，牛马所嗜也。”“白”，《文苑英华》卷一九七作“百”。 [3]“暮云空碛（qì）时驱马”二句：意谓空旷的沙漠暮云低垂，匈奴人时时驱马向前；秋天的平原草黄马肥，匈奴人正好弯弓射雕。碛，沙漠。射雕，《史记·李将军列传》：“广曰：‘是必射雕者也。’”雕一名鹫，似鹰而大，鸷猛剽疾，极难射，匈奴中因称善射之人为射雕者。“驱”，《文苑英华》作“驻”。以上四句描写匈奴（借指唐西北边地的游牧民族）秋日校猎的情状，隐谓其以校猎为名，伺机来犯。唐时，突厥、吐蕃等作战以骑兵为主，常在秋日草黄马肥时入寇。 [4]“护羌校尉朝乘障”二句：护羌校尉早晨登上堡垒把守，破虏将军夜晚

邢昉曰：“唐人关塞、宫词罕有入七言律者，右丞此篇，千秋绝调，文房《上阳》次之。”（《唐风定》卷一六上）

王世贞曰：“‘居延城外猎天骄’一首，佳甚，非两‘马’字犯，当足压卷。”（《艺苑卮言》卷四）

王夫之曰：“自然缜密之作，含意无尽，端自《三百篇》来，次亦不失《十九首》，不可以两押‘马’字病之。”（《唐诗评选》卷四）

渡过辽水破敌。写汉将守卫阵地和反击敌人。护羌校尉，武官名。应劭《汉官仪》（孙星衍辑本）卷上：“护羌校尉，武帝置，秩比二千石，持节以护西羌。”乘障，登上城堡御敌。参见《汉书·张汤传》师古注。破虏将军，东汉三国时，孙坚曾任破虏将军（临时设置之将军名号），见《三国志·吴书·孙坚传》。渡辽，汉昭帝时辽东乌桓反，以范明友为度辽将军率兵击之。《汉书·昭帝纪》颜师古注：“应劭曰：‘当度辽水（今辽河）往击之，故以度辽为官号。’”此处为借用，非实指。 [5]“玉靶（bǎ）角弓珠勒马”二句：意谓汉将破敌有功，朝廷将赐给多种贵重物品。玉靶，有玉饰的剑把，此指宝剑。角弓，饰以兽角的良弓。珠勒马，配有珠勒（用珍珠作装饰的带嚼子笼头）的骏马。霍嫖姚，西汉名将霍去病，曾任嫖姚（又作票姚、剽姚）校尉，见《汉书·霍去病传》。

[点评]

这首诗以汉朝喻本朝。诗意可分为前后两半，“前四句目验天骄之盛，后四句侈陈中国之武，写得兴高采烈，如火如锦”（清方东树《昭昧詹言》卷一六）。前四句明写匈奴秋猎的浩大声势，暗指他们乘机来犯的气焰之盛；渲染天骄的气焰之盛，正是为了显示唐军将士不畏强敌、压倒一切的气概。清金圣叹说：“前解（前四句）写天骄是真正天骄，后解（后四句）写边镇是真正边镇。”“前解不写得如此，便不足以发我之怒；后解不写得如此，便不足以制彼之骄”（金圣叹《贯华堂选批唐才子诗甲集七言律》卷四）后解中“护羌”一联，前句说防守，后句写反击，“朝”“夜”二字，突出了军情的紧急与扭转局面的神速。全诗通过敌我双方的对比描写，鲜明有力地表现了唐军将士的蓬勃士气、昂扬斗志和英雄气概。这首诗格调高昂，气势雄壮，方东树说它“声调响入云霄”“其气若江海水之浮天”（《昭昧詹言》卷一六），清姚鼐也说：“此作声出金石，有麾斥八极之概矣。”（《七言今体诗钞》卷一）所评皆是。

自大散已往深林密竹蹬道盘曲四五十里至黄牛岭见黄花川[1]

顾可久曰：“直直写去，景象宛然，中更条理井井，有作法。”（《唐王右丞诗集注说》卷六）

危径几万转[2]，数里将三休。
回环见徒侣[3]，隐映隔林丘[4]。
飒飒松上雨，潺潺石中流。
静言深溪里[5]，长啸高山头。
望见南山阳[6]，白日霭悠悠[7]。
青皋丽已净[8]，绿树郁如浮[9]。
曾是厌蒙密[10]，旷然消人忧[11]。

王夫之曰：“匀浃（匀称和谐）。”（《唐诗评选》卷二）

[注释]

[1] 作于游蜀途中。大散：古关名，又称散关。在今陕西宝鸡西南大散岭上，为川陕间交通要道。已往：以后。蹬（dēng）道：脚踩的路。黄牛岭：当在古黄牛堡（今陕西宝鸡黄牛铺镇）附近。《[嘉庆]大清一统志》卷二三八：“黄牛堡，在凤县（今属陕西）

东北一百一十五里，接凤翔府宝鸡县界。五代周显德二年，王景攻蜀入散关，拔黄牛砦。”黄花川：《[嘉庆]大清一统志》卷二三七：“黄花川，在凤县东北。《寰宇记》：大散水出黄花县（在今陕西凤县东北）东界大散岭，流迳县西，去城十步，《水经》云，大散水流入黄花川。”王维曾游蜀，由《晓行巴峡》诗可知。考本诗之大散、黄牛岭、黄花川，皆自秦入蜀须经之地，故知本诗应作于维入蜀途中。关于维游蜀的具体时间，已难确考，但由他入蜀时的诗作来考察，大致可以推知他当时没有官职，是以一个闲居者的身份出游的。考王维自开元二十二年（734）之后，行迹仕履历历可考（参见拙作《王维年谱》），故其游蜀，大抵当在开元二十一年以前闲居长安的数年内。 [2]“危径几万转”二句：陡峭危险的山路千回万转，走几里路就需要休息多次。几，几乎。三休，多次休息。贾谊《新书·退让》：“上（章华台）者三休，而乃至其上。” [3]回环：环绕，指在盘曲的路上绕行。徒侣：谓从行之人。 [4]隐映：谓若隐若现。 [5]“静言深溪里”二句：语本陆机《猛虎行》：“静言幽谷底，长啸高山岑。”静言，沉思。啸，撮口作声。“溪”，《文苑英华》卷二九一作“林”。 [6]南山：终南山，也即秦岭。大散岭即秦岭的一部分。阳：山之南曰阳。 [7]白日霭（ǎi）悠悠：谓太阳在云里慢悠悠地走着。霭，云气。悠悠，行貌。《楚辞·九章·思美人》：“开春发岁兮，白日出之悠悠。”“日”，宋蜀本作“露”，据麻沙本、元本、《文苑英华》等改。 [8]青皋丽已净：谓黄花川畔青葱的田野美丽明净。皋，水边之地。 [9]绿树郁如浮：绿树茂盛犹如飘浮着的云彩。郁，林木积聚貌。 [10]曾是：已是。蒙密：草木茂密四布。 [11]旷然消人忧：谓登上黄牛岭巅看到眼前一片空阔，忧愁一下子消除了。语本王粲《从军行五首》其五：“朝入谯郡界，旷然消人忧。”旷然，空阔貌。

[点评]

这是一首山水行旅诗，诗里实写作者入蜀途中亲眼见到的景色与自己的感受。前八句写“自大散已往深林密竹蹬道盘曲四五十里”，后六句则写“至黄牛岭见黄花川”。其中“危径”四句，写山路的陡峭与盘曲景象，非常真切。“飒飒”四句，不仅写出了诗题中所说“四五十里”路程景色的变化，还表现了其间作者情绪的变化。“望见”二句，点出作者登上黄牛岭见到了终南山南的景象，说明此前他所行之地大抵都在终南山北；“青皋”二句，写在黄牛岭上所见黄花川的美景，并流露出诗人见到这一美景时的喜悦心情，是善于形容佳句；“曾是”二句，是全诗的结语，它总结了作者自大散至黄牛岭所历景观的重大变化，和随之而来的心情变化。全诗按照途中所见之景的顺序写来，井井有条。

被出济州[1]

微官易得罪，谪去济州阴[2]。
执政方持法[3]，明君无此心。
闾阎河润上[4]，井邑海云深[5]。
纵有归来日，多愁年鬓侵[6]。

黄生曰：“首句明非真有罪也，以官卑无援，故挤陷易及耳。三、四立言有体，而讽刺实深，谓大臣擅黜陟之柄，人主初不闻。世人只赏退之‘臣罪当诛’‘天王明圣’，却无人称此。此在近体中尤不易得耳。”（《增订唐诗摘钞》卷一）

邢昉曰：“悲惋深至，复不着意，律诗中苏李也。”（《唐风定》卷一三）

[注释]

[1] 开元九年（721）秋，王维被贬为济州司仓参军，诗即离

京赴济州时所作（说见拙作《王维年谱》）。出：谪为外官。济州：唐州名，辖卢、平阴、长清、东阿、阳谷、范六县，治所在卢县（今山东聊城茌平区西南）。“被出济州”，《河岳英灵集》卷上、《全唐诗》作“初出济州别城中故人”。　[2] 济州阴：济州之地。古以天为阳，地为阴。“济州”，《河岳英灵集》、元本、明本、《全唐诗》作“济川”。按，济川即济水，为古四渎之一，其故道流经今山东入海；然唐济州所辖各县，唯平阴、长清在济水之南（水之南曰阴），其余皆在济水之北之西；济州天宝元年（742）更名济阳郡，亦可证其辖区主要在济水之北。　[3]“执政方持法”二句：执政者已依法贬逐了自己，圣明的君王实则并没有此意。方，犹已。持法，执法。关于王维被贬的原因，本书《导读・王维的生平》有说明，可参阅。“无”，《全唐诗》作“照”。　[4] 闾阎河润上：指济州濒临黄河。闾阎，指里巷。河润，河水浸润之地。《元和郡县图志》卷一〇谓卢县“西临黄河（唐黄河下游河道与今异）”。　[5] 井邑海云深：指济州近海。井邑，市井，城镇。　[6] 多愁年鬓侵：也只有发愁年岁渐大、鬓发渐白了。多，适足，只是。侵，渐进。

[点评]

此诗抒发了作者以细故遭贬的怨愤之情。诗的首句“微官易得罪”，表明诗人并不以为自己真有罪，只不过是因为官卑无助，挤陷易及罢了。在这句看似平常的话中，饱含着诗人的委屈与牢骚。诗的三、四句说自己的被贬，是执政者依法行事，明君并无此意，然而诗人既然并非真有罪，哪里有犯法之事，执政者又焉能依法加以处罚！明君既无处罚诗人之意，那又为什么不对执政者的做法加以制止或纠正呢？清洪亮吉评此二句说：“不特善则归君，亦可云婉而多风（通‘讽’）矣。”（《北江诗话》卷五）此二句确有讽刺之意，但话说得很委婉，所谓“怨而不怒”也。五、六句写贬地济州的地理环境。末二句为自己的前途担忧，怕此去将长期难以还朝。诗人的这种担忧并非过虑，自这以后十多年，诗人都未在朝，直到开元二十三年，他献诗宰相张九龄求汲引后，才得以还朝为官。

早入荥阳界[1]

泛舟入荥泽[2]，兹邑乃雄藩[3]。
河曲闾阎隘[4]，川中烟火繁[5]。
因人见风俗，入境闻方言。
秋野田畴盛[6]，朝光市井喧。
渔商波上客[7]，鸡犬岸旁村。
前路白云外[8]，孤帆安可论！

锺惺曰：“‘安可论’三字说孤帆便妙。”（《唐诗归》卷九）

[注释]

[1] 开元九年（721）赴济州途中作。《宿郑州》作于头天夜晚（投宿之地疑为郑州荥泽县西郊），此诗则作于翌日早晨。荥阳：唐县名，属郑州，在今河南荥阳。 [2] 荥泽：古泽名，故址在唐郑州荥泽县（今河南荥阳东北）北四里（见《元和郡县图志》卷八）。西汉平帝之后，渐淤为平地。赵殿成注：“荥泽在唐时已成平陆，岂能泛舟？盖谓泛舟大河，以入荥阳之界耳。荥阳、荥泽，

地本相连，取古文之名，以为今地之称，诗家盖多有之。” [3] 兹邑：指荥阳。雄藩：指地理位置重要的城镇。 [4] 河曲闾阎隘：在黄河河道曲折处的里巷狭窄密集。 [5] 川中烟火繁：黄河中的人烟也很繁盛。 [6] 秋野田畴盛：秋天田野里的庄稼一派兴旺。田畴，田地。此指田里的农作物。“野田”，麻沙本、明本作“田晚”，元本、顾本作“晚田”。 [7] 渔商波上客：指渔夫和商人在水上进行交易。 [8]“前路白云外”二句：前面的道路还远在天边，自己孤舟独往，其中的情味哪可谈说！外，犹上。

[点评]

此诗的前十句都写诗人在荥阳的所见所闻，其中“河曲”二句描写荥阳人烟稠密，“因人”二句写荥阳的风俗和语言都有自己的特色，“秋野”四句写田野的丰收景象和农村的富足，以及集市的繁华热闹与商业的发达。荥阳在唐代只是中原地区的一个紧县（唐代的县分赤、畿、望、紧、上、中、下七等），由此诗所展现的开元时代一个平常县邑的生活图卷，我们不难想象整个盛唐社会的繁盛景象。像这样反映开元盛世社会生活面貌的诗篇，在唐代并不多见，因而值得我们珍视。末二句由写荥阳转到写自己，抒发了诗人在贬谪途中的孤寂、迷茫心情，非常耐人寻味。

谢榛曰：“（此诗与‘渭城朝雨’一篇）皆风人之绝响也。”（《四溟诗话》卷四）

寒食汜上作 [1]

广武城边逢暮春 [2]，汶阳归客泪沾巾 [3]。
落花寂寂啼山鸟，杨柳青青渡水人。

[注释]

[1] 王维约于开元十四年（726）春离济州西归，此诗即作于西归途中（参见拙作《王维年谱》）。寒食：旧以清明前一日或二日为寒食节。汜（sì）上：汜水之上。汜水源出河南巩义东南，北流经荥阳汜水镇西，注入黄河。“寒食汜上作”，《国秀集》卷中作“途中口号”，《文苑英华》卷一五七作“寒食汜水山中作”。　[2] 广武城：有东、西二城，故址在今河南荥阳东北广武山上。楚、汉相争时，项羽、刘邦曾分别屯兵东、西城，隔涧对峙。　[3] 汶阳：汶水之北。汶水即今山东大汶河，源出济南莱芜区北，西南流至梁山县入济水（今流至东平县入东平湖）。济州在汶水之北，作者自济州西归长安或洛阳，故自称“汶阳归客”。

[点评]

诗人遭贬归来途经广武城边，触景生情，写下了这首诗。首二句说眼前的暮春景象，触发了自己的感伤之情，其中既含有遭贬多年、光阴流逝的辛酸，又有对未来前途的担忧。这两句已将全诗的主要旨意说完，下二句则以出色的景物描写，映衬、烘托上二句已表达的旨意。明顾璘评此诗说：“此对结体也，最要意尽，否则半截诗矣。”（《唐诗正音》卷十三）本诗是以对仗句结尾的绝句，即所谓“对结体”，这种体式的绝句像律诗的上半截，故要意尽，否则就会像未完成的律诗一样。本诗的末二句可谓意尽而又不尽，意尽是说诗的旨意到此已说完，而且是完整的；不尽则指这两句诗以写景作结，富有余味，耐人寻绎。以上就是这首诗的特色与长处。

宿郑州[1]

施补华曰："'孤客亲僮仆'，语极沉至。后人'渐与骨肉远，转于僮仆亲'，衍作两句，便觉味浅。"（《岘佣说诗》）

邢昉曰："深衷密绪，言外不尽。"（《唐风定》卷二）

朝与周人辞[2]，暮投郑人宿[3]。
他乡绝俦侣[4]，孤客亲僮仆[5]。
宛洛望不见[6]，秋霖晦平陆[7]。
田父草际归，村童雨中牧。
主人东皋上[8]，时稼绕茅屋。
虫思机杼鸣[9]，雀喧禾黍熟。
明当渡京水[10]，昨晚犹金谷[11]。
此去欲何言[12]？穷边食微禄。

[注释]

[1] 作于开元九年（721）赴济州途中。郑州：唐州名，辖境在今河南荥阳市、郑州市、新郑市、原阳县一带。 [2] 朝与周人辞：我早晨与洛阳人辞别。周，指洛阳一带。周自平王以后，定都洛邑；后王室衰弱，辖区日益缩小，到战国时，只据有洛阳一带地方。 [3] 暮投郑人宿：指傍晚投宿于郑州辖境，非谓宿于郑州治所（据下"明当渡京水"句可知）。郑州春秋时为郑国之地，故云"郑人"。 [4] 俦侣：伴侣。 [5] 僮仆：仆役，仆人。 [6] 宛洛：东汉时代两个最繁盛的都市，古诗文中常并称。宛在今河南南阳，东汉时有南都之称。此实偏指洛（作者赴济州不当经过宛）。 [7] 秋霖：秋天久下不停的雨。晦：暗。 [8] 东皋：泛指田野、田地。 [9] 思：悲。杼（zhù）：织布机上的梭。"思"，《文苑英华》卷二九一作"鸣"。"鸣"，宋蜀本作"悲"，

据麻沙本、元本改；《文苑英华》作“休”。 [10] 京水：源出唐郑州荥阳县南（见《元和郡县图志》卷八），东北流，绕经郑州治所，自郑州以下，即今河南贾鲁河（见《[嘉庆]大清一统志》卷一四九）。作者东行过荥阳，即当渡京水（京水流经荥阳县东二十二里，见《太平寰宇记》卷九）。 [11] 金谷：本涧名，在今河南洛阳西，晋石崇构园于此，世谓之金谷园。 [12] “此去欲何言”二句：我这一去要做什么？到偏僻边远之地去受用微薄的俸禄。何言，犹何谓、何为。“言”，《文苑英华》作“之”。“食”，麻沙本、元本、明本、《文苑英华》等作“徇”。

[点评]

此诗的首二句写在郑州的辖境投宿，一开头即切入诗题“宿郑州”之意。接下二句写旅途中的感受，从旅人对待僮仆的细微感情变化，见出他离家后的孤独寂寞，堪称写情的妙句。明杨慎《升庵诗话》卷九说：“崔涂《旅中》诗：‘渐与骨肉远，转于僮仆亲。’诗话亟称之。然王维《郑州》诗：‘他乡绝俦侣，孤客亲僮仆。’已先道之矣，但王语浑含胜崔。”下面转入写雨中的村野景色，以白描见长。“秋霖”句承上“望不见”，又启下“田父”二句，转接极自然。接下“主人”四句，写诗人所投宿的那个农家主人的景况，具有新鲜活泼的乡村生活气息。此诗的中间八句，写景生动自然，诗情与画意紧密结合。末四句又由景物转入再续征程的抒写，倾吐了诗人遭遇远谪的无限感慨。此诗将行役与田园题材相结合，在征途的愁思中织入田园的恬静景物，使二者形成对照，从而更显出贬谪征途的凄苦。

王夫之曰："右丞每于后四句入妙，前以平语养之，遂成完作。"又曰："一结平好蕴藉，遂已迥异，盖用景写意，景显意微，作者之极致也。"（《唐诗评选》卷三）

徐增曰："'大漠''长河'一联，独绝千古。"（《而庵说唐诗》卷一五）

使至塞上 [1]

单车欲问边 [2]，属国过居延。
征蓬出汉塞 [3]，归雁入胡天。
大漠孤烟直 [4]，长河落日圆 [5]。
萧关逢候吏 [6]，都护在燕然。

[注释]

[1] 开元二十五年（737）三月，河西节度使崔希逸在青海西大破吐蕃（见《旧唐书·玄宗纪》）；同年夏，王维奉命以监察御史的身份出使河西（治所在凉州），此诗即初至凉州（今甘肃武威）时所作（参见拙作《王维年谱》）。使：出使。塞上：即指凉州。 [2]"单车欲问边"二句：意谓我轻车简从正到边地慰问将士，边地辽阔，附属国直到居延以外。单车，单车独行，不带随从。欲，犹方、正（说见王锳《诗词曲语辞例释》）。问，慰问，过问，也有考察之意。属国，《汉书·武帝纪》颜师古注："凡言属国者，存其国号而属汉朝，故曰属国。"居延，地名。汉有居延泽，唐称居延海，在今内蒙古额济纳旗北境。汉武帝太初三年（前102），将军路博德曾筑居延城于居延泽上（见《汉书·武帝纪》）；又东汉凉州刺史部有张掖居延属国，辖境即在居延泽一带（见《后汉书·郡国志》）。按，唐河西节度使统八军三守捉，其中宁寇军即在居延海西南（见《新唐书·地理志》），又唐安北都护府下辖有羁縻州居延州，其地亦当在居延海附近。"单车欲问边，属国过居延"，《文苑英华》卷二九六作"衔命辞天阙，单车欲问边"。 [3]"征蓬出汉塞"二句：随

风飘扬的蓬草飞出汉人的边塞，北归的大雁进入胡地的天空。征蓬，随风飞扬的蓬草。此处诗人用以自喻。 [4] 大漠：大沙漠。疑指凉州东北的沙漠（今腾格里沙漠之南缘）。孤烟直：赵殿成注："《埤雅》：'古之烽火，用狼粪，取其烟直而聚，虽风吹之不斜。'或谓边外多回风，其风迅急，袅烟沙而直上，亲见其景者，始知直字之佳。"按，烽烟的直与不直，应取决于风的有无，所谓"虽风吹之不斜"的狼烟，恐是传说中之物；又，那种回风"袅烟沙而直上"的现象，确为沙漠中所特有，气象学上叫尘卷风，它起时，可以见到一股有尘沙的烟柱从地上冒出，然后不停地向空中伸展。据经常在沙漠里行走的人说，在夏天晴朗的日子里，夕阳沉没之际，不时可见到天边高高旋起的烟柱，笔直插天，凝立不动，此即所谓尘卷风。此处"孤烟"疑指平安火，唐代镇戍烽候，每日初夜，放烟一炬，谓之平安火，见《资治通鉴》卷二一八胡三省注。 [5] 长河：疑指今甘肃石羊河。此河流经凉州以北的沙漠。 [6]"萧关逢候吏"二句：意谓出使途中，在萧关遇到送迎宾客的官吏，得知节度使破敌后还在前线，没回到凉州。萧关，古关名，故址在今宁夏固原东南。候吏，掌送迎宾客的官吏。王维此次赴河西，当走古丝绸之路东段的北道，又称萧关道，即由长安都亭驿出发，西北行，经邠州（今陕西彬州）、泾州（今甘肃泾川县北）、原州（今宁夏固原）、会州（今甘肃靖远县），渡过黄河，至凉州（参见严耕望《唐代交通图考》第二卷）。都护，官名。见《陇西行》注 [3]。燕然，山名，即今蒙古国杭爱山。后汉窦宪、耿秉曾大破北单于于稽落山，遂登燕然山，刻石勒功，纪汉威德。见《后汉书 · 窦宪传》。此借指河西节度使破敌之地。"吏"，元本、顾本、凌本、《文苑英华》作"骑"。

[点评]

此诗作于王维出使河西之时。离开了李林甫专权、令诗人感到失望的朝廷来到边塞，王维的情绪有了不少变化。这首诗里，诗人描述了这次出使途中的所见所感，它“用景写意，景显意微”（清王夫之语），借边塞风光的描绘，抒发自己的出塞豪情。其中颔联所写，蓬草随风飘扬在秋日，鸿雁北归胡地在夏初，所以“归雁”句是实写眼前之景，“征蓬”句则带有象征的作用。诗人这里自比“征蓬”，其中寄寓着他独行出塞的漂泊之感与悲壮情怀。颈联仅用十字，就勾画出一幅雄奇壮美的边塞风光图：大漠辽阔无涯，长河纵贯其中，远方长河尽头的地平线有圆而红的落日，近处沙漠中长河边有直而白的孤烟。四种景物安排得多么巧妙、得当，具有纷歧统一、均衡协调之美。而从这一幅壮丽、开阔的画面中，我们又分明可以感受到诗人的豪迈情怀、阔大胸襟。在这里，诗人政治上、心灵上的阴影，已一扫而光。这一联不仅状边地之景如在目前，用字亦堪称千古独绝，清黄培芳说：“直、圆二字极锻炼，亦极自然，后人全讲炼字之法非也，全不讲炼字之法亦非也。”（《唐贤三昧集笺注》卷上）所言甚是。末联以路遇候吏，喜闻前线破敌作结。末联与颈联联系紧密，因为颈联所抒发的豪情和描写的平安火，已为末联的结尾作了铺垫。全诗笔力劲健，风格雄浑，气象恢宏，是唐代边塞诗中少见的杰作；尤其是诗歌采用五言律体，却能具有如此豪雄格调，可谓极其难得。

济上四贤咏三首[1]

郑霍二山人[2]

翩翩繁华子[3]，多出金张门[4]。
幸有先人业，早蒙明主恩。
童年且未学，肉食骛华轩[5]。
岂乏中林士[6]，无人荐至尊[7]。
郑公老泉石[8]，霍子安丘樊。
卖药不二价[9]，著书盈万言。
息阴无恶木[10]，饮水必清源。
吾贱不及议，斯人竟谁论[11]？

此诗关注社会现实，寄兴深远，接近于陈子昂的《感遇》。

[注释]

[1]在济州为官时作。参见《被出济州》注[1]。济：济水。“三首”下《全唐诗》注：“济州官舍作。” [2]山人：隐士。“郑霍二山人”，《河岳英灵集》卷上作“寄崔郑二山人”，《文苑英华》卷二三一作“寄郑霍二山人”。 [3]翩翩：风流潇洒貌。繁华子：谓贵盛者。 [4]金张门：谓权贵之门。金张，《汉书·盖宽饶传》：“下无金张之托。”颜师古注：“应劭曰：金，金日磾也。张，张安世也。”按，金、张并为汉世显宦，金为武帝内侍，帝卒前，诏与霍光共辅昭帝；张于宣帝时官至大司马、车骑将军。“出”，《文苑英华》作“事”。 [5]肉食：谓享有厚禄，得常食肉。骛：驰。华轩：华美的车子。 [6]岂乏中林士：晋王康琚《反招隐》诗：

“今虽盛明世，能无中林士？”中林士，山林隐逸之士。“乏”，《河岳英灵集》作“知”。 [7] 至尊：对帝王的尊称。“荐”，麻沙本、元本作“献”。 [8]“郑公老泉石”二句：郑公只能终老于泉石间，霍先生也只有安居于山林。丘樊，山林。“公”，《河岳英灵集》《文苑英华》作“生”。“霍”，《河岳英灵集》作“崔”。“安”，《河岳英灵集》作“老”。 [9] 卖药不二价：《后汉书·逸民列传》：“韩康，字伯休。……常采药名山，卖于长安市，口不二价，三十余年。时有女子从康买药，康守价不移，女子怒曰：‘公是韩伯休那？乃不二价乎？’康叹曰：‘我本欲避名，今小女子皆知有我，何用药为？’乃遁入霸陵山中。”此借用其事，谓郑、霍过着隐逸生活。 [10]“息阴无恶木”二句：意本《文选》陆机《猛虎行》：“渴不饮盗泉水，热不息恶木阴。”李善注引《尸子》：“孔子……过于盗泉，渴矣而不饮，恶其名也。”又引江邃《文释》：“《管子》曰：‘夫士怀耿介之心，不荫恶木之枝；恶木尚能耻之，况与恶人同处？’”阴，树阴。此谓郑、霍志趣、品格皆极高洁。 [11] 斯人：此人，指郑、霍。论（lún）：通“抡”，选拔，推荐。

[点评]

这首诗所咏的郑、霍两位隐士，是被埋没于山林的贤才。唐朝建立后，沿袭隋制，继续实行门荫制度，规定有封爵的人、皇室的亲戚和五品以上官员的子孙，都可凭门荫入仕。诗中说权贵子弟“早蒙明主恩。童年且未学，肉食骛华轩”，正表现出这一制度的不合理，同时也反映了诗人有着一种与权贵对立的开明政治主张。此诗将不学无术却“肉食骛华轩”的权贵子弟与德才兼备反而埋没于山林的贤士作鲜明对比，尖锐有力地针砭了社会的不公正。诗人用以抨击这种社会不公正现象的武器，是儒家的选贤任能思想，所以诗的最后两句，便以选拔贤才的义正词严的呼喊作结。

偶然作六首[1]

锺惺曰："读王、储（光羲）《偶然作》，见清士高人胸中皆似有一段垒块不平处，特其寄托高远，意思深厚，人不能觉。"（《唐诗归》卷八）

其　五

赵女弹箜篌[2]，复能邯郸舞。
夫婿轻薄儿，斗鸡事齐主[3]。
黄金买歌笑，用钱不复数。
许史相经过[4]，高门盈四牡[5]。
客舍有儒生，昂藏出邹鲁[6]。
读书三十年，腰间无尺组[7]。
被服圣人教[8]，一生自穷苦。

[注释]

[1] 此诗约作于开元十五年（727）。王维于十四年春自济州西归后，同年冬参加吏部铨选，次年春授官于淇上（官名不详，大抵为州县佐吏）;《偶然作》共六首，除其六"老来懒赋诗"（诗题应作《题辋川图》）作于晚年外，其余五首皆作于十五年在淇上为官之时（说见拙作《王维年谱》）。　[2]"赵女弹箜篌（kōng hóu）"二句：谓有一位赵地女子会弹箜篌，还能跳赵都邯郸的舞

蹈。赵俗女子多习歌舞，“游媚富贵，遍诸侯之后宫”（《汉书·地理志》）。赵地女乐、歌舞皆闻名于世。汉乐府《相逢行》：“堂上置樽酒，作使邯郸倡。”邯郸，赵国国都，在今河北邯郸西。箜篌，古弦乐器，其形似瑟而小，七弦。 [3] 斗鸡事齐主：《庄子·达生》：“纪渻子为王养斗鸡。”陆德明《释文》：“王，司马（晋司马彪）云：齐王也。”按，玄宗好斗鸡，唐时斗鸡之风甚盛，颇有以斗鸡而得宠者，此句即借用旧典以讽刺时事。 [4] 许史相经过：谓与贵戚相交往。许史，指汉宣帝时外戚许氏、史氏。《汉书·盖宽饶传》：“上无许史之属。”颜师古注：“应劭曰：‘许伯，宣帝皇后父；史高，宣帝外家也。’” [5] 四牡：套着四匹雄马的车子。 [6] 昂藏：气度轩昂。邹：古国名，有今山东费县、滕州市、济宁市等地，战国时为楚所灭。鲁：古国名，有今山东西南部地，战国时为楚所灭。按，孔子为鲁人，孟子为邹人，邹鲁一带深受儒家学派的影响，习儒业者比比皆是。《史记·货殖列传》：“邹鲁滨洙泗，犹有周公遗风，俗好儒，备于礼。”《汉书·地理志》谓鲁地之民“好学，上礼义，重廉耻”。 [7] 尺组：“组”是一种彩色丝带，其宽者可用作绶带，此处即指绶带。古时官员的绶带，一端用来系官印，绶结于腰间，印则垂之腰下，“尺”即指印垂下的长度。“间”，麻沙本、元本、明本作“下”。 [8] 被服：比喻亲身蒙受，犹如被服覆盖身体。圣人：指孔子。

[点评]

这首诗成功地运用对比手法，来揭露社会的不公正。诗里没有直接发议论，直接抒发感情，只把“斗鸡”的“轻薄儿”与饱学的儒生的不同境遇作对比，诗人的愤懑不平之情就自然涌出。诗中所写以斗鸡侍奉君主而得宠之事，是当时社会上实有的现象。如唐陈鸿祖《东城老父传》载，“玄宗在藩邸时，乐民间清明节斗鸡戏。及即位，治鸡坊于两宫间”。东城老父贾昌少时，“以斗鸡求媚于上”，“天子甚爱幸之，金帛之赐，日至其家。……（开元）十四年三月，衣斗鸡服，会玄宗于温泉。当时天下号为神鸡童。时人为之语曰：‘生儿不用识文字，斗鸡走马胜读书。贾家小儿年十三，富贵荣华代不如。’”（《全唐五代小说》卷二四）又，唐时没有门荫特权的士人，想要进入仕途，大抵只有走应举的道路，然唐代进士科及第者，平均每年只有二十至三十人，明经科及第者，每年也只有一百人左右，所以有大量士人，读书数十年也未能获得一第，可见本诗的描写，具有现实意义。

题《辋川图》[1]

老来懒赋诗，唯有老相随。
宿世谬词客[2]，前身应画师[3]。
不能舍余习[4]，偶被世人知。
名字本习离[5]，此心还不知。

余成教曰：“‘宿世谬词客，……偶被世人知’，四句善于自写。”（《石园诗话》卷一）

[注释]

[1] 此诗王维集各本皆作《偶然作》其六。按，唐朱景玄《唐

朝名画录》曰：“（王维）复画《辋川图》，山谷郁盘，云水飞动，意出尘外，怪生笔端，尝自题诗云：‘当世谬词客，前身应画师。’其自负也如此。”唐张彦远《历代名画记》卷一〇云：“清源寺壁上画辋川，笔力雄壮，常自制诗曰：‘当世谬词客，前身应画师。不能舍余习，偶被时人知。’诚哉是言也。”宋郭若虚《图画见闻志》卷五亦云：“尝于清源寺壁画《辋川图》，岩岫盘郁，云水飞动，自制诗曰：‘当世谬词客，前身应画师。不能舍余习，偶被时人知。’”据以上记载，此诗当作“题《辋川图》”，不应曰“偶然作”；《万首唐人绝句》卷九九即采“宿世”四句作一绝，题作“题《辋川图》”，今从之。又，《辋川图》既画于清源寺（即辋川庄，维施庄为寺后，改用此名）壁，则此首题图之诗，亦当作于维晚年（据首联知诗当作于晚年）居辋川时。《辋川图》后世摹本极多，今存有台北故宫博物院藏传为北宋郭忠恕的摹本、蓝田县文管所藏明刻石本等。 [2] 宿世：佛教指过去的一世，即前生。谬词客：妄为诗人。即本来不配当诗人却当了诗人之意。谬，谦词。“宿世”，《历代名画记》《唐朝名画录》《图画见闻志》作“当世”，《太平广记》卷二一一引《唐画断》作“夙世”，《唐诗纪事》卷一六作“当代”。“谬词”，《诗律武库》卷一四作“称诗”。 [3]“身”，《万首唐人绝句》作“生”。 [4]“不能舍余习”二句：意谓我不能舍弃前生遗留的习尚，于是名字偶然地被世人知道。“世”，《历代名画记》《万首唐人绝句》《唐诗纪事》作“时”。 [5]“名字本习离”二句：意谓我的名字与我的原来习尚（指好写诗作画）相离，自己这心里却还不知晓。指自己既用佛教居士维摩诘之名作为自己的名字（王维字摩诘），本不应去追求诗人、画家的浮名。此诗韵字两用“知”字，疑有误。“习离”，宋蜀本作“皆是”，据麻沙本改。“心”，宋蜀本作“知”，据元本、明本、《全唐诗》等改。

[点评]

这首诗含有对自己的诗画作品作评价的意味。首二句说，自己年老后懒于写诗，只有衰老伴随自己，这话里不悲不喜，也无叹老之意，只是顺其自然而已。中二联说，我宿世谬妄地当了诗人，前生应该还是画师，今生不能舍弃前生遗留之习，名字便偶然地被世人知道。王维在当时的诗名画名都很盛，中二联之语，说明他知道并承认自己在当世诗坛画坛的声名；可以说，这两联在自谦的话语背后，流露出诗人对自己诗画成就的高度自信。王维在诗里常说自己“无才”“无长策”，但那是指政治才能说的，与写诗作画毫不相干。诗的末联说，自己好写诗作画的习尚与自己名字的含义相离，自己心里还不知道，这就是习尚已成，难以改变，作者也无意于改变。这是值得庆幸的，如果王维因为信奉佛教就改变其好写诗作画的习尚，则王维也就不成其为王维了。这首诗对我们了解王维的诗画创作不无帮助。

西施咏[1]

艳色天下重[2]，西施宁久微？
朝为越溪女，暝作吴宫妃[3]。
贱日岂殊众？贵来方悟稀。
邀人傅脂粉[4]，不自着罗衣。

谭元春曰：“二语（首二句）使高才淹滞者，读之感奋。”（《唐诗归》卷八）

赵殿成曰："'贱日岂殊众'二言，古今亟称佳句，然愚意以为不及'君宠益骄态'二言为尤工。四言之义，俱属慨词，然出之以冲和之笔，遂不觉沨沨乎为入耳之音，诚有合于风人之旨也哉！"（《王右丞集笺注》卷五）

君宠益娇恣[5]，君怜无是非。
当时浣纱伴[6]，莫得同车归。
持谢邻家子[7]，效颦安可希。

[注释]

[1] 此诗载《河岳英灵集》，当作于天宝十二载（753）前，或许作于早年。西施：春秋时越国美女。《吴越春秋》卷九载：越王勾践为吴王夫差所败，退守会稽，知夫差好色，欲献美女以乱其政，乃使人寻于国中，"得苎萝山鬻薪之女，曰西施、郑旦"，因献于吴王，吴王大悦。咏：诗体名，见元稹《乐府古题序》。"咏"，《河岳英灵集》卷上、《唐文粹》卷一七下、《唐诗纪事》卷一六作"篇"。 [2]"艳色天下重"二句：美艳的女色为天下所重，西施哪能长久贫贱？宁，岂。微，贫贱。 [3]"暝"，麻沙本、元本、《河岳英灵集》《唐诗纪事》等作"暮"。 [4] 傅：搽。"脂"，《河岳英灵集》《全唐诗》作"香"。 [5]"君宠益娇恣"二句：君王宠幸使她的态度更加骄横，君王一味爱怜她以至于是非不分。娇，通"骄"。恣，通"姿"。"娇"，明本、赵本作"骄"。"恣"，麻沙本、元本、明本、《河岳英灵集》等作"态"。 [6] 浣纱：相传西施贫贱时，常在江边浣纱。浙江诸暨南有苎萝山，下临浣江（浦阳江流至诸暨东南称浣江），江上有浣纱石，旧传为西施浣纱处。参见《读史方舆纪要》卷九二。 [7]"持谢邻家子"二句：奉告西施的邻家女子东施，西施的美态、际遇哪能仿效、希求。《庄子·天运》载："西施病心而颦（皱眉头）其里，其里之丑人见而美之，归亦捧心而颦其里。其里之富人见之，坚闭门而不出；贫人见之，挈妻子而去之走。"后称这个丑女为"东施"，称这故事为"东施效颦"。持谢，犹奉告。希，企求。"持

谢”,《河岳英灵集》《唐诗纪事》作“寄言”。“子”,《河岳英灵集》作“女”。

[点评]

在历代咏西施的诗歌中，这是“别寓兴意”(清沈德潜《说诗晬语》卷下)、立意独特的一首。诗的首四句写西施由一个贫贱的浣纱女而骤贵，其原因在于“艳色”；假如以“艳色”喻才高，虽说“天生我材必有用”，但是社会的现实，往往并不都是这样。接下二句说，绝色美女西施贫贱时同一般人并没有两样，等贵显了人们方才认可她的绝色，则她的骤贵又不纯由“艳色”决定；若以美女喻贤才，则贤才贫贱时也同一般人没有两样，他的贵显也不纯由“贤”决定。这两句可谓意在言外，耐人寻味。下面六句写西施骤贵暴富后的骄态，寓有对世态炎凉的讽刺之意。清黄周星评九、十两句说：“既有‘君怜无是非’，便有君憎无是非矣，语有意外之痛。”(《唐诗快》卷四)所言甚是。此诗实际是说，西施的“殊众”与否，关键并不在于她有无“艳色”，而在于她的“贵”或“贱”，以及“君宠”“君怜”与否。隐喻士的遇与不遇，主要也不取决于他有无才德。所以，在这首诗中，寄寓着怀才不遇的下层士人的不平与感慨。末二句指出，西施的际遇不可希求，暗喻贤才也不大可能一飞冲天，显示出作者对于现实的清醒认识。在艺术上，由于此诗采用比兴寄托的表现方式，因而形成了深婉含蓄的特点。

吴昌祺曰:“以息夫人为题,为宁王讳也。”(《删订唐诗解》卷一一)

唐汝询曰:“上联是他人揣度之辞,下联是其不忘旧恩处。”(《唐诗解》卷二二)

顾璘曰:“只发一楚字,便有无穷悲怨。”(《唐诗正音》卷十一)

息夫人[1]　时年二十

莫以今时宠[2],能忘旧日恩。
看花满眼泪,不共楚王言。

[注释]

[1] 此诗作于开元八年(720)。息夫人:春秋时息侯(息国国君)夫人,姓妫,亦称息妫。楚文王杀息侯,灭息(在今河南息县),以息妫为妻,生堵敖及成王。息妫从未主动说过话,楚文王问其故,回答说:“吾一妇人,而事二夫,纵弗能死,其又奚言?”事见《左传》庄公十四年。关于这首诗的本事,《本事诗·情感》载:“宁王(李宪,玄宗之兄)曼贵盛,宠妓数十人,皆绝艺上色。宅左有卖饼者妻,纤白明媚,王一见注目,厚遗其夫,取之,宠惜逾等。环岁,因问之:‘汝复忆饼师否?’默然不对。王召饼师,使见之,其妻注视,双泪垂颊,若不胜情。时王座客十余人,皆当时文士,无不凄异。王命赋诗,王右丞维诗先成:‘莫以今时宠……’座客无敢继者,王乃归饼师,以终其志(以上三句原无,见《唐诗纪事》卷一六引《本事诗》)。”“息夫人”,《河岳英灵集》卷上作“息夫人怨”,《国秀集》卷中作“息妫怨”。　[2]“莫以今时宠”二句:不要以为有了今天的宠爱,就能忘掉旧日夫妻的恩情。“能忘”,宋蜀本作“难忘”,据麻沙本、元本、明本、《河岳英灵集》等改;《本事诗》作“宁忘”,《乐府诗集》卷八〇作“宁无”。“旧”,《国秀集》《本事诗》作“昔”,《唐诗纪事》作“异”。

[点评]

根据《本事诗》的记载,这首诗是在宁王府中应宁王之命而作的，其写作难度之大可想而知。诗既要为弱者伸张正义，又不能直斥宁王，所以作者机敏地采用借古喻今，只叙情事、不加评论的表现方式来进行创作。诗的前二句叙写怨妇的衷情，不论是从息夫人的角度说，还是从饼师之妻的角度说，都很贴合。后二句写怨妇的怨态，只抓住一个含泪看花默然无语的镜头，“更不著判断一语”（《渔洋诗话》卷下），便把一个无法抗拒强暴势力凌辱、内心无限悲怨和忠于故夫的弱女子形象刻画了出来，并流露出诗人对她的同情与对宁王的不满。其中第三句中的“看花”，两个故事里都没有，是作者的构思和创造。添加这样一个对花垂泪的细节，既甚切合息夫人、饼师之妻所居环境（王宫、王府）的情况，又令诗歌更加凄婉动人。全诗写得蕴藉、委婉，充分发挥了绝句诗高度概括浓缩的艺术特长，所以清张谦宜称赞这首诗“体贴出怨妇本情”，“止二十字，却有味外味，诗之最高者”（《䌹斋诗谈》卷五）。《本事诗》说王维写出这首诗后，“王乃归饼师，以终其志”，可见这首诗的艺术魅力；又，史载宁王以嫡长而固让储位，得“让皇帝”的美名，为人“尤恭谨畏慎”（《旧唐书》本传），他之所以将饼师之妻送回，也许是为了提高自己在文士中的声誉。

班婕妤三首[1]

其　二

宫殿生秋草，君王恩幸疏[2]。

吴昌祺曰：“言‘恩幸疏’，亦已矣；偏在‘门外度’，所以不堪。”（《删订唐诗解》卷一一）

唐汝询曰："草生殿庭，君不来幸也。其奈金舆经此而不入乎！"（《唐诗解》卷二二）

那堪闻凤吹[3]，门外度金舆。

[注释]

[1] 班婕妤（jié yú）：乐府古题名，又称《婕妤怨》，属相和歌辞楚调曲。《乐府诗集》卷四三引《乐府解题》曰："《婕妤怨》者，为汉成帝班婕妤作也。婕妤，徐令彪之姑，况之女。美而能文，初为帝所宠爱。后幸赵飞燕姊弟，冠于后宫。婕妤自知见薄，乃退居东宫，作赋及《纨扇诗》以自伤悼。后人伤之而为《婕妤怨》也。"婕妤，宫中女官，汉置，位视上卿，秩比列侯。《国秀集》卷中选入此诗第三首，题作《扶南曲》。据此，本诗当作于天宝三载（744）以前，具体时间不详。"班婕妤"，《河岳英灵集》卷上作"婕妤怨"。 [2]"恩"，《文苑英华》卷二〇四作"宠"。 [3]"那堪闻凤吹"二句：哪里承受得了听到笙箫等的吹奏声，那是君王的车驾正从她的门外经过。凤吹，《文选》孔稚珪《北山移文》"闻凤吹于洛浦"，李善注："《列仙传》曰：'王子乔，周宣王（应作周灵王）太子晋也，好吹笙作凤鸣，游伊、洛之间。'"后因以凤吹谓笙箫等细乐。此指乘舆出行时的奏乐之声。金舆，即金辂，天子的车驾，以金为饰。

[点评]

这组诗借用乐府旧题，以写失宠宫人的寂寞生活和痛苦心情。本首的主旨是"君王恩幸疏"，前二句从正面叙此意，"生秋草"说明宫人住处荒芜，君王已很少临幸，这正是"恩幸疏"的表现。后二句转而从侧面、细微处入手，渲染上述主旨。这两句只说承受不了天子的车驾从门外经过时传来的奏乐声，而宫中同列的承恩与宫人自己失宠后的寂寞、痛苦，已可自言外得之。又，天子的车驾从门外经过而不入，也正好验出“恩幸疏”来。这二句写来委婉曲折，凄然动人，洵属佳联。

其　三

怪来妆阁闭[1]，朝下不相迎[2]。
总向春园里[3]，花间语笑声。

刘辰翁曰：“语皆不刻而近。”（《须溪先生校本唐王右丞集》卷六）

黄生曰：“言同列之承恩者尔尔，本意一毫不露，作法高绝，从来诸作皆可废矣。”（《增订唐诗摘钞》卷一）

[注释]

[1] 怪来：犹难怪。妆阁闭：指不复梳妆打扮。妆阁，供梳妆用的亭阁。　[2] 朝下不相迎：谓君王下朝时已不复能相迎，指君王下朝后不复临幸。　[3]“总向春园里”二句：谓君王总是在春天的花园里，花间传来他与所欢的语笑声。向，唐代俗语词，有“在”之意。“向”，《国秀集》作“在”。“语笑”，元本、赵本、《全唐诗》作“笑语”。

[点评]

这首诗的前二句从失宠的宫人方面着笔，说她下朝时不复能前去迎接君王，所以也就不再梳妆打扮；后二句则从新受宠者的角度来写，说春园里传来她们与君王的欢声笑语，两者相互对照，更显出失宠宫人内心的深切痛苦。全诗语言浅近而含蕴不露，余味悠长。

王维在这组诗中，对宫人的不幸遭遇，都抱同情态度。王维诗的题材丰富多样，大致各种题材的作品都有佳篇，像这组宫怨诗，就优于不少唐人的同题之作。

羽林骑闺人[1]

秋月临高城，城中管弦思[2]。
离人堂上愁[3]，稚子阶前戏。
出门复映户[4]，望望青丝骑[5]。
行人过欲尽，狂夫终不至[6]。
左右寂无言，相看共垂泪。

锺惺曰：“前四句妆点，次四句伤心。”（《删补唐诗选脉笺释会通评林·盛五古一》）

[注释]

[1] 羽林骑：见《少年行四首》其二注[1]。骑，骑兵。 [2] 思：悲。 [3]“离人堂上愁”二句：意谓离人（其夫离家在外者，指羽林骑闺人）听到乐声后，在堂上发愁，而幼子则不懂事，仍在阶前游戏。 [4] 出门复映户：言闺人走出家门，月光又照在门扉上。 [5] 望望青丝骑：意谓此刻闺人急切盼望着丈夫的华丽坐骑出现。望望，急切盼望貌。青丝骑，装饰华丽的坐骑。青丝，指用青丝绳作马缰。梁刘孝绰《淇上人戏荡子妇示行事》：“如何嫁荡子，春夜守空床？不见青丝骑，徒劳红粉妆。”此指闺人丈夫的坐骑。 [6] 狂夫：古时妇女自称其夫的谦词。梁何思澄《南苑逢美人》：“自有狂夫在，空持劳使君。”此处含有埋怨其夫放荡的意思。“狂”，宋蜀本作“征”，据麻沙本、元本、明本等改。

[点评]

这是一首闺怨诗，诗中表现羽林骑闺人久待其夫不至的悲怨与诗人对她的同情。诗的首二句说，秋月照耀着高高的城墙，城中的管弦乐声悲伤，两句诗构造了一个悲凉的情景氛围；三、四句说，这时丈夫已离家的闺人在堂上发愁，而她不懂事的幼子则在台阶前玩耍，细致而真实地刻画了在屋内等候丈夫归来的闺人及其幼子的不同情态。五、六句写闺人终于忍耐不住，走出门去等候丈夫，表现出她盼望丈夫归来的急切心情。七、八句写门前已不见行人，而她那放荡的丈夫终究不归，深一层地写了她的极度失望。末二句说，她身边的人都静默不语，相互看着一起流下了眼泪，这是从侧面着笔，更深刻地表现了闺人的痛苦。全诗通过场景气氛的渲染、人物情态动作的描写与对比，将羽林骑闺人的悲怨表现得很有感染力。诗人将闺人的丈夫设计成皇家禁军的骑兵（羽林骑），揭示了他的骄贵与放荡，不无普遍意义。

秋夜独坐[1]

独坐悲双鬓[2]，空堂欲二更。
雨中山果落，灯下草虫鸣。
白发终难变[3]，黄金不可成[4]。
欲知除老病[5]，唯有学无生[6]。

唐汝询曰："此忧生之叹也。时迈发改，夜愁难堪，果落虫鸣，倍增凄怆。因言神仙多妄，惟无生可以却病，我愿学之耳。悲双鬓者，悲其白也。白发难变，是承上语，不可言重。王敬美以此病之，正犹凿舟寻漏。"（《唐诗解》卷三六）

［注释］

[1] 此诗疑天宝末年居辋川时作。 [2] 悲双鬓：为双鬓变白而悲伤。 [3] 白发终难变：《列仙传》卷下载：稷丘君朱璜

入浮阳山八十余年，“白发尽黑”。此反其意而用之。 [4] 黄金不可成：意谓丹砂也不能化成黄金，长生无望。语本江淹《从建平王游纪南城》：“丹砂信难学，黄金不可成。”按，世传丹砂（又作丹沙，即朱砂）可化为黄金。《史记·孝武本纪》：“致物而丹沙可化为黄金，黄金成以为饮食器则益寿，益寿而海中蓬莱仙者可见，见之以封禅则不死。”《抱朴子内编·黄白》：“《铜柱经》曰：丹沙可为金，河车可作银。”此即古之方士、道士所谓烧炼丹药化为金银之术，又称黄白之术。 [5] 欲：犹“已”，不是一般的“将要”意（参见王锳《诗词曲语辞例释》）。老病：佛教称生、老、病、死为四苦。《释迦谱》卷二：“以畏老、病、生、死之苦，故于五欲不敢爱著。” [6] 无生：见《登辨觉寺》注 [8]。

[点评]

这首诗写诗人秋夜独坐的感触。首句说，我独自坐着为双鬓变白而悲伤，一开头即从诗题之“独坐”写起；次句说，这时空寂的厅堂里已近二更。因秋夜独坐，更觉堂空，其景况萧瑟、凄清，读者不难感受到。次联说，我听见雨声淅沥中山果落地，还有在灯下听到草虫鸣叫。这联善用音响描写来刻画静境。寂静并非声响全无，寂静能使人听见平常听不见的声音，连雨中山果落地的响声都能听到，足见秋夜的静寂之极，其间草虫的鸣叫，更增添了萧飒的气氛。此时在灯下独坐的诗人的心境如何，就表现在这联所创造的境界里，读者要自己去领略。这个境界所寄寓的感情，有人生易老的悲慨，寒夜独坐的寂寞、凄凉，还有对生命的珍惜，等等，可以说非常丰富，非常耐人寻绎，然而出语却又极其平淡，这是艺术纯熟的表现，千锤百炼的结果。清潘德舆《养一斋诗话》卷三说：“一唱三叹，由于千锤百炼。今人都以平澹为易易，知其未吃甘苦来也。右丞‘雨中山果落，灯下草虫鸣’，其难有十倍于‘草枯鹰眼疾，雪尽马蹄轻’者。到此境界，乃自领之，略早一步，则成口头语，而非诗矣。”指出达到平淡之不易，有一定道理。诗的后四句笔锋一转，直截了当地道出了消解忧伤、痛苦的办法，先说长生无望，仙术虚妄，接言唯有学习佛教的无生之理，才能消除老、病之苦。其中当包括以佛教的“诸法皆空”之理，来断除世俗的欲求，而没有了世俗的欲求，内心的痛苦、矛盾也就能够得到某种精神上的安慰了。

不遇咏[1]

北阙献书寝不报[2]，南山种田时不登[3]。
百人会中身不预[4]，五侯门前心不能[5]。
身投河朔饮君酒[6]，家在茂陵平安否[7]？
且以登山复临水[8]，莫问春风动杨柳。
今人作人多自私[9]，我心不说君应知[10]。
济人然后拂衣去[11]，肯作徒尔一男儿[12]！

钟惺曰：“四语（“今人”四句）直而婉，是高、岑绝妙歌行。”（《唐诗归》卷八）

[注释]

[1] 此诗疑作于淇上，作年大约为开元十五年（727）或十六年。说见本诗注 [6]。　[2] 北阙献书：谓向天子进献书疏、文章等，以求进用。唐封演《封氏闻见记》卷三："常举外复有……进献文章并上著述之辈，或付本司，或付中书考试，亦同制举。"北阙，汉长安未央宫北门（正门）有玄武阙，时称北阙。这里泛指宫阙。寝：搁置，被搁置。不报：不答复。《汉书·朱买臣传》："诣阙上书，书久不报。"　[3] 南山种田时不登：《汉书·杨恽传》："田彼南山，芜秽不治。"时，时常。不登，无收成。　[4] 百人会中身不预：谓朝廷的盛会自己没资格参加。百人会，《世说新语·宠礼》："孝武（东晋孝武帝）在西堂会，伏滔预坐。还，下车呼其儿，语之曰：'百人高会，临坐未得他语，先问伏滔何在，在此不？此故未易得。为人作父如此，何如？'"预，参预。　[5] 五侯门前心不能：谓奔走于权贵之门自己又做不到。五侯，《汉书·元后传》："（成帝）河平二年，上悉封舅谭（王谭）为平阿侯、商成都侯、立红阳侯、根曲阳侯、逢时高平侯，五人同日封，故世谓之五侯。"　[6] 身投河朔饮君酒：谓自己只好投奔河北喝主人您的酒。河朔，河北，唐置河北道，辖有黄河以北之地。君，指诗中抒情主人公（"我"）所投靠的主人，他当时在黄河以北。按，王维曾居淇上，其地恰在唐河北道卫州境内，故疑此诗即维居淇上时所作。细察此诗所反映的思想情绪，同维居淇上时的心境正好相合。　[7] 家在茂陵平安否：您（指"君"）像司马相如那样免官家居不知是否平安？家在茂陵，用汉司马相如事。《史记·司马相如列传》："相如既病免，家居茂陵。"茂陵，汉初为茂乡，武帝筑陵葬此，因称茂陵，在今陕西兴平东北。　[8]"以"，麻沙本、元本作"共"，明本、顾本、《全唐诗》作"此"。　[9]"作"，宋蜀本作"昨"，据麻

沙本、元本、明本改。 [10]说：通“悦”。“我”，宋蜀本作“成”，据麻沙本、元本、明本等改。 [11]济人：救助世人。拂衣：振衣，有表示决绝之意。《后汉书·杨彪传》载孔融曰：“孔融鲁国男子，明日便当拂衣而去，不复朝矣！” [12]肯作徒尔一男儿：岂能白做一个七尺男儿！肯，犹“岂”。“肯”，宋蜀本作“有”，据麻沙本、元本、明本等改。

[点评]

这首诗中的“我”，是诗里的抒情主人公，一个落魄潦倒的志士。诗里描写了他的遭遇、愤慨与胸襟。全诗每四句一转韵，诗意亦随之转换。首四句连用四个不字，以写“我”之献书求仕与隐居躬耕皆无成，处处不顺，落魄潦倒，然而“我”虽失意，却不改耿介之操守，不愿做干谒权贵之事。中四句写“我”苦闷之余，奔往河北某地，与那里的主人（“君”）共饮，并欲一起登山临水，以排除内心的痛苦。末四句写“我”身处逆境，仍不忘世事，坚持着自己的救世济人理想。在“我”这个抒情主人公的形象中，显然寄寓着诗人失志的愤慨与济世的抱负。此诗虽咏不遇，却具有一种昂扬奋发的精神，它是盛唐士人普遍的精神风貌的一个体现。

待储光羲不至[1]

重门朝已启[2]，起坐听车声[3]。

要欲闻清佩[4]，方将出户迎。
晚钟鸣上苑[5]，疏雨过春城。
了自不相顾[6]，临堂空复情[7]。

谭元春曰:“(‘疏雨’句下)此十字正是待人，莫作境与事看。”(《唐诗归》卷九)

[注释]

[1] 储光羲：盛唐诗人，润州延陵（今江苏常州金坛区西北）人，开元十四年（726）登进士第，后曾四为县佐，于开元二十一年左右离职归乡。开元末复离乡入秦，隐于终南。约于天宝五六载间出山官太祝，八九载间迁监察御史。安禄山反，陷身贼中，两京收复后被定罪贬往南方（参见拙作《储光羲生平事迹考辨》，《文史》第 12 辑）。储终南隐居和在长安任职期间，常与王维往还酬唱。其集中有《答王十三维》诗，正是酬答王维此诗的，其诗曰：“门生故来往，知欲命浮觞。忽奉朝青阁，回车入上阳。落花满春水，疏柳映新塘。是日归来暮，劳君奏雅章。”据“忽奉”二句，知是时储已居官，故王维此诗当作于天宝中储在长安官太祝或监察御史时，具体时间不详。　[2] 重门朝已启：指京师层层的门（如城门、坊门等）清早就已打开（唐时京师戒夜，夜间各种门关闭），友人已能乘车前来。　[3] 起坐听车声：我一会儿站起一会儿坐下，倾听着车声。　[4]“要欲闻清佩”二句：谓好像听到友人身上玉佩的清脆响声，正准备着出门前去迎接。要欲，犹却似（说见王锳《诗词曲语辞例释》）。　[5] 上苑：皇家的园林。　[6] 了自不相顾：承上二句而言，谓天已晚，又下起雨，知道友人今天已不会来看望自己了。了，明了。自，已，已经。白居易《嵩阳观夜奏霓裳》：“开元遗曲自凄凉，况近秋天调是商。”“自”即此意。顾，看望。　[7] 临堂空复情：意谓回到堂上，自己仍对友人充满期待之情。空，独，自。李华《春行寄兴》：“芳

树无人花自落，春山一路鸟空啼。”“空”即此意。复，多。谢朓《同谢谘议铜雀台诗》：“芳襟染泪迹，婵媛空复情。”“空复”，麻沙本、元本、明本作“复空”。

[点评]

这首诗写作者盼望好友（储光羲）来访与久候好友不至的心情。诗的前四句写诗题的“待”字，后四句则主要写诗题的“不至”二字。首句说明自清晨京师重门开启、好友得以出行开始，自己就在等待好友来临；次句写自己坐立不安地侧耳倾听好友的车声却未听到，生动地表现了诗人等待好友来临的急切心情；三、四句紧承上二句，说自己好像听到了好友的玉佩声，正要出门去迎接，谁知却是听错了，进一步写出作者等人的急切心情。五、六句写等到了皇家园林里的晚钟已敲响，春天的京城已下起了一阵疏雨，好友还是没有出现。清宋徵璧《抱真堂诗话》说：“王摩诘有‘忽过新丰市’及‘疏雨过春城’，‘过’字妙。”一个“过”字表明疏雨只是下了一阵，好像它经过京城后又到别的地方去了。末二句承上二句而言，谓天已晚，又下起雨，知道好友今日已不来，但自己仍充满期待，或许是期待“奇迹”出现，好友忽然来临，或许是期待好友他日仍能前来。诗歌写出了对好友的一片深情，虽久候好友不至，却没有一句埋怨的话。全诗无一语直说自己的心情如何，表现自己的心情，多通过对情态动作的描绘，通过提炼能够表明心理活动的细节，如“起坐”“听车声”“要欲闻清佩”等，刻画无不细腻、传神，惟妙惟肖，具有很强的表现力。

早朝二首[1]

其二

柳暗百花明，春深五凤城[2]。
城乌睥睨晓[3]，宫井辘轳声[4]。
方朔金门侍[5]，班姬玉辇迎[6]。
仍闻遣方士[7]，东海访蓬瀛。

顾可久曰：“汉武帝好仙事，因早朝使事，隐讽玄宗废政事而耽荒侈意。此与和贾至诗意调尤高古俊伟。和诗拘束不免迁就人，此则自家意思，纵放乃尔！”（《唐王右丞诗集注说》卷六）

[注释]

[1]“早朝二首”，明刊王集分体本（如明本）、《全唐诗》、赵本等，将二首“早朝”诗分置于五古与五律中，其一（“皎洁明星高”）置于五古中，其二（本诗）置于五律中。 [2]五凤城：犹凤城，指京城。杜甫《夜》：“步檐倚杖看牛斗，银汉遥应接凤城。”赵次公注：“秦穆公女吹箫，凤降其城，因号丹凤城。其后，言京城曰凤城。”又古有五凤之说，《拾遗记》卷一：“（少昊）时有五凤，随方之色（随五方之色），集于帝庭，因曰凤鸟氏。”李颀《王母歌》：“红霞白日俨不动，七龙五凤纷相迎。”故又称凤城为五凤城。 [3]城乌睥睨（pì nì）晓：谓黎明时城上乌鸦栖息于女墙。睥睨，城上短墙，又称女墙。《释名·释宫室》：“城上垣曰睥睨，言于其孔中睥睨非常也。”“乌”，麻沙本、《文苑英华》卷一九〇作“鸦”。 [4]辘轳：井上汲水之具。声：动词，发声。 [5]方朔金门侍：谓如东方朔一般的侍臣在金马门侍奉天子。方朔，即东方朔，字曼倩，西汉有名的文学侍从之臣，以诙谐滑稽为武帝所爱幸。朔于武帝即位之初入长安，帝“令待诏公车”，后“使待诏金马门，稍得亲近”。事见《汉书·东方朔传》。金门，

即金马门，汉宫门名，以门旁有铜马而称。“侍”，《文苑英华》作“召”。 [6] 班姬玉辇迎：谓像班婕妤那样的妃嫔，用玉辇迎请天子临朝。班姬，即班婕妤，参见《班婕妤三首》注 [1]。玉辇，帝王的乘舆。《文选》潘岳《藉田赋》：“天子乃御玉辇，荫华盖。”李善注：“玉辇，大辇也。” [7] “仍闻遣方士”二句：意谓一再听说天子派遣方术之士，到东海去寻访蓬莱瀛洲等神山。此用秦始皇、汉武帝事。《史记·秦始皇本纪》曰：“齐人徐市等上书，言海中有三神山，名曰蓬莱、方丈、瀛洲，仙人居之。请得斋戒，与童男女求之。于是遣徐市发童男女数千人，入海求仙人。”张守节《正义》引《汉书·郊祀志》曰：“此三神山者，其传在勃海（即渤海）中。……诸仙人及不死之药皆在焉。”《封禅书》曰：“（汉武帝）遣方士入海，求蓬莱、安期生（仙人名）之属。”按，二句实隐指玄宗好仙道之术，《旧唐书·礼仪志》云：“玄宗御极多年，尚长生轻举之术。于大同殿立真仙之像，每中夜夙兴，焚香顶礼。天下名山，令道士、中官合炼醮祭，相继于路。投龙奠玉，造精舍，采药饵，真诀仙踪，滋于岁月。”

[点评]

这首诗写春日早朝景象，首二句点明春深节候，写出这时京城垂柳掩映、百花鲜艳的美景。这联写景精工、典丽，故明胡应麟称其为“唐五言律起句之妙者”（《诗薮》内编卷五），清叶矫然也说此联为“千古发端绝唱也”（《龙性堂诗话》初集）。陆游《游山西村》有“柳暗花明又一村”之句，或许受到过此诗的启发。次联说黎明时城上乌鸦栖息于女墙，宫中水井上的辘轳发出了声响，这是写诗题之“早”字。三联写侍臣、妃嫔的活动，表现诗题之“朝”字。末联推开作结，明胡震亨评云：“明以秦皇、汉武讥其君矣。不若宗楚客‘幸睹八龙游阆苑，无劳万里访蓬瀛’，为有含蓄。”（《唐音癸签》卷一一）唐玄宗好仙道之术，这联确有借用秦皇、汉武求仙之事，给以讽刺之意（这联也许因为早朝时玄宗下达有关仙事的诏令而引发，如是，则亦自然含蓄）。

菩提寺禁裴迪来相看说逆贼等凝碧池上作音乐供奉人等举声便一时泪下私成口号诵示裴迪[1]

唐汝询曰：“民户已空，朝班荡尽，而落叶填宫矣。凝碧之奏乐者谁欤？闻之能不凄怆乎？盛唐绝句妙在言外，此极可想。藉令晚唐人为之，必露筋骨。肃宗以此释维，良亦知诗矣。”（《唐诗解》卷二六）

万户伤心生野烟[2]，百僚何日更朝天[3]？
秋槐叶落空宫里[4]，凝碧池头奏管弦。

[注释]

[1] 本诗作于至德元载（756）八月。是年六月，安禄山军攻陷长安，玄宗奔蜀，王维扈从不及，为叛军所获，解送至洛阳，拘于菩提寺，此诗即作于寺中（参见拙作《王维年谱》）。菩提寺禁：即指作者被安禄山军拘于菩提寺中。赵殿成注谓菩提寺在长安平康坊南门之东。按，凝碧池既在洛阳，菩提寺也当在洛阳。《旧唐书·王维传》即谓“（安禄山）遣人迎（王维）置洛阳，拘于普施寺（疑为菩提寺之误）”。宋吴曾《能改斋漫录》卷一一“李西台诗”云：“‘龙门双阙涌云烟……’李西台诗也，题于菩提寺。菩提寺在龙门镇。”则菩提寺在洛阳城南龙门。裴迪来相看：疑迪天宝年间未尝居官（维天宝时赠迪之

诗多称迪为“秀才”。《唐语林》卷二称维为贼所囚，“与左丞裴迪密往还”，非是），故安禄山军陷长安后不在被搜捕、拘禁之列（安禄山军入长安后，搜捕的对象为百官、宦者、宫女、乐工等，见《资治通鉴》至德元载六月），得以至菩提寺看王维。说逆贼等凝碧池上作音乐供奉人等举声便一时泪下：《资治通鉴》至德元载八月载：“禄山宴其群臣于凝碧池，盛奏众乐；梨园弟子往往歔欷泣下，贼皆露刃睨之。乐工雷海清不胜悲愤，掷乐器于地，西向恸哭。禄山怒，缚于试马殿前，支解之。”赵殿成注谓凝碧池在长安西内苑，按，《资治通鉴》至德元载六月载：“安禄山……遣孙孝哲将兵入长安。”《考异》曰：“遍检诸书，禄山自反后未尝至长安。”赵注误。《唐六典》卷七谓洛阳禁苑中有“芳树、金谷二亭，凝碧之池”。《唐两京城坊考》卷五曰：“（洛阳神都）苑内……最东者凝碧池，东西五里，南北三里。……禄山入东都，宴其群臣于凝碧池。……隋炀帝之积翠池，盖即凝碧池，水随地易名耳。”供奉人，在宫中侍奉天子之人。唐时上自文词经学之士，下至卜医技术之流，凡有一才一艺者，皆可供奉内庭。此处指乐工。举声：发声。口号：诗的题名，表示随口吟成，与“口占”接近。 [2] 生野烟：指安史之乱爆发。 [3] 朝天：谒见天子。“僚”，麻沙本、元本、明本、《安禄山事迹》卷下、《太平广记》卷四九五引《明皇杂录》、《唐语林》卷二等作“官”。“更”，凌本、赵本、《旧唐书·王维传》作“再”。 [4] 秋槐叶落空宫里：谓秋日槐树的叶子凋落在幽深无人的皇宫里。“叶”，《旧唐书·王维传》、《珊瑚钩诗话》卷三作“花”。“空”，《唐诗纪事》卷一六、《珊瑚钩诗话》作“深”。

[点评]

此诗感伤两京陷落，抒发思念朝廷之情。诗的首句说，千家万户为原野升起战争的烽烟而伤心，乃哀安史之乱爆发，两京沦陷，百姓处于水深火热之中。次句说，众多官员们哪一天才能再上朝谒见天子？抒发了思念唐天子的深情。三句伤旧宫荒凉，景中蕴含凄怆之情。末句写此刻逆贼们正宴饮作乐，这景象与前三句所写形成鲜明对比，是触发诗人写作这首伤悼之作的直接原因。全诗写得沉痛、婉曲，其情深长。这首诗在当时流传很广，影响很大，贼平后，王维还因写了这首诗而被免罪。《旧唐书·王维传》载："贼平，陷贼官三等定罪，维以《凝碧诗》闻于行在，肃宗嘉之，会缙（王维弟）请削己刑部侍郎以赎兄罪，特宥之，责授太子中允。"

寓言二首[1]

其　一

朱绂谁家子[2]，无乃金张孙[3]。
骊驹从白马[4]，出入铜龙门[5]。
问尔何功德[6]，多承明主恩？
斗鸡平乐馆[7]，射雉上林园[8]。
曲陌车骑盛[9]，高堂珠翠繁[10]。
奈何轩冕贵[11]，不与布衣言！

顾可久曰："有深意。"（《唐王右丞诗集注说》卷六）

[注释]

[1] 此诗表现的思想与《郑霍二山人》很接近，疑写作时间相去不甚远。寓言：有所寄托之言。 [2] 朱绂（fú）：朱红色画有花纹的朝服。见《汉书·韦贤传》“黼衣朱绂”颜师古注。 [3] 无乃：莫不是。金张：见《郑霍二山人》注 [4]。 [4] 骊驹从白马：语本汉乐府《陌上桑》：“何用识夫婿？白马从（指后面跟着）骊驹。”骊，纯黑色的马。从，跟着。 [5] 铜龙门：即龙楼门，汉长安宫门之一。《汉书·成帝纪》“太子出龙楼门”，颜师古注：“张晏曰：‘门楼上有铜龙。若白鹤、飞廉之为名也。’” [6]“问尔何功德”二句：请问你们有什么功劳德行，蒙受明主这么多的恩泽？应璩《百一诗》：“问我何功德，三入承明庐？” [7] 平乐馆：西汉统治者斗鸡走狗的娱乐场所，在上林苑中。参见《汉书·武帝纪》《东方朔传》。 [8] 上林园：即上林苑。秦置，汉初荒废，曾许民入苑开垦。武帝时，又收为宫苑。苑内放养禽兽，供天子射猎，并建有宫、馆数十处。故址在今陕西西安西及周至县、鄠邑区。 [9] 曲陌：犹曲巷，偏僻的狭巷。隐指妓院。 [10] 珠翠：妇女的饰物。此借指姬妾、女乐等。 [11]“奈何轩冕贵”二句：怎么样呀你们这些达官贵人，竟大摆架子，不同平民百姓说话！轩冕，古制，大夫以上乘轩戴冕，故以轩冕指官位爵禄，又用为贵显者的代称。“轩冕贵”，麻沙本作“骄轩冕”。

[点评]

这首诗和《郑霍二山人》一样，都对门荫制度荫庇下的权贵子弟的特权，进行了大胆的揭露和抨击。所不同的是，上一首采用对比手法，这一首则直抒心声，情绪显得更为激烈。如诗中“问尔”二句，向权贵子弟提出直截了当、义正辞严的责问，一吐作者胸中的垒块不平。接下“斗鸡”四句，对权贵子弟整日无所事事，过着斗鸡走狗、沉溺声色的寄生生活，作了无情的揭露。结尾“奈何”二句，语带愤激，而又隐含嘲讽意味，似乎在说，你们这些达官贵人又能做什么，有什么了不得的！像这样的诗歌，在唐代开元前期并不多见，因而值得我们注意。

顾璘曰：“二诗皆淡中含情。”（《唐诗正音》卷五）

黄叔灿曰：“此系忆远之诗，言家在津口，江南船来寄书甚便，语质直而意极缠绵。”（《唐诗笺注·唐绝句》卷七）

杂诗三首[1]

其　一

家住孟津河[2]，门对孟津口。
常有江南船[3]，寄书家中否？

[注释]

[1]“杂诗三首”，宋蜀本、麻沙本、元本俱作“杂诗五首”，其他二首为五古《杂诗》（“朝因折杨柳”）一首，五律《杂诗》（“双燕初命子”）一首。“三首”二字明本等原无，此从《全唐诗》。　[2]“家住孟津河”二句：意谓我家住在孟津这地的黄河边，家门就对着河上的孟津渡口。孟津河，指孟津地方的黄河。孟津，古黄河津渡名，在今河南洛阳孟津区东北、孟州市西南。　[3]“常有江南船”二句：谓这儿常有从江南来的船只，不知客寓江南的丈夫托它捎信回家没有？

[点评]

这三首绝句写游子思妇之情，诗意互有关联。本首写妻子对远在江南的丈夫的思念。丈夫客寓他乡，妻子最牵挂的是他是否捎来平安的书信。“寄书家中否”的问话，不仅表现了妻子对丈夫的关心，也流露出她盼望丈夫来信的急切心情；读者从中还可以想见，妻子经常到渡口去寻访“江南船”的景况。而且，既然“常有江南船”，丈夫捎信回家并不困难，可为什么自己又没有收到信呢？所以这话中又含有自己的担心和要求丈夫来信的意思。此诗语言极其平淡、质直，而表达的情意却异常丰富、缠绵。

其　二

君自故乡来，应知故乡事。
来日绮窗前[1]，寒梅着花未[2]？

黄周星曰：“作诗只如说话，与太白‘今日竹林宴’正同。”（《唐诗快》卷一四）

[注释]

[1]来日：来之时。绮窗：雕画花纹的窗户。　[2]着花：生花，开花。

黄叔灿曰：“与前首俱口头话，写来真挚缠绵，不可思议。‘寒梅着花’，尚且问到，亦举其最无谓者，以例其余也。著‘绮窗前’三字，含情无限。”（《唐诗笺注·唐绝句》卷七）

[点评]

本首从远在江南异乡的丈夫方面着笔，不直说丈夫也在思念故乡和故乡的亲人，而说他向刚从故乡来的人打听来的时候故乡的梅花是否已长出花朵。这里独问寒梅而不及其他，可视为一种通过个别表现一般的典型化技巧。梅花开放是春天到来的标志，春天更易引起对亲人的思念，如果故乡的春天已到来，而丈夫却迟迟未归，妻子会倍觉惆怅，所以“来日”二句之问，正流露出丈夫对妻子的关心。另外，江南春早，梅花已开放，所以“寒梅着花未”的问话，正切合客居江南的丈夫的口气。此诗看似信手拈来，实则经过精心的艺术提炼，做到了质朴平淡，如话家常，而含情无限。清赵殿成说：“陶渊明诗云：‘尔从山中来，早晚发天目。我居南窗下，今生几丛菊？’王介甫诗云：‘道人北山来，问松我东冈。举手指屋脊，云今如许长。’与右丞此章，同一杼轴，皆情到之辞，不假修饰而自工者也。然渊明、介甫二作，下文缀语稍多，趣意便觉不远；右丞只为短句，一吟一咏，更有悠扬不尽之致，欲于此下复赘一语不得。”（《王右丞集笺注》卷一三）按，陶诗题为《问来使》，王安石诗题作《道人北山来》，皆五古，陶诗共八句，王诗共十二句，赵氏此处均只引其前四句。又，宋蔡絛《西清诗话》、洪迈《容斋诗话》、严羽《沧浪诗话》皆谓《问来使》非渊明之诗。王维此诗比起其他两诗，确实写得更精炼含蓄，更有回味和想象的余地，赵氏所言甚是。

周敬、周珽曰：“梅发、鸟啼、草生，时物之变，皆足动人愁情者，已见、复闻、畏向，一步深一步，无非摹写感春之思。唐仲言云：‘寒梅、啼鸟，请客陪主，不得与春草并看，其深处在畏字。’”（《删补唐诗选脉笺释会通评林·盛五绝》）

其　三

已见寒梅发，复闻啼鸟声。
心心视春草[1]，畏向阶前生[2]。

[注释]

[1] 心心：连绵不断的心思。《仁王经·奉持品》：“心心寂灭。”

视：比照，好比。“心心”，元本、顾本、赵本作“愁心”。 [2]“阶前”，顾本、凌本、赵本作“玉阶”。

[点评]

本首诗意与第二首紧相承接，前二句说，已见到梅花开放，又听到鸟儿歌唱，谓春天已到，而丈夫仍迟迟不归。这两句可视为女主人公自语，也可看作是她代来自故乡的人作答。后二句写女主人公害怕春草生向阶前，因为这样，她将随时都能真切地感受到春天的到来，而她思念丈夫的心思，也就会连绵不断，愈加难以抑止。这后二句可谓淡中含情，蕴藉隽永。此三首皆用口语而深婉有致，又皆具南朝乐府民歌的情韵，然较之精致。

献始兴公 时拜右拾遗[1]

宁栖野树林[2]，宁饮涧水流[3]。
不用坐粱肉[4]，崎岖见王侯。
鄙哉匹夫节[5]，布褐将白头。
任智诚则短[6]，守仁固其优。
侧闻大君子[7]，安问党与仇[8]？
所不卖公器[9]，动为苍生谋[10]。
贱子跪自陈[11]，可为帐下不[12]？
感激有公议[13]，曲私非所求！

锺惺曰：“（‘动为’句下）感慨之言，胸中目中，真有所见。”又曰：“不读此等诗，不知右丞胸中有激烈悲愤处。”（《唐诗归》卷八）

[注释]

[1] 开元二十三年（735）初被任为右拾遗尚未到任时作于嵩山。始兴公：即宰相张九龄。“始兴”为爵号之省称，“公”为尊称。九龄字子寿，韶州曲江（今广东韶关西南）人。开元二十一年（733）十二月为中书侍郎、同中书门下平章事，二十二年五月二十七日加中书令，二十三年三月九日进封始兴县子。参见两《唐书》本传、明成化九年韶州刊本《唐丞相曲江张先生文集》附录“诰命”。右拾遗：官名，唐中书省置右拾遗二人，从八品上，掌供奉讽谏。唐时拾遗为六品以下常参官，成为拾遗即可摆脱守选，和获得快速晋升的机会。开元二十二年张九龄加中书令后，王维曾献《上张令公》诗求九龄汲引；二十三年九龄擢王维为右拾遗后，王维又进献本诗（其时间当在九龄封始兴县子后）。 [2] 宁：宁愿。“树”，宋蜀本作“木”，据麻沙本、元本、《文苑英华》卷二五〇等改。 [3]“水”，《文苑英华》作“中”。 [4]“不用坐粱肉”二句：谓用不着为了得到富贵荣华，心神不安地去谒见王侯贵族。鲍照《观圃人艺植》：“居无逸身伎，安得坐粱肉。”坐，犹“致”。粱肉，谓美味佳肴。崎岖，不安貌，见《文选》陶渊明《归去来辞》李善注。“粱”，宋蜀本作“良”，据明本、赵本、《全唐诗》改。 [5]“鄙哉匹夫节”二句：谓因为有这种朴鄙的平民节操，我准备穿粗布衣服直到白头（终身不为官）！匹夫，平民。 [6]“任智诚则短”二句：谓若论取用机巧智慧，确乎是我的短处；而保持仁德，则本是我的长处。 [7] 侧闻：从旁听说。大君子：指张九龄。 [8] 安问党与仇：语本刘琨《重赠卢谌》：“重耳（晋文公）任五贤（指赵衰等），小白（齐桓公）相射钩（射钩者，指管仲）。苟能隆二伯（指齐桓、晋文），安问党（指五贤）与仇（指管仲）？”此言张九龄用人公正无私，不问是同党还是仇

人。 [9] 所不卖公器：谓九龄坚决不出卖国家官爵。所不，誓辞。《左传》僖公二十四年："所不与舅氏同心者，有如白水！"公器，公有之物。《庄子·天运》："名，公器也，不可多取。"《旧唐书·张九龄传》载，开元十三年，"九龄言于（张）说曰：'官爵者，天下之公器，德望为先，劳旧次焉。'" [10] 动：举动，行动。 [11] 贱子跪自陈：语本应璩《百一诗》："避席跪自陈，贱子实空虚。"贱子，作者自谦之称。 [12] 帐下：谓下属。时九龄为中书令，右拾遗是中书省属官。不：通"否"。 [13]"感激有公议"二句：言任用自己如出于公正之议，将使自己感动奋发；如有所偏私，则不是自己所追求的。感激，感动奋发。曲私，偏私。

[点评]

开元二十三年，张九龄擢王维为右拾遗，赴任前，王维进献本诗给张九龄。诗中首先自我表白，说自己是有气节操守的，苟不得其人，宁可栖隐山林，布褐白头，也决不干求！其次对自己的优点和缺点作了解剖。接着颂扬张九龄用人公正无私，唯贤是举；视官爵为公有之物，不随意假人；选拔官吏，能为苍生着想。这些话并非一味阿谀。据史传记载，九龄早在开元初为左拾遗时，就曾向宰相姚崇进言，提出"任人当才，为政大体，与之共理，无出此途"（《资治通鉴》卷二一〇）；又曾上书天子，主张对于直接治民的州县官吏，必须"以贤而授"，他反对任人方面的朋党阿私，反对"求精于案牍，而忽于人才"（《新唐书》本传）。开元十三年，他曾向侍从玄宗东封泰山的宰相张说提出忠告："官爵者，天下之公器，德望为先，劳旧次焉。若颠倒衣裳，则讥谤起矣。”（《旧唐书》本传）他执政后，一直坚持这一“官爵为公器，不随意假人”的原则，曾竭力反对玄宗拜张守珪、李林甫为相，加给牛仙客尚书之职（见《资治通鉴》卷二一四）。这些事实，同王维在本诗中说的话完全相合。由此也可知道王维与张九龄具有共同的政治理想。诗的最后四句，很真诚地询问自己是否真能当九龄的下属？对自己的任用是否出于公议而非偏私？这再一次反映了作者的气节与人品，与开头数句相应。全诗虽多为议论，话却说得光明磊落，与那些充满谀辞的干谒诗不同。其语言明快，格调刚健，有汉魏古诗之风。

写军中赛神，为唐代边塞诗所仅见。

凉州赛神[1] 时为节度判官，在凉州作

凉州城外少行人，百尺烽头望虏尘[2]。
健儿击鼓吹羌笛[3]，共赛城东越骑神[4]。

[注释]

[1] 作于开元二十五年、二十六年在河西任职期间。参见《凉州郊外游望》注[1]。“时为节度判官在凉州作”，宋蜀本原无，据元本、明本、赵本补。　[2] 百尺烽：形容烽火台之高。望虏尘：瞭望前方有无敌骑来犯时扬起的尘土。“烽”，麻沙本、元本、明本等作“峰”。　[3] 健儿：唐代士兵的一种。《唐六典》卷五：“天

下诸军有健儿，皆定其籍之多少与其番之上下。”注曰：“旧，健儿在军，皆有年限，更来往，颇为劳弊”；开元二十五年敕，自今以后，诸军镇“置兵防健儿，于诸色征行人内及客户中召募，取丁壮情愿充健儿长住边军者”。羌笛：乐器名。《文选》马融《长笛赋》谓羌笛出羌中，本四孔，京房加一孔，以备五音。　[4] 越骑神：当为主骑射之神。越骑，唐时骑兵之名。《唐六典》卷二五：“凡卫士，三百人为一团，以校尉领之，以便习骑射者为越骑，余为步兵。”《新唐书·兵志》：“凡民年二十为兵，六十而免。其能骑而射者为越骑。”

[点评]

这首诗前二句写军中赛神之日加强警戒，后二句写军中赛神。以祭祀酬报神明称“赛”，“赛越骑神”，当在骑兵取得战斗胜利之后进行，所以它实际上是军中欢庆胜利的一个节日，“击鼓吹羌笛”的描写，就渲染出了欢庆的气氛。赛神不忘警戒，胜利不忘备战，一切都有条不紊地进行着，说明主帅治军有方。此诗虽只写了军中生活的一个侧面、一段插曲，却能因小见大，表现出唐军将士昂扬向上的精神风貌。

哭孟浩然

时为殿中侍御史，知南选，至襄阳有作 [1]

故人不可见 [2]，汉水日东流 [3]。

黄培芳曰："王、孟交情无间而哭襄阳之诗只二十字，而感旧推崇之意已至，盛唐人作近古如此，后人则尚敷衍。"（《唐贤三昧集笺注》卷上）

借问襄阳老[4]，江山空蔡洲[5]！

[注释]

[1] 此诗作于开元二十八年（740）秋冬之际。孟浩然：见集外诗《送孟六归襄阳》注 [1]。浩然卒于开元二十八年，见王士源《孟浩然集序》。殿中侍御史：官名，唐御史台置殿中侍御史六人，从七品下，掌殿庭供奉之仪，有违失者则纠察之。知：主持，执掌。南选："选"指官吏的铨选。唐制，六品以下官吏的铨选，由吏部和兵部负责，每年一次，在长安和洛阳举行。其岭南、黔中郡县官吏的铨选，则每四年一次，由朝廷选派京官为选补使，赴当地主持进行，谓之南选。当时岭南选所设在桂州（今广西桂林）。参见《通典》卷一五、《新唐书·选举志》、《唐会要》卷七五。王维自凉州回到长安后，不久即迁任殿中侍御史；二十八年秋冬之际，赴桂州知南选，途经襄阳（今湖北襄阳），这时襄阳诗人孟浩然辞世未久，王维因赋此诗哭之。"哭孟浩然"，《万首唐人绝句》卷七九作"哭孟襄阳"，《唐诗纪事》卷二三作"忆孟"。 [2]"不可"，《唐诗纪事》作"今不"。 [3] 汉水：即今汉江，源出陕西宁强县北嶓冢山，东流入湖北省，经襄阳南流，在武汉入长江。"汉水日东流"，《唐诗纪事》作"日夕汉江流"。 [4] 借问襄阳老：谓请问襄阳的老人故人何在。 [5] 江山空蔡洲：谓只余下这蔡洲的山川依旧！空，只，只有。蔡洲，在今湖北襄阳东汉水折而南流处，以东汉末蔡瑁尝居此而得名。《水经注·沔水》："沔水（即汉水）又东南迳蔡洲。汉长水校尉蔡瑁居之，故名蔡洲。""洲"，宋蜀本作"州"，据顾本、赵本、《唐诗纪事》改。

[点评]

这是一首悼念盛唐著名诗人孟浩然的诗。首句脱口说出“故人不可见”，话中含着吃惊、痛惜之意。次句说诗人望着汉水日夜不停东流，话里带着逝者如斯无由复返的悲哀。三、四句抒发故人已逝，只有山川依旧的感慨。全诗笔墨极简净，而蕴含的感情却很丰富、深厚，清代诗评家黄培芳对它的称赞（见旁批）不无道理。王维这次“知南选”，除了作此诗悼念孟浩然，还在路过郢州（今湖北钟祥）时，画孟浩然像，《新唐书·孟浩然传》云：“王维过郢州，画浩然像于刺史亭，因曰浩然亭。”由此事亦可见王维对孟浩然的交情无间与亲近推重。

过始皇墓　时年十五[1]

古墓成苍岭，幽宫象紫台[2]。
星辰七曜隔[3]，河汉九泉开。
有海人宁渡[4]，无春雁不回[5]。
更闻松韵切[6]，疑是大夫哀。

[注释]

[1] 此诗是开元三年（715）作者十五岁离家赴长安路过骊山时所作。始皇墓：秦始皇墓，在今陕西西安临潼区东南骊山之麓。《史记·秦始皇本纪》载：始皇初即位，就开始在骊山修自己的陵墓，“及并天下，天下徒送诣七十余万人”，更大筑陵墓不停。“始皇”，麻沙本作“秦始皇”，元本、明本等作“秦皇”。“十五”，

叶矫然曰：“同题始皇陵诗，王维‘星辰七曜隔，河汉九泉开’，许浑‘一种青山秋草里，路人惟拜孝文陵’，元好问‘无端一片云亭石，杀尽苍生有底功’，侈语、冷语、谩骂语，各有其妙。”（《龙性堂诗话》续集）

顾可久曰：“讽其穷奢靡烂不露。”（《唐王右丞诗集注说》卷六）

《文苑英华》卷三〇六作“二十”。 [2] 幽宫象紫台：幽暗的地宫仿秦朝的皇宫而造。紫台，即紫宫，指皇宫。《史记·秦始皇本纪》说：秦始皇造骊山墓，“宫观百官，奇器珍怪，徙臧满之”。 [3]“星辰七曜隔”二句：是说日月星辰在地宫顶上间隔排列，银河也在这地下深处展布。这二句指墓穴中“上具天文”（《史记·秦始皇本纪》）、“上画天文星宿之象”（《水经注》卷一九）。七曜，指日、月和金、木、水、火、土五星。隔，间隔。河汉，银河。九泉，黄泉。开，展布。 [4] 有海人宁渡：地宫里有大海，人们岂能渡过？指墓穴中“以水银为百川江河大海，机相灌输”（《史记·秦始皇本纪》）。宁，岂能。 [5] 无春雁不回：地宫里没有春天，大雁也不会自南方飞回。雁，《汉书·刘向传》载：始皇墓中，“水银为江海，黄金为凫雁”。 [6]“更闻松韵切”二句：更听到墓上松风之声凄切，疑是五大夫正感到悲哀。秦始皇曾封泰山古松为五大夫（秦代二十等爵位中的第九等）。《史记·秦始皇本纪》说：秦始皇上泰山，“下，风雨暴至，休于树下，因封其树为五大夫”。切，萧瑟，凄切。大夫，指五大夫，即松树。

[点评]

这首诗的首句写在始皇墓上所见，“古墓成苍岭”，可见陵墓的规模很大，上面长满了草木，这是实写。接下三句联系史书的记载，想象地宫中的情状。这前四句从表面上看，似乎是不存褒贬的客观描绘，实际上却含有委婉致讽之意。这一点联系五、六两句来看就清楚了。始皇初即位，就在骊山大造自己的陵墓，灭六国后，又征发所谓罪人七十多万到陵墓工地服役。地宫规模宏大，挖地极深，中有宫殿和百官位次，珍宝奇器，不可记数；

用水银造江河大海，机械转动，水银流注。然而虽有大海，人们岂能渡过？用黄金雕成的大雁再多，也不会使真正的飞雁归来。这五、六两句，实际上是将上文所述秦始皇的奢侈造墓行为给否定了，说它毫无意义，不过徒费民力而已！结尾二句又回到首句所写的墓上来，但是从听觉方面着笔。诗人从听到的凄切松声，想到这或许是受到秦皇封赏的松树正感到悲哀吧。读到这里我们不禁要问，松树为何而悲？是为悼念秦皇而悲，还是为秦皇的奢侈造墓行为而感到悲哀？联系五、六两句来看，应该是后者。诗人对秦皇有讽意、惋惜意，却未予深责、痛骂，看来他对于秦皇统一中国的历史功绩，内心是有清楚认识的。这大概是今存王维集中写作年代最早的一首诗，这首诗是五律，前三联对仗工整，全诗写得含蓄不露，作此诗时，王维只有十五岁，说明他的诗歌创作起点不低。

集外诗

相　思[1]

红豆生南国[2]，秋来发几枝[3]。
劝君多采撷[4]，此物最相思。

管世铭曰："王维'红豆生南国'，王之涣'杨柳东门树'，李白'天下伤心处'，皆直举胸臆，不假雕镂，祖帐离筵，听之惘惘，二十字移情固至此哉！"(《读雪山房唐诗序例·五绝凡例》)

[注释]

[1] 此诗宋蜀本、麻沙本等不载。唐范摅《云溪友议》卷中《云中命》曰："明皇幸岷山，百官皆窜辱，……唯李龟年奔迫江潭。……龟年曾于湘中采访使筵上唱：'红豆生南国，秋来发几枝。赠君多采撷，此物最相思。'又'清风朗月苦相思，荡子从戎十载余。征人去日殷勤嘱，归雁来时数附书。'此词皆王右丞所制，至今梨园唱焉。歌阕，合座莫不望行幸而惨然。"据此，知本诗当作于安史之乱前。本诗以《云溪友议》所载为底本，参校其他有关资料。"相思"，《云溪友议》失题，此从《万首唐人绝句》卷七九、顾本、赵本；凌本作"江上赠李龟年"。　[2] 红豆：相思木所结子，产于亚热带地区。《文选》左思《吴都赋》刘渊林注："相思，大树也。……其实（赤）如珊瑚，历年不变。"

唐李匡义《资暇集》卷下："豆有圆而红其首乌者，举世呼为'相思子'，即红豆之异名也。……李善云其实赤如珊瑚是也。"李时珍《本草纲目》卷三五："相思子生岭南，树高丈余，白色，其叶似槐，其花似皂荚，其荚似扁豆，其子大如小豆，半截红色，半截黑色，彼人以嵌首饰。"梁武帝《欢闻歌二首》其二："南有相思木，含情复同心。"　[3] 秋来发几枝：指相思树上长出若干枝红豆荚果。荚果初生时极小，在树梢上不为人所见，等到秋天长大成熟时，才被发现，故云。"几"，《万首唐人绝句》《全唐诗》作"故"。　[4] 采撷（xié）：采摘。"劝"，《云溪友议》作"赠"，据《万首唐人绝句》、顾本、赵本改；《全唐诗》作"愿"。"多"，《万首唐人绝句》作"休"。

[点评]

此诗极有可能是一首赠别或寄远之作，它抒写了人生极普遍的相思之情。此诗以红豆起兴，最后点出红豆作为相思木之子所具有的象征义作结。诗歌巧妙地借助红豆的象征义，委婉、含蓄地表现了深长的相思之情。后两句劝对方多采红豆，是希望对方勿忘自己；而希望对方勿忘自己，正表明自己难以忘记对方，彼此都珍惜相思之情。"相思"的含义广泛，可指男女思恋，也可指朋友间思慕、亲人间思念。据上述《云溪友议》所载，则此诗又能触发人们的思君忧国之情，说明其极富于启示性。全诗绝去雕饰，清新自然。乍看去，语言浅显，平淡无奇；细玩味，则觉语浅情深，言直意曲，能唤起读者的丰富联想，具有永久的艺术魅力。

伊州歌[1]

周敬、周珽曰："念荡子久别，绝无归信，追思去日叮咛之语，惨然疑异，为存耶？没耶？抑勇于报国，乐于忘家耶？言外无限悲情。"（《删补唐诗选脉笺释会通评林·盛七绝》）

清风朗月苦相思[2]，荡子从戎十载余[3]。
征人去日殷勤嘱[4]，归雁来时数附书[5]。

[注释]

[1] 此诗作于安史之乱前，说见上诗注 [1]。本诗宋蜀本、麻沙本等不载，今以《云溪友议》所载为底本，参校其他有关资料。"伊州歌"，《云溪友议》失题，此从《乐府诗集》卷七九、《全唐诗》、《万首唐人绝句》卷七〇、顾本作"李龟年所歌"，凌本作"杂诗"。 [2] "清"，《乐府诗集》、凌本作"秋"。"朗"，《乐府诗集》、《唐诗纪事》卷一六、顾本、凌本等作"明"。"苦相思"，《乐府诗集》作"独离居"。 [3] 荡子：即下句的"征人"，也就是思妇的丈夫。"戎"，凌本作"军"。 [4] "嘱"，《万首唐人绝句》作"祝"。 [5] 归雁来时数附书：古有雁足系书（信）的说法，故云。此句为思妇对征人嘱咐的话。"附"，《乐府诗集》、顾本、赵本作"寄"。

[点评]

这是一首闺怨诗，原失题，作"伊州歌"者，盖以其入乐的曲调命名。此诗描写一位妇女在月明风清的夜晚，思念她从军多年未归的丈夫的痛苦心情。前二句直叙她当下思夫的怨苦，良宵更易勾起对亲人的思念，这两句诗即道出了人们生活中的这一普遍经验，能激起读者的种种联想。后二句追忆从前她丈夫离家时的情景，那时多寄家书的殷勤叮嘱，今已落空，不免令她产生丈夫存亡不知的悲哀，由此可以看出，战争给思妇带来了许多痛苦。今人陈贻焮评此诗说："只说'荡子从戎十载余'，而十余年的相思苦情自然涌出。只提去日'归雁来时数寄书'殷勤嘱咐，而今日由于一直盼不到征人音信所产生的绝望和焦虑情绪自然流露。"（《唐诗论丛》）所评极是，由此亦可见此诗虽明白如话，但蕴含的感情却很丰富、深厚。

送孟六归襄阳[1]

杜门不欲出[2]，久与世情疏。
以此为长策[3]，劝君归旧庐。
醉歌田舍酒，笑读古人书。
好是一生事[4]，无劳献《子虚》[5]。

王尧衢曰："右丞与孟襄阳雅称知己，故送其归，俱作真率语。"又曰："交情世道，十分看破，则计无复善于此者。"（《唐诗合解笺注》卷八）

锺惺曰："笑字有情。"（《唐诗归》卷九）

[注释]

[1] 此诗约作于开元十六年（728）冬，是时孟浩然在长安应进士试落第后即将返里，王维因作此诗送之（说见拙作《王维年谱》）。孟六：即孟浩然，行六。襄州襄阳（今湖北襄阳）人，盛唐著名诗人。此诗宋蜀本等均不载，此据《文苑英华》卷二六八收录。又，此诗《瀛奎律髓》卷二四作张子容，《全唐诗》卷一二六、卷一一六重见王维与张子容集中。按，作张子容诗非是（说见李嘉言《古诗初探·全唐诗校读法》）。 [2] 杜门：闭门。

“欲”,《瀛奎律髓》《全唐诗》作“复”。 [3]“以此为长策”二句:把这么做(即首二句所说内容)当作良策,我劝你还是返回故乡隐居。长策,良策。“长”,《全唐诗》作“良”。 [4] 好是一生事:此句承上而言,谓隐居正是一生之事。好,恰,正(说见王锳《诗词曲语辞例释》)。[5] 无劳献《子虚》:不必再费力地献赋求官。汉司马相如有《子虚赋》。唐时有进献诗赋拜官事,参见《不遇咏》注 [2]。

[点评]

开元十六年春,孟浩然应试落第,在这首诗里,王维没有勉励他重整旗鼓,下次再试,却劝他返回故乡隐居,这是为什么呢?孟浩然离京时作的《留别王维》说:“寂寂竟何待,朝朝空自归。欲寻芳草去,惜与故人违。当路谁相假,知音世所稀。只应守索寞,还掩故园扉。”此诗写出了诗人落第后滞留长安,多方求仕、到处碰壁的辛酸痛苦与愤懑不平。开元十六年秋,孟浩然在长安所作《题长安主人壁》说:“欲随平子(张衡,作有《归田赋》)去,犹未献《甘泉》(赋名,扬雄作)。”流露出既想回乡隐居,又想献赋求官的矛盾心理。王维的这首送别诗,大抵即针对孟浩然的上述情绪与心理而发。王诗的首联与孟诗的末联意思接近,但包含的感情却大不一样。孟诗末联说,自己只应归老故园,过寂寞的隐居生活,语气无奈,情绪低落;而王诗则称闭门隐居为“长策”,语气颇有点理直气壮,下面“醉歌”二句更写出了隐居生活的自在快乐,这些话无疑都是对孟浩然的最好劝慰。还有王诗末联,乃针对上引孟诗“欲随”二句而言,起到了消除其矛盾心理的作用。清纪昀评此联诗说："结却太尽。"(《瀛奎律髓汇评》卷二四)看来，纪昀未发觉这一联诗所隐含的针对性，所以有"太尽"之评。这一切无不证明，王维是真正了解孟浩然的人。

王维之所以劝孟浩然回乡隐居，还有他个人思想方面的原因。这时候的王维，经受过贬官的挫折、怀才不遇的苦闷，对社会的不公平有了清醒的认识，并且自己也已离职闲居，所以觉得孟浩然与其滞留长安求仕无门，还不如返乡隐居。明锺惺评此诗说："极真，极厚，不作一体面勉留套语，然亦愤甚，特深浑不觉。"(《唐诗归》卷九)所言有一定道理。这"愤甚"的内涵，正是对仕路之险巇与社会的不公平有了清醒的认识。王维作为孟浩然的知交，有话自当坦率相告，这正是朋友间情真意深的表现。

山 中[1]

荆溪白石出[2]，天寒红叶稀[3]。
山路元无雨[4]，空翠湿人衣[5]。

释惠洪曰："吾弟超然喜论诗，其为人纯至有风味，尝曰……王维摩诘《山中》诗曰：'溪清白石出……'舒王(王安石)《百家夜休》曰……此皆得于天趣。"(《冷斋夜话》卷四)

[注释]

[1]荆溪在蓝田，此诗或即作于王维居辋川期间。此诗不载于王维集宋元诸刻本，最早载于顾本外编，凌本、赵本外编亦收录，《全唐诗》王集收作《阙题》二首，此诗即其第一首。宋苏

轼《书摩诘蓝田烟雨图》(见《东坡题跋》卷五)云:“诗曰:‘蓝溪(亦名蓝水,源出蓝田县东蓝田谷,西北流入灞水)白石出,玉川红叶稀。山路元无雨,空翠湿人衣。’此摩诘之诗。或曰非也。好事者以补摩诘之遗。”《诗话总龟》前集卷八引《诗史》谓“此东坡诗,非摩诘也”。《唐音癸签》卷三三:“坡公尝戏为摩诘之诗,以摹写摩诘之画,编《诗纪》者,认为真摩诘诗,采入集中。世人无识,那可与分辨?”下即引《书摩诘蓝田烟雨图》之文。且曰:“此活语被人作死语看,摩诘增一首好诗,失却一幅好画矣。”按,宋释惠洪《冷斋夜话》卷四录此首,作“王维摩诘《山中》诗”,宋魏庆之《诗人玉屑》卷一〇录此首,亦作“王摩诘《山中》诗”,宋蔡正孙《诗林广记》前集卷五收此首,作“王维《山中》诗”,今姑从其说,断此诗为王维所作。诗之文字,据顾本外编。 [2] 荆溪:即长水,又名荆谷水,源出蓝田县西北,西北流,经长安县东南入灞水。[《水经注·渭水》:“(长)水出杜县白鹿原,其水西北流,谓之荆溪,又西北,左合狗枷川水。”]《长安志》卷一六蓝田县:“荆谷水自白鹿原(在蓝田县西五里,西北入万年县界)东流入万年县唐村界。”“荆溪”,《东坡题跋》作“蓝溪”,《冷斋夜话》作“溪清”,《诗史》作“蓝田”。 [3]“天寒”,《东坡题跋》作“玉山”,《诗史》作“玉关”。 [4] 元:原。 [5] 空翠湿人衣:形容高山上的岚气苍翠欲滴,似乎能把人的衣服沾湿。谢灵运《过白岸亭》:“空翠难强名,渔钓易为曲。”杜甫《大历三年春白帝城放船出瞿塘峡久居夔府将适江陵漂泊有诗凡四十韵》:“石苔凌几杖,空翠扑肌肤。”

[点评]

这首诗写山中深秋景色。苏轼称王维“诗中有画”,并举此诗为例(《书摩诘蓝田烟雨图》),很有道理。此诗首句写山溪中露出了白石，这一方面说明秋末水浅，另一方面也说明溪水清澄，白石得以保持其原有的颜色。次句写深秋天气转寒，尚稀少的红叶点缀于万绿丛中（初冬才是北方红叶最多的时候）。在这两句诗中，白、红、绿三种色彩相互映衬，画意浓郁，近人宗白华说："（前二句）可以画出来成为一幅清奇冷艳的画。"（《艺境·美学的散步》）但后两句则不能在画面上直接画出来。秋末天高气爽，高山上的青色岚气较为淡薄，故而透明，因谓之"空翠"；这两句以想象之笔，称那山路上并没有雨，行人的衣服原来是被苍翠欲滴的山间岚气沾湿了。在这里，诗人通过突出主观心灵的鲜明感受，借以描绘出难以摹状的景象，使人们产生身临其境之感，并触发丰富的艺术联想。这两句诗虽然不能直接画出来，却是构成这首诗的最精要部分，表现出了绘画所难以表现的空灵意境。

杨慎曰："洪觉范《天厨禁脔》云：'此诗含不尽之意，子由所谓不带声色者也。'王半山（安石）亦有绝句，诗意颇相类。按半山诗云：'山中十日雨，雨晴门始开。坐看苍苔文，欲上人衣来。'"（《升庵诗话》卷三）

书 事[1]

轻阴阁小雨[2]，深院昼慵开[3]。
坐看苍苔色[4]，欲上人衣来。

[注释]

[1] 此诗不载于王集诸宋元刻本，原载于宋《石门洪觉范天厨禁脔》卷中，又见于《竹庄诗话》卷一九、《诗人玉屑》卷六、

《诗林广记》前集卷五，顾本、赵本外编，凌本、《全唐诗》等即据上述诸书补入。本诗文字，据顾本外编。 [2] 轻阴阁小雨：谓小雨刚停，天色微阴。阁，停辍。 [3] 慵（yōng）：懒。 [4] 坐看：行看，将见。

[点评]

此诗写雨后天阴，深院的景色与情趣。前二句说小雨初停，天色尚阴，没有阳光，所以索性大白天深院的门也懒得打开。两句诗即烘托出小雨初霁之后深院的静谧氛围。后二句说，将看到雨后苍苔的绿色在移动、蔓延，似乎就要染到人的衣服上。这是诗人心灵与外境相亲和、相融洽而产生的一种奇妙的感觉；同时，从绘画的角度说，朝向地上苍苔一边的衣裳接受反射光线，会染上一些苍苔的颜色，所以上面这两句话也反映了作者作为诗人兼画家，对大自然中光、色变化的感觉十分敏锐。这两句诗通过虚笔渲染，将雨后苍苔的鲜碧可爱表现得极其传神，同时这些描写还加强了“深院昼慵开”的静谧氛围。独处于这种氛围里的诗人的心境如何？无疑是安恬而又闲静的，否则，不可能产生“欲上人衣来”的奇思妙想。

明杨慎说王安石也有“坐看苍苔文，欲上人衣来”的诗句，这应该是受到王维此诗影响的产物。

卷第七

为画人谢赐表[1]

王维是唐代著名诗人，同时也是一个著名画家，在这篇代画工作的谢表中，表现出了他对画道的精辟见解，值得注意。

臣某言：臣猥以贱伎[2]，得备众工，误点屏风[3]，乏成蝇之巧；偶持团扇[4]，无事牸之能。徒以职官[5]，不敢贰事；顾惟时论[6]，有惭三绝。伏惟皇帝陛下[7]，拨乱反正[8]，受命中兴，俯协龟图[9]，傍观鸟迹，卦因于画[10]，画始生书，知微知章[11]，惟圣体圣。臣奉诏旨，令写功臣[12]，运偶风翔之初[13]，无非鹰扬之士。燕颔猿臂[14]，裂眦奋髯[15]，发冲鹖冠[16]，力举龙鼎[17]，骨风猛毅[18]，眸子分明[19]，皆就笔端[20]，别生身外。传神写照[21]，虽非巧心；审象求形[22]，或皆暗识。妍蚩无枉[23]，敢顾黄金；取舍惟精[24]，时凭白粉。且如日磾下泣[25]，知其孝思；于禁怀惭[26]，愧此忠节，乃无声之箴颂[27]，亦何贱于丹青！宣父之似皋繇[28]，元子之类越石[29]，不待或人之说[30]，无烦故妓之言，此又一奇，诚为可尚。臣得舐笔麟阁[31]，继踵虎头[32]，频蒙奖教之恩[33]，益用精诚自励。勤以补拙，虽未仙飞[34]；感而遂通[35]，实因圣训。况赐衣服，累问官资[36]，中使相望[37]，屡加宣慰，微臣战灼[38]，无答恩私之至。

[注释]

[1] 据《旧唐书·肃宗纪》及《资治通鉴》载：至德二载（757）十二月，上皇（玄宗）还长安，上御丹凤楼，赦天下，封蜀郡、灵武扈从立功之臣，皆进阶赐爵；此表称皇帝“中兴”，“令写功臣”，当作于至德二载十二月之后，今姑系于乾元元年（758）。　[2]“臣猥以贱伎”二句：谓臣承蒙凭一点卑微的技艺，得以聊充官府的工匠之数。指己为画工。猥，自谦之称。　[3]“误点屏风”二句：谓在屏风上误点了一点墨，臣缺少改画成苍蝇的技巧。此用曹不兴事。张彦远《历代名画记》卷四：“曹不兴，吴兴人也。孙权使画屏风，误落笔点素，因就成蝇状，权疑其真，以手弹之。”　[4]“偶持团扇”二句：谓遇上拿着宫扇，臣也没有把上面误落的墨画成母牛的能力。此用王献之事。《晋书·王献之传》：“桓温尝使（献之）书扇，笔误落，因画作乌驳牸牛，甚妙。”偶，遇上。团扇，圆形有柄的扇子，又称宫扇。牸（zì），母牛。　[5]“徒以职官”二句：谓作画只是由于职务，臣不敢做

本职以外的事。《礼记·王制》："凡执技以事上者（指医、卜、百工等），不贰事（专任其职，不更为他事）。" [6]"顾惟时论"二句：言回想时人的评论，臣有愧于顾恺之。三绝，指顾恺之。《晋书·顾恺之传》："尤善丹青，图写特妙。……俗传恺之有三绝：才绝、画绝、痴绝。" [7]伏惟：下对上的敬辞。 [8]"拨乱反正"二句：意谓治理乱世，使它恢复正常，承受天命，中途振兴大唐。《公羊传》哀公十四年："拨（治）乱世，反诸正，莫近诸《春秋》。" [9]"俯协龟图"二句：谓圣人俯视龟背之文而求与之相合，又旁观鸟的爪印以作八卦。协，合。龟图，指龟背所现之裂纹，亦曰龟文。旧传其与河图、洛书（又称龟书）相类，都是帝王圣者受命之瑞。傍，旁边。鸟迹，鸟之爪印。按，古有圣者视龟文鸟迹而画卦作书之说。《易·系辞下》："古者包牺氏之王天下也，……观鸟兽之文，与地之宜；近取诸身，远取诸物，于是始作八卦。"《书·顾命》"河图"传："伏犠王天下，龙马出河，遂则其文，以画八卦，谓之河图。"张彦远《法书要录》卷七张怀瓘《书断》："（仓）颉首四目，通于神明，仰观奎星圆曲之势，俯察龟文鸟迹之象，博采众美，合而为字，是曰古文。" [10]"卦因于画"二句：谓八卦依凭于画，画开始产生文字。《尚书序》："古者伏牺氏之王天下也，始画八卦，造书契。"疏："八卦画万物之象，文字书百事之名。……是万象见于卦，然画亦书也，与卦相类，故知书契亦伏牺时也。""八卦画万物之象"，而且画的产生最早（原始人类即有粗陋的绘画），故曰"卦因（依）于画"；最初的文字多为象形，此即画也，故云"画始生书"。 [11]"知微知章"二句：意谓圣人既能知道事物的隐微征兆，也能预知它的显著面貌，唯有圣人才能体察圣人的画卦造字之意。知微知章，《易·系辞下》："君子知微知彰。"疏："君子知微知彰者，初见是几（事之迹兆），是知其微；既见其几，逆知事之祸福，是知其彰著也。"

章，同“彰”，显著。元本、明本等作“彰”。 [12] 写功臣：指画功臣像。 [13]“运偶风翔之初”二句：谓命运遇上了在凤翔建立朝廷的初始，无非都是一些如高飞的雄鹰一般的壮士。凤翔之初，长安被安禄山军攻陷后，肃宗于至德元载（756）七月在灵武即位，二载二月移驻凤翔（今陕西宝鸡凤翔区），十月唐军收复两京后，方自凤翔还长安。鹰扬，喻大展雄才，超越侪辈。《诗·大雅·大明》：“维师尚父，时维鹰扬。”传：“鹰扬，如鹰之飞扬也。”曹植《与杨德祖书》：“昔仲宣独步于汉南，孔璋鹰扬于河朔。” [14] 燕颔猿臂：言其中有的下巴似燕子，手臂像猿猴。燕颔，封侯之相，《后汉书·班超传》：“相者指曰：‘生燕颔虎颈，飞而食肉，此万里侯相也。’”颔，下巴。猿臂，臂长如猿。《史记·李将军列传》：“（李）广为人长，猿臂，其善射亦天性也。” [15] 裂眦（zì）奋髯：谓有的发怒时双目圆睁，胡须抖动。裂眦，言眼睛睁得极大，眼眶似乎要裂开。《史记·项羽本纪》：“头发上指，目眦尽裂。”奋髯，因激愤而抖动胡须。《汉书·朱博传》：“博奋髯抵几。” [16] 发冲鹖冠：谓有的怒发上冲武官所戴的鹖尾冠。《史记·廉颇蔺相如列传》：“相如因持璧却立，倚柱，怒发上冲冠。”鹖冠，汉时武官之冠，以鹖尾为饰。《后汉书·舆服志》：“武冠，俗谓之大冠。……加双鹖尾，竖左右，为鹖冠云。……鹖者，勇雉也，其斗对一死乃止。” [17] 力举龙鼎：谓有的力量能举起有龙形花纹的大鼎。《史记·项羽本纪》：“籍长八尺余，力能扛鼎。”龙鼎，《史记·赵世家》：“秦武王与孟说举龙文赤鼎，绝膑而死。” [18] 骨风猛毅：谓有的气质、风度勇猛刚毅。 [19] 眸子分明：谓有的眼珠白黑分明。《世说新语·言语》：“嵇中散语赵景真：‘卿瞳子（即眸子，眼珠）白黑分明，有白起之风。’”刘孝标注引严尤《三将叙》称武安君（白起）“瞳子白黑分明者，见事明也”。 [20]“皆就笔端”二句：谓这些形象无不趋赴于臣的笔端，出现在臣的身外、眼前。　[21]“传神写照”二句：谓画人物肖像能传达出其精神，臣在这方面虽然没有巧妙的心思。传神写照，《世说新语·巧艺》：“顾长康（恺之）画人，或数年不点目睛。人问其故，顾曰：‘四体妍蚩，本无关于妙处；传神写照，正在阿堵（犹这个）中。’”写照，即写真，指画人物肖像。　[22]“审象求形”二句：谓审视画中的形象，求得功臣的形貌，人们或许私下都能认得。　[23]“妍蚩无枉”二句：谓形貌或美或丑，皆得其实，岂敢念及陛下赏赐黄金。“妍”，宋蜀本作“妖”，据麻沙本、明本、赵本等改。　[24]“取舍惟精”二句：下笔的取舍则都精当，有时只凭借白色颜料。白粉，指作画的颜料。　[25]“且如日磾（mì dī）下泣”二句：而且像金日磾每次见到母亲的画像就流泪，由此知道他的孝亲之思。事见《汉书·金日磾传》：“金日磾，字翁叔，本匈奴休屠王太子也。……上甚信爱之。……日磾母教诲两子，甚有法度，上闻而嘉之。病死，诏图画于甘泉宫，署曰‘休屠王阏氏’。日磾每见画常拜，乡之涕泣，然后乃去。”　[26]“于禁怀惭”二句：谓于禁看到庞悳（同“德”字）不屈而死的画心里羞愧，对着这有忠贞节操之人（庞悳）而自惭。事见《三国志·魏书·于禁传》：“（太祖）使曹仁讨关羽于樊，又遣禁助仁。秋，大霖雨，汉水溢，平地水数丈，禁等七军皆没。……羽乘大船就攻禁等，禁遂降，惟庞悳不屈节而死。太祖闻之，哀叹者久之。……会孙权禽羽，获其众，禁复在吴。文帝践祚，权称藩，遣禁还。……欲遣使吴，先令北诣邺谒高陵。帝使豫于陵屋画关羽战克、庞悳愤怒、禁降服之状，禁见，惭恚发病薨。”　[27] 乃无声之箴颂：言画乃是无声的规诫颂词。箴，规诫。　[28] 宣父之似皋繇：谓孔子的脖子似皋繇。宣父，唐贞观十一年（637），诏尊孔子为宣父，见《通典》卷五三。《史记·孔子世家》载：“孔子适郑，与弟子相失。孔子独立郭东门，郑人或谓子贡曰：‘东门有人，其颡似尧，其项类皋陶（即皋繇，舜臣）……’子贡以实告孔子。” [29] 元子之类越石：谓桓温的长相像刘琨。《晋书·桓温传》载：“初，温自以雄姿风气是宣帝、刘琨之俦，有以其比王敦者，意甚不平。及是征还，于北方得一巧作老婢，访之，乃（刘）琨伎女也，一见温，便潸然而泣。温问其故，答曰：‘公甚似刘司空（琨）。’温大悦。”元子，桓温之字。越石，刘琨之字。 [30]“不待或人之说”二句：意谓不必等待某人之说，不用烦劳刘琨的旧乐伎说话，见了画自明。 [31] 舐（shì）笔麟阁：指像汉代画功臣像于麒麟阁那样作画。舐笔，以口水润笔，指作画。麟阁，即麒麟阁，在长安未央宫内。甘露三年（前 51），“上思股肱之美”，乃图画霍光、张安世、苏武等十一功臣像于麒麟阁。事见《汉书·苏武传》。 [32] 继踵虎头：追随顾恺之之意。张彦远《历代名画记》卷五：“顾恺之字长康，小字虎头。” [33] 奖教：奖赏、教诲。“频”，宋蜀本作“类”，据麻沙本、明本、赵本等改。 [34] 虽未仙飞：意谓虽然未能像顾恺之那样做到妙画通灵，如人成仙飞去。《晋书·顾恺之传》载：“恺之尝以一厨画糊题其前，寄桓玄，皆其深所珍惜者。玄乃发其厨后，窃取画，而缄闭如旧以还之，绐云未开。恺之见封题如初，但失其画，直云妙画通灵，变化而去，亦犹人之登仙，了无怪色。”此句即用其事。 [35]“感而遂通”二句：谓臣有所感而通于画道，实由于陛下的训谕。感而遂通，《易·系辞上》：“《易》无思也，无为也，寂然不动，感而遂通天下之故（事）。”言此有所感而通于彼，此指通于画道。 [36] 官资：指官府的供给。 [37]“中使相望”二句：谓宫中派出的使者接连不断，屡次宣布诏令，加以慰问。 [38]“微臣战灼”二句：谓微臣惶恐不安，真是完全无法报答陛下的恩宠。战灼，恐惧不安。无答，无法报答。恩私，恩惠，恩宠。

[点评]

这是作者代奉命画功臣像的宫廷画工写的一篇感谢天子赐给衣物的表章，唐代表章的写作，一般都采用当时的主流文体（骈体文），本文亦然。《表》的开头，先作自我介绍，称自己是一名技艺不高的专职画工；接着颂圣，说天子是中兴之君，这一点大抵是表章中不可或缺的内容；下面渐入正题，谈到画的源流，画与卦、文字的关系，并说只有圣人才能真正体察画、卦的功能、作用，这里面也含有颂圣的内容。接下说自己奉命画功臣像，这算是正式转入正题。《表》中说这些功臣都是安史之乱中扈从立功的武将，他们或"燕颔猿臂"，或"裂眦奋髯"，等等。作画时，这种种形象、状貌，无不趋赴于己之笔端，呈现于己之眼前，这话里已涉及艺术想象问题。在王维看来，画师在创作的过程中，必须先通过艺术想象，在脑中或眼前形成鲜明形象，然后才可以下笔。苏轼《文与可画筼筜谷偃竹记》说："故画竹，必先得成竹于胸中，执笔熟视，乃见其所欲画者，急起从之，振笔直遂，以追其所见，如兔起鹘落，少纵则逝矣。"王维的看法实际与苏轼的上述说法一致。《表》中还说画工所画功臣，存在着一个神似与形似的问题。"传神写照"，说的就是神似，所谓"神"，指的是人物的精神气质、个性特征等，这是属于内在的东西。"虽非巧心"，是说画工还不能完全做到神似，可见作者是把神似当作肖像画的最高艺术标准的。"审象求形，或皆暗识"，是说人们看了画就能知道所画的功臣是谁，这便是形似，"妍蚩无枉"，说的也是形似。神似与形似结合，而以神似为主，这应该就是王维的主张。“取舍惟精”，说的是作画并非依样画葫芦，而是必须有所取舍，有所选择；王维显然明白，“传神”离不开“写形”，应像东晋画家顾恺之所说的那样“以形写神”(《魏晋胜流画赞》)，但并不是任意写形都能传神，必须善于选择和抓住那些能够传人物之神的“形”，给予生动、突出的表现，才能达到传神，因此“取舍惟精”，应该就是达到传神的艺术手段之一。又，《表》中所说“不待或人之说，无烦故妓之言，此又一奇”云云，正道出了绘画不同于诗文的艺术特征，就是具有诉诸视觉的鲜明形象，也有价值。另外，《表》中还以金日磾、于禁为例，说明画“乃无声之箴颂”，对其社会功能、教化作用，作了正确肯定。通过以上分析，不难看出，王维深谙画理，对画道有不少精辟的见解。《表》的最后，以表达“谢赐”之意作结，这是题中应有的内容。

卷第八

山中与裴秀才迪书[1]

王维的一些文章，擅长写景，本文即其一例。

近腊月下[2]，景气和畅[3]，故山殊可过[4]，足下方温经[5]，猥不敢相烦[6]，辄便独往山中[7]，憩感配寺[8]，与山僧饭讫而去。比涉玄灞[9]，清月映郭[10]，夜登华子冈[11]，辋水沦涟[12]，与月上下[13]。寒山远火[14]，明灭林外，深巷寒犬，吠声如豹，村墟夜舂[15]，复与疏钟相间[16]。此时独坐，僮仆静默，多思曩昔[17]，携手赋诗[18]，步仄径，临清流也。当待春中，卉木蔓发[19]，春山可望，轻鲦出水[20]，白鸥矫翼[21]，露湿青皋[22]，麦陇朝雊[23]，斯之不远[24]，傥能从我游乎[25]？非子天机清妙者[26]，岂能以此不急之务相邀！然是中有深趣矣[27]，无忽[28]。因驮黄蘗人往[29]，不一[30]。山中人王维白[31]。

[注释]

[1] 山中：指蓝田山居，也即辋川别业。本文天宝三载（744）之后、安史之乱以前作于辋川。裴秀才迪：即裴迪。见《春日与裴迪过新昌里访吕逸人不遇》注[1]。秀才：见《辋川闲居赠裴秀才迪》注[1]。 [2] 下：末。 [3] 景气：指气候。和畅：温和舒适。 [4] 故山：旧居的山，指辋川山谷。过：访问。 [5] 足下：对人的敬称。温经：温习经书。 [6] 猥（wěi）：鄙，自称的谦词。 [7] 辄：就。 [8] 憩（qì）：休息。感配寺：在长安东南灞陵附近，参见《过感配寺昙兴上人山院》注[1]。王维此行盖自长安出发，东南行至感配寺，在寺中吃过午饭后，复东南行赴蓝田。 [9] 比：等到。玄灞：潘岳《西征赋》："南有玄灞素浐。"玄，天青色。灞，灞水。源出蓝田县蓝田谷，流经蓝田县城南，北入渭河。作者当在蓝田县城南渡过灞水，而后往辋川。 [10] 郭：指蓝田县的外城。 [11] 华子冈：见《辋川集·华子冈》注[1]。 [12] 辋水，即辋谷水，见《辋川集·序》注[1]。沦涟：谓水起微波。 [13] 与月上下：言水波随着月光上下起伏，波光闪动。与，随。 [14] "山"，宋蜀本作"生"，据麻沙本、明本等改。 [15] 村墟：村落。"村"，宋蜀本作"社"，据麻沙本、明本等改。 [16] "闻"，明本、赵本作"间"。 [17] 曩（nǎng）昔：从前。 [18] "携手赋诗"以下三句：意本嵇康《琴赋》："临清流，赋新诗。"仄径，小路。"径"，宋蜀本作"遥"，据麻沙本、明本等改。 [19] 蔓：蔓延，滋长。"卉"，明本、赵本作"草"。 [20] 鯈（chóu）：又称鲦，一种银白色的小鱼。《庄子·秋水》："鯈鱼出游从容，是鱼之乐也。" [21] 矫：举。扬雄《解嘲》："矫翼厉翮。" [22] 青皋：长着青草的水边之地。"露"，宋蜀本

作“灵”，据麻沙本、明本等改。 [23] 陇：通“垄”，田埂。雊（gòu）：野鸡鸣。 [24] 斯：此，指上面描写的春色。 [25] 傥：或许。 [26] 天机：犹言天性。《庄子・大宗师》：“其耆欲深者，其天机浅。”“妙”，宋蜀本作“庙”，麻沙本作“明”，据赵本、《全唐文》改。 [27]“是”，赵本作“其”。 [28] 忽：忽略。 [29] 因驮黄蘗（bò）人往：谓借助入山驮黄蘗的人将这封信送去。黄蘗，落叶乔木，俗作黄柏，树高数丈，经冬不凋，茎可制黄色染料，皮与根可入药。“驮”，宋蜀本作“驭”，据麻沙本、明本等改。 [30] 不一：不一一细说，旧时书信结尾用语。“一”，宋蜀本作“二”，据明本、《全唐文》改。 [31] 山中人：语本《楚辞・九歌・山鬼》：“山中人兮芳杜若，饮石泉兮荫松柏。”

[点评]

这是一封写给好友裴迪的信，写信的用意是请他来春与己共赏辋川佳景。在这封信里，作者先说腊月末，天气和畅，自己想着回辋川，由于好友正“温经”，不敢相扰，只好孤身独往，这些话里包含着对友人的关怀体贴之情。接着写自己早晨从长安出发，到达蓝田县城时月亮已升起，在蓝田县南渡过灞水，望见清亮的月光正照耀着蓝田外郭城，自己连夜登上辋川的华子冈，看到辋水微波荡漾，随着月光上下起伏，波光闪烁；清冷的山里远处的灯火，在树林边忽明忽暗；深巷里冬夜的狗，吠声响亮如豹，村落中夜晚的舂米声，又与寺院稀疏的钟声相间。这段话从视、听两个方面，描画出一幅有声有色、生动优美的寒夜山村图。下面写在山村静夜独坐，不禁想起从前与好友携手赋诗，在辋川的小路上步行，一起对着清澈流水的情景，这些话流露出对友人的一片深情。接下说等到明年仲春，草木将蔓延滋生，春山有景可看，小白鯈浮出水面，白鸥举翼高飞，露水把长满青草的水边之地打湿，麦垄上清晨的野鸡鸣叫，这个时节已离我们不远。这几句话勾勒出了一幅辋川春日生机勃勃的美丽图画，很自然地引出了写信的本意：邀请挚友来春到辋川共赏佳景。

这封信里两处写景，是作者最用力的地方，而抒发对挚友的感情，则贯穿了全篇，二者水乳交融。作者以清丽淡雅的文字，刻画了辋川寒冬与仲春、月夜与白天的种种不同景色，生动鲜明，自然入妙，动静有致，富于诗情画意。从艺术表现方法、意境、风格和情调来看，与《辋川集》绝句实有异曲同工之妙。可以说，它是书札的诗，或诗的书札。在句法上，全篇以四字句为主，杂以散句；对偶句很少，可以说是一篇古文了，这一点也值得注意。

荐福寺光师房花药诗序[1]

本文首段着重谈大乘佛教的中道观，对于我们了解王维所接受的佛学思想，颇有帮助。

心舍于有无[2]，眼界于色空，皆幻也，离亦幻也[3]。至人者不舍幻[4]，而过于色空有无之际。故目可尘也[5]，而心未始同；心不世也[6]，而身未尝物。物者方酌我于无垠之域[7]，亦已殆矣！

[注释]

[1] 荐福寺：在长安开化坊。《长安志》卷七："(开化坊) 半以南大荐福寺。寺院半以东，隋炀帝在藩旧宅，武德中赐尚书左仆射萧瑀为西园。……文明元年（684），高宗崩后百日，立为大献福寺，度僧二百人以实之。天授元年（690），改为荐福寺。中宗即位，大加营饰。自神龙以后，翻译佛经，并于此寺。寺东院有放生池，周二百余步，传云即汉代洪池陂也。"光师：道光禅师。俗姓李，绵州巴西人，唐代著名道士李荣之侄。曾师事五台山宝鉴禅师，为华严宗僧人。开元二十七年（739）五月卒于荐福寺。王维曾从其学佛十年。事见王维《大荐福寺大德道光禅师塔铭》序。据《塔铭》序，本文当作于道光卒前，具体时间不详。 [2]"心舍于有无"以下三句：谓心止于有（否认诸法皆空）或止于无（否认假有），眼限止于色或限止于空，都不合于真实之理。舍，止。有无，无即空。但大乘佛教认为，"空"非"虚无"，"空"不能离开"有（存在）"。"有"是虚假的，佛教又谓之"假有"，但"假有"也是"有"，它能为人们的感觉器官所接触和认识。若否认"假有"，即属"邪见"，必"非空非有"，始为真谛。界，限止。色空，色与空，与上"有无"义近。色指有形质的万物，是眼所感觉认识的对象。空谓空无所有、虚幻不实。幻，不真实之假象。 [3] 离亦幻也：言离于有或离于无，亦不合于真实之理。 [4]"至人者不舍（shě）幻"二句：谓佛不舍弃止于有无色空，而又超越于有无色空。即至人皆亦空亦有、非空非有之意。至人，道德修养达到最高境界的人。佛教以之称佛。《四分律行事钞资持记》（以下简称《资持记》）卷上一上："释迦如来道成积劫，德超三圣，化于人道，示相同之，是以且就人中美为尊极，故曰至人。"过，超越。 [5]"故目可尘也"二句：意谓所以眼感知色能受到它的污染，而心则未

尝同眼一样受到污染。指心无物欲，超越于色、有。尘，污染。《大乘义章》卷八末曰："能坌名尘，坌污心故。"始，尝。 [6]"心不世也"二句：谓心不同于世俗，而身也未尝成为世俗世界之物。物，作动词用。 [7]"物者方酌我于无垠之域"二句：如果世间之物正使我追求于无边无际的领域（指"周遍驰求"各种可供享乐之物），那也就很危险了。酌，取，指执取、追求。《礼记·坊记》："上酌民言。"郑注："酌，犹取也。"《大乘义章》卷五："取执境界，说以为取。"《俱舍论》卷九："为得种种上妙境界，周遍驰求，此位名取。"此处为使动用法。殆，危险。"者"，宋蜀本原无此字，据麻沙本补。"垠"，宋蜀本作"眼"，据麻沙本、明本、赵本改。

二段多用四六句，精于对仗，用典较少，风格平易，语言清丽，很值得一读。

上人顺阴阳之动[1]，与劳侣而作，在双树之道场[2]，以众花为佛事。天上海外，异卉奇药，《齐谐》未识[3]，伯益未知者[4]，地始载于兹[5]，人始闻于我。琼蕤滋蔓[6]，侵回阶而欲上；宝庭尽芜[7]，当露井而不合。群艳耀日[8]，众香同风。开敷次第[9]，连九冬之月；种类若干[10]，多四天所雨。至用杨枝[11]，已开贝叶，高阁闻钟，升堂觐佛[12]，右绕七匝[13]，却坐一面[14]，则流芳忽起[15]，杂英乱飞。焚香不俟于旃檀[16]，散花奚取于优钵[17]？漆园傲吏[18]，著书以稊稗为言[19]；莲座大仙[20]，说法开药草之品[21]。道无不在[22]，物何足忘？故歌之咏之者[23]，吾愈见其嘿也。

[注释]

[1]“上人顺阴阳之动”二句：谓禅师顺应阴气阳气的变化，与在寺院服杂役的人一起劳作。上人，对僧人的敬称。动，变动，变化。劳侣，《维摩经·弟子品》：“为与众魔共一手，作诸劳侣。”僧肇注：“其为诸尘劳之党侣也。”此指在寺院服杂役而尚未断除烦恼、剃发出家的人。“阴”，宋蜀本作“强”，据明本、顾本、赵本改。 [2]“在双树之道场”二句：谓在佛寺诵经供佛的场所，将种植各种花卉当成做佛事。双树，娑罗双树的省称，谓佛入灭之处。娑罗为龙脑香科乔木，高十丈余，原产于印度。相传释迦牟尼在拘尸那城阿利罗跋提河边的娑罗树下入灭，树有八株，四方各两株双生，故称为娑罗双树。参见《翻译名义集》卷三。古典诗文中常用以指佛寺。道场，指供佛之处。《止观辅行传弘决》卷二：“今以供佛之处名为道场。”佛事，指佛教的诵经供佛祭祀等活动。 [3]《齐谐》：书名。《庄子·逍遥游》：“《齐谐》者，志怪者也。”识（zhì）：记载。 [4]伯益：也称益、伯翳。舜时东夷部落的首领。相传曾助禹治水，行迹遍及四方，多知珍宝奇物异卉，因著《山海经》以记之。西汉刘秀（歆）《上山海经表》曰：“昔洪水洋溢，漫衍中国……（禹）盖与伯翳主驱禽兽，命山川，类草木，别水土。四岳佐之，以周四方，逮人迹之所希至，及舟舆之所罕到。内别五方之山，外分八方之海，纪其珍宝奇物，异方之所生，水土、草木、禽兽、昆虫、麟凤之所止，祯祥之所隐，及四海之外，绝域之国，殊类之人。禹别九州，任土作贡；而益等类物善恶，著《山海经》。” [5]地始载于兹：首次生长于

这里的土地。载，生长。《释名·释天》："载，生物也。" [6]"琼蕤（ruí）滋蔓"二句：谓似玉一般的花滋生蔓延，靠近曲折的台阶就要往上爬。琼蕤，指如玉之花。《文选》陆机《拟东城一何高》："京洛多妖丽，玉颜牟琼蕤。"张铣注："琼蕤，玉花也。"侵，接近。 [7]"宝庭尽芜"二句：谓佛寺庭院里全是丛杂的草，只是遇上没有覆盖的井因而它未能遍覆庭院。宝庭，指佛寺之庭院。芜，草。当，值，遇到。露井，无覆盖之井。古乐府《鸡鸣》："桃生露井上，李树生桃旁。" [8]"群艳耀日"二句：群花在太阳下闪光，各种香气同在风中。 [9]"开敷次第"二句：花儿依次开放，连续到冬季的月份。开敷，指开花。敷，布，开。次第，顺序，依次。九冬，冬季九十天。《初学记》卷三引梁元帝《纂要》："冬曰玄英……亦曰玄冬、三冬、九冬。" [10]"种类若干"二句：花的种类若干，大多是从天上降落人间的。四天，指四禅天。《艺文类聚》卷七六北周王褒《突厥寺碑》："六合之内，存乎方册，四天之下，闻诸象教。"按，佛教有三界诸天之说，其中色界诸天为离食、淫欲的有情居处，可分为四禅天：初禅天、二禅天、三禅天、四禅天。每一禅天又各包括若干天，有十七天、十八天等说法。参见《俱舍论》卷八、卷二八。雨，降。"雨"，宋蜀本作"而"，据麻沙本、明本、顾本等改。 [11]"至用杨枝"二句：至于禅师早晨用杨枝净齿之后，已经打开佛经。用杨枝，即嚼杨枝，又称嚼齿木，古代印度的一种净齿方法。实际用作齿木者，不止限于杨枝。《南海寄归内法传》卷一云："每日旦朝，须嚼齿木揩齿刮舌。……（齿木）长十二指，短不减八指，大如小指。一头缓须熟嚼，良久净刷牙关。"《隋书·真腊传》："每旦澡洗，以杨枝净齿，读诵经咒。……食罢，还用杨枝净齿，又读经咒。"贝叶，指佛经。见《青龙寺昙壁上人兄院集》注[18]。 [12]升堂觐佛：登上佛堂朝拜佛。 [13]右绕七匝：围着佛绕行七圈。

右绕，绕佛的佛教礼节。围佛右绕（即顺时针方向行走）一圈、三圈、七圈以至百千圈，表示对佛的尊敬。原为古印度礼节之一，后被佛教采用。《佛说文殊师利净律经·真谛义品》:“文殊师利与万菩萨，便即现身，稽首佛足，右绕七匝。”《资持记》卷下三之二:“绕佛者本乎致敬……致敬则必须右绕，表执侍之恭勤。” [14] 却坐一面：谓而后退坐一边。《大萨遮尼乾子所说经》卷九：“萨遮尼乾子与诸眷属，顶礼佛足，绕佛无量百千匝已，却坐一面，一心合掌，观佛不舍，默然而住。” [15]“则流芳忽起”二句：则香气便忽然散发出来，各种花朵在空中乱飞。流芳，散发的香气。杂英，杂花。谢朓《晚登三山还望京邑》:“喧鸟覆春洲，杂英满芳甸。” [16] 焚香不俟于旃（zhān）檀：焚香不必等待有檀香木。俟，等待。旃檀，香木名，即檀香，为梵语旃檀那之略称。《玄应音义》卷二三：“旃弹那，或作旃檀那，此外国香木也，有赤白紫等诸种。” [17] 散花奚取于优钵：撒花为什么要取自优钵罗？优钵，花名，梵语优钵罗之略称，意译称青莲花、红莲花等。此花清净香洁，佛经中多取以喻佛。《法华经·随喜功德品》:“优钵华之香，常从其口出。”《慧苑音义》卷上：“优钵罗……花号也。其叶狭长，近下小圆，向上渐尖。佛眼似之，经多为喻。其花茎似藕稍有刺也。”按，此花中国称雪莲，叶子长椭圆形，花多深红色，花瓣薄而狭长，外有叶状包片，新疆、西藏、云南等地高山中有之。 [18] 漆园傲吏：指庄子，见《辋川集·漆园》注 [2]。 [19] 著书以稊（tí）稗（bài）为言：谓著书以稊草稗子为话题。《庄子·知北游》:“东郭子问于庄子曰：‘所谓道，恶乎在？’庄子曰：‘无所不在。’东郭子曰：‘期而后可。’庄子曰：‘在蝼蚁。’曰：‘何其下邪？’曰：‘在稊稗。’曰：‘何其愈下邪？’曰：‘在瓦甓。’曰：‘何其愈甚邪？’曰：‘在屎溺。’东郭子不应。”稊，草名，结实如小米。稗，稻间杂草，似稻。 [20] 莲座：佛的莲花台座。《华严经》卷七四:“一切佛前坐莲华座。”王勃《观佛迹寺》:“莲座神容俨,松崖圣趾余。”大仙:指佛。《涅槃经》卷二:“大仙入涅槃,佛日坠于地。”《释氏要览》卷中:“古译经有称佛名大仙者……《般若灯论》云:声闻菩萨等亦名仙,佛于中最尊上故……故名大仙。” [21]开:设立。药草之品:《法华经》有《药草喻品》。 [22]“道无不在”二句:谓道无所不在,世间之物哪里可以忘却?指道(谓佛道、真如)体现在一切物上,故物不足忘。 [23]“故歌之咏之者”二句:所以歌唱吟咏花药(作花药诗)的人,我更加见出他对于道的默悟。《维摩经·入不二法门品》云:“于是文殊师利问维摩诘:‘我等各自说已,仁者当说,何等是菩萨入不二法门?’时维摩诘默然无言,文殊师利叹曰:‘善哉善哉,乃至无有文字言语,是真入不二法门。’”嘿,同“默”。

[点评]

这篇为荐福寺光师房花药诗作的序文,主要描述道光禅师在荐福寺种植各种花卉药草之事,并就此发议论。序文的第一段谈佛理,其前六句讲述大乘佛教“非空非有”的“中道”观。“非空”,谓色(有形质之物)非虚无,它能为人的眼所感觉认识;“非有”,谓色非实有,它的真实相状为虚幻不实。花卉药草属于色,既然它非虚无,自然就可加以种植和描摹(作花药诗)。所以道光种植和描摹花卉药草(花药诗的作者应该就是道光),并不与佛理相违。序文第一段后六句首先说,眼感知色会受到它的污染,为什么呢?因为佛教认为,色能使人产生爱欲、贪欲等,从而垢染人的情识,如果人们的物欲旺盛,无休止地到处追求色,那就很危险;而如果能认识到色的真实相状是虚幻不实（此为不同于世俗之认识），那么心也就会抑止对于色的追求（心无物欲），不会为它所迷惑和污染了。这就是第一段后六句所表达的意思。

第二段的前十句，先写禅师在佛寺的庭院里种植各种稀有罕遇的奇花异草；接下二十句，细致地描摹了这些花草在庭院里的生长情况，以及禅师每日登堂拜佛之后，“流芳忽起，杂英乱飞”给他带来的愉快。最后八句，引《庄子》“道无不在”的话，说明道（指佛道、真如）体现在一切物上，物不足忘，表现出一种融合佛、道的思想倾向（参阅《导读》）；既然道体现在一切物上，那么观物自然可以悟道。则种植和描摹花药（有形质之物），不仅不与佛理相违，还可从中体悟佛道。所以序文中最后的结论是：歌唱吟咏花药的人（指道光禅师），我更加见出他对于佛道的默悟。由此推而广之，则歌唱吟咏自然山水的人，也能从中体悟道。这样，作者便将信仰佛教与创作山水诗紧密地串联到了一起，起码表明这二者是可以相通，不存在矛盾的。

主要参考文献

王摩诘文集　北宋刻本　国家图书馆出版社 2017 年影印版

王右丞文集　南宋麻沙刻本

须溪先生校本唐王右丞集　元刻本 《四部丛刊》影印版

王摩诘集　明正德嘉靖间刻本

类笺唐王右丞集 （明）顾起经编注　明嘉靖三十五年（1556）刻本

唐王右丞诗集注说 （明）顾可久注说　明嘉靖三十八年（1559）刻本

王摩诘诗集　明凌濛初刻本

王右丞集笺注 （清）赵殿成笺注　清乾隆二年（1737）刻本

王维新论　陈铁民著　北京师范学院出版社 1990 年版

王维集校注　陈铁民校注　中华书局 1997 年初版　2018 年修订版

王维论稿　陈铁民著　人民文学出版社 2006 年版

新译王维诗文集　陈铁民译注　台北三民书局 2009 年版

王维资料汇编　张进等编　中华书局 2014 年版

《中华传统文化百部经典》已出版图书

书　名	解读人	出版时间
周易	余敦康	2017 年 9 月
尚书	钱宗武	2017 年 9 月
诗经（节选）	李　山	2017 年 9 月
论语	钱　逊	2017 年 9 月
孟子	梁　涛	2017 年 9 月
老子	王中江	2017 年 9 月
庄子	陈鼓应	2017 年 9 月
管子（节选）	孙中原	2017 年 9 月
孙子兵法	黄朴民	2017 年 9 月
史记（节选）	张大可	2017 年 9 月
传习录	吴　震	2018 年 11 月
墨子（节选）	姜宝昌	2018 年 12 月
韩非子（节选）	张　觉	2018 年 12 月
左传（节选）	郭　丹	2018 年 12 月
吕氏春秋（节选）	张双棣	2018 年 12 月
荀子（节选）	廖名春	2019 年 6 月
楚辞	赵逵夫	2019 年 6 月
论衡（节选）	邵毅平	2019 年 6 月
史通（节选）	王嘉川	2019 年 6 月
贞观政要	谢保成	2019 年 6 月
战国策（节选）	何　晋	2019 年 12 月
黄帝内经（节选）	柳长华	2019 年 12 月
春秋繁露（节选）	周桂钿	2019 年 12 月
九章算术	郭书春	2019 年 12 月
齐民要术（节选）	惠富平	2019 年 12 月
杜甫集（节选）	张忠纲	2019 年 12 月
韩愈集（节选）	孙昌武	2019 年 12 月
王安石集（节选）	刘成国	2019 年 12 月
西厢记	张燕瑾	2019 年 12 月

书　名	解读人	出版时间
聊斋志异（节选）	马瑞芳	2019 年 12 月
礼记（节选）	郭齐勇	2020 年 12 月
国语（节选）	沈长云	2020 年 12 月
抱朴子（节选）	张松辉	2020 年 12 月
陶渊明集	袁行霈	2020 年 12 月
坛经	洪修平	2020 年 12 月
李白集（节选）	郁贤皓	2020 年 12 月
柳宗元集（节选）	尹占华	2020 年 12 月
辛弃疾集（节选）	王兆鹏	2020 年 12 月
本草纲目（节选）	张瑞贤	2020 年 12 月
曲律	叶长海	2020 年 12 月
孝经	汪受宽	2021 年 6 月
淮南子（节选）	陈　静	2021 年 6 月
太平经（节选）	罗　炽	2021 年 6 月
曹操集	刘运好	2021 年 6 月
世说新语（节选）	王能宪	2021 年 6 月
欧阳修集（节选）	洪本健	2021 年 6 月
梦溪笔谈（节选）	张富祥	2021 年 6 月
牡丹亭	周育德	2021 年 6 月
日知录（节选）	黄　珅	2021 年 6 月
儒林外史（节选）	李汉秋	2021 年 6 月
商君书	蒋重跃	2022 年 6 月
新书	方向东	2022 年 6 月
伤寒论	刘力红	2022 年 6 月
水经注（节选）	李晓杰	2022 年 6 月
王维集（节选）	陈铁民	2022 年 6 月
元好问集（节选）	狄宝心	2022 年 6 月
赵氏孤儿	董上德	2022 年 6 月
王祯农书（节选）	孙显斌	2022 年 6 月
三国演义（节选）	关四平	2022 年 6 月
文史通义（节选）	陈其泰	2022 年 6 月

书　名	解读人	出版时间
汉书（节选）	许殿才	2022 年 12 月
周易略例	王锦民	2022 年 12 月
后汉书（节选）	王承略	2022 年 12 月
通典（节选）	杜文玉	2022 年 12 月
资治通鉴（节选）	张国刚	2022 年 12 月
张载集（节选）	林乐昌	2022 年 12 月
苏轼集（节选）	周裕锴	2022 年 12 月
陆游集（节选）	欧明俊	2022 年 12 月
徐霞客游记（节选）	赵伯陶	2022 年 12 月
桃花扇	谢雍君	2022 年 12 月
法言	韩敬、梁涛	2023 年 12 月
颜氏家训	杨世文	2023 年 12 月
大唐西域记（节选）	王邦维	2023 年 12 月
法书要录（节选）　历代名画记	祝　帅	2023 年 12 月
耶律楚材集（节选）	刘　晓	2023 年 12 月
水浒传（节选）	黄　霖	2023 年 12 月
西游记（节选）	刘勇强	2023 年 12 月
乐律全书（节选）	李　玫	2023 年 12 月
读通鉴论（节选）	向燕南	2023 年 12 月
孟子字义疏证	徐道彬	2023 年 12 月
嵇康集	崔富章	2024 年 12 月
白居易集（节选）	陈才智	2024 年 12 月
李清照集（节选）	诸葛忆兵	2024 年 12 月
近思录	查洪德	2024 年 12 月
林则徐集	杨国桢	2024 年 12 月